КНИГА

АНА ШЕРРИ

Я ПОДАРЮ
тебе
КРЫЛЬЯ

Москва
2023

УДК 821.161.1-31
ББК 84(2Рос=Рус)6-44
Ш49

Художественное оформление серии
Петра Петрова

Шерри, Ана.

Ш49   Я подарю тебе крылья. Книга 1 / Ана Шерри. —
Москва : Эксмо, 2023. — 448 с.

ISBN 978-5-04-100480-4

Оливия Паркер была рождена летать. Ее не остановят ни
личная трагедия, ни смена родного Лондона на экзотический
Дубай, ни высокомерный капитан двухпалубного А380, с которым Оливия вынуждена заключить пари — проигравший
уходит с борта крупнейшего пассажирского самолета.

Даниэль Фернандес Торрес трижды пожалел о своем реше-
нии взять в члены экипажа заносчивую англичанку. Эта девушка — буря и шторм среди ясного неба, порыв бокового
ветра, меняющий направление самолета. Невозможная, упрямая, гордая и такая... прекрасная.

УДК 821.161.1-31
ББК 84(2Рос=Рус)6-44

ISBN 978-5-04-100480-4

ГЛАВА 1

Последний учебный день в колледже бортпроводников авиакомпании «Arabia Airlines» выдался напряженным. Остались позади веселые моменты, совместные фото, интересные встречи, предстояло сделать последний, самый важный, шаг — проститься с друзьями и оставить приятные воспоминания лишь в памяти. Их ждала летная карьера в одной из лучших авиакомпаний мира — заслуженная награда после шести месяцев тяжелой учебы в чужой стране.

Получив распределение на лайнеры, друзья разлетятся кто куда. На деле расставаться оказалось сложнее, чем предполагала Оливия. Сокурсники были дружными, они учились работать в команде, и дай бог, чтобы экипаж, в который она попадет, будет хоть на долю процента таким же.

Переодевшись в форму с логотипом авиакомпании «Arabia Airlines», Оливия почувствовала гордость. Мысль поменять дождливый Лондон на солнечный арабский город в песках пришла после того, как в родном аэропорту Хитроу она увидела большой белый самолет с красной витиеватой надписью «Arabia Airlines». Работать на таких самолетах — большая удача и тяжелый труд, который начинался с учебы. Но она выдержала, стремление к мечте несло ее прямо по курсу к заветной цели. И цель эта имела название — «А380». Шикарный двухпалубный лайнер стал наваждением, смыслом жизни.

Одна из самых престижных авиакомпаний в мире, «Arabia Airlines» предлагала отличную зарплату, надежные самолеты и лучший персонал. Отбор в колледж проходил в несколько этапов, собеседование длилось часами, отсеивались слабые. Оливия преодолела все рубежи и спустя полгода с отличием окончила курсы. Она стала носить форму с логотипом арабского бренда — он стал символом ее победы.

Большой просторный зал вместил всех студентов и преподавателей. Вручение дипломов и распределение по экипажам оказалось самым волнительным моментом в ее жизни. Сидя рядом со своей подругой по курсу англичанкой Мелани Грин, Оливия что-то шептала, и голос от волнения дрожал. Долгожданный день — сегодня она узнает, с каким экипажем ей предстоит работать и на каком воздушном судне летать!

Свет погас, и голоса студентов стихли. Взгляды устремились на сцену, на которой появился мужчина в белой кандуре[1]. Он приблизился к микрофону и, откинув рукой край гутры[2] молочного цвета, произнес:

— Ас-саляму алейкум! Я рад, что в этом году мне выпала честь поздравить вас с окончанием колледжа и вручить дипломы с припиской к экипажам.

Оливия зажмурилась. Каждое слово мужчины, как волны в Персидском заливе, накрывало ее с головой. Волнение и страх перемешались, она сжимала и разжимала руки, чувствуя, как дрожат пальцы.

— Сам Мухаммед Шараф аль-Дин, — прошептала Мелани. — «Arabia Airlines» принадлежит ему. Волнительно.

---

[1] К а н д у р а — длинное просторное платье из белого хлопка.
[2] Г у т р а — мужской головной платок.

Оливия никогда не видела владельца авиакомпании, но слышала о нем от преподавателей. Мухаммед Шараф аль-Дин многие годы создавал летный бренд, набирая лучший штат и обучая его на базе в своем городе. Тысячи раз она слышала про странные правила, введенные им лично, но готова была принять и следовать любым. Авиакомпания, имеющая статус лучшей в мире, могла позволить себе любую странность, как изюминку.

Мухаммед был краток: по одному вызывал студентов на сцену и поздравлял, вручая диплом и официально приписывая к экипажам. Оливия мысленно молилась, опустив голову и закрыв глаза. Она молилась за свое будущее в этой авиакомпании и за дружный коллектив, молилась и благодарила Бога, который дал ей смелости покинуть Лондон и отправиться в неизвестность. И сейчас она просила его о последнем... Пусть это будет двухпалубный белый гигант.

Мелани, ее подругу, приписали к экипажу «Боинга-777» под руководством капитана Джека Арчера. Оливия слышала, он первоклассный пилот и на рейсе сплоченный экипаж. Она порадовалась за подругу, продолжая молиться за себя.

— Мисс Оливия Паркер, — произнес Мухаммед. Услышав свое имя, девушка глубоко вздохнула, встала со своего места и, расправив плечи, направилась к сцене. От волнения ноги подкашивались — каблуки стали врагами. Расстояние в несколько метров казалось протяженностью больше, чем до Лондона. Но она старалась ступать уверенно и улыбалась, как ее учили все полгода.

Мухаммед вручил ей диплом в твердом переплете с логотипом «Arabia Airlines».

— Мы приписали вас на международный рейс 2-1-6 на «А380» под управлением капитана Даниэля Фернандеса Торреса. Мои поздравления, мисс Паркер.

Мечта подошла к ней вплотную. Девушка прижала к груди драгоценный документ, только теперь улыбнувшись искренне. Когда мечты сбываются, хочется кричать или плакать. Она еле сдержалась, боясь разреветься, лишь кивнув и вернувшись на свое место в зале.

— Так классно! — прошептала Мелани, касаясь ее руки, когда Оливия села рядом. — Ты заслужила это. Фернандес Торрес — отличный пилот, он входит в десятку лучших капитанов авиакомпании.

Но Оливии было не важно, кто стал ее капитаном. Важно лишь то, что она попала на самое большое воздушное судно планеты. Ее мечта, к которой она шла долгие годы, сбылась. Судьба преподнесла ей самый дорогой подарок.

— Мне не важен капитан, Мел. В таком большом самолете я боюсь заблудиться, мне кажется, люди там не видятся до самого прилета в место назначения.

Мелани рассмеялась, похлопав подругу по плечу:

— Жаль, что не будем работать вместе.

Оливия рассеянно кивнула, продолжая прижимать диплом к груди и боясь заглянуть в него. Но, приложив усилие, она все-таки пробежала взглядом по строчкам, чтобы убедиться, что это не ошибка. Личная подпись командира борта 2-1-6 Даниэля Фернандеса Торреса подтверждала, что он принимает на борт нового члена экипажа. Девушка улыбнулась — она была готова расцеловать этого человека.

— А теперь напомню о правилах авиакомпании, — прозвучал голос президента «Arabia Airlines» после того, как был вручен последний диплом и стихли овации. — Правил много, но главных три. На практике выяснилось, что они самые важные и трудновыполнимые, именно на них я хочу обратить ваше внимание. Долгие месяцы вас учили внимательному отношению к пассажирам. Главное в нашей авиакомпании — с уважением и терпением относиться к людям, всегда с улыбкой, всегда в вежливой форме. Любая жалоба от пассажира может лишить вас работы. Запомните на всю летную жизнь: люди летают, а вы работаете. Сделайте их полет максимально комфортным.

Студенты кивали, их учили этому с первого дня в колледже.

— Второе правило касается внешнего вида. Вы — лицо компании. Обращаясь к девушкам, хочу напомнить, что наш фирменный цвет — красный, это значит, что по уставу вам положена красная помада. Прошу соблюдать это условие. Неряшливый вид — выговор в личное дело.

«Arabia Airlines» имела свой салон красоты в аэропорту, приводя в должный вид внешность стюардесс перед рейсами. Для тех, кто хотел, для тех, кто не мог справиться сам, и для тех, чье время позволяло это делать. И хотя в колледже их учили этому всему, некоторым еще требовалась помощь профессиональных визажистов для полной уверенности.

— Третье правило... — вздохнул Мухаммед, было слышно, как он прошептал имя Аллаха. — Как показала практика, самое тяжелое при работе в смешанном коллективе. Не допускать никаких интимных отношений между членами одного экипажа. Вы — одна семья. Работаете сплоченно, как братья и сестры. По уставу компании мы не меняем экипажи между собой, как это делают другие. Таким образом мы создаем атмосферу привыкания друг к другу. Практика показывает, что работоспособность в таких коллективах выше. Но как только мы заподозрим какие-либо личные отношения между вами, уволим, не задумавшись.

— Деспотизм, — послышался мужской шепот сзади. Принадлежал он Кларку Симу, стюарду, которому посчастливилось попасть в сменяющий экипаж. Зная его любвеобильный характер, можно делать ставки, как быстро он попрощается с работой в этой компании. — А как же личное время? Оно будет между полетами? — не унимался он.

— Ваше личное время нас не касается. Но повторюсь — членам экипажа запрещено иметь отношения между собой даже в свободное от работы время во избежание проблем во время полета, а такие проблемы имели место быть в чрезвычайных ситуациях.

— Про семью можно забыть, — прошептала Мелани, насмешив этим Оливию.

— Ищи мужа на земле, и проблем не будет.

— Ну, если я буду на земле меньше, чем в воздухе, придется рожать и воспитывать детей прямо на борту «Боинга».

Оливия еще раз взглянула на документ, лежащий на коленях.

— Боже! — воскликнула она. — У меня завтра рейс в Пекин! — Она подняла глаза, почувствовав на себе взгляды присутствующих, и, чтобы как-то оправдаться, с улыбкой добавила: — Лететь больше девяти часов, надо хорошо выспаться и приготовиться. — Обернулась к Кларку: — Ты летишь со мной, твой экипаж меняет мой на обратном пути.

И почему Мелани не посчастливилось оказаться вместо Кларка? Было бы здорово летать сменными экипажами. Легкая ухмылка на губах парня и его поднятая рука тут же заставили Оливию возжелать этого еще сильнее.

— Прошу прощения, вы говорили про отношения внутри экипажа, — он посмотрел на Оливию и подмигнул ей, — а если это два абсолютно разных экипажа на одном борту, правило по-прежнему действует?

Мухаммед с удивлением посмотрел на него, но ответил:

— Если это экипажи, сменяющие друг друга, как, например, на больших расстояниях, то вы не можете быть одним экипажем. Пока одни работают, другие отдыхают. В этом случае правило не действует.

— Ха-ха-ха, — Кларк еще раз взглянул на Оливию, и она вновь пожалела, что Мелани не на его месте. Кларк был душой компании, но чрезмерное внимание с его стороны в последнее время стало раздражать.

С момента вручения дипломов и подписания договоров Оливия не переставала поглядывать на часы, мысленно рассчитывая время. Необходимо выспаться, но волнение было столь сильным, что сон едва ли посетит ее сегодня.

Оливия полночи ворочалась в кровати в своей маленькой комнатке общежития, которую делила с Мелани.

— Оливия, прекрати ворочаться, — недовольно бурчала та.

Но девушка ничего не могла с собой поделать. В голове крутился целый список дел, которые необходимо сделать перед первым полетом в новой команде: она обдумывала каждую минуту, чтобы успеть к визажисту, найти экипаж, познакомиться со всеми и подняться на борт двухпалубного лайнера, отлетающего в Пекин. Еще вечером она позвонила маме, от счастья прокричав в трубку ошеломляющую новость, и та заплакала от радости за дочь. Так они проплакали минут пятнадцать, периодически всхлипывая. Каждый плакал о своем: кто-то о том, что долго не увидит своего ребенка, а кто-то о том, что сбылась мечта.

— Пекин станет моим первым и любимым местом на большой планете, мама. Символ моей победы. Я сделала это!

Теперь, лежа в постели, Оливия вспоминала свои слова, и сон окончательно отступил.

— Ты понимаешь, Мелани, что эта наша с тобой последняя ночь вместе. Мы больше никогда не будем есть пиццу по ночам, читая конспекты и рассказывая истории. Завтра я первая покину общежитие.

— И получишь ключи от номера в гостинице для летного персонала.

Оливия села в кровати, всматриваясь в темноту за окном:

— Больше буду бывать в отелях разных стран.

Мелани тоже присела, укрываясь одеялом:

— Когда-нибудь мы обязательно встретимся в одной из них.

Сон пришел внезапно, под утро. Будильник почти сразу разбудил ее, и сердце забилось сильнее. Собрав вещи, она смотрела на часы: слишком рано, но еще уйма дел. Мелани проводила ее до двери, обнимая и целуя на прощание. Она стала настоящим другом, и Оливия верила, что даже в самом большом аэропорту они друг друга найдут.

— Удачи тебе. Легкой посадки в Пекине.

Аэропорт встретил Оливию шумом голосов пассажиров, опаздывающих на свои рейсы. Девушка улыбнулась, наблюдая за ними. Люди — неотъемлемая часть ее профессии. Она любила людей, и пусть они не всегда были спокойны, умела находить общий язык со всеми. В самолете, находящемся высоко над землей, случалось всякое. Кто-то вел себя достойно и тихо, кто-то, напротив, слишком шумно. Одни требовали к себе внимания, другие падали в обморок, кто-то смеялся, а кто-то плакал, оказавшись в зоне турбулентности. Но в Англии она летала на близкие расстояния, этот же полет займет девять часов, и пассажиры станут за это время родными.

Посетив стилиста и парикмахера (для большей уверенности!), Оливия бежала по зданию аэропорта с небольшим черным чемоданом на колесиках. Все стюардессы выглядели одинаково: красная юбка с черными вставками, белая блузка и элегантный красный пиджак, подчеркивающий красоту изгибов тела. На груди красовался бейджик с именем «Оливия» — фамилию по уставу принято было не писать. Вчера ей выдали два бейджа: один на пиджак, другой на блузку.

Она торопилась к стойке регистрации, на ходу поправляя шапочку с логотипом «Arabia Airlines», волнуясь, что пряди волос выпадут и создадут неопрятный вид. Оглядываясь по сторонам, она никого не узнавала. Слишком большое количество одинаково одетых сотрудников заставило ее растеряться. Неужели нельзя было придумать для каждого экипажа свой отличительный знак?

Понимая, что времени осталось мало, она обратилась к девушке на стойке информации:

— Мне нужен экипаж рейса 2-1-6 до Пекина, вы не подскажете, куда пройти?

— Регистрация экипажа уже началась, вам стоит поторопиться. — Девушка в точно такой же форме указала рукой: — Идите прямо, и попадете на стойку регистрации.

Оливия кивнула и, не теряя ни секунды, побежала в направлении, указанном девушкой. Огромный аэропорт состоял из трех терминалов, которые соединялись подземным метро. Слава богу, она попала именно в тот терминал, с которого отправлялся их рейс.

Шаг за шагом она приближалась к мечте последних лет. Новый город, новая работа, новые люди, новая жизнь!

У стойки регистрации она увидела группу бортпроводников.

— Прошу прощения, — Оливия подошла к ним, пытаясь незаметно отдышаться, — это рейс 2-1-6?

— Да, — кивнула блондинка с ярко-зелеными глазами, — ты новенькая?

Оливия выдохнула, про себя благодаря бога, — не опоздала.

— Оливия Паркер из Англии.

— Я Нина из Словении, — девушка протянула Оливии руку, и та с улыбкой пожала ее.

«Arabia Airlines» принимала людей в экипаж разных национальностей и вероисповеданий. Это отличный ход — увидеть на борту земляка для пассажиров значило много: преодоление языкового барьера и моральную поддержку во время полета.

— Добро пожаловать, Оливия, я Келси, старшая стюардесса. — Обзор стойки регистрации заслонила высокая женщина в черном костюме. — После регистрации мы пройдем в комнату, где обсудим предстоящий полет. Ты работала стюардессой раньше?

Оливия кивнула. Молча. Как-то по-другому она представляла своего непосредственного начальника. Келси показалась ей чересчур угрюмой и чопорной. Но это правильно, на старших бортпроводников ложилась большая ответственность почти за весь персонал.

— Отлично, тогда ты знаешь, что рейс начинается с обсуждения количества пассажиров и распределения рабочих мест в салоне. Я старшая на первом этаже. — Она указала на мужчину в черном однотонном костюме с полосатым галстуком: — Это Джуан — старший стюард второго этажа. Ты знаешь, что на втором этаже?

От волнения Оливия чуть было не забыла, что палубы две, но снова кивнула, внимательно слушая Келси. Или Джуана. Не важно, кто сейчас посвятит ее в то, что творится на втором этаже.

— Это надо видеть, — Джуан подмигнул ей, — я как-нибудь проведу тебе экскурсию.

— Спасибо, — наконец прошептала Оливия, чувствуя на себе взгляды присутствующих. Сейчас она всем интересна, но под этими взглядами она чувствовала себя не очень уютно.

— Давайте наконец пройдем регистрацию, — Келси пошла первая, кладя на стойку свой паспорт.

— Мы не ждем Даниэля и Марка? — Голос из толпы заставил Оливию обернуться.

— Привет! — Стюардесса азиатской внешности махнула ей рукой. — Я Суани из Таиланда.

Видимо, у них принято называть только имя, а вместо фамилии страну.

— Я Оливия из Англии, — Оливия улыбнулась. Все тайцы, которые ей встречались, были улыбчивыми и милыми людьми.

— Они догонят, — голос Келси заставил девушку вздрогнуть, — без них самолет не полетит.

Оливия встала в конец очереди, пропуская остальных и внимательно всматриваясь в лица. Казалось, их миллион, и она никогда не запомнит их по именам. Как работать на таком большом лайнере с таким большим количеством людей? Лица слились в одно большое пятно, выделяя только мужские, которых оказалось не так много. Всего четыре.

Вскоре женские разговоры про туфли и магазины стихли, и Оливия, очнувшись, поняла, что осталась одна. Она протянула паспорт девушке за стойкой и устало пояснила:

— Мой первый рабочий день.

Но тут же на стойку неожиданно упал другой паспорт, испугав девушку. Если она еще кого-нибудь пропустит — точно не успеет. Начиная злиться, она подняла голову, взглядом встречаясь с пилотом в черной форме и фуражке с логотипом «Arabia Airlines».

— Мне срочно, — он подал свой паспорт, и девушка за стойкой отложила паспорт Оливии в сторону.

— Всем срочно! Я первая сюда пришла. Ваша очередь за мной, — возмутилась Оливия.

Она придвинула свой паспорт ближе к шокированной девушке, которая уже не знала, в чей паспорт первым ставить печать.

— Ты уверена?

Мягкий шелковый голос этого человека начал раздражать.

— Я уверена, что вам не знакомы хорошие манеры. Мама не учила вас пропускать женщин вперед?

Она вновь посмотрела на пилота. На его лице отразилось удивление, и тут же его рука выхватила паспорт Оливии:

— Камилла, регистрируй меня быстрее, я пока подержу ее паспорт, чтобы он сам себя не зарегистрировал.

— Конечно, капитан, — кивнула девушка.

Капитан? Ну конечно, и как она сразу не заметила! Она не ожидала увидеть перед собой настолько молодого капитана. Холодок пробежал по коже.

— Сколько вам лет? — прошептала она, не веря глазам. Когда он успел налетать столько часов до этого звания? — И отдайте мой паспорт! — Она выхватила его и с грохотом положила на стойку ближе к девушке.

— Мой возраст тебя никак не касается, — сквозь зубы произнес он, — ты меня утомила. Ни слова больше.

Он расслабленно облокотился на стойку, и Оливия увидела на рукавах костюма четыре золотые нашивки. Если бог есть, почему он не отрезал ей язык при рождении? Так было бы проще. Но возмущение не переставало кипеть внутри. Особенно после того, как он положил второй паспорт на стойку.

— Марка Стоуна, он сейчас подойдет.

Оливия выхватила из ее рук чужой паспорт.

— Знаете что! — вскипела она и посмотрела ему в глаза, которые напомнили ей цвет эспрессо. Черт. Он так молод. Как же он мог управлять таким большим самолетом? —

Это его проблемы. Его здесь нет? — Она обернулась, даже не представляя, кто такой Марк Стоун. — Не вижу. А я опаздываю! Мне срочно надо на рейс.

Он поморщился, забирая свои документы со стола.

— Разве твоя мать не учила тебя пропускать вперед старших по званию? Откуда ты? Хотя нет, — он пригрозил ей пальцем, — лучше молчи, еще нескольких слов от тебя я не вынесу.

— Я воспитывалась в интеллигентной английской семье, а вы, видимо, росли в ауле, — она ткнула его в грудь, туда, где красовался бейдж в форме крыльев, быстро прочитав: — Капитан Даниэль Фернандес Торрес.

Она ошиблась — он испанец. Аулов в Испании нет. Оливия выдохнула и медленно подняла глаза, встречаясь с его хмурым взглядом. Нервный смешок вырвался у нее из груди. Она только что нахамила *своему* капитану, тому самому Даниэлю Фернандесу Торресу, который поставил *свою* подпись, принимая ее в *свой* экипаж. Хорошее начало…

— Что ж, Оливия, — прочитал он имя на бейджике, — не дай нам бог оказаться в воздухе вместе, я спущу тебя на землю через багажный отсек.

Она молча кивнула, забирая свой паспорт, и, схватив чемодан, покатила за собой туда, где капитан, возможно, исполнит свое обещание.

Г Л А В А   2

Оливия зашла в маленькую светлую комнату для брифинга, где уже собрался весь экипаж. В ожидании пилотов они разговаривали на отвлеченные темы. Неудачное знакомство с капитаном выбило девушку из колеи. Сев в последнем ряду, Оливия попыталась скрыться с глаз зашедшего

Даниэля Фернандеса Торреса за спинами присутствующих.
Следом за ним вошел второй пилот, голубоглазый блондин,
с виду еще моложе капитана. Он поздоровался, улыбнувшись и кладя фуражку на стол:

— Доброе утро. Надеюсь, оно настолько же доброе, насколько светятся ваши глаза в предвкушении дальнего полета.

Оливия опустила голову, выискивая изъяны в деревянном столе, но он был идеально ровным. В «Arabia Airlines»
все было безупречным. Все, кроме капитана...

— Наш рейс совершит посадку в Пекине сегодня в восемнадцать часов пятнадцать минут по местному времени. —
Услышав столь нежный голос, Оливия встрепенулась. Она
подняла голову в надежде узнать, кому тот принадлежит,
молясь, чтобы это был не Фернандес. Но, кажется, именно
его голос до сих пор звучал в ушах. Даниэль говорил на идеальном английском, его голос обволакивал слух, будто шелк
касался обнаженной кожи, заставляя покрываться мурашками. Именно такой голос хотят слышать пассажиры.

— Сколько пассажиров на борту?

— Пятьсот двадцать шесть, — второй пилот отдал ему
стопку бумаг.

Пролистывая их, капитан сел. Далее пошли обычные разговоры о заправке самолета и его обслуживании. Казалось,
капитан рассматривает каждую страницу, стараясь ничего
не пропустить.

— Хорошо, — он встал, и все вновь затихли. — Сегодня
отличная погода для взлета. Келси и Джуан, — он обратился
к главным бортпроводникам, — вы уже распределили места
между стюардами?

Оливия закусила губу, пытаясь унять волнение. Чего
она боится? Она пришла сюда работать и отлично со всем
справится. Никакой Даниэль Фернандес Торрес не сможет

этого изменить. Она родилась летать и будет это делать, даже если придется ползти к самолету.

— Даниэль, у нас новая стюардесса.

До этих слов Оливия еще слышала стук собственного сердца, сейчас оно внезапно замерло.

— Оливия, — Келси обернулась к ней, — не стесняйся, выходи, я представлю тебя экипажу.

Если можно провалиться на месте, то лучше этому моменту наступить сейчас! Взяв себя в руки, она встала и уверенно вышла, взглядом встречаясь с удивленным Даниэлем. Ей даже показалось, что он выругался. Не ожидал увидеть ее здесь, явно забыв, что поставил свою подпись и тем самым принял в экипаж.

— Оливия Паркер из Лондона. Только вчера получила диплом и сразу к нам. Пока Оливия проходит стажировку, будет находиться под моим присмотром, — Келси посмотрела на девушку: — Сегодня ты будешь работать в первом салоне в экономклассе, пассажиров там мало.

Оливия кивнула и улыбнулась. Лучше не придумать. Мало пассажиров — это то, что ей сегодня нужно, хватит времени привыкнуть к большому самолету.

— В первом? — удивленный голос капитана вновь заставил ее поднять взгляд. — В хвосте тоже мало пассажиров.

Почему он так занервничал?

— Да, — удивилась Келси, — но там нет меня, чтобы контролировать. Потом я поставлю ее в хвост или в середину.

Если можно было просверлить дырку взглядом черных глаз, девушка была бы уже мертва. Не обращая внимания и продолжая улыбаться, она молча кивнула.

— Ладно, — Даниэль указал на дверь, — всем хорошей работы. Увидимся на борту.

Он сдался! Оливия благодарила бога, направляясь к выходу и вновь всех пропуская. В ее мыслях был лишь один человек — тот, что не стал ей перечить. Попытался, но не смог. Она сделала шаг в направлении выхода и лбом уперлась в черный рукав с нашивкой четырех желтых полос. Даниэль перегородил ей дорогу.

— Хорошо — это не для тебя. Для тебя будет все ужасно.

Оливия не смотрела на него, лишь ощущала его дыхание возле шеи.

— Что вы сделаете, капитан Торрес? Разобьете самолет? Но тогда ужасно будет и для вас.

Она специально назвала его так, как не называл еще никто: намеренно опуская имя и главную фамилию. Для нее они были ничем, для него — всем.

— Британская мегера, — шепнул капитан, — ненавижу таких.

Она тут же повернулась к нему, в его глазах пылала ярость. Кажется, или он злится?

— Э-э-э, Даниэль, — второй пилот быстро подошел к ним и опустил руку капитана, давая Оливии пройти. Девушка тут же выбежала прочь.

— Что с тобой? — поинтересовался Марк. — Впервые вижу тебя таким. Вы знакомы?

— Ты смеешься? До сегодняшнего дня я и понятия не имел, что существуют такие дерзкие женщины. Одна на миллиард. И — вот так удача — в моем экипаже!

Пилоты прошли по длинному коридору к самолету. Небо остудит его пыл и снимет нервозность. Эта девчонка ничего не сможет сказать за девять часов полета, он просто не увидит ее. В этом гигантском лайнере можно не встретиться даже за четырнадцать летных часов. Он закроется в кабине и не выйдет оттуда даже под дулом пистолета. Или стоп! Почему он должен менять свои привычки? Капитан любит выходить из кокпита, пройтись, улыбаясь пассажирам и встречаясь с ними взглядами, да просто удостовериться, что все

в порядке. Даниэль усмехнулся. Он выйдет. И будет стоять у нее над душой в салоне, где она не сможет ему дерзить.

Забежав в самолет, Оливия оставила чемодан в специально отведенном для багажа сотрудников месте. Салон был огромным. Больше, чем она представляла. Лестница, ведущая на второй этаж в бизнес и первый классы, манила до блеска начищенным золотом. Когда-нибудь она дойдет и до верха, мечтам суждено сбываться, когда стремишься к этому и прикладываешь усилия.

— Оливия, — Келси уже давала распоряжения, — ты остаешься в первой части самолета, твоя зона справа, слева работает другой бортпроводник.

Оливия прошлась по узкому проходу, руками касаясь кресел. Свежий запах салона и приглушенный свет очаровывали, влюбляли в себя. Этот борт вчера был ее мечтой, а сегодня стал явью.

— Сейчас Даниэль включит свет, и ты увидишь салон во всей красе.

От этого имени Оливию передернуло. Она согласилась бы лететь без света, но с другим капитаном. И тут же, как по приказу, включились свет и кондиционер, заиграла мелодия, к которой она привыкла, учась в колледже стюардесс. Значит, он сейчас за штурвалом... Оливия запретила себе думать об этом — мысли мешали ей наслаждаться.

— Когда-нибудь, если будешь много трудиться, и тебя переведут на второй этаж. Работа там очень хорошо оплачивается.

Оливия знала это, богачи предпочитали летать авиакомпанией «Arabia Airlines» первым классом: номера с лежачими местами, бар в центре салона и даже душ.

— Я проверю остальных и вернусь.

Келси ушла, оставляя зачарованную Оливию. Скоро появятся пассажиры, и она уже любила этих людей.

— Оливия! — светловолосая девушка подошла к ней. — Я Нина, помнишь?

Она помнила лицо, но не имя. Слишком много новых людей, слишком много имен и стран.

— Словения?

— Да, — засмеялась Нина. — Тебе нравится? Работать здесь тяжело, но мы всегда поможем. Обращайся, если что. Я буду слева.

Оливия кивнула — помощь ей не повредит.

— Хочешь посмотреть кабину пилотов?

Оливия испуганно отступила, отрицательно мотая головой. Хуже идеи и быть не могло.

— Не бойся. Там никого нет. Пилоты вышли на перрон[1] осматривать самолет.

Тогда почему бы и нет? Посмотреть кабину пилотов было любопытно. Если в самолете такой просторный и шикарный салон, то можно предположить, какая кабина... заставляет Даниэля Фернандеса так высоко задирать нос.

Первый салон, в котором сегодня работает Оливия, как раз граничит с кабиной. Это объясняло выражение лица Даниэля, когда он услышал, куда Келси определила работать новую стюардессу.

Нина открыла бронированную дверь, и Оливия зашла в носовую часть самолета. Слишком много места для двух пилотов. Между двух кресел с накинутыми пушистыми белыми шкурами посередине находилась панель с рукоятками управления двигателями. Их было четыре. Оливия еще ни разу не видела четыре РУДа. Она подошла ближе, пытаясь рассмотреть панель — на современном «Эйрбасе»

---

[1] Перрон — часть летного поля аэродрома, предназначенная для размещения воздушных судов.

кнопок слишком много. Разнообразие переключателей, датчиков — все это ей знакомо.

— Вот это да! — воскликнула она, видя, что штурвала нет ни у капитана, ни у второго пилота, вместо них — мониторы, компьютеры и планшеты. — Пилоты теперь не нужны — нужны пользователи ПК, — невольно сорвалось с ее губ. Может быть, поэтому пилоты так молоды? Старым сложнее перейти на компьютерное пилотирование.

Нина хихикнула, но внезапно смешок стих. Было слышно лишь тихое: «Ой, простите». Стюардесса пропустила в кабину двух мужчин, одетых в зеленые сигнальные жилеты.

— Раз ты такая умная, может, сядешь в мое кресло? — Спокойный голос и недовольный взгляд зашедшего в кабину Даниэля заставили Оливию вздрогнуть.

Если день не задался с самого утра, неудача будет преследовать весь полет. А может, и дольше — все последующие рейсы с Даниэлем.

— Я не хотела вас обидеть.

Почему она оправдывается? Оливия протиснулась между двумя пилотами, но мягкий голос остановил ее:

— Ты таким образом извиняешься?

Девушка даже открыла рот от удивления. Она извиняется?

— Даниэль, — улыбнулся Марк, снимая сигнальный жилет, — отстань от нее. — Он обратился к Оливии: — Не обращай внимания и занимайся своей работой. Видимо, сегодня затмение.

Она встретилась с недовольным взглядом темных глаз капитана:

— Затмение в его голове. Надеюсь, это не отразится на пассажирах во время полета. — Она улыбнулась, сдерживая себя, а ведь могла продолжать сыпать гадостями. — Я прошу прощения за вторжение у вас, как у капитана, но я не извиняюсь перед вами, как перед мужчиной, который нагрубил мне в аэропорту.

— Мне не нужны твои извинения, — он тоже стянул с себя жилет, оставаясь в белоснежной рубашке, на плечах которой красовались погоны, — закрой дверь с той стороны.

Хам. Кто мог знать, что ей попадется такой пилот! Оливия уже выходила, когда Марк остановил ее:

— Подожди, тебе сказали код от нашей двери?

— Нет, — пожала плечами она.

— Вот и хорошо, — пробурчал под нос Даниэль, садясь в кресло.

— Двести шестнадцать четыреста пятьдесят восемь — запомни его. Кажется, ты работаешь в первом салоне?

Оливия кивнула. Марк показался ей доброжелательно настроенным мужчиной, который хотя бы пытался подружиться с новым членом экипажа.

— Через полчаса после взлета принеси нам, пожалуйста, кофе.

— Конечно, — улыбнулась девушка и вышла в салон встречать пассажиров.

— Что с тобой сегодня? — Марк посмотрел на Даниэля. — Она милая.

— «Arabia Airlines» 2-1-6 на связи, — произнес капитан по связи с диспетчерской, игнорируя слова второго пилота, — что с погодой?

— Доброе утро, «Arabia Airlines» 2-1-6, видимость отличная, за бортом +33°C, штиль.

— Отлично, — улыбнулся Даниэль и взял в руки маршрут полета.

Покинув кабину, Оливия еще раз взглянула на бронированную дверь, запоминая сказанные Марком цифры. Лучше бы их тут же забыть! Она должна сосредоточиться на своей работе, остальное ее мало волновало. Но она принесет им кофе, Марк — отличный парень, он понравился ей.

Встречая пассажиров, она расслабилась, совсем забыв про утренний инцидент и нервозность, что заставил испытать капитан, она даже забыла про колледж, пока не встретилась глазами с Кларком Симом. Экипаж, сменяющий их на обратном пути, в полном составе поднимался на борт.

— Привет, — он улыбнулся и подмигнул ей, — приятно видеть тебя с утра.

Ей тоже было приятно. Даже больше, чем он думал. Даже больше, чем думала она еще вчера.

— Мы летим бизнес-классом.

— Тебе наверх, — она указала рукой на лестницу.

Он пробежался восторженным взглядом по салону, для него здесь тоже все было в новинку. Оливия рассматривала его экипаж, состоящий также из двадцати шести человек. В такой же форме, но их капитан гораздо старше Фернандеса, а значит, не такой заносчивый. Может, поменяться местами с Кларком? Эта идея плотно засела в голове, и все последующее время, встречая и провожая пассажиров, Оливия думала об этом. До тех пор, пока ее капитан не вышел на связь, взбудоражив нервные клетки своим голосом.

— Леди и джентльмены, с вами говорит капитан рейса 2-1-6 «Arabia Airlines» Даниэль Фернандес Торрес, я рад приветствовать вас на борту нашего самолета. Мы взлетим через пятнадцать минут. Время в пути составит девять часов пятнадцать минут. Наш полет будет проходить на высоте тридцать восемь тысяч футов. Просьба пристегнуть ремни безопасности и не отстегивать их до выключения специального знака. Приятного полета и спасибо, что выбрали нашу авиакомпанию.

Пожалуй, она останется с этим экипажем. Этот голос... завораживал. Встав в центре прохода и глядя на сидящих перед ней людей, Оливия испытывала гордость. За самый большой самолет, за комфортабельный салон, за улыбчивый персонал и за голос, обращенный к пассажирам. Если Фернандеса не видеть, а только слушать, то можно работать с ним на одном рейсе.

Почувствовав, как дернулся самолет, Оливия все еще продолжала стоять. Пока ехали по рулежной дорожке, правила предписывали стоять и наблюдать. Она следила за пассажирами, за их поведением, переглядываясь с Ниной. Пассажиры вели себя по-разному: кто-то закрыл глаза, молясь за легкий взлет, кто-то читал газету, явно не понимая ни слова, кто-то смотрел в иллюминатор, но абсолютно все испытывали волнение. Любой нормальный человек боится летать, это рефлекс. Которого Оливия напрочь лишена. Взлет и посадка для нее как наркотик. Она любит смотреть в окно, когда самолет с бешеной скоростью разгоняется и плавно поднимается вверх, оставляя позади огни аэропорта.

Мимо прошла Келси к трубке телефона на боковой панели:

— Пассажиры готовы. — Оливия знала, что она позвонила в кабину пилотов, чтобы проинформировать о готовности салона к взлету. Повесив трубку, подошла к девушке: — Ты молодец, справилась хорошо.

— Спасибо.

Было приятно получить похвалу от старшей стюардессы в первый рабочий день.

Самолет остановился, и она вновь услышала голос капитана:

— Экипажу приготовиться к взлету.

Это была команда занять свое место лицом к пассажирам и пристегнуть ремни безопасности. Ей хотелось смотреть в окно, но она не могла этого делать, неотрывно наблюдая за людьми, которым в любой момент могла понадобить-

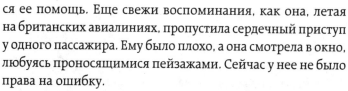

ся ее помощь. Еще свежи воспоминания, как она, летая на британских авиалиниях, пропустила сердечный приступ у одного пассажира. Ему было плохо, а она смотрела в окно, любуясь проносящимися пейзажами. Сейчас у нее не было права на ошибку.

Оливия почувствовала, как набирал скорость самолет. Даниэль Фернандес легко поднял его в воздух. Даже не верилось, что такой большой самолет может взлетать плавно, как перышко. Еще пятнадцать минут они набирали высоту, а Оливия в мыслях планировала свою работу.

— Леди и джентльмены, мы набрали нужную высоту, можете расстегнуть ремни безопасности и передвигаться по салону. Скоро вам предложат напитки и обед. Желаю вам приятного полета.

Это был уже другой голос, не тот, что все утро жужжал ей на ухо гадости, а потом нежно в микрофон шептал красивые слова, как песню. Это, видимо, был голос Марка. Оливия посмотрела на часы, отсчитав полчаса. Кофе. Он просил кофе через полчаса после взлета.

Отстегнув ремни безопасности, она встала, приготовившись. Работы было достаточно. И хотя пассажиров было мало, они попались слишком требовательные — с такими ей не приходилось работать в Лондоне.

Налив две чашки горячего кофе, она на подносе понесла их в кабину пилотов. Желания идти туда совсем не было, и, подойдя к двери, она чуть было не развернулась. Переборов себя, она набрала код 216-458. Почему она его не забыла? Дверь тут же открылась, и она увидела смеющегося Даниэля Фернандеса. Он обсуждал что-то с Марком.

— Оливия, спасибо. — Улыбаясь, Марк протянул руку и взял с подноса чашку с ароматным горячим кофе. — Как себя чувствуют пассажиры?

Она улыбнулась в ответ и поднесла кофе капитану:

— Они очень шумные.

— Оно не отравлено? — Даниэль протянул руку, не рискуя брать.

— Не успела положить яд, слишком много работы.

Проигнорировав ее слова, он все-таки взял чашку, недовольно смотря на нее. Но она не ответила ему — взгляд девушки был направлен прямо перед собой, в окно. Она любовалась небом. Оливия Паркер любуется небом! Еще и улыбается.

— Там птицы не летают, — пробурчал он, и девушка вздрогнула, убирая поднос за спину. Она никогда не была в кабине пилотов во время полета. Но, кажется, у нее появилась новая мечта... Жаль, ей не суждено сбыться, пока она летает вместе с этим человеком.

— Оливия, мы летим в Пекин, — засмеялся Марк, — шумные китайцы летят на родину.

Она и правда никогда не видела столько китайцев.

— Спасибо за кофе, — Марк кивнул ей и перевел взгляд на Даниэля, но тот молчал, одной рукой листая журнал полета.

— Что-нибудь еще принести? — спросила она в надежде, что капитан ответит отказом.

— Да, — нежный голос вновь заставил ее вздрогнуть, — каждые полчаса приноси кофе.

— Каждые полчаса? — удивилась она. — Но у меня пассажиры.

— Даниэль, оставь ее. Ты не выпьешь столько, — засмеялся Марк и пожал плечами, смотря на растерянную девушку.

Даниэль отложил журнал и сделал глоток из чашки.

— И еду через час. А через пятнадцать минут меню. Еще я люблю мороженое. Шоколадное. Его через пятнадцать минут после обеда. А после мороженого я, пожалуй, снова выпью кофе. Эспрессо. Без сахара. Сок к обеду апельсиновый. За час до посадки десерт был бы кстати, только без персиков, — он усмехнулся, — ненавижу персики.

На несколько секунд в кабине повисла тишина. Оливия хотела дать ему по голове подносом, но не могла оставить борт без капитана.

— Ты запомнила? — он взглянул на нее, чуть улыбаясь. — Теперь иди.

Оливия могла запросто ответить ему, но, посмотрев на удивленного Марка, решила промолчать. Выйдя из кабины, она поняла, что ничего не запомнила. Кофе, шоколад, персики... Боже, сколько слов! Да он просто издевается!

Надо выкинуть его слова из головы и продолжать работать. Он не сможет издеваться над ней вечно. Ему быстро надоест. Остановившись возле кухни, пальцами стуча по обшивке, она решила, что сделает, как он хочет. Будут ему и персики, и шоколад. Лишь бы не в чем было упрекнуть ее.

— Оливия, забыла тебе сказать, — Келси открыла свою дверь, — через три часа у тебя перерыв на сорок минут.

Перерыв? Отлично! Вот только пока об отдыхе можно забыть.

ГЛАВА 3

Посмотрев на часы, Оливия мысленно отсчитала время. Пожалуй, она устроит ему обед и десерт. Проходя мимо Нины, шепнула:

— Как твои пассажиры?

— Вредничают, но в целом сносно. А как у тебя?

Подходило время разносить еду и нести кофе пилотам. Ах да, еще меню. Она совсем забыла принести им меню.

— Расскажи мне о Фернандесе.

Нина улыбнулась, и Оливия заметила румянец на ее щеках.

— Он красивый, недоступный мужчина и отличный пилот. Я летаю с ним не так давно, но он мне нравится — не грубит, ни капли высокомерия. Простой, улыбчивый и всегда приветливый.

— Да? — удивилась Оливия. Складывалось ощущение, что Нина говорила о совсем другом человеке. Марк больше подходил под это описание. — Нет, ты не поняла, я спрашиваю про Даниэля Фернандеса.

— Я про него и говорю, — шепнула девушка, — он именно такой. Шутит, смеется. Когда проходит по салону, все женщины провожают его взглядом, а когда видят его в аэропорту, готовы буквально накинуться. А его голос... Ну, сама слышала, — его голос заставляет трепетать.

Лучше бы она не слышала ни его голоса, ни слов Нины. Что она там сказала про женщин? Они что, выжили из ума?

— Не заметила.

Нина засмеялась и подмигнула ей:

— Значит, еще заметишь.

Сжав кулаки от злости, Оливия посмотрела на часы. Уже скоро. Или он просил обед? Или мороженое? Перед обедом или после? С персиками или с шоколадом? Сок с сахаром или без? Молоко с апельсинами? Апельсиновый фрэш? Выругавшись про себя, она зашла в комнату для персонала и достала меню из кармашка на стене.

— Барашек или семга? Рис или картошка?..

— Ты что тут бормочешь?

Она обернулась на мужской голос и увидела перед собой темноволосого молодого мужчину в черном костюме с полосатым галстуком. Джуан. Кажется, старший стюард на втором этаже.

— Чем питаются люди, сидящие в кабине пилотов?

Он усмехнулся, показывая на второй этаж:

— Тебе принести наше меню? У нас специальное для пилотов. Отдельное каждому.

Оливия задумалась и улыбнулась:

— Не стоит. А у вас есть сегодня персики?

— Нет, — удивился он.

— Тогда точно не надо.

— Фернандес не ест персики.

— Я знаю. — Оливия улыбнулась еще шире — в голове зрел жестокий план мести.

Ровно через полчаса, раздав пассажирам меню и приняв заказы, она налила две чашки кофе и понесла пилотам. Набрав код, Оливия зашла в кабину:

— Ваш кофе.

Марк ответил ей улыбкой, а капитан даже не обернулся — вел переговоры с диспетчером.

— Кофе больше не надо, — шепнул ей Марк, забирая у нее две чашки, — он пошутил.

— Ну что ж, — пожала плечами Оливия, — скоро обед.

Она уже собиралась идти обратно, когда самолет резко тряхнуло, и все вокруг начало дребезжать.

— Черт! — выругался Даниэль, нажимая кнопку со значком «пристегнуть ремни», и тут же знакомый звук прозвучал во всех салонах. — Сядь и пристегнись.

Оливия не поняла, кому предназначались эти слова, но, судя по тому, что Марк и так сидел пристегнутый, а кроме них троих больше никого не было, она решила, что ей. Самолет тряхнуло с новой силой, девушку все сильнее прижимало к двери.

— Снижаемся до трехсот шестидесяти, — скомандовал Даниэль Марку, — обойдем с левой стороны.

Девушка чувствовала, как самолет стал резко снижаться. Впервые она видела, как работают пилоты, пытаясь уйти из страшной зоны, не зная, где ее конец.

— Сядь и пристегнись, я же сказал тебе!

Он не смотрел на нее, но этот голос она ни с чьим другим не спутает. Возле двери Оливия увидела небольшое кресло. Села. Мысли вернулись к пассажирам. Зона турбулентности заставляет испытывать страх. Скорее всего, они находятся в панике, сидят с закрытыми глазами. Наверняка решили, что самолет падает. Она и сама бы так думала. Надо идти к ним, это ее работа.

Самолет все еще трясло, и сквозь дребезжание панели до нее снова донесся этот чертов голос:

— Леди и джентльмены, мы пролетаем зону турбулентности, просьба вернуть кресла в вертикальное положение и пристегнуть ремни безопасности.

Надо было срочно бежать, но она продолжала сидеть, наблюдая за их действиями. Нажимая кучу кнопок и переговариваясь между собой, пилоты пытались выровнять самолет. Даниэль наконец обернулся к ней:

— Я же сказал тебе пристегнуться.

Если бы он сейчас не вел двухпалубный гигантский самолет, находившийся в зоне тяжелой турбулентности, она бы нашла, что ему ответить, но в данной ситуации решила придержать язык. Встала с кресла и, хватаясь за ручку двери, решительно открыла ее:

— У меня пассажиры.

Забота о них важнее ее безопасности. Оливия выбежала в свой салон, взглядом проверяя каждого — слава богу, они подчинились капитану. Все сидели пристегнутые, спокойные, но в их глазах она видела ужас. Страх — нормальная реакция. Она тоже сейчас испытывала его. В кабине пило-

тов, видя, как они пытаются уйти из зоны, было спокойней, чем сидеть в салоне в неведении.

Через минуту самолет перестало трясти, и он начал плавно набирать высоту. Кнопки «Пристегните ремни» погасли, и она сразу услышала звук отстегивающихся ремней. На их месте она бы этого не делала, хорошо помня свой последний полет на небольшом «Боинге». Тогда после сильной турбулентности началась новая, намного сильнее первой, самолет кидало из стороны в сторону, и пара пассажиров ударилась головой о стену. А ведь капитан дал команду отстегнуть ремни.

— Леди и джентльмены, говорит капитан, мы прошли зону турбулентности, но в целях вашей безопасности рекомендую не отстегивать ремни до конца полета.

Сам сатана сказал эти слова, и Оливия, отстегнувшись, встала. Металлический звук вновь коснулся ее слуха. Какие послушные пассажиры собрались на этом рейсе! Или голос капитана так гипнотизирует?

Разнося еду по салону, она улыбалась каждому пассажиру:

— Вам рыбу или мясо?

Оливия сама бы с удовольствием поела, но свой перерыв, судя по всему, она потратит, пытаясь угодить капитану.

— Кофе или чай?

Развернувшись к месту хранения бортового питания, она почти налетела на высокого капитана.

— Бог мой! — вскрикнула она от неожиданности.

— Тебе повезло, что не облила меня.

— Мне не повезло. Что вы тут делаете? — Она взглянула на закрытую дверь в кабину пилотов, вновь переводя взгляд на Даниэля: — Пытаетесь покинуть самолет?

— Ты первая покинешь его вместе со своим дерзким языком.

Она улыбнулась, пропуская его в узком проходе во второй салон:

— Первый класс этажом выше.

— Багажное отделение ниже. Разойдемся по-хорошему: ты вниз, я наверх. Здесь становится тесно нам двоим.

Она стояла против него, держа высоко поднос и уже готовая кинуть им в него, но что-то останавливало. Пассажиры. Что они подумают о ней?

— Пройдите уже, — стиснув зубы, прошипела Оливия, — и лучше — в кабину пилотов. При виде вас люди начинают паниковать.

Даниэль пропустил ее, и она, опустив руку, недовольно глянула на него.

— Они еще не осознали, кто ты, — он пальцем указал на ее бейджик.

С этими словами он развернулся и пошел во второй салон. Оливии хотелось топать ногами и кинуть-таки в него подносом напоследок, но она лишь покачала головой, с недоумением наблюдая, как женщины с улыбкой оборачиваются ему вслед. Она не понимала их. Выпусти любого мужчину в белой рубашке с нашитыми четырьмя золотыми лычками на погонах, и они будут так же им восхищаться.

— Красавчик, — легкий шепот возле уха, и она обернулась, увидев рядом Нину.

— Кто?

— Фернандес.

— Еще одна сумасшедшая, — простонала девушка и отправилась за кофе.

Закончив в своем салоне с едой и уборкой, она еще раз оглядела пассажиров. Сытые и довольные, они спали. Вдохнув, она посмотрела на часы — время кормить экипаж. Ноги гудели, хотя позади лишь половина пути. Присесть бы, но сейчас не время — месть не могла долго ждать.

— У тебя перерыв, Оливия, — Келси довольно кивнула, — твои пассажиры самые тихие. Отдохни.

Серьезно? Недовольство пассажиров — пустяк по сравнению с постоянными придирками капитана.

— Накормлю пилотов и отдохну, — улыбнулась она. Где-нибудь между облаками, когда Фернандес Торрес выкинет меня из самолета.

— Еда для них на втором этаже — у каждого своя. Ты же знаешь, что пилотов принято кормить разной едой?

Конечно, она знала это — если отравится один, второй должен будет посадить лайнер в Пекине. Кивнув, Оливия поднялась по мягкому ковровому покрытию по лестнице, стараясь не касаться золотых перил. Впечатление от увиденного заставило ее застыть на месте: в центре стояла барная стойка с крутящимися стульями, как в ночном клубе. Приглушенный свет. Тихая музыка. И Даниэль Фернандес Торрес, разговаривающий с пилотом обратного рейса. Где-то здесь должен находиться Кларк. Она обошла мужчин как можно аккуратнее и направилась в бизнес-класс, который также отличался шикарной обстановкой.

— Оливия! — прокричал знакомый голос. Видеть Кларка было гораздо приятнее, чем своего пилота.

Она подошла к нему и села на пустое место рядом, вытянув от усталости ноги.

— Ну, как ты?

— Отлично, — прошептала девушка, закрыв глаза. Еда для пилотов подождет. Они, скорее всего, еще не проголодались.

— Уже боюсь своей смены.

Открыв глаза, она повернулась к нему лицом:

— Почему?

— Смотрю на тебя и понимаю, что меня ждет. Жаль, мы в Пекине будем всего три часа, не успеем погулять.

После девятичасовой смены гулять ей хотелось меньше всего. Сейчас бы лечь и поспать — сказывалась бессонная ночь.

— Когда мы полетим обратно, просплю весь полет.

Она взглянула на барную стойку, рядом с которой два пилота обсуждали что-то явно веселое.

— Им явно есть что вспомнить, — произнес Кларк, проследив за ее взглядом. Но Оливия уже не слышала его — она уснула, положив голову ему на плечо. У нее было целых сорок минут.

— Оливия, — позвал мужской голос, и она вздрогнула. Вскочила, пытаясь определить, сколько прошло времени, но, взглянув на бар и не увидев Даниэля Фернандеса, запаниковала.

— Почему ты не разбудил меня?

Кларк с удивлением посмотрел на нее:

— Ты не просила.

— Давно он ушел?

— Кто?

— Торрес. Даниэль Фернандес.

Спросонья она перепутала все его имена.

— Нет, минут пять назад.

— Отлично, — Оливия побежала в направлении кухни, налетая на Джуана. — Мне надо забрать еду для пилотов!

— Ее уже забрал Даниэль.

— Дьявол, — выругалась девушка и тут же улыбнулась, в надежде, что никто не услышал.

Как она могла уснуть и проспать самое ответственное дело? Быстро спустившись к себе в салон, она кинулась искать сок. Персиковый.

— У нас есть шоколадное мороженое?

Нина указала на морозильник, держа в руках чашку с чаем:

— Зачем тебе?

— Хочу шоколадное мороженое. А персиковый топпинг?

Нина указала на верхнюю полку, и Оливия, вытащив мороженое в пластмассовом стаканчике, поставила его на поднос, а левой рукой уже доставала бутылку с топпингом. Сейчас она покажет этому несносному пилоту, как издеваться. Удостоверившись, что Нина ушла и ее никто не видит, девушка открыла мороженое и полила его персиковым сиропом, затем закрыла обратно. Налив два стакана персикового сока и красиво разложив салфетки, понесла поднос в кабину пилотов. Машинально набрав код на двери, открыла дверь:

— Спасибо за обед.

Сказать это мог только один человек, поэтому она ответила тем же:

— Мужчину кормят ноги.

Марк засмеялся, вставая из кресла:

— Ну, раз один мужчина принес еду, второй отнесет посуду.

Он взял подносы, но Оливия тут же перехватила их:

— Я сама все сделаю.

Марку она не желала зла и не имела в виду его, но, если судить по его улыбке, сказал он без злобы.

— Я хочу пройтись, мне не сложно занести посуду, Оливия.

Она кивнула, пропуская его, вдруг осознав, что осталась один на один с Даниэлем, который тут же обратился к кому-то по связи:

— Это борт 2-1-6 «Arabia Airlines», сообщите наше положение.

— «Arabia Airlines», вы находитесь в ста километрах от аэропорта Чэнду. Ваш эшелон триста восемьдесят. Держитесь курса, — зашуршал в ответ голос.

— Мы что, отклонились от курса? — прошептала Оливия, но Даниэль услышал.

— Если бы капитану не приходилось добывать себе еду самому, мы от него не отклонились. Но поскольку ты считаешь, что мужчину кормят ноги, то я отказываюсь работать руками.

Он убрал руки с приборов на подлокотники и посмотрел на нее. Она хитро улыбнулась, прекрасно зная, что это шутка.

— Мне все равно. Где-нибудь сядем, самолет не может лететь вечно. А автопилот ему поможет.

— Господи, — закатил глаза пилот, — когда мы сядем, не подходи ко мне ближе, чем на двадцать метров.

— С удовольствием, капитан, начну прямо сейчас. Ваш заказ, — она протянула ему мороженое.

— Не отравлено?

— Так я вам и сказала.

— Хотя страшнее твоего языка яда нет.

— Взаимно, капитан.

Она смотрела, как он открыл мороженое, но голос по связи отвлек его:

— «Arabia Airlines» 2-1-6, это Чэнду, вы меня слышите?

— Это «Arabia Airlines», я слышу вас.

— Даю вам эшелон триста шестьдесят, через пятнадцать минут снижайтесь.

— «Arabia Airlines» 2-1-6, снижаться до эшелона триста шестьдесят через пятнадцать минут.

Он посмотрел на часы, нажал кнопку на панели перед собой и, взяв ложку мороженого, засунул в рот. Реакция не заставила долго ждать: резко вскочив со своего места, руками хватаясь за горло, он пытался его проглотить. Оливия улыбнулась, протягивая ему персиковый сок. Он молча схватил его и сделал глоток. Закрыв рукой рот, он зажмурился, пытаясь проглотить и его. И наконец, сделав это, он встал во весь свой немаленький рост, пригвоздив ее взглядом.

— Ведьма! У меня аллергия на персики!

Улыбка с лица Оливии начала исчезать, когда до ее сознания дошли его слова.

— У вас что?! — пробормотала она, надеясь, что он шутит. Но он явно не шутил, и тогда ей стало дурно. Боже, он умрет от анафилактического шока раньше, чем посадит самолет в Пекине!

Надо было действовать.

— Сядьте, я принесу вам воды.

— Ради бога, избавь меня от этого. Даже если я буду умирать, ничего больше не возьму из твоих рук.

— Сядьте, — взмолилась она и уперлась в его грудь руками, толкая к креслу, одновременно пытаясь нащупать пульс, — пожалуйста. У всех нормальных людей аллергия на клубнику или на апельсины... Откуда мне было знать?.. Вы что, переели персиков в Испании?

Он убрал ее руки, сел в кресло и надел наушники. Пока жив, это радовало.

— Как проявляется ваша аллергия? — прошептала она. — Может, вам дать таблетку? У вас есть аптечка?

— Ничего мне не надо, — рявкнул он, — уйди.

Как бы она ни хотела, не могла этого сделать. Нельзя оставлять его одного в кабине в непонятном состоянии без второго пилота. Где же Марк?..

— Десять минут, — снова прошептала она, смотря на часы, — вам снижаться через десять минут. Позвать Марка? Как проявляется ваша аллергия?

— Я устал от твоих вопросов. Я начинаю чесаться, — он снова зло посмотрел на нее, и Оливия облегченно вздохнула.

— Слава богу! Я думала, вы умрете.

— Не дождешься, — пробурчал он и нажал кнопку пристегивания ремней безопасности.

— Воды?

— Уйди.

Оливия бы с удовольствием ушла и оставила его одного — к черту, пусть сидит и чешется, но совесть не позволила. Она пристально наблюдала за капитаном, за всеми его движениями, за состоянием кожи, она следила даже за его грудью, пытаясь определить, как часто он дышит. Кусая губы и нервно теребя пальцы, молилась, чтобы все обошлось.

— Твое присутствие меня раздражает, — нахмурившись, он почесал свое плечо.

— Вы бы знали, как оно раздражает меня, — она подошла к нему, чтобы... помочь. — Как вас вообще к полетам допускают?

Даниэль тут же повернулся к ней, впиваясь взглядом, она даже присела возле его кресла от страха.

— Я не ем персики перед комиссией и во время полета, — он начал чесать грудь, неотрывно смотря на нее. — Все было хорошо, пока не появилась ты. Я знаю тебя меньше суток, а мне уже хочется скинуть тебя с самолета.

— Давайте вы сейчас поменяете эшелон, а потом мы поговорим, кто кого скинет. — Она освободила его руки, ногтями проводя по его груди. — Вы снижаетесь, а я вас чешу. Это же моя ошибка.

— Ты издеваешься?!

— «Arabia Airlines» 2-1-6, ваш эшелон триста шестьдесят. Освобождаем воздушный коридор для «Swiss air».

— «Arabia Airlines» вас понял, снижаюсь до трехсот шестидесяти, — поморщившись, закрыл рукой микрофон. — Хорошо. Я буду снижаться, — он почесал щеку. — Не дай

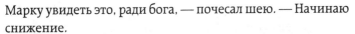

Марку увидеть это, ради бога, — почесал шею. — Начинаю снижение.

Одна кнопка — и в его руках «Эйрбас 380» начал плавно снижаться. А сидящая рядом Оливия легонько касается пальцами его рубашки, боясь поранить ногтями кожу. Он даже улыбнулся, подставляя шею. Девушка боялась что-то сказать, чтобы не перебить его внимание, которое было направлено на мониторы. Капитан включал и выключал различные кнопки, щелкая маленькими рычажками и переключателями.

— Слева, — произнес он, и она привстала, руками проводя по его спине, ощущая твердость мышц.

— Долго еще? — спросила Оливия, дойдя до шеи, чесание стало напоминать массаж.

— Нет, — он слегка потянул на себя рычаг, находящийся сбоку, и нажал на пару кнопок на панели, — все.

Нажав на кнопку связи, Даниэль снова связался с диспетчером:

— Это «Arabia Airlines» 2-1-6, мы заняли эшелон триста шестьдесят.

— Вас понял, «Arabia Airlines», хорошего полета.

Он снял наушники и взглянул на нее:

— У меня нет аллергии, я солгал.

ГЛАВА 4

Плетясь в конце экипажа в аэропорту Пекина, Оливия тянула за собой черный чемоданчик. Ее никто и никогда не подвергал таким унижениям. И она не могла отойти от испуга за его чертову жизнь — хотя нет, скорее за жизнь пассажиров. Ради них она готова на все. И Даниэль воспользовался этим. Он выиграл. Она проиграла. И это выводило ее из себя.

Она специально шла последней, чтобы только не видеть его, не слышать его голоса.

В зале ожидания она слушала щебетание девушек о сумочках и косметике, но сил поддерживать разговор не было. Хотелось спать. Зайдя в самолет, она сразу прошла к дальнему креслу в бизнес-классе и, натянув на себя плед, уснула, пропустив момент взлета.

— Доброе утро, — сквозь сон произнес знакомый голос. Боже, она слишком часто слышала его за последний день. Он уже успел надоесть! Открыв глаза, встретилась взглядом с ненавистным капитаном.

— Что вы тут делаете? — резко вскочив с места, она, запутавшись в пледе, чуть не упала на пол, чем, судя по всему, немало его порадовала. Даниэль улыбнулся.

— Лечу домой.

Он опустил спинку соседнего кресла, надел наушники, включил монитор перед собой и лег.

— Нет, что вы делаете здесь? — она указала на его место. — Больше некуда было сесть?

— К сожалению, нет.

— Сколько нам еще лететь?

Оливия стянула с него наушники, внимательно всматриваясь в его лицо и надеясь услышать «час» или «два», но он ответил:

— Восемь часов.

Восемь! Восемь часов! Она могла проспать еще семь из них! Но он опять помешал. Намеренно разбудил! От возмущения Оливия даже забыла, что поклялась не разговаривать с ним.

Натянув одеяло, она отодвинулась подальше от него и стала смотреть на мелкие звездочки на потолке. Красиво. Но сейчас даже они раздражали. Закрыв глаза, она попыталась снова уснуть, но сердце так стучало от злости, что сон

ушел. Какой наглец! Перебил ей сон, а сам преспокойно лежит и смотрит в телевизор.

Разозлившись, она стянула с него наушники. А что он думал? Что, разбудив ее, насладится тишиной?

— Что? — он перехватил наушники. — Спи.

— Вы разбудили меня. Теперь я не могу уснуть, и вам придется меня слушать.

Это в его планы не входило. Она сама в них не входила. Даниэль случайно сел к ней. Хотя нет, он намеренно это сделал и разбудил, желая позлить. Но он и не думал, что она опять будет болтать!

— Я не хочу тебя слушать. Отдай наушники, отодвинься подальше и засни уже.

Капитан сто раз пожалел, что сказал ей «Доброе утро». Никогда больше он не повторит этой ошибки.

— Вам придется слушать меня до самой посадки. — Теперь Оливия решила досадить ему, отвлекая от фильма. — Я вам расскажу о себе.

— О боже...

Пилот закрыл глаза и сделал звук громче, но она придвинулась к нему и, выхватив один наушник, произнесла:

— Я Оливия Паркер, мне двадцать три года, работаю стюардессой в авиакомпании «Arabia Airlines» на самом большом пассажирском самолете, пилот которого — самый ужасный человек в мире.

Даниэль молча снял второй наушник и взглянул на нее:

— Даниэль Фернандес Торрес, двадцать девять лет, работаю в авиакомпании «Arabia Airlines» тем самым ужасным пилотом самолета с самой несносной стюардессой в мире Оливией Паркер.

— Я думала, вам меньше.

— Я думал, тебе... — он замолчал. Он не думал о ее возрасте. — Я вообще о тебе не думал.

Она вновь отстранилась, поправляя волосы. Они выпали из прически и прядками спадали на плечи.

— Выглядишь ты не очень, — признался он, следя за ее движениями.

Мерзавец. Как он смеет говорить ей такое? Оливия коснулась губ — от помады не осталось и следа. Наверняка он прав, видя ее такой. Расстроившись, она повернулась на другой бок. Хам.

Даниэль удовлетворенно улыбнулся, все еще не веря своему счастью — она промолчала и отвернулась! Это лучший подарок за последние двадцать девять лет его жизни. Смотреть на ее бледные губы и выбившиеся пряди волос не было больше сил. Ее губы без помады выглядели так маняще...

Он вновь вернулся к просмотру фильма, но сюжет был потерян. Краем глаза он видел, как она ворочается, пытаясь найти удобную позу, и про себя улыбнулся: ей никогда не выспаться в самолете.

Оливии стало вдруг неудобно и жестко, ей хотелось перевернуться, но тогда она опять увидит его, а смотреть на Даниэля Фернандеса ей не хотелось. Но если это сделать с закрытыми глазами, то можно постараться. Она так и сделала, но против воли глаза распахнулись. С минуту она рассматривала его профиль. Нина права, Даниэль — очень красивый мужчина, Оливия возненавидела его еще сильнее.

Он обернулся, почувствовав ее взгляд:

— Что?

— У вас щетина. Вы выглядите не намного лучше меня.

Нахмурившись, он машинально коснулся своей щеки. Еще пара ее слов, и он заткнет ей рот. Рукой.

— Спи, — он отвернулся от нее, уставившись в телевизор. — Язва.

Но Оливии спать не хотелось, она лежала и наблюдала за ним, ожидая, когда он взорвется. Долго ждать не пришлось.

— Что еще? — Он недовольно взглянул в ее глаза. Голубые как небо. Черт! Он любит небо. Но терпеть не может ее глаза.

Она усмехнулась, раздумывая, чем бы еще побесить его.

— Я не могу уснуть, потому что вы тут сидите.

— Что ты предлагаешь? — Сесть рядом с ней было большой ошибкой. Где был его мозг в тот момент?

— Усните первым.

— Хочешь задушить меня во сне? Огорчу тебя — я не сплю в самолетах.

— Жаль, неплохая была идея, — вздохнула Оливия, смотря в его экран. — Сколько нам еще лететь?

— Слушай, — кажется, в его голове созрел отличный план по устранению ее голоса, — давай поиграем в простую игру. Детская, но сейчас, между нами, она актуальна как никогда.

Оливия с интересом глянула на него. От слов «между нами» пронеслась молния разрядом в тысячи ватт.

— Она называется «молчанка». Правила простые: не разговаривать друг с другом, — он наклонился к ней, дыханием касаясь ее уха, — никогда.

— И что мне за это будет? — спросила Оливия.

Он вновь лег на свое место, закатив глаза:

— Это мне будет. Потому что ты не выдержишь.

Оливия хмыкнула. Какой самоуверенный. Она может молчать дольше, чем он думает!

— Проигрывает тот, кто заговорит первым. Цена — ты покидаешь мой экипаж.

Она бы упала от его слов, если бы не лежала. Каков нахал.

— Простите, а что будет с вами, если вы проиграете?

— Я не проиграю.

— Если проигравшим окажетесь вы, покинете этот самолет. В любом случае, кто бы ни проиграл, один уходит.

Девчонка с ума сошла просить такое. Она хотела слишком много.

— Нет, я не согласен. Я слишком много теряю: и самолет, и экипаж. Если я проиграю, то... — Даниэль задумался,
придумывая себе наказание. Оказывается, это было сложно.
Может, дать ей денег? Купить машину? Золото? Что хотят
девушки? А почему вообще он должен проигрывать? Это
не входило в его планы. Уж он-то сможет не разговаривать
с ней годами. — Хорошо, ведьма, я согласен. Один из нас
уйдет, и это будешь ты.

Он протянул ей руку, и Оливия недовольно ее пожала.
Кто сказал, что это будет она?

С этой счастливой минуты девушка не сказала больше
ни слова, наблюдая за экраном его телевизора. Без звука.
Картинки сменялись одна другой, склоняя в сон. Спор
и молчание. Молчать трудно, но она справится. Она сможет.
Потом стало тепло и мягко, и Оливия уснула, окончательно
расслабившись.

— Уважаемые пассажиры, через сорок минут мы совершим посадку. Прошу вернуть спинки кресел в вертикальное положение и пристегнуть ремни безопасности, — незнакомый голос пилота разбудил ее. Уже посадка? Неужели
она проспала весь полет? Игра в молчанку пошла ей на
пользу.

Лежа на чем-то белом и теплом, она пыталась вспомнить,
чем бы это могло быть. Коснувшись пальцами нашивки
в виде желтых крыльев, она прочитала: «Капитан Даниэль
Фернандес Торрес» — и тут же одернула руку. Черт! Она
уснула у него на груди! Как так получилось? А его рука?
Она уже у нее на спине! Кажется, она сейчас закричит! Но

кричать нельзя — спор. Оливия тут же вскочила, зажимая рот рукой, и с ужасом посмотрела на него. Кажется, он тоже в шоке и только что проснулся. А говорил, что не спит в самолетах! Лжец. Хотелось высказаться по полной, но усилием воли она держала свой рот на замке, лишь глазами показывая удивление.

Она дернулась и разбудила его. Даниэль открыл глаза, все еще не веря, что мог уснуть. Когда он был в полном сознании, она спала рядом. Наверняка эта бестия стукнула его по голове. Он уже открыл рот от возмущения, как вспомнил их спор и закрыл глаза, пытаясь преодолеть возмущение молча. Какого дьявола она оказалась на его груди?

Самолет вдруг начало трясти: звук шатающихся панелей и дверей заставил Оливию убрать руку, закрывающую рот, и поднять кресло. Краем глаза она увидела, как Даниэль делает то же самое, садясь прямо и пристегиваясь ремнем безопасности. Сейчас она бы спросила: а помогут ли ремни? Какого черта их так трясет? Но тогда она проиграет. Он не дождется.

Их трясло уже так, что, казалось, сейчас выпадут кислородные маски. Становилось уже не смешно. Становилось страшно. Она взглянула на Даниэля, даже не понимая, чего хочет от него. Поддержки? Слов? Но он молчал и даже не смотрел на нее. Конечно, он не проронит ни слова.

Турбулентность становилась все сильнее и сильнее, и кто-то из их экипажа вскрикнул:

— Почему так сильно трясет?

Она вновь посмотрела на Даниэля молящим взглядом, надеясь, что он скажет что-нибудь ободряющее. Наконец он повернулся к ней, но легче не стало. Сдвинутые брови, хмурый взгляд. Он явно был озабочен чем-то.

— Капитан Фернандес, вас просят подойти в кабину пилотов, — к ним подошла стюардесса, она натянуто улыбалась. Ей точно было не до смеха, но она старалась. Так бы поступила и Оливия.

— Что случилось? — спросила Нина, высунув голову над спинкой сиденья. — Мы падаем?

— Успокойтесь все. — Даниэль встал, и Оливия чуть не закричала от страха. Что понадобилось их капитану от Фернандеса? Он не может справиться сам? Если ему нужен совет, случилось что-то действительно серьезное. — Оставайтесь на своих местах.

Зачем она схватила Даниэля за рукав рубашки, она сама не поняла. А он остановился, потому что эта бестия смотрела расширившимися от страха глазами. Ждала, что он что-нибудь скажет. Но он промолчал. Она так же резко отпустила его, как и схватила, не дождавшись и малейшей поддержки.

Отвернувшись от нее, он быстрым шагом прошел по салону, громко произнося:

— Все нормально. Прошу всех успокоиться. Обычная болтанка.

Да, черт, он сказал это всем, но специально для нее, чтобы больше не видеть этих голубых испуганных глаз. Даниэль прекрасно понимал, почему были испуганы пассажиры: сильная зона турбулентности и три пилота в кабине. Но ему было плевать. Трясучка нервировала его.

— Песчаная буря? — Он влетел в кабину, закрывая дверь за собой.

— Да, черт, — выругался капитан Сэйдж, — Дубай встречает нас песком. Боюсь забить двигатели. Я слышал, у тебя была такая ситуация.

— Однажды я взлетал в бурю. Думал, пролечу, но песок стоял столбом до семи километров. Один двигатель вышел из строя, и мне пришлось лететь на трех. У тебя ситуация лучше — пока работают все четыре. Садись. Сколько до аэропорта?

— Осталось сорок километров, мы уже близко. Скорость двести девяносто три узла.

— Придется сбавлять ближе к полосе, иначе песок остановит двигатели раньше, чем мы ее коснемся.

Самолет продолжало сильно трясти, дребезжание панели управления раздражало. Сейчас в салоне люди боялись, нервничали, ждали слов поддержки от своего капитана. Именно этому учили Даниэля в институте «Arabia Airlines» — выходить на связь с пассажирами в таких ситуациях. Но капитану Сэйджу было не до этого. Занятый безопасной посадкой, расчетами скорости, разговорами с диспетчером, он просто забыл о пассажирах.

Даниэль не выдержал, схватившись за рацию, произнес:

— Уважаемые леди и джентльмены, мы пролетаем сильную зону турбулентности, прошу не волноваться, мы делаем все возможное, чтобы из нее выйти. До посадки осталось двадцать минут, погода в аэропорту, как всегда, жаркая и солнечная. Кажется, сегодня нас встретит небольшой туман из песка. Прошу вас не расстегивать ремни безопасности до выключения табло.

Оливия расслабленно выдохнула. Как бы она к нему ни относилась, сейчас мысленно благодарила за то, что он успокоил пассажиров.

— Ура! — заплодировала Нина, ее поддержали другие члены экипажа. Все вокруг расслабились и начали переговариваться. — Обожаю его, наш умничка. Он никогда не забывает про тех, кто в салоне.

Оливия улыбнулась, молча поддерживая их. Для ее оваций он еще не дорос — много чести... Чтобы она сказала ему? «Спасибо»? Нет уж... Не дождется. Только на грани жизни и смерти; а она надеялась, что такой ситуации не случится. Потому что говорить «спасибо» — это проиграть в споре. А проигрывать она не собиралась.

Даниэль вернулся ровно через пять минут, скудно отвечая на вопросы своего экипажа, молча сел рядом с ней.

Самолет выровнялся, но по-прежнему отчетливо чувствовалось снижение. Оливия схватилась за подлокотник так сильно, что побелели костяшки пальцев. Что-то внутри подсказывало, что все не так хорошо, как он говорит. Ей вспомнились слова преподавателя: «Даже вам всей правды пилот не скажет, иначе вы запаникуете, а ваша паника страшна для пассажиров».

Даниэль Фернандес умолчал о главном. О твердой посадке. Он видел испуганные взгляды пассажиров, но лишь улыбался им, возвращаясь наверх. А сейчас, сидя рядом с этой... ведьмой и чувствуя ее страх, он просто накрыл ее руку своей ладонью, пропуская пальцы между ее пальцами. Но только сегодня. На пять мнут. Молча.

Самолет коснулся полосы на слишком большой скорости. Его просто ударило о нее, и Оливия закрыла глаза, чувствуя, как пальцы Даниэля с силой сжали ее руку. Секунды страха стали пыткой. Она распахнула глаза только тогда, когда почувствовала, что самолет тормозит, а пальцы Даниэля медленно отпускают ее руку. Так почему ей хочется, чтобы самолет ехал дольше?

Даниэль слушал шум реверса и вибрацию салона. Сэйдж отлично посадил самолет. Многие пассажиры сейчас ругают его за жесткую посадку, но им не понять, что он мог высадить их где-нибудь в поле, пролетев мимо полосы на такой скорости.

— Даниэль, что там случилось? — Келси встала со своего места после полной остановки. — Хоть сейчас расскажешь?

— Песчаная буря, — признался он, вставая и направляясь к Марку. — Кстати, послезавтра у нас вылет в Бангкок, встречаемся в семь утра на брифинге.

Оливия с тоской подумала про послезавтра, Бангкок и Даниэля Фернандеса. Просто когда он молчит, раздражает еще больше.

ГЛАВА 5

— Мамочка, у меня все отлично. Меня поселили в гостиницу для персонала от авиакомпании.

Не дозвонившись до мамы, Оливия решила оставить ей сообщение на автоответчике. Сегодня у них рейс в Бангкок, и она вышла пораньше, чтобы прийти первой и не столкнуться с капитаном у стойки регистрации. Еще одного такого случая она не переживет. Хотя он уже вряд ли будет перечить ей. Молчание — золото, когда хочешь выиграть спор.

Вчерашний выходной пролетел слишком быстро, но времени на то, чтобы отдохнуть, хватило.

— Сегодня у меня вылет в Бангкок, мы проведем там день. Тебе, наверное, интересно, какой у меня экипаж? Все они милые люди, — Оливия остановилась, задумавшись над своими словами, — почти все. Кроме капитана. Но я стараюсь не придавать этому большого значения.

Она вошла в комнату для брифинга, и телефон чуть не выпал из рук — Даниэль уже сидел за столом, изучая документы перед полетом. Какого черта он так рано? Ей казалось, он любит опаздывать.

Оливия молча прошла к окну и прошептала в телефон:

— Я перезвоню тебе из Бангкока. Люблю тебя.

Капитан тут же поднял глаза на нее и, видимо, хотел что-то сказать, но вовремя вспомнил про их уговор и лишь кивнул. Оливия молчит, и это здорово! Надо было раньше предложить ей. Хотя последние слова, сказанные в телефон, не ускользнули от его внимания. Ему казалось, что такие горделивые особы не способны на проявление чувств. Не важно, с кем она разговаривала, он искренне жалел этого человека.

Минуты, проведенные в молчании, казалось, длились вечность. И если для него все складывалось идеально, то Оливия воспринимала молчание как пытку. Она еще никогда не молчала так долго. На секунду Оливии даже показалось, что сейчас она сорвется и проиграет. Но вспомнив, что ей тут же придется покинуть экипаж, стиснула зубы и продолжила игру, мысленно разговаривая сама с собой.

Напряжение стало спадать лишь тогда, когда в комнате стали собираться люди. Собрание прошло довольно быстро, капитан не стал задерживать и отпустил всех в салон, оставшись с Марком решать предполетные дела.

Оливия попросила Келси поставить ее в хвостовую часть самолета — там она точно не увидит Даниэля Фернандеса. От кабины пилота до хвоста целых семьдесят три метра.

Семичасовой полет прошел на удивление спокойно, Оливия так увлеклась работой, что совсем забыла о пилоте, вспоминая о нем лишь в момент, когда шелковый голос обращался к пассажирам после взлета и перед посадкой.

— Оливия, прошло сорок минут с момента моего звонка пилотам, позвони в кабину, узнай, как они, — Келси прошла мимо рядов кресел.

— Но почему я? — Брови Оливии изогнулись дугой от неожиданной просьбы.

— Мне надо срочно заполнить кое-какие бумаги и отнести их на второй этаж, сделай это.

Семьдесят три метра вновь сжались в считаные сантиметры. Звонить пилотам каждые сорок минут днем и каждые двадцать минут ночью обязывали правила гражданской авиации. Экипаж должен знать, все ли в порядке с пилотами.

Схватив трубку телефона, она нажала кнопку связи с пилотами, уткнувшись лбом о стену. Что она ему скажет? Ничего. Потому что тогда проиграет спор.

— Я слушаю, — услышала его голос.

Оливия молча повесила трубку на место. Этого было достаточно — с ними все в порядке. Больше она ничего не желала знать.

Вечером они всем экипажем сидели в одном из ресторанов Бангкока за большим столом, пробуя экзотические блюда и обсуждая запомнившиеся полеты. Оливия слушала их рассказы с большим интересом.

— Сегодня пассажирка задала странный вопрос: почему мы снизили скорость, — засмеялась темнокожая Дженнет из ЮАР. — Я спросила: «Почему вы так решили?», она ответила, что просто посмотрела в окно.

— Иногда они задают глупые вопросы, на которые мы должны давать глупые ответы, — пробурчала Мирем, крупная светловолосая девушка из Норвегии.

— А помните, как нас поселили в отель в Дели, а в номерах были тараканы с меня ростом? — поморщилась Нина.

— Не знаю, как насчет тараканов, — Даниэль улыбнулся, — но в моем номере сидела полуголая девушка.

Марк, засмеявшись, толкнул его в плечо:

— Это было в Бангкоке.

— Нет, это было в Дели. Такое я точно не забуду.

Все засмеялись, вспомнив этот случай. Все, кроме Оливии. Возмущенная, она хотела съязвить ему, но вовремя опомнилась.

— Оливия, а в твоей практике были интересные случаи? — спросила Нина, повернувшись к девушке, и все взгляды устремились в ее сторону. Но она чувствовала только его взгляд. Надменный, хитрый, ждущий ответа. Резко отвела глаза — она расскажет свой случай для других членов экипажа. Не для Даниэля Фернандеса. Не ее проблемы, что он сидит с ними за одним столом.

— В моей практике был случай, но он не смешной, — она закусила нижнюю губу, вспоминая тот ужасный сентябрьский полет и бесконечный лондонский ливень, большими каплями барабанивший по стеклу иллюминатора и разбивающийся на сотни мелких брызг. — Мы возвращались домой в Лондон, когда самолет попал в зону сильной турбулентности, его начало трясти... — она замолчала, нахмурив брови. — Казалось, ничего особенного, но самолет трясло с каждой секундой все сильнее и сильнее. Вскоре стало совсем страшно. Знаете, чего больше всего боятся пассажиры? — она обратилась ко всем. — Как вы думаете?

— Когда самолет резко снижает высоту? — произнес Марк, смотря на Даниэля, но тот молчал, неотрывно наблюдая за Оливией.

— Нет, — произнесла она, — когда выпадают кислородные маски.

— Точно! — вскрикнула Келси. — Это самое страшное для них. Мысленно они уже хоронят себя.

Оливия кивнула, продолжая рассказ:

— В тот полет именно так и случилось: самолет трясло так, что выпали маски. И началась жуткая паника. Даже не паника — это была массовая истерия. Некоторые люди вскакивали со своих мест, кричали, молились. Мы успокаивали их, как могли. Один крупный мужчина, под два метра ростом, никак не мог угомониться. Пока бортпроводники успокаивали и пристегивали остальных, я пыталась усадить его на место, но он решил выйти из самолета, — она усмехнулась, потупив взгляд, — выйти из самолета! Вы представляете, на высоте! — Все внимательно слушали ее, но Оливия уже этого не замечала, погрузившись в воспоминания. — Я стала бороться с ним, не давая пройти к двери. Я помню только, как он ударил меня со всей силы, и то как, падая, я ударилась о железный столик бортового питания, который выкатился из кухни. Помню крики пассажиров. Помню боль. Помню, что пытаюсь встать, перепачканная кровью, но вновь падаю и боюсь, что мужчина перепугает всех до смерти. Больше ничего, я потеряла сознание.

Минуту еще все сидели в тишине, переваривая ее слова. Даниэль опустил глаза, вспоминая недавний полет и песчаную бурю. Не зря он и накрыл ее ладонь своей, почувствовал ее страх.

— Этого мужчину успокоили? — спросила Келси, и Оливия кивнула, слегка улыбнувшись.

— Да, другие пассажиры-мужчины. А я провела в больнице неделю.

— Не хотела бы я оказаться в такой ситуации, — прошептала Нина, — сумасшедшие плаксы мне попадались, но чтобы выйти во время полета... Такого не было.

Оливия взглянула на Даниэля. Он как будто изучал ее. О чем он думал? Определял степень повреждения мозга? Наверно, нажалуется в «Arabia Airlines», что на его борту стюардесса с физической и психологической травмой. Кто дергал ее за язык? Оливия злилась, нахмурив брови, но продолжала смотреть на него.

Капитан заметил, как она нахмурилась. Он и раньше думал, что в голове у новой стюардессы явный бардак, а теперь убедился сам. Даже доказывать не надо. Заметно было с первой встречи. Но почему-то сейчас ему захотелось нанести ответный удар тому мужчине. По прилете — на месте капитана того экипажа — он так бы и сделал. Но не ради Оливии Паркер, нет. На ее месте могла оказаться любая стюардесса.

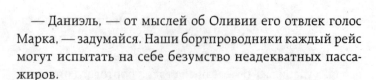

— Даниэль, — от мыслей об Оливии его отвлек голос Марка, — задумайся. Наши бортпроводники каждый рейс могут испытать на себе безумство неадекватных пассажиров.

Капитан кивнул:

— Нам проще — устав обязывает нас во время нештатных ситуаций закрывать свою дверь плотно. Я же не могу бросить штурвал самолета, когда он находится в глубокой болтанке, и бить морду неадекватным пассажирам.

— Даниэль прав, — Келси встала, — каждый занимается своей работой. Пилот в ответе за жизни людей, которые у него за спиной. Все они ждут благоприятной посадки. Идя на помощь одному члену экипажа, вынужден подвергать опасности всех.

Один или пятьсот? Даниэль снова посмотрел на Оливию. Конечно, пятьсот. Она не стоила таких жертв. В каком угаре надо быть, чтобы покинуть кабину и бежать ей на помощь? Явно не в здравом.

Все расходились по своим номерам, обсуждая этот случай. Оливия не заметила, как звон голосов стих и она осталась одна. Самое время позвонить маме и немного успокоиться.

— Оливия, детка, я получила твое сообщение. Как ты?

Голос матери как бальзам на душу. Родной, нежный, до боли знакомый.

— Я в отеле в Бангкоке, жаль, что так и не увижу город — завтра рано вставать, вылет домой.

— Ты всю жизнь проведешь в небе, я тебе это говорила, но ты меня не слушала.

— Я люблю небо, мама, ты это знаешь.

— Твои слова о капитане экипажа очень огорчили меня. Он такой несносный? Можно поменять пилота?

Эти слова насмешили Оливию. Поменять? Было бы здорово.

— Мам, — улыбаясь, произнесла девушка, — он несносен, когда говорит. Но сейчас у нас табу на это. Мы договорились молчать.

— Ты заставила мужчину молчать? — воскликнула мать.

— Нет. Это он заставил меня молчать.

— Мужчина заставил мою дочь молчать? — Она даже повысила голос. — Что это за мужчина? Я хочу познакомиться с ним. Хочу увидеть того, кому это наконец удалось.

— Мама... — нервно произнесла Оливия, желая сказать пару слов по этому поводу, но вовремя обернулась, заметив, как Даниэль направляется в ее сторону, вытаскивая из кармана ключ от номера: — Я перезвоню тебе завтра. Очень тебя люблю.

Она кинула телефон в сумочку и посмотрела Даниэлю в глаза. Как тяжело молчать, когда слова сами рвутся наружу.

Пилот услышал последнюю фразу. Опять она кого-то любит. Сегодня эта девушка просто сокровище: тихая, мирная и любящая. Даниэль остановился напротив Оливии. Она видела, как хитрая улыбка коснулась его губ и глаза слегка сощурились от этой усмешки. Хитрец, думает, что разозлит ее этим и она проиграет. Но она будет молчать, даже если сам Бог попросит сказать Даниэлю Фернандесу слово. Оливия ответила ему тем же — легкой ухмылкой и хитрым взглядом, пронизывающим холодом до кончиков пальцев. Голубое холодное бездонное небо. Он любил небо. И почему она родилась с таким цветом глаз?

Битва взглядами в молчании стала напрягать Оливию, и она на шаг отошла в сторону, пропуская его. Сдалась быстрее, чем он думал. Одержав еще одну победу, Даниэль прошел к двери номера, открыл ее и зашел внутрь, оставляя девушку в одиночестве.

Тропический дождь барабанил всю ночь, заставляя Оливию просыпаться. Открыв глаза, лежа в темноте, она слушала мелодию мокрой листвы деревьев, шуршащей под окнами. Дождь, стучащий по окну и мокрому асфальту, — единственное, что она могла слушать бесконечно. Она любила звук дождя.

— Дождь — единственное, что я ненавижу, — пробурчал Даниэль Марку, направляясь на предполетный медицинский осмотр утром. Хуже дождя мог быть только острый язык Оливии. Почему-то он улыбнулся, вспомнив ее. Без сомнений, она любит дождь.

— Чему тогда улыбаешься? — удивился Марк.

— Никакой дождь не испортит мне настроение. — Даниэль хлопнул рукой по спине первого помощника и зашел в кабинет.

Но он ошибся: приняв на борт пассажиров, их не пустили на взлет. Даниэль связался с диспетчером:

— Доброе утро, Бангкок, «Arabia Airlines» 2-1-6, запрашиваю разрешение на взлет.

— Ожидайте разрешение через два часа, — произнес диспетчер.

— Пожалуйста, подтвердите, задержка два часа? — не поверил Даниэль и посмотрел на Марка. Тот пожал плечами, также шокированный ответом.

— Подтверждаю.

— Тогда отмените «Доброе утро», — Даниэль разозлился, облокотившись на спинку кресла. — Два часа, Марк. Проклятый дождь. У нас на борту пассажиры. Что мне им сказать?

— Думаю, стоит сказать, что нас задерживают, но промолчать про два часа.

Оливия заметила, как кондиционер стал работать в половину мощности, не справляясь с духотой в самолете. Она пока не была заметна пассажирам, но Оливия хорошо знала, что капитан не просто так убавил его. Прозвучавшие слова подтвердили эту догадку:

— Уважаемые леди и джентльмены, говорит капитан Даниэль Фернандес Торрес, наш вылет задерживается на неопределенное время из-за метеоусловий. Прошу вас оставаться на своих местах с застегнутыми ремнями безопасности. Как только будет получена дополнительная информация, я сообщу. Приношу свои извинения за доставленные неудобства и благодарю за внимание.

Видя, как начали переговариваться пассажиры, обсуждая услышанное, Оливия обернулась к Мирем. Но та лишь пожала плечами.

— А долго нам ждать? — Женщина средних лет привстала с кресла и взглянула на Оливию.

— Капитан сказал «на неопределенное время», вам принести воды?

Сейчас придется особенно трудно — пассажиры расстроены ожиданием. Никому не нравится ждать, тем более, если это ожидание на «неопределенное время». Сейчас ей придется вдвое больше работать: улыбаться и контролировать их.

— Принесите, пожалуйста, и мне воды.

Оливия обвела взглядом пассажиров в поисках того, кому принадлежит этот тонкий голос, и увидела девушку, которая с мольбой в глазах смотрела на нее. Ее руки нервно гладили большой живот. Оливия, улыбаясь, подошла к ней, опустившись рядом в проходе между кресел, чтобы другие пассажиры не слышали их разговор:

— Как вы себя чувствуете?

Самыми вспыльчивыми пассажирами являются беременные женщины. Их можно успокаивать весь полет. А если он продолжительностью семь часов? А если еще и задержка вылета? Не знаешь, чего ждать, они могут требовать того, чего нет на борту, могут заплакать в панике при взлете или при посадке. А если турбулентность? А если, не дай бог, роды...

— Немного душно, но чувствую себя хорошо.

Девушка не была похожа на истеричную, нервозную особу, напротив, она была спокойна и уверена в себе и своих силах. Это радовало.

— Какой у вас срок? — Оливия протянула ей стакан воды. Девушка сделала глоток.

— Шесть месяцев.

Улыбнувшись и удовлетворенно выдохнув, Оливия встала с прохода, вновь осмотрев пассажиров. Они начали нервничать. Сказывалась духота, люди обмахивались газетами и журналами. Почему капитан убавил кондиционер? Здесь сидят живые люди, которые скоро начнут падать.

— Мирем, — Оливия подошла к скандинавской бортпроводнице, — позвони пилотам, попроси, чтобы сделали кондиционер сильнее.

— Они не сделают, они экономят сейчас на всем, неизвестно, сколько мы здесь простоим. Скажи спасибо, что еще кислород не перекрыли.

Оливия открыла рот от удивления. Это шутка такая?

— Сколько мы уже стоим?

— Сорок пять минут.

— Еще сорок пять, и упаду я, — пробурчала Оливия, чувствуя, как в душном салоне начинает болеть голова. — Пассажиры спрашивают, когда мы взлетим, не знаю, что им отвечать.

— Келси сказала, что не раньше, чем через два часа.

— Два часа? — удивлению Оливии не было предела. И капитан решил, что без кондиционера им тут всем хорошо? Он сумасшедший. — Почему так долго?

— Дождь стеной, плохая видимость.

— Последи за моими, — сжав руки в кулаки, Оливия направилась через весь салон в кабину к пилотам. Проходя по первому салону, она поняла, что здесь не так душно, как в хвосте самолета. Откуда Даниэлю Фернандесу знать, что сейчас испытывают люди, сидящие там? На месте беременной она бы уже родила.

Когда Оливия зашла внутрь, две пары глаз уставились на нее. Губы Даниэля растянулись в улыбке. Он ждал, когда она начнет говорить. Знал, что она придет. Сейчас он выиграет, и эта девушка больше никогда не взойдет по трапу на этот самолет. Но, к его большому удивлению, она обратилась к Марку:

— Очень прошу включить кондиционер, в хвосте невозможно находиться, люди скоро начнут падать в обморок. У меня беременная девушка в салоне.

Она смотрела на Марка, ожидая его ответа, и он удивленно перевел свой взгляд на Даниэля:

— Как скажет капитан.

— Капитан скажет «нет», — твердо ответил тот, отворачиваясь от Оливии и смотря уже на Марка. Тот, кивнув, вновь посмотрел на нее.

Сейчас бы она ударила обоих чем-нибудь тяжелым, но ограничилась лишь словами:

— Передайте капитану, что, если пассажиры начнут вымирать, это будет его вина.

Брови Марка взлетели вверх. Какую роль они отвели ему в этой игре? Почему он должен что-то передавать? Ведь Даниэль сидит рядом и все слышит. Он взглянул снова на капитана, а тот произнес:

— Передай ей, что будет так, как требует летный устав. Не мне писать правила и переделывать их. И еще передай, что кондиционирование салона включено, просто не в полном объеме. В полном я включу его только тогда, когда мы запустим двигатели.

Марк снова удивленно посмотрел на девушку, кивая ей. Он не в цирке — передавать то, что она сама слышала.

— Хорошо, — согласилась Оливия, — тогда скажите хоть приблизительно, сколько нам тут сидеть?

Она смотрела на Марка, и он уже не понимал, кого она спрашивала, поэтому сказал от себя:

— Диспетчер сказал — два часа. Может, больше, может, меньше. Все зависит от погоды, как только дождь утихнет, нам разрешат взлет.

Два часа — это вечность. Люди сойдут с ума.

— Они там что, сумасшедшие?

Даниэль засмеялся, беря в руки план аэропорта Бангкока. Такие же сумасшедшие, как она. Можно было оставить ее здесь.

— Передай ей, пусть кричит погромче, может, они услышат ее и, не выдержав, дадут нам взлететь побыстрее.

Оливия посмотрела на капитана. Да как он смеет!

— Слышите, ребятки, не знаю, что между вами происходит, — произнес Марк, отвернувшись от Оливии и надевая наушники, — но решайте свои проблемы сами, не втягивайте меня.

Стоять здесь не было больше сил, и девушка открыла дверь кабины, напоследок бросив злой взгляд на капитана. В этот же момент он обернулся и подмигнул ей. Она определенно ненавидит его. Ее раздражало в нем все. Если бы Даниэль только знал, как Оливию бесили его шутки, его голос, его хитрая улыбка, эти карие глаза, она ненавидела даже четыре желтые лычки, красовавшиеся на погонах. Она ненавидела контраст белой рубашки с его загорелой кожей. Где вообще можно так загореть, если он всегда в небе?

Проходя по салону между кресел, она замечала, как тяжело сидеть пассажирам, многие стояли, высказывая свое недовольство. Но она улыбалась. Улыбалась до тех пор, пока не дошла до хвостовой части самолета и вновь не услышала этот голос:

— Леди и джентльмены, у меня для вас две новости. Первая: нас направили в очередь на взлет. Вторая: мы пятнадцатые. По нашим подсчетам, мы взлетим не раньше чем через тридцать минут. Прошу прощение за столь долгую задержку.

Тут же заработали двигатели, и включился на полную мощь кондиционер. Оливия видела, как пассажиры, услышав капитана, довольные, усаживались на свои места. Его голос гипнотизировал. Некоторые улыбались друг другу, одобрительно кивая. Некоторые спорили, что взлет будет позднее, чем через тридцать минут. Но все они ждали, поверив его словам.

Оливия подошла к беременной девушке, справиться о ее состоянии, и та, улыбнувшись, положительно кивнула. Все шло хорошо, надо было раньше сходить к пилотам, видимо, ее голос был услышан кем-то наверху.

Самолет проехал по рулежной дорожке, вставая в очередь.

— Вот черт! Как вас много! — выругался Даниэль и тут же услышал голос диспетчера:

— Кто это сказал?

Даниэль, улыбнувшись, взглянул на Марка, тот засмеялся.

— Это не я, — незнакомый голос пилота одного из стоящих впереди самолетов.

— И не я, — другой голос.

— «Swiss air», мы молчим уже час.

— «SkyCargo», это не я.

— «British fly», кажется, я знаю, кто это.

— Догадайся, англичанин, — не выдержал Даниэль, — я тебя вижу с высоты своего самолета. Будь аккуратней, чтобы я не задел твой «Боинг» крылом. Случайно.

— «Arabia Airlines», почему ты в очереди? — голос пилота «British fly». — Такие махины сегодня просто не взлетят.

— Хватит! — прокричал недовольный диспетчер. — Успокойтесь уже!

— Смотри, чтобы тебя не унесло порывом ветра, — произнес Даниэль, и кто-то из пилотов засмеялся по рации.

Даниэль выключил ее, не желая больше слушать этот бред, и посмотрел на смеющегося Марка:

— Можно состариться в такой очереди.

— У тебя проблемы со всеми англичанами? — сквозь смех спросил Марк, и до Даниэля дошел скрытый смысл его слов. Видимо, да.

ГЛАВА 6

Полет длился уже три часа. Уставшие, но сытые пассажиры задремали, забыв, что на самом деле находились в самолете уже пять часов. Все шло хорошо, и Оливия наконец расслабилась. Подходило время перерыва — чашки крепкого ароматного кофе и болтовни с коллегами. Вспомнив, что пилотов сегодня обслуживает не она, Оливия улыбнулась, наслаждаясь тем, что находится от кокпита слишком далеко. Сейчас Даниэль упражняется в остроумии на ком-то другом, и мысленно она посочувствовала этому человеку.

В маленькой кухне стюардессы обсуждали предстоящие выходные.

— У нас будет три дня отдыха, — Мирем налила себе еще кофе, обращаясь к Оливии: — Хочешь, встретимся в городе и сходим куда-нибудь?

Отличная идея. Одиночество угнетает, а трехдневное одиночество точно сведет с ума. Надежды увидеть однокурсников по колледжу не осталось — все были заняты: кто-то в рейсе, кто-то занят сборами. Оливия с удовольствием согласилась.

— Пойду скажу Нине. — Девушка вошла в салон. Приглушенный свет создавал иллюзию ночи, а мерцание звезд на потолке только усиливало впечатление.

Самые прекрасные моменты рейса — часы отдыха. Расслабленные, умиротворенные, пассажиры спали. Закрытые глаза, головы, склоненные на маленькие подушки, пледы, укрывающие плечи...

Оливия проходила мимо кресел и вдруг почувствовала, что кто-то слегка потянул ее за юбку. Она обернулась — та самая беременная девушка. Только лицо ее было бледным, а темные глаза широко раскрыты. Сердце Оливии пропустило удар.

— С вами все в порядке?

Девушка отрицательно покачала головой, положив руку на живот. Только сейчас Оливия заметила испарину на ее лице.

— У меня начались спазмы, — прошептала слабым голосом она, напугав Оливию до полусмерти. Еще бы! Столько сидеть...

— Я принесу вам воды, а вы встаньте, — она помогла девушке подняться на ноги, но та, схватившись за живот, застонала и согнулась.

— Боже! Вы сказали, что на шестом месяце? — Оливия вновь усадила ее в кресло, воскрешая в памяти все правила первой помощи.

— Да, — девушка подняла на нее усталые глаза, и Оливия кинулась к телефону, чтобы позвонить старшей борт-

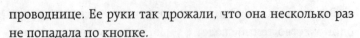

проводнице. Ее руки так дрожали, что она несколько раз не попадала по кнопке.

— Келси, это Оливия, в моем салоне у беременной начались роды.

— Ты уверена, что это роды? У беременных бывают на высоте спазмы.

— Не знаю, но мне кажется, что это именно роды.

— Сейчас приду, будь с ней.

Оливия подбежала к девушке и присела на корточки рядом. Девушка застонала еще громче, разбудив пассажиров рядом.

— Сейчас придет старшая стюардесса. Она вам поможет.

Оливия старалась успокоить девушку, говорила уверенным тоном, хотя понимала, что все, что бы она ни сказала сейчас, заведомо будет ложью. Рожать на высоте двенадцать тысяч метров на таком раннем сроке — худшая из всех возможных ситуаций. Срочно нужно в больницу.

Келси прибежала очень быстро, и Оливия встала, уступая ей место.

— Надо отвести ее в начало самолета, — Келси взяла руку девушки в свою, меряя ей пульс. — Вы можете идти?

Та слабо кивнула и, стиснув зубы, вновь простонала. Видеть эту картину было невыносимо.

— Оливия, спроси у пассажиров, есть ли среди них врач, — быстро протараторила Келси, помогая девушке подняться. — Как вас зовут?

— Сьюзен. Сьюзен Найт.

— Отлично, Сьюзен, мы с вами перейдем в первый салон.

Пока Келси с помощью подоспевший на шум Мирем пытались помочь Сьюзен идти, Оливия схватила трубку и нажала «внутреннюю связь»:

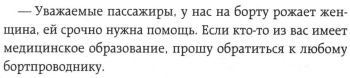

— Уважаемые пассажиры, у нас на борту рожает женщина, ей срочно нужна помощь. Если кто-то из вас имеет медицинское образование, прошу обратиться к любому бортпроводнику.

Услышав встревоженный голос Оливии, Даниэль мысленно чертыхнулся:

— Что за черт опять? — Только недавно они простояли лишних два часа на взлет, и снова внештатная ситуация! Машинально взглянув на экран монитора, он мысленно определил время прилета. Лететь оставалось четыре часа.

Оливия забежала в первый салон, где Келси и Мирем уже положили девушку на кушетку в комнатке старшей стюардессы. От боли и страха девушка плакала. Келси ее обнимала. Обернувшись к Оливии, Келси быстро скомандовала:

— Она рожает. Что там с пассажирами? Есть медик? Оливия, иди к пилотам, поставь их в известность.

— Откликнулась одна женщина, но она медсестра, а не акушерка.

Зашла медсестра. Она была настолько стара, что Оливии стало страшно, что та ничем не сможет помочь девушке и ребенку. Но в эти минуты любая помощь была кстати.

Направляясь в кабину к пилотам, Оливия жутко нервничала. Спор с Даниэлем, взаимная неприязнь — все стало несущественным, отошло за задний план. Она даже забыла про договор и заговорила первой:

— Женщина на борту рожает. Срок шесть месяцев.

— Медики есть? — тут же спросил он, и она вздрогнула. Что-то было не так.

— Одна женщина-медсестра, но она даже не акушерка. И старая, как мамонт.

— Ты думаешь, в салоне каждый день летают молодые акушерки?

До нее вдруг дошло, что было не так. Их диалог. Они разговаривают. Оливия глубоко вздохнула. Кажется, она только что потеряла работу. Она не могла в это поверить. Как тяжело давалось молчание, и все напрасно!

— Марк, проверь, что там, — Даниэль не отрываясь смотрел на нее. Он чувствовал, что девчонка сейчас разревется, ее уже трясло мелкой дрожью, а лицо стало белее ливреи их самолета.

Он отвернулся, взяв в руки рацию:

— Уважаемые леди и джентльмены, говорит капитан. Кажется, на этом борту нас станет одним человеком больше. Если среди вас есть врач, прошу подойти к бортпроводникам и помочь малышу появиться на свет.

Оливия улыбнулась: даже в таких сложных ситуациях их капитана не покидало чувство юмора. Она хотела выйти вслед за Марком, когда голос Даниэля остановил ее:

— Ты умеешь принимать роды?

Наверное, он тоже скучал по их перепалкам. Это было каким-то безумием. Ей отвечать?

— Никогда не делала этого, но меня учили.

Он кивнул. Молча. Просто кивнул. Все были напуганы. В том числе и Даниэль Фернандес.

Вернувшись к роженице, Оливия увидела жуткую картину: беременную девушку уложили на пол и развели ноги. Пассажирка, которая назвала себя медсестрой, возилась возле нее, вводя обезболивающее. Стоны, крики, кровь. Оливия нервно сглотнула, прижимаясь к стене.

— Вот черт! — произнес Марк, наблюдающий все это. — Она что, правда рожает?

Медсестра недовольно посмотрела на него:

— Срок слишком маленький. Нельзя дать ребенку родиться. Ты, — она указала в сторону Оливии, — закрывай ей промежность ладонями.

— Бог мой! — Марк подпрыгнул на месте, отворачиваясь от этой картины. — У нас четыре часа лета, она не может подождать?

— Вы, мужчины, странные люди. Все делаете, как удобно вам, — пробурчала старуха. — Если ребенок родится сейчас, он не выживет. Его легкие не раскроются, он не умеет дышать. Нужна детская реанимация.

Услышав этот страшный приговор, Оливия опустилась на корточки, перекрывая выход ребенку. Она никогда ничего безумнее не делала. Поэтому закричала вместе с девушкой.

Шокированный Марк, почувствовав тошноту, кинулся прочь. В кабине пилотов он сел в свое кресло и долго смотрел в одну точку.

— Что там? — Даниэль взглянул на него.

— Дело дрянь, — прошептал Марк. — Она рожает, реально рожает, — он зажмурил глаза, закрыв их ладонями. — Лучше бы я этого не видел.

Даниэль улыбнулся, надевая наушники:

— Слава богу, меня там не было.

— Медсестра, видно, старой закалки, не растерялась — приказала твоей англичанке не дать ребенку родиться, и та, вся в крови, пихает его обратно.

Даниэль снял наушники:

— Оливия?

— Да.

— Пихает обратно? — Даниэль засмеялся. — Это как раз по ее части — не давать жить людям спокойно. Уверен, она справится.

Он вновь надел наушники:

— Это «Arabia Airlines» 2-1-6, у нас на борту рожает женщина. Срочно требуется медицинская помощь. Какой аэропорт у меня поблизости?

— «Arabia Airlines», вы в двухсот пятидесяти километрах от аэропорта Коломбо Бандаранаике, Шри-Ланка.

Даниэль обратился снова к Марку:

— Скажи, это экстренный случай? Нам нужна немедленная посадка? Есть у нас четыре часа до Дубая?

Марк молчал, не зная, что ответить — перед глазами стояли кровь и крики. Даниэль не выдержал, схватил трубку и связался с Келси.

— Да, ситуация критическая, — хоть эта ответила адекватно. — Ребенка держим, как можем, но долго так не протянем. Женщина умрет от кровопотери, а ребенок от удушья.

Он тут же представил Оливию стоящей на коленях и по локоть в крови.

— Я понял. — Положил трубку и вновь обратился к Марку: — Будем садиться в Бандаранаике.

— Этот аэропорт не сможет принять такой большой самолет. Там полоса две пятьсот, а нам необходима хотя бы три триста пятьдесят. Мы просто пробежим мимо нее.

— Черт, — выругался Даниэль, не желая слушать Марка и обращаясь к диспетчеру: — Это «Arabia Airlines», свяжите меня с диспетчерами Коломбо.

Через несколько секунд другой голос вышел на связь:

— «Arabia Airlines», это аэропорт Коломбо Бандаранаике.

— У нас на борту рожает женщина раньше срока, ситуация критическая, ей и ребенку срочно нужна помощь. Вы можете принять нас?

— Мы сможем вас принять. Скажите данные самолета.

Даниэль замолчал, закрыв глаза. Обдумывал все возможные варианты. Как ни крути, все складывалось плохо. Он шел на огромный риск. Более пятисот человек против рожающей женщины. Сажая самолет на короткую полосу, он рисковал. А если все получится, то придется решать, как взлетать...

И у него лишь несколько секунд для принятия решения.

— А если нам снизить скорость до минимума в полете? — произнес он, как будто обращаясь к самому себе.

— Произойдет сваливание...

— Мы рассчитаем самую минимальную скорость для посадки и будем держать ее до самой полосы.

— Если мы и сядем, то как потом взлетим? — Марк достал толстую летную книгу и принялся листать ее. — Я посмотрю, на какой скорости можно взлететь, чтобы не произошло сваливание.

— Давай сначала сядем, Марк.

Вновь заскрипела рация:

— Это Коломбо Бандаранаике, вы приняли решение? Вы идете на посадку?

— Я свяжусь с нашей авиакомпанией.

Марк схватил рацию, но Даниэль его остановил:

— Нет. Беру ответственность на себя. Здесь капитан я и решать мне. Мы сядем в Коломбо.

Марк поднял руки вверх, как бы сдаваясь:

— Хорошо. Тебе решать.

Даниэль выдохнул, вновь связываясь с диспетчером:

— Это «Arabia Airlines», капитан Даниэль Фернандес Торрес, запрашиваю разрешение на экстренную посадку в вашем аэропорту.

— Капитан Фернандес Торрес, дайте данные вашего самолета.

Даниэль нахмурил брови:

— Параметры моего самолеты вам не понравятся. У нас «Эйрбас 380».

Молчание на том конце и еле слышные переговоры между диспетчерами — это все, что он услышал в ответ.

— Свяжись с салоном, — попросил он Марка, — что там у них.

Марк кивнул, но тут вышел на связь диспетчер, и все внимание Даниэля переключилось на него:

— Мы не можем принять такой большой самолет, наша полоса не рассчитана на его пробег.

— Что у вас за полосой? — твердым голосом спросил Даниэль. Еще не хватало, чтобы они отказали! Он всегда опасался внештатной ситуации. Эту махину мог принять только хорошо оснащенный аэропорт с самой длинной взлетной полосой в мире. Еще не все аэропорты смогли заменить старые полосы на новые. Все это экономический вопрос, решение которого требовало времени и средств... Только для Даниэля он сейчас стал вопросом жизни и смерти.

— За полосой забор и поле, сэр.

— Отлично! — воскликнул Даниэль. — Принимайте нас. Очистите воздушный коридор до моего приземления.

— Наша полоса гораздо уже положенной для вас, «Arabia Airlines».

— Я очень меток, Коломбо. Мы снижаем скорость и высоту. Приготовьте реанимационную машину — женщине нужно сразу оказать помощь.

— Вас понял, «Arabia Airlines», буду вести вас до самого аэропорта. Снижайтесь до эшелона двухсот девяноста.

Даниэль схватил рацию. Действовал на автомате, все его движения как будто были заложены где-то в голове. Четко. Без паники.

— Уважаемые леди и джентльмены, говорит капитан Даниэль Фернандес Торрес, через несколько минут мы совершим экстренную посадку в аэропорту Коломбо Бандаранаике. Взлетно-посадочная полоса данного аэропорта не предназначена для нашего самолета, во избежание травм прошу бортпроводников проконтролировать положение кресел.

Что Оливия только что услышала? Это сон? Они будут садиться? Даже рожающая женщина от удивления перестала кричать, безмолвно уставившись на Оливию.

— Все будет хорошо, — прошептала та в ответ. — Наш капитан — лучший из всех, который мне когда-либо встречался, он знает, что делает.

Оливии едва ли верила собственным словам, но очень надеялась, что Даниэль сможет посадить эту махину. И если он без проблем сделает это, то она уйдет из их экипажа. Добровольно. Она обещала это самой себе и тем более... она проиграла спор.

— Я больше не могу, — внезапно закричала Сьюзен, — я уже не могу это терпеть.

— Держись! — скомандовала медсестра, набирая очередную порцию лекарства в шприц. — Уже скоро придет помощь. Капитан молодец, что решился на это. Не все могут принять такое ответственное решение. Он смелый человек.

Смотря на лужу крови и свои окровавленные руки, Оливия осознала наконец всю ту жуть, что испытывал сейчас Даниэль. Она устала, но его пытка только начиналась. Теперь он спасал Сьюзен и ее ребенка.

— Закрылки, — скомандовал Марку. Его голос даже не дрогнул.

— Полностью.

— Выпускай шасси.

— Еще рано.

— Выпускай, нам надо снизить скорость до минимума. Мы должны приземлиться на самой минимальной скорости. Перед полосой включай реверс, он еще затормозит самолет.

— Хорошо, капитан, — недовольно произнес Марк, — нам достанется за это.

Даниэль, видя перед собой в нескольких километрах взлетно-посадочную полосу, схватил рацию:

— Уважаемые пассажиры, мы приземлимся через две минуты, прошу простить меня за резкое торможение. Экипажу приготовиться к посадке.

Его голос вперемешку с криками Сьюзен. Оливия чувствовала уже твердую головку ребенка, упирающуюся ей в ладони. Руки ее сильно ослабли от напряжения, и, больше не в силах держать, она закричала медсестре:

— Ребенок выходит!

— Отпускай руки, — крикнула та в момент, когда самолет коснулся полосы. Оливия успела схватить малыша прежде, чем Даниэль нажал на тормоза. Самолет резко загудел, и ее отбросило немного назад. Прижимая к груди ребенка, защищая его, она стукнулась головой об металлический угол. Испытывая резкую боль, Оливия простонала. Самолет катился, сбавляя скорость, а она лежала на полу и прижимала к себе крохотное тельце. Они остановились слишком быстро. И все же он сделал это, у него получилось!

— Ребенок, — у Сьюзен едва хватало сил прошептать, — почему он не кричит?

Оливия посмотрела на малыша в своих руках: синее крохотное тельце, перепачканное прожилками крови, теплое... Он молчал.

— Это мальчик, — это все, что она могла сказать его матери.

Старуха уже суетилась возле них, пытаясь резиновой грушей очистить нос и рот от амниотической жидкости, но легкие не расправлялись, ребенок не дышал. Он мертв? Оливия не верила в это, мотая головой.

Совсем рядом гудели сирены «Скорой». Звук открывающейся двери и поток теплого воздуха — как глоток надежды.

— Сейчас, Оливия, сейчас. — Келси открыла дверь, впуская на борт врачей, и те, не теряя ни минуты, подбежали к Оливии забрать ребенка. Он закричал, и Оливия перестала дышать. Синенький, маленький, с длинными худыми ручками и свисающими, как веревочки, ножками, он был похож на иноземное существо. Чудо, что он жив.

— Все получилось, — прошептала она, ощущая дрожь во всем теле.

Другие врачи занялись Сьюзен, положив ее на носилки. Девушка вцепилась в руку Оливии:

— Как зовут вашего капитана?

— Даниэль.

Сьюзен улыбнулась и сжала ей руку:

— Я назову сына Даниэлем. Очень красивое имя. Спасибо вам, Оливия, за все. Передайте вашему капитану, что он очень смелый. Настоящий герой.

Оливия улыбнулась ей в ответ, понимая, что Сьюзен говорила от чистого сердца.

— Обязательно передам.

Наблюдая, как малыша и маму погрузили в машины «Скорой», Оливия почувствовала, как кто-то коснулся рукой ее головы. Она вздрогнула и, подняв глаза, увидела перед собой Нину:

— Ты в крови, приложи это, — она протянула ей полотенце, — может, показать тебя врачам, пока мы стоим?

Но Оливия отрицательно покачала головой. Она так устала, что не было сил показывать кому-то свои раны. Приложив полотенце к голове, она поднялась на ноги:

— Сделай мне только одно одолжение — пусть кто-нибудь займется моими пассажирами, пока я привожу себя в порядок.

Нина кивнула:

— Давай ты сядешь, пока мы взлетаем, а потом я провожу тебя в душ. Тебе надо смыть кровь.

Оливия поглядела на себя. Кровь была везде: белая блузка в ярко-красных пятнах, руки покрыты кровью, с головы также текла кровь, останавливая свой ручеек на воротнике блузки. Как в фильме ужасов. Пассажиры будут в шоке.

Ее начала бить мелкая дрожь. Пытаясь привести себя в норму, Оливия принялась глубоко дышать.

— Я пойду в душ, — произнесла она и подняла руки, боясь испачкать все вокруг.

— Я отведу тебя, — предложила Нина.

— Все в порядке, я справлюсь.

Хватит и одной стюардессы, чтобы перепугать весь салон. Оливия шла медленно, шаги давались тяжело. Она почувствовала спазм в груди — рыдания вырывались наружу. Ей надо сейчас остаться одной и выплеснуть весь скопившийся стресс. Никто не должен этого видеть.

А в кабине пилотов Даниэль сидел, затаив дыхание. После того как они остановились в нескольких метрах от конца полосы, он еще с минуту был в жутком напряжении. Еще чуть-чуть, и их останки пришлось бы соскребать с поля.

— «Arabia Airlines», как вы?

— Отлично, — прошептал Даниэль, осознавая наконец, как он рисковал. — Сколько времени вы нам даете на отдых? Мне надо собраться с мыслями и придумать стратегию взлета.

— Сколько времени вам надо?

Но не только это беспокоило капитана. Он подумал о пассажирах. Они и так просидели в самолете довольно долго. Но взлететь прямо сейчас он не мог.

— Коломбо, мы не сможем развернуться.

Полоса была настолько узкая, что самолет встал носом к полю, занимая всю ширину полосы.

— Еще мы перекрыли вам полосу.

— Капитан, ваш самолет настолько красив, что вы можете стоять тут хоть всю жизнь. Наши споттеры уже выехали делать снимки. Это была посадка века! Вы сели так хорошо, что после вас можно переписывать летный инструктаж.

Даниэль и Марк выглянули в окна. Внизу, возле рулежных дорожек, скопился народ — такое впечатление, что все сотрудники аэропорта покинули рабочие места, чтобы поглазеть на них. В Шри-Ланке люди никогда не видели двухпалубного пассажирского лайнера. Для них он словно пришелец с другой планеты.

— Ничего себе, — прошептал Марк, — нас еще никогда так не встречали.

— Хотел сесть тихо, — нахмурился Даниэль и поднялся, — мне надо подумать, как быть дальше.

В кабину вошла Келси:

— Вам что-нибудь принести?

— Виски, — зажмурился Марк и тут же добавил: — Если мы долетим до дома, я напьюсь.

Келси улыбнулась. Но ее улыбка слегка спала, когда она взглянула на Даниэля. Ему было не до смеха, он ненавидел себя за то, что не может притворяться:

— Как обстоят дела в салоне?

Келси закивала:

— Все хорошо, но пассажиры разнервничались. Некоторые спрашивают, когда полетим. Кто-то уже боится лететь, но мы справляемся.

Его мысли переметнулись к англичанке. Интересно, как она? И почему ему так хочется спросить про нее? Он места не находил себе, ожидая новостей. Но Келси ничего не сказала. С ней все в порядке?

— Как она? — сухо произнес наконец он.

— Женщина? Ее забрали врачи, но она была в сознании. Родила мальчика.

— Нет, Оливия.

От звука ее имени его сердце громко застучало. Она сведет его в могилу раньше времени!

— Оливия молодец, — гордо ответила Келси, — она приняла ребенка в момент посадки, но сама ударилась головой об косяк. Она спасла ему жизнь.

И почему Даниэль не удивился? Еще один удар головой. Может, теперь ее мозг встанет на место?

— Где она? — спросил он, понимая, что не это хотел спросить. Какое ему дело до того, где она? — Пристегни ее при взлете. Иначе она растеряет последние мозги.

— Боюсь, она не согласится, ушла в душ.

Вот же… Точно лишилась последних мозгов. Впереди такой опасный взлет, а она спряталась в душе! Оливию будет кидать из стороны в сторону, а потом он будет виноват в ее смерти!

— Дьявол! — выругался он. — Марк, следи за обстановкой, я скоро вернусь.

— Хорошо, — Марк надел наушники, продолжая пролистывать летную книгу. — Подумаю, как нам взлететь.

Даниэль вышел из кабины и сразу увидел кровавое пятно на полу. Большое темно-красное пятно уже впиталось в ковер. Он вспомнил Марка и еще раз сказал «спасибо» богу за то, что не видел, что способствовало его появлению. На втором этаже его встречали бортпроводники, поздравляющие с удачной посадкой. Еще бы так же удачно взлететь, подумал он.

Перед дверью душевой он остановился, боясь заходить. Тихонько постучал, но Оливия не открывала. Ждать не было времени, Даниэль дернул ручку на себя и зашел внутрь. Она сидела на деревянной скамейке, поджав под себя ноги и прислонившись к стене. Вся перепачканная кровью с ног до головы. Своей или нет, он не знал, но ее было море. Море крови для него резко превратилось в океан.

При виде Даниэля Оливия попыталась встать, но он не дал ей этого сделать. Быстро преодолев расстояние между ними, посмотрел прямо в глаза.

— Оливия, — он коснулся засохшей крови на лице. Она была не ее. На руках — тоже не ее. Откуда он мог знать: ее или нет? Но знал. Дотронулся до ее головы, и девушка слегка всхлипнула. Он понял, что задел рану: — Тебе нужен врач...

— Нет! — тут же отрезала она, пытаясь отодвинуться от него.

Он убрал руку лишь для того, чтобы намочить полотенце и аккуратно приложить его к ране. Он что-то прошептал, нахмурив брови, но Оливия не расслышала слов. Перед ее глазами проносились ужасные картины: минуты посадки, теплое безжизненное тельце в ее руках... Она все еще ощущала нежную кожу младенца, свой страх, чувство безысходности... Она не знала, что делать, не в силах была помочь. Адреналин заставлял ее мыслить ясно и четко, отвечать на вопросы матери... Сейчас остались только пустота и желание плакать.

Сидя напротив Даниэля, Оливия поняла, что уже не замечает боли. Но увидев его пальцы, перепачканные кровью, поняла, что слезы катятся по щекам против воли. Она рукой уперлась в его грудь, пытаясь отодвинуть себя подальше от его белоснежной рубашки. Но Даниэль убрал ее руку и прижал девушку к себе. Она сдалась, уткнувшись лицом ему в грудь, и, вцепившись руками в рубашку, разревелась сильнее. Казалось, слезам не будет конца. Они бурным потоком смывали все, унося с собой пережитые эмоции.

— Даниэль, — она прошептала его имя. Слов было много, но говорить не хотелось. Ей просто требовалось успокоение.

Ощущая его руки на своей спине, слыша расслабляющий голос, шептавший что-то на ухо, Оливия поняла, что слез больше нет. Она не знала, сколько прошло времени, потерялась в нем, но рыдания больше не вырывались из ее груди. Пришло расслабление.

— Спасибо.

Но он еще держал ее, проводил пальцами по волосам, не веря, что делает это. Пальцами касался ее ненакрашенных губ, попытался стереть с них кровь. Ее кровь. Он точно знал это.

— Сделай одолжение, — тихо прошептал он, отстраняясь от нее, — сядь и пристегнись. Я буду взлетать. Наша полоса слишком мала для этого самолета, взлет будет резким, и ты вновь можешь повредить себе голову.

Какое ему дело до ее головы? Он сам не мог себе объяснить. Но что-то заставляло его думать о ее безопасности.

Оливия кивнула, опуская взгляд на его рубашку:

— Твоя рубашка в крови, — она нервно вздохнула, вытирая с щек слезы.

Он улыбнулся, осматривая себя, и резко засмеялся:

— Что подумают пассажиры, увидев пилота в таком виде?

Он представил их испуганные взгляды — с потерей последней надежды на взлет. Оливия тоже улыбнулась, представив эту картину.

Он успокоил ее, и это главное. Пусть на время, но стал ей ближе, чем кто-либо.

Г Л А В А 7

Опустив голову под холодную воду, Даниэль пытался привести в порядок мысли. Впереди тяжелый взлет. Но его мысли постоянно возвращались к Оливии.

Выйдя из душа, он направился прямиком к девушке — усадил ее в кресло и пристегнул ремнем. Он надеялся, что, сделав это, он выбросит Оливию из головы. И маленькое недоразумение в душевой кабине останется лишь воспоминанием.

Маленькое недоразумение? Тогда зачем нужна была холодная вода? Его окатило волной воспоминаний, и он уже пожалел, что не принял холодный душ полностью. Это в две секунды вернуло бы ему ясность мысли.

Зайдя в свою кабину, Даниэль пальцем пригрозил Марку молчать. Тот удивленно посмотрел на него, захлопнув летную книгу, но не смог сдержаться:

— Что с тобой? Почему ты весь в крови и с мокрыми волосами? Тебя пытали?

Его пытали. Да, это самое подходящее слово.

— Не спрашивай, — отмахнулся Даниэль и, сев на свое место, посмотрел вперед на поле. — Что здесь нового? Лес еще не вырос?

— Я думал, ты уже покинул самолет, а ты плескался в душе.

— Я намочил голову, чтобы привести себя в норму. Пора взлетать.

Марк кивнул, слегка улыбнувшись:

— Ладно. Я не буду больше спрашивать. Но кажется, Оливия хотела тебя утопить. Вы опять поругались?

— Она не имеет к этому отношения, не напоминай мне о ней, — солгал Даниэль.

Марк вновь понимающе кивнул. Это не его дело.

— Диспетчер сказал, что они отбуксируют нас на пятую рулежную дорожку. Ты решил, как будем взлетать, пока остужался? — пошутил Марк.

Даниэль проигнорировал его вопрос — чтобы не вспоминать то, что так хотелось забыть, и полностью сосредоточиться на предстоящем взлете.

— Надеюсь, ты тоже не терял времени зря, рассчитал скорость принятия решения и скорость подъема носовой части?

Марк кивнул, передавая капитану расчеты:

— Неутешительные цифры.

Но Даниэль, посмотрев расчеты, увидел в них только плюсы:

— Наши баки наполовину пусты, значит, нам нужен меньший разгон. У меня есть план: мы будем удерживать тормоза, дадим полный газ, двигатель наберет нужные обороты еще до начала разбега. В результате получим большее ускорение, разгон станет короче. Доведя обороты двигателя до максимума, отпустим тормоза и...

— Самолет рванет как сумасшедший, — Марк испуганно принялся листать книгу. — Здесь сказано, что так сделать можно, но велика вероятность, что придется подниматься не на полной скорости. Самолет придет в сваливание.

— Мы в любом случае не наберем нужной скорости, но так у нас хоть есть шанс взлететь. Доберем скорость в полете. Убирай шасси, как только оторвемся. Главное — не потерять ни секунды.

Точно по его просьбе самолет развернули буксиром. Даниэль внимательно осмотрел полосу взлета. Через пару секунд его голос прозвучал во всех салонах самолета:

— Уважаемые леди и джентльмены, на связи капитан Даниэль Фернандес Торрес. Через несколько минут мы приступим к взлету. Хочу вас предупредить, что после включения двигателей мы поедем быстрее обычного, пусть вас это не пугает. Прошу убедиться в том, что ваши ремни застегнуты, ручная кладь убрана, спинки кресел подняты. Также уберите из рук мобильные телефоны, фотоаппараты, ноутбуки, планшетные устройства и другие гаджеты в це-

лях вашей безопасности. Спасибо за понимание. Экипажу приготовиться к взлету.

Тем временем Оливия находилась на втором этаже в бизнес-классе и никак не могла успокоиться. Слушая его уверенный голос, она сердилась сама на себя. Дурочка! Разревелась, жалея себя. А каково ему сейчас? Второй раз за день он вынужден рисковать, нести ответственность за них всех. Разревелась у него на груди, а он даже слова не сказал про то, как плохо ему. Эгоистка. Ведь он обнимал ее, потому что сам нуждался в поддержке. А она была так занята собой, что не заметила этого.

Даниэль надавил на тормоза, включая взлетный режим двигателей:

— Да поможет нам Бог, — произнес он.

Следя за счетчиком скорости, он слушал Марка и ждал его команды. Еще не время. Еще нет... Самолет выл так, что, казалось, взлетит прямо с места.

— Поехали! — крикнул Марк Даниэлю, и капитан отпустил тормоз, сорвавшись с места так, что самолет тряхнуло и их сильно прижало к спинкам кресла. Они катились по полосе с бешеной скоростью, и на секунду Даниэлю стало не по себе. Дороги назад нет. Резкий старт — и сразу точка невозврата. Смотря вперед на конец полосы, Даниэль поднял нос самолета вверх, задирая слишком сильно. Он понимал, что может коснуться хвостом асфальта, но выбора не было. Оторвавшись от земли задними шасси, скомандовал:

— Шасси убрать.

— Шасси убраны, — Марк потянул рычаг вверх.

— Давай же, давай. Лети, крошка.

Даниэль выровнял самолет, пролетая совсем низко над полем.

В рации отозвался голос диспетчера Коломбо:

— «Arabia Airlines», вы отлично взлетели. Хвостом полосу не задели, но были в паре сантиметров от этого. Но вы сейчас не набираете высоту.

— Мы и не должны ее набирать. Нам вначале надо набрать скорость.

Оливия смотрела в иллюминатор, в кои-то веки наслаждаясь взлетом. Но самолет летел слишком низко, поэтому напряжение не отпускало. Почему он летит так низко? Можно было пересчитать на поле каждую травинку, увидеть каждый цветок. Это было так странно и необычно. Она слышала, как шепчутся пассажиры между собой. Волнуются и боятся. Этот полет они запомнят надолго.

Все выдохнули после того, как поле стало отдаляться, — они набирали высоту. Самолет полетел навстречу облакам, поднимаясь все выше и выше. Оливия слышала, как в салоне люди расслабились, кто-то даже выкрикивал: «Браво пилотам!» Пассажиров можно понять: они летели домой и радовались этому. Оливия же, наоборот, — чем дольше они летели, тем грустнее и задумчивее становилась. Она приняла решение, но на душе от этого было тоскливо. Вот и конец ее работы в этом экипаже. Она поклялась себе, что уйдет. Она поспорила с капитаном и проиграла. Проигрывать тоже надо уметь. Она уйдет с достоинством.

Быстро приняв душ и переодевшись в чистую белую блузку, Оливия вышла в свой салон в хвостовой части самолета. Ей предстояло отработать еще три часа. Зайдя к бортпроводникам, она услышала разговор:

— Их вздернут, вот увидите. Поэтому будем готовы дать отпор. Оливия, ты с нами? — Келси посмотрела на девушку.

— А в чем дело?

— Я про пилотов. Авиакомпания начнет расследование инцидента. В авиации все сложнее, чем на земле. Нам надо держаться друг друга и не давать никого в обиду. В лучшем случае Даниэлю напишут выговор. Но это лучше, чем увольнение.

Нина, облокотившись о стену, сложила руки на груди:

— Без Фернандеса я работать не буду, это я вам точно говорю. Если уволят его, то им придется подписать и мое увольнение. Работу я всегда себе найду.

— Если его уволят, то пусть увольняют всех, — кивнул Джуан. — Мы одна команда.

Как-то невесело стало от таких разговоров. Даниэлю грозит увольнение? Раньше она бы подпрыгнула от радости, возможно даже открыла бутылку шампанского, а сейчас просто стояла, опустив руки и потупив взгляд. Разве можно уволить человека за то, что он спас жизнь другому? Всему виной риск. Оправдан ли он? Имел ли право Даниэль так поступать?

Оливия медленно возвращалась в салон. Значит, все самое сложное еще впереди? Это не конец? То, что было началом для него, стало концом для нее.

Самолет приземлился в родном аэропорту с большим опозданием, но люди, несмотря на задержку, злости не испытывали. Это читалось во взглядах. Устали все.

— Спасибо вам за все, — мужчина средних лет улыбнулся ей, — сегодня с нами были самые отважные пилоты. А вы, девушка, заслуживаете поощрения за выдержку.

Слышать эти слова — уже награда. Она и не думала, что люди будут благодарить. Ее тронули эти слова.

— Награду пилотам! — закричал кто-то в салоне, и Оливия улыбнулась, посмотрев на Келси.

— Это хороший знак, — прошептала та, — возможно, люди не пойдут жаловаться в авиакомпанию. Возможно, кто-то даже напишет благодарность. Сейчас нам это необходимо.

Проводив пассажиров, Оливия прошлась по салону самолета, осматривая каждое кресло. Мусора было больше, чем

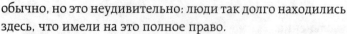

обычно, но это неудивительно: люди так долго находились здесь, что имели на это полное право.

— Оливия, ты идешь? — позвала ее Нина. — Мы уходим.

Значит, Даниэль тоже уходит? Она не видела пилотов после приземления, но знала, что у тех всегда много работы по прилете, а сейчас и того больше.

— Я немного задержусь, — Оливия взяла листок бумаги и ручку. Она сделает то, что обещала, — уйдет отсюда. На радость капитану. Кажется, это было его главным желанием.

Писать заявление о переводе на другое воздушное судно оказалось сложнее, чем она думала. Буквы выходили корявые — ее пальцы дрожали. Крутя ручку в руках, она все-таки поставила свою подпись — точку в ее жизни на этом борту.

Она наблюдала, как убирают салон, и улыбалась про себя — она будет с радостью вспоминать каждую минуту, проведенную здесь.

— Почему ты еще здесь? — прозвучал знакомый голос, и она обернулась.

Даниэль выглядел отлично. Грязную рубашку скрывал форменный пиджак. На черных волосах — фуражка пилота. На лице — ни следа усталости. Если бы она не знала наверняка, ни за что бы не поверила, что еще несколько часов назад он своими руками поднимал эту махину, пытаясь сделать все, чтобы избежать катастрофы. Спасал женщину и ребенка.

Оливия тут же вспомнила, что Сьюзен просила передать ему:

— Та женщина, что родила у нас в самолете, Сьюзен Найт, — она встала со своего места, делая шаг ему навстречу, — просила меня кое-что вам передать.

Даниэль отошел от двери, пропуская Марка с бумагами на выход. Оливия. Она ждала его. Но он держался на расстоянии, боясь подойти ближе. Сделай он еще шаг, и никакой душ не поможет — понадобилась бы тонна холодной воды. А сейчас ему нужна ясная голова — его ждали на собрании сотрудники аэропорта и авиакомпании «Arabia Airlines».

— Она назвала сына Даниэлем. В вашу честь. Она просила передать, что вы очень храбрый пилот.

Даниэль слегка улыбнулся. Было приятно знать, что он кому-то действительно помог.

— Я связался с аэропортом в Коломбо, с этой женщиной и ее ребенком все в порядке. Они находятся в больнице, но их жизни ничего не угрожает.

Капитан направился к выходу, но внезапно остановился. Почему он не может просто уйти? Сделать шаг вперед? Почему он хочет вернуться?

Он вновь обернулся к ней:

— Как твоя рана?

Опять он проявил к ней интерес. И какое ему дело до этой «ушибленной»? Еще одно повреждение ее голова даже не заметит...

Оливия машинально коснулась места удара, слегка нахмурив брови. Она уже забыла, что у нее ранение. А зачем он спрашивает? Простая вежливость?

— Ничего страшного, скоро заживет.

Он кивнул и отвернулся, но ее голос заставил его остановиться:

— Даниэль.

Почему он хочет слышать свое имя бесконечно? Она произнесла его так нежно... Он готов слушать и слушать! Он повернулся и увидел в ее руках лист бумаги. Что это?

— Наш договор. Это заявление на перевод в другой экипаж. Ты победил.

Даниэль знал, что так будет. Он всегда побеждал. Оливия бы не смогла долго молчать, но он не думал, что это произойдет так скоро.

Даниэль забрал из ее рук бумагу и быстро пробежался глазами по тексту. Он улыбнулся и поднял ее заявление на уровень глаз:

— Господи, неужели! Может, мне повесить его в рамке на стене и любоваться каждый день?

А чего она ожидала? Что он будет просить ее остаться? Даниэль Фернандес не такой: да, отличный пилот, но чертовски непростой человек.

— Делай с ним, что хочешь, — произнесла она, гордо подняв голову. Больше она сюда не вернется. И слава богу! Больше ей не придется терпеть этого человека, она свободна.

Обойдя капитана, Оливия направилась к выходу. Скорее выйти отсюда! Ей стало очень больно и тяжело, на глаза наворачивались слезы. Бежать было единственным спасением, но ее остановил звук рвущейся бумаги. Она резко обернулась, не веря собственным глазам. Даниэль медленно разрывал листок пополам.

— Ты сказала, я могу делать с ним все что хочу.

Она открыла рот от удивления, подняв вверх брови. Он совсем спятил?

Потом он разорвал две половинки на множество маленьких бумажек и кинул вверх. Они как снег упали на пассажирские сиденья.

— Я могу написать их тысячи, — прошептала она.

— Я порву все, — твердо произнес он и остановился рядом, — это нечестный проигрыш. Ты не проиграла. Работая друг с другом, мы не можем молчать. Есть вещи, которые требуют слов. Здесь сегодня рожала женщина, ты не могла молчать об этом.

— Если ты думаешь, что я смогу продолжить игру, ты ошибаешься.

Даниэль пожал плечами:

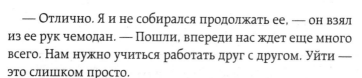

— Отлично. Я и не собирался продолжать ее, — он взял из ее рук чемодан. — Пошли, впереди нас ждет еще много всего. Нам нужно учиться работать друг с другом. Уйти — это слишком просто.

Оливии показалось, что у нее проблемы со слухом. Он только что сказал, что хочет работать с ней в одном экипаже? А кто-нибудь спросил, чего хочет она? Может, уйти — было лучшим вариантом?

— Ты пожалеешь об этом. — Она взглянула в его глаза, которые за этот полет стали совсем родными. Нет, кажется, это она пожалеет о том, что осталась.

Войдя в здание аэропорта по протянутому в терминал телетрапу, они свернули налево, и тут же их остановила резкая вспышка света. Одна и еще одна — вспышки повторялись снова и снова. Оливия от неожиданности схватилась за рукав пиджака Даниэля. Что, черт возьми, здесь творится? Он прикрыл глаза рукой, отворачиваясь от толпы людей с телекамерами и фотоаппаратами. До него начало доходить, почему они здесь, и он опустил руку. Перед ним стояла женщина с микрофоном, которая тут же стала сыпать вопросами:

— Капитан Даниэль Фернандес Торрес, сколько вам понадобилось времени, чтобы принять решение садиться в аэропорту Коломбо? Мучили ли вас сомнения, ведь полоса короче положенной для вашего самолета?

Даниэль не торопился с ответом, обводя взглядом присутствующих. В толпе он увидел что-то кричащего репортерам директора авиакомпании «Arabia Airlines» Мухаммеда Шараф аль-Дина. Тот спешил к ним.

— Подождите, встаньте рядом с логотипом авиакомпании «Arabia Airlines». Даниэль, дай интервью, — шепотом произнес он, — я тебя умоляю. Здесь репортеры со всего света. Это будет отличной рекламой.

Он готов был сказать своему боссу пару ласковых, но чья-то рука нежно коснулась его руки. Оливия стояла рядом и выглядела совершенно растерянной. Ему стало жаль ее, она устала, ей нужен отдых и хороший сон. Но сейчас выбора не было. Кивнув, он потянул ее за собой, сжимая ее руку. Они встали возле большого плаката «Arabia Airlines» с изображением самого большого в мире пассажирского лайнера. В толпе присутствующих репортеров, напротив них, он заметил весь свой экипаж и Марка. Никто не ушел, все ждали его и Оливию.

— Они уже дали интервью, Фернандес, все ждали вас, — произнес Мухаммед

— Хорошо, мы готовы.

Он отпустил руку Оливии и принялся отвечать на вопросы. Его голос звучал тихо и уверенно. Сейчас Даниэль выглядел примером для подражания для многих пилотов и, наверное, многих мужчин. Красив и умен. Смел и рискован. Высокий, стройный, мужественный, с чарующей улыбкой. А его голос... Как пение птиц, которое можно слушать бесконечно.

— «London time», вопрос Оливии Паркер, стюардессе, которая помогла ребенку появиться на свет, — Оливия вздрогнула, услышав свое имя. — Оливия, у меня вопрос к вам: какой момент был для вас самым сложным?

Это был тяжелый вопрос. И все смотрели на нее в ожидании ответа.

— Вы, наверно, думаете, что сложнее всего было принять ребенка и держать его на руках или переживать за жизнь женщины и ее сына, — Оливия отрицательно покачала головой, улыбнувшись. — Нет, самый тяжелый момент наступил позже — после того, как их забрали врачи и пришло осознание случившегося. Когда ты на адреналине, некогда думать, ты просто действуешь, но как только его действие

уходит, чувства накрывают лавиной, приходит осознание случившегося. Вот самый сложный момент для меня.

Она вспомнила, как сидела в душевой, а Даниэль обнимал ее и прижимал к себе, а она все рыдала и рыдала, пытаясь выплакать все слезы без остатка.

— Капитан Фернандес Торрес, — женщина поднесла микрофон ближе к нему, — что для вас стало самым сложным моментом? Наверное, решение об экстренной посадке?

— Нет, — тут же ответил он, и Оливия удивленно посмотрела на него, встретившись с ним взглядом. — Самым сложным был период после посадки, когда предстоял взлет в неизвестное. Ты кидаешь все силы на одно и вдруг понимаешь, что требуется еще столько же на другое.

Он только что признался в том, о чем она догадалась слишком поздно: он искал ее поддержки, в ее объятиях черпая силы, а она думала только о себе. Оливия опустила взгляд, мысленно ругая себя за это.

— «TV arabia», — мужчина с микрофоном протиснулся вперед, — мы брали интервью у некоторых пассажиров. Несмотря на то, что самолет задержался в Бангкоке и экстренно сел в Коломбо, они готовы летать вашей авиакомпанией и дальше, выражая свою благодарность. Как вы это прокомментируете?

Даниэль широко улыбнулся, и Оливия, видя его улыбку, ответила тем же. Они произнесли в унисон:

— Потому что мы одна сплоченная команда. Мы работаем для пассажиров и ради них.

Новый микрофон и новый вопрос:

— «Aero-tv» вас приветствует. Вы такая красивая пара! Приглашаем поучаствовать в нашей авиационной фотосессии, которая состоится послезавтра, — женщина протянула Даниэлю две визитные карточки. — Вы окажетесь на обложке самого популярного авиационного журнала.

Он засмеялся, протягивая одну визитку Оливии. Она не сразу поняла, что только что сказали, но спорить не стала, приняв визитку из его рук.

Вопросы сыпались, как дождь в Бангкоке, пока на помощь не пришел Мухаммед. Директор попросил всех удалиться и остаться только пилотам для конференции.

— Нам дают три дня выходных, — произнес на прощание Даниэль, — спасибо всем за сегодняшнюю работу. Через три дня рейс в Шанхай со сменным экипажем. Всем желаю хорошо отдохнуть, вы это заслужили.

Сказав эти слова, он пошел с Марком в глубь аэропорта на собрание. Оливия же пошла на выход. Сделав пару шагов, она зачем-то обернулась. Слава богу, он уже не увидел этого.

ГЛАВА 8

Оливия с ног валилась от усталости. Зайдя в свой маленький номер в гостинице, она сразу же легла на кровать. Это был тяжелый рейс, тяжелее, чем первый. Она лежала и рассматривала маленькие трещинки на потолке, прокручивая в голове пережитый день от начала и до конца: задержка в аэропорту Бангкока, длинный перелет, внезапные роды, слезы и нервы. Даниэль порвал ее заявление. Почему он это сделал? Он же ненавидит ее. Дал ей еще один шанс? А может, пару шансов, зная ее характер?

Она перевернулась на живот и уткнулась лицом в подушку. Мысли вновь и вновь возвращались к моменту, когда он обнял ее. Она не переставала задаваться вопросом: зачем он это сделал? Почему она вспоминает его? Она поймала себя на мысли, что ей приятно вспоминать объятие, и корила себя за это. И его — за то, что был в ее мыслях.

Резко зазвонивший телефон вывел ее из раздумий. Мама. С облегчением выдохнув, Оливия подняла трубку. Больше она не собиралась думать о Даниэле Фернандесе, по крайней мере, в ближайшие три дня.

— Оливия, дочка, что я только что увидела по телевизору? — прокричала мать взволнованным голосом. — Ты приняла роды в самолете? Как ты себя чувствуешь?

Оливия поднялась с кровати и включила телевизор.

— Не я же рожала, мама. Со мной все в порядке.

— Тебя сегодня показывают по всем нашим новостям. На экране ты выглядишь слегка уставшей, но форма тебе очень идет. Молодой человек рядом с тобой — это и есть тот самый капитан, что заставил мою девочку молчать? На экране выглядит милым. Я и не думала, что он такой красивый.

Дальше посыпались комментарии о Даниэле, и Оливия опустила трубку, пытаясь сдержаться. Услышав молчание, она подумала, что мать сказала все, что хотела, но ошиблась.

— ...и вы очень мило смотритесь вместе. А ты видела, как он посмотрел на тебя? Его глаза горели от страсти.

— Какой страсти, мам? — занервничала Оливия. — Мы терпеть друг друга не можем! Я не хочу больше слушать весь этот бред! С меня хватит! До свидания!

Нажав отбой, она включила телевизор. Но на экране снова увидела себя и Даниэля. Похоже, три дня отдыха превратятся в каторгу. Он преследует ее всюду. Раздраженная, она выключила телевизор. Ей срочно нужна была тишина, чтобы успокоиться.

Когда постучали в дверь, она от неожиданности вздрогнула. Кто это может быть? Медленно открывая дверь, она боялась, что это снова могут быть репортеры, но перед ее лицом предстал огромный букет из красных роз. Вот черт!

Клерк аккуратно внес его в комнату.

— Оливии Паркер, — произнес он, вручая букет.

Она еле удержала его, ошарашенная количеством цветов.

— От кого?

На долю секунду ей захотелось, чтобы ответ был «от Даниэля Фернандеса», но она прогнала эти мысли.

— Визитка в букете, мисс, — клерк поклонился и вышел, оставляя Оливию один на один с шикарным букетом.

Она поставила цветы на стол и аккуратно вытащила красивый конверт, спрятанный между листьями. «Спасибо за отличную работу. Arabia Airlines». Оливия с трудом подавила в себе вздох разочарования.

Тем временем Даниэль и Марк сидели на собрании летного состава, которое продолжалось уже несколько часов. День оказался ужасно напряженным и бесконечно долгим. Они исписали тонну бумаги, в пятый раз пересказывая свои действия, но комиссия вновь и вновь требовала объяснений их решению экстренно садиться.

— Вы считаете, что я должен был оставить женщину умирать на моем борту? — Даниэль уже повысил голос, не в силах справиться с раздражением.

— Вы должны были связаться с нами, капитан, — ответил угрюмый мужчина. Он больше всех спрашивал с Даниэля.

— У меня не было на это времени. Рядом находился аэропорт, в котором могли оказать помощь.

— Сажая самолет на полосу короче и уже положенной для вашего самолета, спасая одного человека, вы жертвовали жизнями пятьсот сорок пяти пассажиров. Вы не могли быть уверены в том, что посадка пройдет благополучно.

Даниэль усмехнулся: в тот момент он был более чем уверен. Но сколько можно говорить об одном и том же? Все прошло благополучно, все живы и здоровы. А он устал так сильно, что когда переступит порог своего дома, упадет прямо в гостиной.

— Я даже больше скажу, — произнес Даниэль, — если подобное повторится, я буду действовать таким же образом. Настолько я в себе уверен.

Кто-то из пилотов поддерживал его, кто-то, напротив, возмущался. Но в итоге все пришли к выводу, что отличные знания теории и успешная практика на тренажерах сделали из Даниэля Фернандеса выдающегося пилота. Он не боялся принимать решения, не боялся отклоняться от заданной точки, целенаправленно шел вперед, каждый раз оправдывая четыре золотых полосы на погонах.

— Хватит давить на мальчика, — произнес Мухаммед. — Лично мне он сделал отличную рекламу. Теперь все газеты и телекомпании пишут и говорят о нем как о герое. «Arabia Airlines» теперь не знает только глухой. Надеюсь, у нас увеличится пассажиропоток вдвое, что принесет большую прибыль. — Он посмотрел на Даниэля: — Я считаю дело закрытым и не подлежащим рассмотрению вновь. Оставим все как есть без выноса выговора в личное дело. Даниэль, ты будешь летать и дальше. А еще — станешь лицом авиакомпании «Arabia Airlines». Кажется, тебя пригласили на фотосессию для обложки журнала? Отлично. Бери Оливию Паркер и вперед, Даниэль.

Лучше бы он этого не слышал. Его нервы и так были как натянутая струна, а имя Оливии Паркер вконец его разозлило — как красная тряпка быка. Он взбесился окончательно и вскочил со своего места. Но Марк вовремя остановил его от необдуманных действий:

— Молчи. Только молчи. Потом разберемся.

Понимая, что второй пилот прав, Даниэль молча сел обратно. Он не будет заниматься дешевым пиаром, а уж тем более с ней. Его дело — летать, а не позировать на камеру.

Наконец их отпустили, и Даниэль поспешил на выход, готовый мчаться домой незамедлительно. Дорога всегда

успокаивала его. Наконец он проведет три дня в раю, за-
бывшись в шуме морских волн на побережье залива. Если
не летать, то только смотреть на голубые воды и белую
пену. Голубые воды. Голубое небо. Голубые глаза Оливии
Паркер... Выругавшись про себя — он опять о ней вспомнил, — Даниэль достал ключи.

— Марк, — он резко остановился, обращаясь к другу, —
ты же летел со мной сегодня?

Марк уставился на него, не понимая, к чему тот клонит:

— Ну.

— Ты участник операции «экстренная посадка в Коломбо»?

Марк недовольно нахмурил брови:

— Чего ты хочешь?

— Значит, ты имеешь полное право сходить на фотосессию вместо меня.

Даниэль удовлетворенно выдохнул и вышел из здания
аэропорта на парковку, где его ждал любимый «Мазерати»
цвета графита.

Марк догнал его:

— Но я не капитан. Они ждут тебя.

— Я одолжу тебе свои пиджак и фуражку, — двери машины открылись. — Ты знаешь, я не люблю фотографироваться и изображать из себя звезду Голливуда. У меня
и времени свободного столько нет.

Марк утвердительно кивнул, улыбаясь. Он уже представил повсюду свет камер, съемки, себя и свое лицо на обложке журнала. Это же мечта любого. Даниэль спятил, отказываясь от этого.

— А как же Оливия? Вдруг она откажется со мной фотографироваться?

Даниэль резко развернулся и посмотрел на Марка:

— Поверь, она только обрадуется.

На следующий день Оливия, Нина и Мирем шли по длинному и шумному коридору торгового центра. На улице стояла жара, поэтому все спешили сюда, под кондиционеры. Ступая по начищенному до блеска мраморному полу, Оливия чувствовала себя королевой. Легкая, непринужденная обстановка, запахи сотни арабских духов, мужчины в белом и женщины в черном делали это место исключительным, не похожим ни на какое другое. Она любила этот город таким, какой он есть, — большим, дорогим, золотым, величественным и межнациональным. Здесь можно было встретить людей любой расы, национальности и вероисповедания. И эти различия совсем не мешали им находиться рядом и работать друг с другом. Такой этот город — центр лоска и изысканности, всего самого дорогого и лучшего, всего самого большого и яркого.

Девушки смеялись, наслаждаясь шопингом, подшучивая друг над другом, примеряя наряды, выбирая сумочки, меряя туфли и украшения. Оливия не помнила, когда в последний раз ей было так хорошо. Она почти забыла о полете, но Нина не вовремя напомнила ей об этом:

— Кто-нибудь звонил Даниэлю или Марку? Мы даже не знаем, чем закончилась эта история.

Настроение резко испортилось — словно резко дали по тормозам. Вот кто ее тянул за язык?

— Я не звонила, — пожала плечами Мирем, — а ты, Оливия?

Как она могла ему звонить, если от одного его голоса ее передергивало? Да и не знает она его номера.

— Нет, — она сделала вид, что ей не интересно, чем все вчера закончилось. Но сердце как-то предательски екнуло, и в памяти вновь всплыл образ Даниэля, крепко сжимающего ее в своих объятиях. На секунду показалось, что она до сих пор чувствует его тепло.

— Мы одна семья, — произнесла Нина. — Надо ему позвонить. — Она достала мобильный телефон и, найдя его имя в списке контактов, нажала на «Вызов». — Не берет, — спустя некоторое время Нина нажала отбой и положила телефон на стол.

— Позвони Марку, — нахмурилась Мирем, — может, они в пьяном угаре после вчерашнего?

— Даниэль не пьет, — ответила Нина, потянувшись за десертной тарелкой. Они сидели в итальянском ресторане, наслаждаясь кофе и пиццей. — Пойду возьму еще мороженого. Кто со мной?

Мирем засмеялась и присоединилась к Нине. Они посмотрели на Оливию.

— Я не хочу, — ответила та.

То, что произошло с Даниэлем, — ужасная несправедливость. Разве можно отчитывать капитана за то, что он спас человека? Да, он жертвовал чужими жизнями, но был полностью уверен в своих силах. Оливия верила ему в тот момент. А сейчас она наслаждается жизнью, когда он, возможно, переживает не самый лучший период.

Ее мысли прервал звонок — Нина ушла, оставив телефон на столе. Оливия машинально посмотрела на входящий вызов, и ее сердце замерло. Даниэль. Воспитание ей говорило — не трогай, душа кричала — бери. И она взяла.

— Алло.

— Нина, ты мне звонила?

Оливия занервничала:

— Это не Нина, она отошла...

Оливия даже не договорила, когда он перебил ее:

— Чистый английский. Я, кажется, знаю, кому он принадлежит. Оливия Паркер, ты что, преследуешь меня? Какого черта ты берешь трубку?

По голосу он был даже очень бодр. Но говорить гадости он всегда мог с бодростью.

— Я слышу, ты в хорошем настроении, а это значит, что тебя не распотрошили на летном собрании. Скорее, члены собрания устали от твоих объяснений и выгнали тебя вон. Другого объяснения твоему хорошему настроению и колкостям я не нахожу. Всего хорошего, капитан, я передам Нине, что ты в полном здравии. К моему сожалению. Если честно, думала, тебя отстранили от полетов.

Что она только что сказала? Совсем не то, что было у нее в голове. Почему у нее не получается разговаривать с ним нормально?

— Хорошо, мисс Оливия Паркер, рад, что не угодил тебе. Видишь ли, в последнее время я все делаю наперекор другим, и это приносит мне радость. А досаждать тебе доставляет особое удовольствие.

Вот ведь нахал! И зачем она взяла трубку? Надо было проигнорировать звонок. Нажав отмену вызова, стиснула зубы. Хам. Оливия отодвинула телефон подальше от себя, уставившись в одну точку. Угораздило же ее попасть к нему в экипаж. Бог, наверное, наказал ее за что-то.

— Мороженое такое вкусное, зря ты отказалась, — прощебетала подошедшая Нина, но Оливия не услышала ее, думая о своем. Она жалела этого несносного человека, переживала за него, а он опять нагрубил. Он не стоит и капли ее переживаний. — Оливия, с тобой все нормально?

— Да, — вздрогнула девушка, — звонил капитан Фернандес, с ним все в порядке.

Нина посмотрела на свой телефон, а потом на Оливию:

— Как прошло собрание?

Оливия пожала плечами. Спросить о собрании даже не пришло ей в голову. Даже при всем желании она не успела бы сделать это.

— Видимо, отлично, — только и ответила она

— Какая же ты счастливая — фотографироваться с самим Даниэлем! — мечтательно произнесла Нина. — Ваши совместные фотки будут красоваться на обложках журналов.

Оливия чуть не выронила чашку от «безудержного счастья». Но тут же в голову пришла отличная идея:

— Можешь сходить вместо меня. Я не люблю фотографироваться.

Нина подпрыгнула от радости, рассмешив их с Миром своей реакцией.

— Я? — указала на себя Нина. — Ты серьезно? Но что скажет Даниэль?

— Поверь, он только обрадуется.

Даниэль бродил по безлюдному пляжу. Прокручивая в голове недавний разговор, он пытался успокоиться. Замахнувшись было телефоном в бездонные воды, он в последний момент передумал и убрал его в карман. Она не стоит этого, а ему надо беречь нервы. Рядом с Оливией они ему еще пригодятся. Какая-то неразрешимая дилемма: он ее ненавидит, но при этом думает о ней постоянно. Надо думать о ней реже... Надо вообще перестать о ней думать!

Представляя завтрашний день, Даниэль коварно усмехнулся. Он уже видел, как улыбка сползает с лица Оливии, когда она поймет, что вместо него на съемках будет Марк. Отказ Даниэля должен ее обидеть, это будет отличной местью. Пожалуй, он сходит посмотреть на это. Встанет где-нибудь в сторонке и полюбуется шикарным зрелищем. Да простит его Марк. Только так он сможет высказать ей свое пренебрежение.

На следующий день Оливия шла по зданию аэропорта, одетая в длинный голубой сарафан в пол, и только каблуки, постукивая о мрамор, показывались при ходьбе. Ее плечи и шею тонким шелком покрывал платок. Оливия любила длинные вещи. Здесь, в Эмиратах, она чувствовала себя дома.

Нина всю дорогу говорила о позах для съемок, о помаде и косметике, о тональном креме и прическе, Оливия кивала, соглашаясь.

— Выбор у тебя небольшой, — Оливия нахмурилась, поправляя Нине волосы. — Ты должна выглядеть как на работе.

На съемочной площадке собралось уже много людей, фотограф готовил оборудование к съемкам. Притормозив, Оливия пропустила вперед запыхавшуюся Нину:

— Я поднимусь на второй этаж, — Оливия посмотрела наверх. Лучше места для просмотра не найти, — оттуда лучше видно.

Нина волновалась, то и дело переступала с ноги на ногу и нервно сжимала руки. Оливия, напротив, была холодна, как небо на высоте трехсот восьмидесятого эшелона. И вся эта комедия лишь больше разжигала в ней желание увидеть лицо капитана, когда он поймет, что она отказалась сниматься с ним. Победа века над Даниэлем Фернандесом. Она с удовольствием посмотрит в его красивое нахальное лицо и даже лично скажет ему, насколько он ей неприятен.

Поднявшись на второй этаж, она руками схватилась за перила, с улыбкой наблюдая за Ниной, к которой уже подошли гримеры и фотограф. Увидев высокого мужчину в знакомом костюме с четырьмя желтыми полосами на рукавах и в фуражке капитана, Оливия сощурила глаза в предвкушении его реакции. Жаль, отсюда было плохо видно лицо — она хотела рассмотреть его мимику в деталях. Хотя и движений будет достаточно. Только подошедшая к капитану Нина была странно удивлена. Наверняка он сейчас сказал ей гадость, приняв не за ту. И наверняка Нина в шоке от этого красноречия.

— Как плохо, — прошептала она, — что мне не слышно.

— Зато хорошо видно, — произнес чей-то голос рядом, и она обернулась, увидев в шаге от себя Даниэля.

Она даже не сразу поняла, что это он. В синей футболке и голубых джинсах он выглядел иначе. Оливия растерялась и оступилась, прикрыв глаза.

Теперь улыбался он, сначала слегка касаясь шарфика на ее шее, потом, сжимая его сильнее, притянул девушку к себе. Боже всемогущий, это лучший день в его жизни.

Она распахнула глаза, осознав, что твердо стоит на ногах. Хотя лучше бы она упала, не увидев этот его победный взгляд в паре сантиметров от себя. Он все еще сжимал ее шарф, намотав его на руку:

— Я смотрю, ты пришла на съемку не одна. Как мило. Я тоже.

Она уже ничего не понимала. Раз он здесь, то кто тогда внизу с Ниной?

— Марку больше понравилась эта идея. — Как будто мысли ее прочитал. Гнев пришел на смену страху, и она недовольно вырвала свой шарф из его рук. Какого черта он послал Марка вместо себя? А теперь стоит здесь и наблюдает за ее реакцией. Вспомнив про Нину, Оливия кинулась к перилам и, вцепившись в них руками, стала высматривать ее. — Какого черта ты привела Нину?

— Какого черта ты привел Марка?

Вопрос на вопрос, но в голове не укладывалось, что он мог так поступить. Хотя чему удивляться, ведь она сделала то же самое, чтобы позлить его. А он зол? Она развернулась и пристально посмотрела на него, чем привела Даниэля в легкое замешательство. Сегодня он не был похож на капитана самого большого пассажирского самолета. Он тоже оглядел ее с ног до головы, придя к выводу, что Оливия вполне сносно может выглядеть и без летной формы. И вообще, наверно, без одежды было бы еще лучше...

— Какого черта ты на меня так смотришь? — вновь огрызнулся он и отвернулся, сделав вид, что его заинтересовал процесс съемки. Кажется, ни Марк, ни Нина не были против, им обоим нравилось позировать на камеру.

Вдруг Даниэль увидел, как Нина и Марк указали одному из фотографов на второй этаж. Даниэль решил скорее покинуть площадку, пока его не заставили спуститься вниз.

— Всего хорошего, я пошел, — шепнул он, направляясь к двери, но Оливия вцепилась в него.

— Я тоже ухожу, но не знаю, где выход со второго этажа, — молящие невинные глаза смотрели на него, и он опустил взгляд на ее руку, которая все еще сжимала ткань его футболки. Он медленно разжал ее. Каждое прикосновение Оливии отзывалось в нем бешенством. Мозг на это время отключался.

— Ты можешь идти рядом, не обязательно все время меня хватать.

Даниэль открыл незнакомую ей дверь и зашел в темный коридор, пропуская девушку вперед.

Войдя внутрь, Оливия поняла, что находится в длинном подсобном помещении. Как только дверь со скрипом закрылась, ею овладела паника. Она ничего не видела. Ей надо было за что-то держаться, и Оливия хотела было ухватиться за Даниэля снова, но тут же вспомнила предупреждение. Не хватать его? Но как же тогда дойти до света? И где этот чертов свет?

— Я ничего не вижу, — прошептала она, и, коснувшись чего-то холодного, вскрикнула, одернув руку. Он зловеще рассмеялся.

— Не наступи на крысу, здесь их много развелось.

От его слов холодок прошелся по коже. Недолго думая, она шагнула вперед. А может, это был шаг назад. А может, в сторону. Оливия точно не знала.

Даниэль улыбался. Оставить ее здесь и проучить? Отличная идея! Капитан тихо пошел вперед, к выходу. То, что это «вперед», он был уверен. Он легко увеличивал расстояние между ними, но ее голоса так и не услышал. Она не окликала его. Отлично. Нужно было уходить, но Даниэль вдруг остановился. Ее молчание и беспомощность беспокоили его. Он не мог оставить ее одну.

Этот мерзавец бросил ее стоять среди крыс! Хотя Оливия знала, что про них он солгал, но легче от этого не становилось. Она прекрасно слышала, как он уходит. Ну и пусть идет. Она сама выберется отсюда, это только вопрос времени. Вскоре глаза привыкнут к темноте, и она с легкостью найдет выход.

Оливия стояла, прижавшись к стене, когда услышала знакомый голос возле уха. Даниэль вернулся.

— Почему ты не кричишь?

А надо было? Но если он так хочет... Она открыла рот, чтобы закричать, как он своей ладонью прикрыл его:

— Я пошутил.

Рывком она убрала его руку со своего лица.

— Зато я не шучу, — она грубо схватила за его руку, разозлившись на его выходку, — выведи меня отсюда, иначе я буду кричать так громко, что ты пожалеешь о том, что втянул меня в это.

— Я уже трижды пожалел, — произнес Даниэль, пытаясь ослабить ее хватку, но это было не так-то просто. — Отпусти меня.

— Не отпущу, пока не увижу дневной свет.

В ответ он что-то грубо прорычал и потащил ее к выходу.

ГЛАВА 9

Оливия вошла в здание аэропорта и не торопясь направилась к стойке регистрации. Она нарочно шла медленно, чтобы не столкнуться с Даниэлем, который, скорее всего, уже находился в предполетной комнате. Она надеялась, что другие члены экипажа уже подошли и он не один. Она не знала, как вести себя с ним. В памяти все еще были свежи воспоминания о том, как он повел себя в день съемок: тянул за собой по темному коридору, а потом просто оставил одну. Отпустил руку и ушел прочь. Молча.

Она положила свой паспорт девушке за стойкой регистрации и улыбнулась:

— Доброе утро.

Девушка ответила ей такой же милой улыбкой и, поставив печать, вернула паспорт:

— Счастливого полета в Шанхай, мисс Паркер.

Зайдя в комнату для брифинга, она не увидела на привычном месте Даниэля. Вместо него сидел Сэйдж Новелл, капитан сменного экипажа, а рядом с ним — Марк. Оба изучали предполетный маршрут. Оливия хотела узнать, где Даниэль, но передумала. Не будет она про него спрашивать, пусть кто-нибудь другой поинтересуется!

Оливия то и дело поглядывала на входную дверь, в голове скопилось уже сто вопросов, а воображение рисовало самые невероятные картины. Даниэля не допустили к полетам? Он заболел? В отпуске? Уволился из «Arabia Airlines»?

— А где капитан Фернандес? — вошедшая Келси не стала теряться в догадках и сразу задала вопрос.

— Я скажу, когда все соберутся, — произнес Марк, оторвавшись на мгновение от бумаг.

— Так и знал, что его не допустили к полетам, — прошептал Джуан, посмотрев на часы у себя на запястье, как будто все еще ожидал прихода капитана.

Когда в комнате наконец-то все собрались, Марк поднял голову и объявил:

— Здравствуйте! Хочу начать с главного — сегодняшний рейс возглавит капитан Сэйдж Новелл. Вчера Даниэль ввиду вынужденных обстоятельств улетел в Токио, заменив заболевшего пилота. В Шанхае он встретит нас и возглавит экипаж в обратную сторону.

Сэйдж кивнул.

— Мы поменялись экипажами на время, — он сел поудобнее, а дальше начал говорить уже конкретно о работе: — Сегодня рейс в Шанхай, время в пути составит девять часов сорок пять минут, на борту будет находиться пятьсот сорок пять пассажиров. Полет дальний, поэтому желаю вам легкой работы и беззаботных пассажиров.

Оливия расслабленно выдохнула. Даниэль уехал — этот факт ее ни капли не расстроил. Скорее наоборот, обрадовал. Без Даниэля она сможет наслаждаться работой. Десять часов без него туда и десять часов обратно, когда он будет сидеть в кабине пилотов. Это будет самый тихий полет в ее жизни. А капитан... Какая разница, кто капитан? Все они одинаковые.

Бортпроводники молча встали и пошли к самолету, оставляя пилотов решать предполетные вопросы.

— Зря ты отказалась от съемок, — сказала Нина Оливии, когда они оказались в самолете, — это было потрясающе. Правда, Даниэль тоже не захотел сниматься, попросил Марка, но мне все равно.

Оливия еще раз убедилась, что правильно поступила. Потому что ей было бы не все равно.

Полет прошел в штатном режиме, но, помня прошлый рейс, Оливия внимательно рассматривала пассажиров, вы-

искивая среди них беременных женщин. Слава богу, таких не оказалось. Все было просто отлично, она даже не устала, как в первый раз, когда Даниэль загонял ее до полусмерти, но что-то было не так, чего-то как будто не хватало. И она поняла чего, когда капитан вышел на связь, произнеся хрипловатым голосом:

— Уважаемые пассажиры, через несколько минут мы начнем снижаться.

Всего одна фраза! Долгое время наблюдая за пассажирами, Оливия узнала, что этого недостаточно — они ждут больше слов, больше информации. Им приятно слышать голос капитана — это успокаивает и вселяет уверенность в хорошей посадке. Даниэль бы сказал: «Уважаемые леди и джентльмены, совсем скоро мы приземлимся в аэропорту города Шанхай, где вас ждет солнечная погода. Пристегните ремни безопасности, мы начинаем снижение». Он придумал бы сотни фраз — она точно знала. И сейчас, стоя в проходе между кресел и вспоминая его бархатный голос, Оливия улыбалась. Нина оказалась права — его не хватало. Но это чувство надо засунуть глубже, запереть на замок и забыть ключ от него. Не хватало еще, чтобы она стала такой же, как все.

Когда самолет приземлился, Оливия вышла наружу, вдыхая запах аэропорта. Каждый город имеет свой запах, и у каждого аэропорта он так же индивидуален. Запах Лондона — это ароматы европейских духов вперемешку с сыростью дождя и тумана. Запах Дубая — смесь арабских ароматов с новизной аэропорта, свежестью кондиционеров и денег. Здесь, в Шанхае, запах был другим — здесь пахло древесной смолой и цветами.

Она шла в зал ожидания за своим экипажем, но увидела Кларка и подошла поздороваться. Было странно лететь одним рейсом и не видеть друг друга, но времени, чтобы подняться на второй этаж, совсем не было.

— Привет, устала? — спросил он.

— Нет, лучше, чем в тот раз. — Конечно, лучше, ведь рядом не было причины ее стресса. Оливия на всякий случай посмотрела по сторонам.

— Теперь ты звезда. Ты и Фернандес. Про вас рассказывают много интересного.

Слушать сплетни не хотелось. Что люди могли знать о них? Они видели одно-единственное интервью.

— Ты не забыла про устав «Arabia Airlines» об отношениях между членами экипажа?

Он растягивал эти слова, наслаждаясь ими, как будто прямо сейчас выигрывал счастливую лотерею.

— Людям свойственно преувеличивать, — просто ответила она.

— Ну что ж, я рад. Может, встретимся по прилете домой и сходим куда-нибудь?

Встречаться с ним не входило в ее планы с первого учебного дня. Он всячески показывал свой интерес, а она всеми силами игнорировала его. Кларк волочился за всеми. Вот кому стоит подумать о правилах авиакомпании.

— Мне хватает времени только на сон. Всего хорошего, Кларк. — Она быстро попрощалась с ним и пошла в зал вылета.

Подойдя к большому панорамному окну, она прильнула к стеклу. Там, внизу, стояла ее мечта — самый большой пассажирский самолет. Ради него она преодолела много миль, покинула свой дом, свою семью, свою страну. Будучи еще ребенком, Оливия часто поднимала глаза вверх и смотрела на небо в надежде увидеть самолет. Желание летать стало наваждением, потребностью. Постепенно мечты становились реальностью. И если бы она родилась мальчиком, непременно стала бы пилотом.

— Ты тетенька, которая летает? — тонкий детский голосок заставил ее обернуться.

Светлокожая девочка лет четырех с двумя косичками, завязанными красными резинками, вопросительно смотрела. В руках она держала белого игрушечного зайца с длинными ушами, закрывающими ему глаза, руки и ноги у него болтались, как у живого.

Оливия присела на корточки рядом с малышкой:

— Да, я тетенька, которая летает. Хочешь посмотреть, на чем мы полетим?

Девочка кивнула и протянула руки, пытаясь не уронить игрушку. Оливия подхватила ее на руки, и они вместе посмотрели вниз.

— Этот самолет — королевство.

— Ты живешь в королевстве?

Оливия улыбнулась, и что-то в душе кольнуло:

— Можно сказать и так.

— А кто те дяденьки? — девочка указала на трех мужчин в зеленых сигнальных жилетах, ходивших под самолетом и осматривающих его колеса.

— Они проверяют, все ли в порядке в королевстве.

Но тут взгляд Оливии упал на еще одного человека, на рукавах пиджака которого отчетливо были видны четыре золотых шеврона. Она показала на него:

— Этот дяденька самый главный. Это его королевство.

Она с восторгом и гордостью указывала на Даниэля, сама не ожидая от себя такой реакции, и, испугавшись этого, опустила руку.

— Он принц?

— Нет, наверно, он король, — улыбнулась Оливия. — Давай помашем ему.

Девочка смеялась, махая Даниэлю маленькой ручкой. Как будто почувствовав, что на него смотрят, Даниэль поднял голову и поймал их взгляд. Оливия держит на руках ребенка, и они машут ему. Это было мило. Он улыбнулся, помахав в ответ.

— Капитан, снаружи все в порядке, — Даниэль обернулся, смотря на своего второго пилота, — пора подниматься на борт.

В ту же минуту девочку окликнула мать, и та стала вырываться из рук.

— Софи, нельзя приставать к незнакомым людям, ты ставишь их в неловкое положение, — извиняющимся тоном проговорила мать девочки. — Простите ее.

Приветливо улыбнувшись, Оливия отпустила девочку, и та побежала в глубь зала, звонко крича:

— Я хочу быть летающей тетенькой.

Оливия рассмеялась, провожая девочку и женщину взглядом. Когда-то у нее была такая же мечта. Она обернулась к окну и посмотрела вниз, но на земле уже никого не было.

Поднявшись на борт самолета, девушка прошла на второй этаж к последнему креслу. Именно к тому, где сидела в прошлый раз с Даниэлем. Но сегодня его точно не будет рядом.

Рядом с ней села Нина.

— Учти, я буду спать.

— Не переживай, я тоже, — Нина застегнула ремень безопасности и прошептала: — Я слышала, что при авариях находили тела, разрезанные пополам ремнями безопасности.

— А знаешь, зачем нужны спасательные жилеты? Чтобы спасателям легче было находить трупы в воде.

Девушки засмеялись. Полет обещал быть веселым. Нина красочно описывала историю съемок с самого начала до самого конца. В какой-то момент Оливия даже пожалела, что отказалась, но только на секунду. Потому что в следующую секунду она вспомнила, что Даниэль отказался от них тоже, передав это право Марку.

— Какая разница — Марк, Даниэль, — продолжала Нина. — Конечно, Даниэль статный пилот и красивый мужчина, но Марк ничуть не хуже.

Марк даже лучше, подумала Оливия и посмотрела на подругу. Нина даже не представляет, насколько лучше. Но она осознавала тот факт, что, если бы пришла на съемку и увидела Марка вместо Даниэля, ее бы это очень разозлило. Но вслух сказала только:

— Любого мужчину одень в форму пилота, он будет выглядеть красиво, поэтому не вижу разницы.

Обе девушки посмотрели на сидящего слева Марка.

— Раньше я хотела выйти замуж за пилота, — вздохнула Нина.

— В чем же дело? — засмеялась Оливия и толкнула ее в плечо. — Выбирай любого, их на этом борту целых четыре.

— Теперь не хочу. Муж в небе, и я в небе. И что за семейная жизнь получится?

Оливия об этом редко думала, полагаясь на судьбу. Если суждено быть вместе, то какая разница, летает он в небе или работает грузчиком? Если это настоящая любовь, способ для создания совместного счастья найдется. Такого, как было у ее родителей.

Из раздумий ее вывел знакомый голос, шелком коснувшись слуха:

— Уважаемые леди и джентльмены, говорит капитан Даниэль Фернандес Торрес, мы рады приветствовать вас на борту нашего авиалайнера по маршруту Шанхай — Дубай. Через несколько минут мы взлетим. Полет пройдет на высоте тридцать девять тысяч футов и займет десять часов десять минут. Прошу пристегнуть ремни и не расстегивать их до выключения табло в целях вашей безопасности. Спасибо, что выбрали нашу авиакомпанию. Желаю вам приятного полета. Экипажу приготовиться к взлету.

Так странно было слышать его голос, но при этом лететь пассажиром. Странно и приятно. Оливия закрыла глаза, откинувшись на спинку сиденья. Она заняла неудачное место — в середине. Глупая, надо было сесть возле окна, чтобы лучше ощутить момент взлета и насладиться им. Она подумала о Даниэле. Интересно, что он испытывает, поднимая самолет в небо? Захватывает ли его, как ее, чувство восторга? Или он делает это автоматически? Оливия вздохнула. Она никогда не узнает, потому что никогда не задаст ему подобный вопрос. Но она ведь может спросить сейчас у Марка. Толкнув Нину в бок, Оливия прошептала:

— Спроси у Марка, что он ощущает, когда управляет самолетом при взлете?

Нина, хлопая большими ресницами, не сразу осознала, что от нее требуется, но, подумав пару секунд, повернулась к Марку:

— Марк, что ты чувствуешь, когда взлетаешь?

Оливия выглянула из-за подруги, слегка подавшись вперед, чтобы услышать ответ. Может быть, это было и лишнее, но она хотела знать. Он удивленно взглянул на обеих девушек:

— Когда работаешь, мало думаешь о чувствах. Взлет — ответственный момент полета, мне надо не забыть сделать много важных вещей, без которых самолет не поднимется в небо: двигатели, закрылки, шасси, связаться с диспетчером и слушать его. Как вы думаете, у меня есть время на свои ощущения?

Оливия поморщилась. Пилоты слишком черствые. Они и правда думают только о работе, абсолютно не замечая, что происходит вокруг. Она одновременно и понимала Марка, и осуждала его. А может быть, из-за того, что им приходится

часто взлетать, они утратили способность чувствовать это душой?

Она вновь откинулась на спинку сиденья, ощущая, как самолет покатился быстрее, а сила тяжести стала вжимать ее в кресло. Ей повезло больше — она еще способна это чувствовать. Ощущение отрыва от земли — это целая буря эмоций: от восторга до страха. Где-то в голове погибает целая куча нервных клеток, и в то же время в животе рождаются бабочки. Кровь быстрым потоком растекается по венам, делая ноги тяжелыми, а голову — ясной. Именно в этот момент исчезают мысли, дыхание останавливается и приходит наслаждение.

Она тысячи раз наблюдала в такой момент за лицами пассажиров. Чаще всего они просто закрывают глаза. Многие начинают разговаривать друг с другом, пытаясь отвлечься. И только некоторые восторженно смотрят в окно. Именно они вызывали у Оливии уважение, потому что испытывали те же чувства.

После шести часов полета Оливия устала смотреть телевизор и попыталась уснуть. Но сон не шел. В прошлый раз Даниэль так загонял ее своими причудами, что Оливия даже не ощущала полета. Но сейчас, не чувствуя особой усталости, она лежала и смотрела на мерцающие звезды на потолке.

— Уважаемые леди и джентльмены, если вы сейчас не спите, посмотрите в окно. С левой части борта вы увидите огни Нью-Дели. Поверьте, эта красота стоит вашего внимания.

Оливия откинула плед и поспешила к левому окну, где сидел сейчас Марк. Она уже дважды пожалела, что не села туда. Заметив ее, Марк пальцем указал в иллюминатор, и Оливия тут же встала, обходя свое кресло. Еще несколько пассажиров с центра и правой части самолета последовали ее примеру. Под ними расстилался чарующий миллионами ярких огней большой город. Она впервые столкнулась с тем, что капитан не просто делал свою работу — он был гидом, привлекая внимание пассажиров к красоте внизу, отвлекая от обыденности полета.

Марк пропустил ее, встав со своего кресла. Оливия залюбовалась тысячами огней, раскиданными на большой территории. Отдельные части соединялись тонкими полосками дорог. Где-то внизу живут люди, подумала она, наверняка чьи-то глаза сейчас следят за красными огоньками их самолета, быстро проносящегося по небу. Наверняка кто-то думает о нем, как сейчас Оливия думает о том, кто на земле. Вот так легко, сокращая расстояние, можно посмотреть друг на друга.

— Спасибо, — прошептала девушка. После того как огни пропали из виду, она встала и пропустила Марка на его место.

— Впечатлило? — поинтересовался он.

— Очень. — Кивнув, она поняла, что никогда не скажет то же самое Даниэлю. Он как будто позволил им прикоснуться к чему-то сокровенному, открыв им частичку мироздания. Это было красиво — сверху сквозь пелену ночи увидеть огромный сияющий мегаполис. Она не ожидала от Даниэля такой романтики. На него это было не похоже. Но, возможно, она просто не знала его достаточно хорошо. Для нее он был самовлюбленным капитаном, который при любой удобной и неудобной ситуации старался поиздеваться над ней. Почему-то выбрал именно ее. Наверно, потому что она первая дала отпор, уязвив его гордость.

Сев на свое место, Оливия накинула плед и взяла пульт от телевизора. Но он выпал из рук, когда она увидела, что в их сторону широкими шагами идет улыбающийся Даниэль. Она натянула плед повыше, пытаясь скрыться от его глаз.

— Ну как ты? — Марк пожал ему руку. — Выглядишь уставшим.

— Я спал от силы часа два после Токио, — Даниэль оглянулся, обводя взглядом свой спящий экипаж. — Счастливчики.

— Тебе надо отдохнуть, пока есть такая возможность. Хочешь, я пойду в кабину ко второму пилоту?

— Сэйдж сменил меня на время.

Даниэль облокотился о спинку впереди стоящего кресла и еще раз оглянулся по сторонам. Не обнаружив ту, что искал, решил действовать по-другому:

— Нам меняют маршрут. Уже завтра мы полетим в Европу.

Он специально сказал это громко. Как будто рассчитывал на то, что одна из его бортпроводниц незамедлительно отреагирует. Оливия машинально откинула одеяло, выдав себя. Мысленно она уже предвкушала встречу с родным городом и самым близким человеком — мамой. Но, приподнявшись с кресла, встретилась с ухмылкой Даниэля. Он знал. Он произнес эту новость специально для нее. Безо всяких уточнений. Как будто ждал, что она сейчас же закричит и потребует сказать, в какие города им предстоит летать. Но по его хитрому взгляду она поняла — он не скажет. Кричать и требовать? Примут за сумасшедшую.

На помощь пришел Марк:

— Почему так резко? В какие города?

— Мне тоже не нравится эта идея, мы не летали в Европу уже больше четырех лет. Я не помню ни одного аэропорта. А вот в какие города, я скажу, когда приземлимся, — он слегка повернул голову в ее сторону, давая понять, что не скажет даже Марку.

Мерзавец. Испытывает ее. Но лететь еще долго, а от такой новости не то что уснуть, усидеть будет сложно.

Видя, как злится Оливия, Даниэль удовлетворенно улыбнулся. Пусть помучается. Оливия так просто не получит от него информацию. Жаль, что он не сказал об этом еще раньше — перед полетом.

— Иди, поспи, — махнул рукой Марк, — если полетим завтра, ты, получается, вообще без выходных уже которые сутки. Начальство тебя не щадит.

— Я не сплю в самолетах, ты же знаешь.

— Правда? — удивился Марк. — В прошлый раз очень даже спал.

В прошлый раз англичанка так утомила его, что он имя свое забыл. Уснул счастливым от того, что она замолчала.

— Пойду хоть полежу, — прошептал он Марку и направился в хвостовую часть самолета.

Оливия проводила его взглядом. И это все? Потревожил ее покой, а сам ушел? А она должна теперь мучиться в догадках весь оставшийся полет? Ну уж нет. Она проучит его. Она достанет его так, что ему придется признаться, куда они полетят завтра. И, кажется, она догадывалась куда.

Встав со своего места, она пошла в салон первого класса. Стюардесса сразу подошла к ней:

— Ты кого-то ищешь?

— Нашего капитана, — но вспомнив, что он временно не их, исправила, — вашего. Нашего, который теперь ваш. Короче, Даниэля Фернандеса, — уже занервничала она.

— Он ушел отдыхать в комнату для пилотов, — она указала на дверь возле душевой, о которой Оливия даже не подозревала. Комната? Целая комната для отдыха? Она покажет ему отдых!

ГЛАВА 10

Раздумывая ровно пару секунд, будет ли приличным ворваться к нему, она решила, что правил приличий он все равно не знает, и распахнула дверь.

— Опаздываешь, — Даниэль взглянул на часы у себя на руке, лежа на кровати. Целой кровати! Если бы она была пилотом, то спала бы все время. — На две минуты и пятнадцать секунд.

Мерзавец. Он ждал ее, считая время. Все подстроил. Откуда знал, что она придет?

Закрыв плотнее дверь, Оливия спиной прижалась к ней:

— Ты знаешь, зачем я пришла. Не пожелать тебе спокойной ночи.

— Конечно, нет, — улыбнулся он, — разве от тебя можно дождаться доброго слова.

— Ты знаешь, что меня интересует.

— Знаю, — он закинул руки за голову, все еще смотря на нее, и от этого нахального взгляда Оливия ощутила неловкость. Что она вообще здесь делает? Можно было и подождать часа четыре.

— Я жду, — просто сказала она, потупив взгляд. Все еще оставалась надежда на то, что он скажет ей заветное слово «Лондон», и она сразу покинет эту комнату.

— У меня есть для тебя новая игра.

— Опять? — Оливия даже вздрогнула от неожиданных слов. Интересно, он придумал это на ходу или летя в Токио.

— Она не длинная. Молчать надо сорок минут.

— Всего сорок минут? — усмехнулась девушка. Что такое сорок минут по сравнению с четырьмя часами ожидания заветного слова «Лондон». — Я согласна.

— Это еще не все.

— Нет? — вновь удивилась Оливия. — Что-то может быть хуже молчания, когда я хочу говорить?

— Целых сорок минут ты будешь делать только то, что скажу я.

Видимо, есть хуже. Просто молчать ему уже мало. Он решил основательно поиздеваться над ней.

— А если я не хочу?

— Тогда будешь ждать мой ответ на свой вопрос до конца моего рабочего дня, а это еще два часа после прилета в Дубай. И того ждать тебе — шесть. Выбирай: шесть часов ожидания или сорок минут.

Конечно, сорок минут. Мысленно она уже набирала номер мамы и радостно кричала в трубку о том, что скоро приедет домой.

Даниэль прекрасно знал, что она согласится. Такие, как Оливия, не любят ждать. Она хочет все и сразу. Но получит только тогда, когда заслужит. Просто дать ответ — это слишком легко. А он не любит легких путей. Смотря в ее глаза, на секунду ему показалось, что это будет большой ошибкой. Пыткой для него. Слишком свежи еще воспоминания о холодной воде в душе. Но он пройдет через это еще раз, чтобы доказать себе, что это всего лишь девушка, которая просто раздражает его больше остальных.

— Что я должна делать?

Вопрос, на который был слишком сложный ответ. Это даже не ответ — испытание.

— Мне надо отдохнуть, лететь еще четыре часа, а завтра снова в рейс. Я в рейсах уже два дня, — он приподнялся с кровати и понизил голос до шепота, напоминая шуршание песка на берегу Персидского залива. — Я не сплю в самолетах. А ты, видимо, обладаешь чем-то таким ужасным, от чего я уснул в прошлый раз. Поэтому молчи и сделай это снова. Через сорок минут ты разбудишь меня, и я скажу тебе, где будет наша первая посадка в Европе.

Почему она не родилась глухой?

— Значит, такова твоя цена? — удивленно прошептала она, вспоминая полет из Пекина. — Я ничего не делала, просто уснула.

Она сильнее прижалась спиной к двери, продолжая смотреть на Даниэля.

— Я предложил, твое право отказаться, — он вновь лег и закрыл глаза, — скажу часов через шесть. А лучше за пару часов до вылета завтра.

Мерзавец. Он специально говорил так, раздражая ее. Но ничего у него не выйдет.

— Я согласна, — четко произнесла Оливия, и он от удивления открыл глаза и нахмурил брови.

— Без рук, — произнесла она, подходя ближе и садясь рядом на кровать. Он безумен, что просил такое. Но она безумней, что приняла его предложение.

— Чьих? — удивился Даниэль. — Это твои руки были на мне. Мне даже в голову не пришло бы такое.

Он отодвинулся от нее к самой стене, давая больше места, и Оливия недовольно посмотрела на него. Слыша очередную его гадость, ей ужасно захотелось ответить тем же:

— Мне обязательно молчать?

— Обязательно.

Будет нелегко навредить ему молча, но она сделает все возможное, чтобы капитан сам выгнал ее. Она выхватила из-под его головы единственную подушку и положила рядом. Но голова коснулась твердой кровати. Даниэль вытащил подушку раньше:

— Мне нужно удобство.

— Удобство нужно всем, — прошипела девушка.

Он пожалеет о своей просьбе. Не пройдет и пяти минут, как он будет умолять ее убраться отсюда. Только она не уйдет, пока он не скажет ей, куда они летят.

— Ляг и лежи, — вздохнул Даниэль, — время идет.

Усталость так отражалась на его психике, что он пошел на такое, лишь бы встряхнуть себя. Почувствовав, как она легла рядом спиной, стараясь не касаться его, он вдохнул больше воздуха и закрыл глаза. То, что легла спиной — это хорошо. То, что не касается его — это отлично. Так какого черта его тело так реагирует на эту девушку? Разве можно так уснуть? Эта проверка была плохой идеей.

Оливия начала ворочаться, устраиваясь поудобней. Ей было жестко, и она повернулась лицом к Даниэлю.

— Ты можешь лежать спокойно? — Его недовольный тон заставил ее замереть. Уже лучше. Еще немного, и он на коленях будет просить ее уйти.

— Не могу найти удобное положение, — произнесла она, встретившись с ним взглядом. Капитан оказался ближе, чем она предполагала. Сердце будто остановилось. Как же она ненавидит Даниэля Фернандеса, что даже сердце перестает биться, глядя на него.

Несколько секунд они молча смотрели друг на друга. Еще секунду, и Даниэлю показалось, что он вышвырнет Оливию Паркер из комнаты. Она не может так возбуждать его. Это не поддается логике. Она противная многоговорящая язва, все слова которой пропитаны ядом. Так почему ему так хочется коснуться ее ненакрашенных губ? Нет, ему не хочется. Ему вообще не хочется ее видеть.

Он слегка приподнялся, замечая, как она резко отстранилась от него, и положил подушку посередине. Одна на двоих. Но это лучше, чем если она будет изводить его своими передвижениями по кровати.

— Так лучше? — холодно произнес он и снова лег, закрывая глаза, чувствуя, как она ложится рядом. Всего лишь сорок минут.

Оливия молча легла, стараясь не смотреть на него, но теперь чувствовала тепло его тела. То самое тепло, которое ощущала тогда в Коломбо, когда Даниэль прижимал ее к себе. Стараясь не думать еще и об этом, она стала мечтать о встрече с мамой. Зря она не зашла в дьюти-фри Шанхая.

Но впереди Дубай. Она обязательно привезет ей что-нибудь изысканное. Духи или сумочку. А может, красивый платок. А можно и то, и то. Мама будет рада, кому как не ей радоваться вещам из чужой страны. Надо было покупать сувениры в каждом аэропорту, где побывала. Но ведь все некогда. В следующий раз обязательно купит.

Даниэль пытался уснуть, но получалось плохо. Он перебрал в голове все варианты отказа двигателя. Сначала одного. Но так он уже летал, это было неинтересно. И он решил мысленно уничтожить все двигатели в самолете. И реверс. Никакого реверса. Он умер вместе с двигателями. Хотя зачем реверс, если двигатели не работают? Шансов сесть нет. Хотя один из ста есть. Можно планировать в песок. Гидравлика отказала. Все! Шансов нет.

Резкий звонок будильника над ухом заставил открыть глаза. Боже, это был сон! Выдохнув, Даниэль понял, что сорока минут оказалось мало, но надо было идти в кокпит. Что-то не давало ему подняться, своим теплом возвращая в царство сна. Он взглянул на Оливию, сладко спящую уже на его плече и рукой касаясь рубашки на его груди. Ну, конечно. Как он мог забыть. Ее не разбудил даже будильник. Оливия спала так сладко, слегка улыбаясь во сне, что ему перехотелось вставать. Волосы разметались по его руке, на которой она лежала, и только теперь он понял, что все время обнимал ее. Она как плюшевая игрушка, создающая уют. Правда, сон можно было выбрать и получше. Он вздохнул, аккуратно убирая волосы, и прошептал на ухо:

— Сорок минут истекли.

От щекотливого шепота глаза девушки плавно открылись. Она слышала голос, она столько раз слышала его. Бархатный, но сейчас он больше напоминал шелк: нежный, ласкающий слух. Пытаясь понять, что этот голос делает рядом, она перевела взгляд на нашивку в виде крыльев птицы с надписью, которую она уже знала наизусть: «Капитан Даниэль Фернандес Торрес». Ее пальцы касались этой нашивки. Она уснула рядом с ним, хотя не собиралась. Как это могло случиться?

Слегка приподнявшись, освобождая его руку от своего веса, глазами вновь встретилась с ним. Она хотела спросить — спал ли он? Ведь это важно знать, но он приложил палец к ее губам. От этого прикосновения сердце перестало стучать. Он явно пугает ее сердце. Другого быть не может. Заставляет его молчать так же, как и ее голос, подчиняя себе. К черту Лондон. Пусть не говорит ни слова. Пусть молчит. Только отпустит ее.

Даниэль медленно опустил палец с ее губ, смотря в ее глаза, цвет которых напомнил ему сейчас чистый рассвет в небе. Она смотрела на него в ожидании долгожданного ответа. И он дал его.

— Лондон.

Одно его слово, и где-то в этот момент родились тысячи звезд! Одно слово создало целую вселенную из надежд и бурю эмоций.

— Сколько мы там пробудем?

Он ответил не сразу. Встал с кровати и принялся завязывать галстук. В памяти Даниэля уже который раз всплывала картина — как она нежно шептала в телефон: «Я люблю тебя». Это его не касалось. Но эти слова почему-то вызвали раздражение.

— Почти день, — он затянул галстук на шее. Надо было сильнее, чтобы привести себя в чувство и наконец перестать думать. Но все-таки, не выдержав, грубо произнес: — Можешь начинать звонить всем, кого ты так любишь. Я удивлен, что ты вообще способна на это.

Оливия была так обрадована, что проигнорировала его резкие слова. Наконец она увидит маму. Как же она скучала и тосковала по дому! Но теперь она будет часто туда летать. Сидя на кровати и слыша, как захлопнулась дверь, Оливия вздрогнула. Даниэль ушел. Он выполнил обещание, не солгал.

Через несколько минут, приведя себя в порядок, она тоже вышла. Все было по-прежнему — в салоне горел приглушенный свет, все спали. Сорок минут для них прошли незаметно. Пройдя к своему месту, Оливия села, посмотрев на спящую Нину. Она позавидовала ей, но желание разбудить и поделиться прекрасной новостью было настолько сильным, что она уже почти коснулась ее руки, медленно переводя взгляд на спящего Марка. Сорок минут усыпили почти всех.

Облокотившись на спинку сиденья, Оливия улыбнулась. Лондон. Спустя долгих девять месяцев она вернется на родину. На один день. Но это не важно. Главное, что она вновь будет на родной земле.

Свет плавно включился, и бортпроводники начали разносить напитки. Нина наконец открыла глаза, и Оливия не удержалась.

— Нина! — крикнула девушка. — Я думала, ты никогда не проснешься. Завтра мы летим в Лондон. В Лондон!

Плохо понимая, почему Оливия так кричит, Нина вновь закрыла глаза, анализируя сказанное:

— Завтра? Без выходного? Опять лететь? Они сдурели? Кто капитан? Фернандес, который не спал уже два дня? Хотят убить пассажиров?

Оливия нахмурилась. Видимо, Нина еще не проснулась. Плевать на Фернандеса, пусть хоть неделю не спит, но он обязан доставить ее в Лондон.

— Лондон, Нина, — прошептала она, — я завтра буду дома.

Эти слова Нина уже поняла и, открыв глаза, внимательно посмотрела на подругу. И тут же широкая улыбка появилась на ее лице:

— Ты будешь дома? Европа! Оливия! — Они обнялись, и Нина задумчиво произнесла: — А в Любляну мы полетим? Нам полностью поменяли маршрут?

— Больше я ничего не знаю.

— Любая страна Европы — это почти дом. — Нина взяла стакан с водой из рук стюардессы и сделала глоток. — Это отличная новость.

Оливия взяла горячий чай, отказавшись от кофе, чей запах рефлекторно напоминал об одном человеке. Наверняка Даниэль пытается окончательно проснуться с помощью него.

Но тут же Оливия вспомнила, как близко была к нему. Как он коснулся пальцем ее губ, как шелковый голос нежно произнес: «Лондон». Сердце вновь замерло. И это уже начало ее раздражать. Наверно, это некая форма антипатии к человеку, когда даже сердце не желает при воспоминании о нем биться сильнее.

— Нина, — шепнула Оливия, поставив чай на столик, — у тебя бывало такое: когда ты видишь или думаешь о человеке, твое сердце замирает?

Нина улыбнулась:

— Ты о Марке?

Брови Оливии взметнулись вверх. О Марке? Она никогда не думала о нем.

— Нина, у тебя замирает сердце при виде Марка? Ты его так ненавидишь? — Оливия перевела взгляд на Марка. Его можно было ненавидеть тоже. Они, пилоты, вообще все высокомерные.

Нина пожала плечами:

— Нет. У меня не замирает сердце при виде Марка. Я думала, это у тебя замирает сердце при виде его.

— Марк меня не интересует.

— Тогда кто тебя так интересует, что твое сердце замирает при виде его?

Это был ответ на ее вопрос. Во рту резко пересохло, и Оливия облизнула губы, облокачиваясь на спинку сиденья. Лучше бы не спрашивала.

Она поморщилась. Нет. Этого не может быть. Она ненавидит Даниэля Фернандеса. Ненавидеть гораздо приятней. Пожалуй, она не будет больше об этом думать. Пусть останется все как есть. Не знать лучше, чем копаться в себе.

Но Нина ждала ответ, смотря на Оливию.

— Раз это не Марк, может быть, Сэйдж Новелл? — Она тут же рассмеялась, видя лицо Оливии. — У него жена и двое детей.

— Это уже не смешно, — недовольно произнесла девушка, — я просто спросила.

— Так-так, — Нина села поудобней, — рассказывай, раз начала. Он здесь?

Язык — первый орган, возникший в Оливии Паркер. Надо было отрезать его при рождении.

— В Лондоне, — придумала Оливия, — я же завтра буду в Лондоне и увижу своего парня. Мое сердце замирает при виде его. Думаю, как бы не умереть.

— У тебя в Лондоне парень? — удивилась Нина. — Когда ты в последний раз видела его? В том году?

Конечно, это было не сильно правдоподобно, но это был единственный выход из сложившейся ситуации.

— Да, в том году, — произнесла Оливия, чтобы Нина отстала от нее побыстрее, — но это не любовь, увлечение.

Последние часы полета давались тяжело. Оливия считала минуты до посадки, сжимая в руках телефон, включая и выключая его. Яркий дисплей гаснул, но она снова включала его. Ей не терпелось позвонить маме.

И наконец долгожданный голос вышел на связь:

— Уважаемые леди и джентльмены, говорит капитан Даниэль Фернандес Торрес, мы приступаем к снижению.

Через несколько минут мы совершим посадку в аэропорту Дубая. Погода вас ожидает жаркая и солнечная, в принципе, как всегда в Объединенных Арабских Эмиратах. Прошу вас не расстегивать ремни безопасности до полной остановки самолета. Благодарю вас за то, что выбрали нашу авиакомпанию.

Чувствуя приближение земли, Даниэль собрался с последними силами:

— Радар, снижаюсь до эшелона двести шестьдесят.

— «Arabia Airlines», вижу вас, снижайтесь до ста тридцати, — произнес диспетчер, — работайте с «Подходом», до свидания.

Даниэль любил свою работу с начала и до конца полета. Но посадка — это искусство, которое требует максимум внимания и мастерства.

Он обратился ко второму пилоту, Томасу, который настраивал частоту волны с «Подходом»:

— В каком режиме вы производите посадку?

— На автопилоте.

— Я в ручном. Будем садиться без реверса. Полоса позволяет сделать пробег. Буду тормозить только вручную.

Удивлению пилота не было предела, Даниэль знал это. Еще он знал, что так уже многие не делают. Но только он — Даниэль Фернандес Торрес.

— «Подход», доброе утро, проходим эшелон сто пятьдесят в снижении до ста тридцати.

— «Arabia Airlines», доброе утро, капитан Фернандес, снижайтесь до ста десяти.

Это был женский голос, и второй пилот рассмеялся, смотря на Даниэля. Тот пожал плечами, улыбаясь в ответ. Его голос узнавали уже диспетчера.

Оливия по-прежнему теребила в руках телефон, когда капитан вновь вышел на связь:

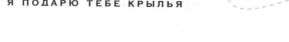

— Экипажу приготовиться к посадке. Мой экипаж 2-1-6, после посадки жду вас в брифинг-комнате.

Оливия улыбнулась, зная, зачем он хочет всех видеть: чтобы объявить о завтрашнем рейсе в Лондон. И в этот момент она готова была слушать его голос вечно.

Посадив самолет, Даниэль свернул на рулежную дорожку, медленно ведя к зданию аэропорта.

— Отличная посадка, — произнес Томас, — я уже давно так не садился.

— У каждого свои методы, — кивнул Даниэль, снимая черные очки, сегодня они ему не нужны. — Автопилот плох тем, что в экстренный момент тебе не хватит времени поднять самолет. Если счет идет на секунды, а тебе еще надо выключить автопилот, то времени, бывает, не хватает. А когда ты управляешь самолетом, он в твоих руках. Ты можешь делать что хочешь, и очень быстро.

Даниэль остановил самолет и вновь посмотрел на Томаса:

— Новелл хороший капитан и учитель, просто я делаю так, как удобно мне. Марк уже привык, и, думаю, когда он станет капитаном, то будет садиться вручную, потому что так учил его я.

Томас кивнул, беря в руки бортовой журнал:

— Если Марк вскоре станет капитаном, то возьми меня на его место. Новелл хороший учитель, но мне не хватает практики ручного режима.

Даниэль улыбнулся. Приятно осознавать, что кто-то оценил твои действия. Если бы их еще ценил учитель, который дает тумаков при каждом разборе полетов.

— Даниэль, у тебя были случаи, когда было реально страшно? В прошлый раз, когда мы попали в песчаную бурю, ты сказал, что однажды летел на трех двигателях.

— Я соврал, — усмехнулся Даниэль, видя удивленное лицо второго пилота, — я летел на двух. На трех я вылетел, второй отказал в ходе полета... — Он задумался, вспомнив недавнюю посадку на короткой полосе. — Страшно было взлетать в Коломбо с полным самолетом и полосой в разы короче положенной. Честно, я думал, придется разгоняться по полю.

Он встал со своего места, вспомнив, что экипаж ждет его на брифинге.

— Ты заполнишь журнал сам? У меня встреча по поводу завтрашнего полета в Лондон.

— Конечно, капитан, — махнул рукой Томас. — Я все еще под впечатлением от твоего рассказа. И мне некуда торопиться, у нас рейс послезавтра. Приятно было с тобой работать.

Даниэль кивнул и вышел из кабины, встречаясь со стюардессой этого рейса. Он не знал всех по именам, как свой экипаж, но их лица он видел часто. Она улыбнулась ему. Ну, чем она плоха? Миловидное личико, темные волосы, аккуратно забранные в пучок, красивая миниатюрная фигурка. Она не перечит ему, не злит его. Лишь мило улыбается в надежде, что он обратит на нее внимание. Она с другого рейса, можно даже закрутить с ней роман. Скорее всего, она этого и ждет. Так какого черта он смотрит мимо нее в поисках совсем другой?

— Доброе утро, капитан, — произнесла девушка тонким голосом, — отличная посадка.

— Спасибо, — улыбаться он не хотел, но ему пришлось это делать. Она наверняка ждала, что он продолжит дальше разговор. — Где мой экипаж?

Это все, что он мог ей сказать. На большее его не хватило.

— Они уже ушли, — девушка опустила глаза, понимая, что ей ничего не светит от Даниэля Фернандеса.

— Хорошо, — произнес он и направился к выходу, но остановился: — Вы все хорошо поработали. Спасибо.

И как только он вошел в здание аэропорта, столкнулся с Мухаммедом Шараф аль-Дином, который остановил его странным вопросом:

— Какая из стюардесс твоего экипажа имеет красивое личико и отличную фигуру, Фернандес?

Даниэль даже не понял, вопрос ли это? Сон или явь?

— Это такая проверка? — не понял он, слегка сощурив глаза.

На лице Мухаммеда не было и следа на улыбку, его густые черные брови буквально срослись на переносице:

— Имя! Говори уже любое.

— Оливия Паркер. — Только это имя крутилось в его голове уже несколько часов, пусть теперь крутится в голове Мухаммеда. — Извините, мне надо идти.

— Я еще не закончил, — остановил Даниэля тот, — у меня к тебе дело, Фернандес. Ответственное. Все меняется. Ты завтра не летишь в Лондон.

Даниэль от такой новости даже подошел ближе, чтобы лучше слышать. Может, от шума в кабине он окончательно потерял слух?

— Я не лечу в Лондон? — Он усмехнулся, представив, как Оливия побледнеет от этой новости. — Почему?

— Я заказал три новых самолета «А380», завтра их надо будет перегнать в Дубай. Три пилота, три вторых пилота и три стюардессы завтра вылетят в Гамбург и оттуда на новых самолетах сюда. Один из пилотов — ты. — Мухаммед кивнул, обдумывая свой выбор. — Ты мне нравишься, Фернандес. Тем более, ты уже засветился на экранах. Ты летишь — я плачу вдвое больше, если вдруг не согласишься.

Такой расклад уже было приятно слушать. Мухаммед отвел Даниэля в сторону:

— Но у меня условие — надо будет лететь над городом сразу всем самолетам. Приземляться один за другим. Мы будем вас ждать здесь с репортерами, телевидением и фуршетом. Это праздник, Фернандес, — Мухаммед хлопнул его по плечу, и мозг Даниэля сразу начал работать.

— Стюардесса-то зачем? — не понимал он, но уже наслаждался ее горем.

— Зачем стюардесса на борту? Лететь шесть часов. Кто будет приносить пилотам еду и напитки?

Даниэль улыбнулся в предвкушении. Есть бог на свете. Она не попадет в свой Лондон.

— Кто мой второй пилот? Марк?

— Марк полетит завтра в Лондон. Их временный капитан Энрике Хосе. Твоим вторым пилотом будет Патрик Лайт.

Еще один англичанин на его борту. Перспектива не очень, но того стоит.

— Я согласен. А зачем было спрашивать про стюардессу и ее фигуру? Я мог бы выбрать Джуана.

— Стюардесса — лицо «Arabia Airlines», не забывай. Вас будут снимать на камеры, пресса и все такое. Оливия Паркер отлично подходит на эту роль. Жду вас через полчаса у себя.

Все так быстро меняется, что Даниэль не поспевал за жизнью, меняя города. Токио — Шанхай — Дубай — Гамбург — Дубай, и все это за четыре дня. Разве такое возможно? Возможно, если ты пилот «Arabia Airlines».

Оливия и Нина, смеясь, зашли в брифинг-комнату, ожидая Даниэля. Все уже собрались. Но вместо их капитана зашел тучный седовласый мужчина лет пятидесяти в форме пилота с четырьмя желтыми полосками на рукавах. Все резко замолчали. Марк даже рот открыл от удивления.

— 2-1-6 Фернандеса? — спросил пилот, оглядывая присутствующих. — Меня зовут Энрике Хосе, я ваш капитан на завтрашний рейс Дубай — Лондон.

— Где Даниэль? — спросил испуганный Марк. Почему все так быстро меняется, а его не ставят в известность?

— У него появилось срочное дело. Вы мой второй пилот, как я понимаю?

Марк кивнул, протягивая руку. С ним он еще не летал. Случалось всякое, пилотов часто меняли, но чтобы несколько рейсов подряд, это было перебором даже для Марка.

Оливия чуть не упала от радостной новости, услышав эти слова. Даниэля не будет! Лондон без Даниэля Фернандеса. Лучший подарок судьбы. Вот уже два рейса без него и его голоса. Отлично. Пусть меняют и дальше, а лучше заберут на другой маршрут. Но, смотря на недовольные лица своего экипажа, она поняла, что радуется одна. Поэтому ей пришлось сделать грустное лицо, сложив руки на столе. Но внутри душа пела! Оливия даже не слышала, что говорил капитан Энрике. Черт, тоже испанец... Видимо, злой рок преследует ее.

Окончив собрание быстрее обычного, капитан отпустил всех домой. Завтра в пятнадцать часов они полетят на Лондон. Сжимая в руках телефон, чтобы позвонить маме с отличной новостью, Оливия направилась к выходу, набирая ее номер, но кто-то схватил ее под локоть. От неожиданности телефон чуть не выпал из рук. Даниэль. Он так быстро тянул ее за собой, что она не сразу поняла, в чем дело.

— Отпусти меня, — Оливия вырвалась из его крепкой хватки, и он остановился. — Что тебе надо? Тебя не должно быть здесь. Ты отправлен по делам на необитаемый остров. Навсегда. У нас отличный новый пилот. Мало говорит и много делает.

Даниэль шагнул к ней, и Оливия отступила на шаг. Это насмешило его.

— Ты пойдешь со мной. Нас уже ждут.

— Кто ждет? Меня здесь никто не ждет.

Как бы ему хотелось закрыть ей рот... рукой. Взвалить на плечо и молча отнести на брифинг. Но эта сумасшедшая будет пинаться.

— Мы идем с тобой на брифинг к Мухаммеду Шараф аль-Дину.

— Зачем? — Она вновь отошла, но он схватил ее за руку и прошептал шелковым голосом:

— Завтра мы с тобой улетаем в Гамбург.

Она ослышалась, он пошутил.

— Я лечу в Лондон, а ты лети куда хочешь, а лучше возвращайся обратно в леса Мадрида.

Он улыбнулся:

— Я с Аликанте.

Г Л А В А 1 1

На голос Оливии сбежался весь экипаж. Сейчас, как никогда, ему захотелось задушить ее.

— Что здесь происходит? — Келси подошла ближе, увидев странную картину: Даниэль мертвой хваткой держал руку Оливии, а она вырывалась, кидая в него ругательства и пытаясь разжать его пальцы.

Осознав, что по вине Оливии стал центром внимания экипажа, Даниэль посмотрел на присутствующих, которых скопилось как-то чересчур много. Так много, что лица некоторых он даже не знал. Наконец он выпустил ее руку и отступил, мысленно проклиная себя за то, что именно ее имя произнес Мухаммеду.

Он посмотрел на часы — пять минут до брифинга. Начальство ждать не любит.

— Наша авиакомпания сделала большой рывок вперед и приобрела у завода Эйрбас три новых «А380». Мне выпала честь участвовать в этой миссии и перегнать один из самолетов, — он выпрямил спину и сложил руки сзади в замок, оказавшись на голову выше всех. Он капитан —

это заметно по всему всем: в гордости, осанке, уверенности в себе. Все молчали, давая ему сказать, голос его был раем для слуха. Даниэль слишком хорош — его внешние данные соответствовали статусу самого красивого пилота в компании.

Оливия готова была выколоть свои глаза за то, что на секунду присоединилась к группе молчавших зрителей. Но тут, вспомнив, что он только что сделал очередную гадость, произнесла:

— Я не хочу в Гамбург! Мне надо в Лондон! Пусть вместо меня летит кто-нибудь другой.

— Послушайте меня, — Даниэль вновь обратился к своему экипажу, игнорируя слова Оливии, — Оливия Паркер — не моя прихоть, — солгал он, — это приказ руководства «Arabia Airlines». Прошу подчиняться ему.

После этих слов все закивали, и Оливия поняла, что лишилась последней надежды на Лондон.

Нина подошла к ней и обняла:

— Оливию там ждет парень, от которого ее сердце замирает. Может, я полечу в Гамбург вместо нее?

Слова Нины оказали действие красной тряпки в корриде, и на секунду Даниэлю показалось, что он бык. Теперь он не сомневался, что поступает правильно, выводя ее из рейса на Лондон. По прилете он еще подумает, как сменить маршрут обратно на Азию.

— А у тебя есть сердце? — произнес он, смотря на Оливию. Ее молящий взгляд был прикован к Нине, она проигнорировала его слова.

Мерзавец. Слезы жгли глаза, но она старалась не показывать это. Нина обняла ее, понимая, что ничего не изменить. Но стало еще хуже.

— Хочешь, я встречусь с твоей мамой и скажу, что ты на самой ответственной миссии компании? Она будет рада узнать, что ее дочь принимает участие в перегонке новых самолетов.

Оливия отрицательно покачала головой. Еще одно слово, и слезы вырвутся наружу. Клубок нервов подкатывал к горлу, душил ее. Внутри все рухнуло и разлетелось на маленькие частицы. Она, стараясь подавить рыдания, отошла от Нины к Даниэлю, который нервно посматривал на часы. Она проиграла. Он опять вышел победителем. Она возненавидела его еще сильнее, но больше не было сил перечить. Это не его прихоть — ему бы и в голову не пришло брать ее с собой. Он ненавидит ее так же сильно, как она его. Оливия была уверена, что это распоряжение Мухаммеда Шараф аль-Дина; скорее всего, он выбрал именно ее из-за случая в Коломбо.

— Мы уже опаздываем, — сказал Даниэль и направился вперед по коридору, пребывая в уверенности, что девушка последует за ним.

И она пошла, оставляя позади Нину и Марка, лишь временами оглядываясь на них и видя их сочувствующие взгляды.

— Бедняжка, — прошептала Нина, — она так хотела попасть домой.

Марк лишь улыбнулся, пожав плечами:

— Бедняжке повезло больше, чем нам. Помнишь, как перегоняли новые самолеты года два назад? Это было целое шоу — фейерверк, камеры. Столько рекламы. Их лица теперь окажутся расклеенными на больших плакатах в аэропорту. Они затмят нашу обложку журнала, — он засмеялся. — Интересно, мы это увидим?

Даниэль шел впереди Оливии и ни разу не остановился. Но точно знал, что она идет за ним. Он чувствовал ее присутствие и негативную энергию, исходившую от этой девушки. Он дурак, что берет ее с собой. Какого черта надо было называть ее имя? Теперь он вынужден целый день

быть с ней, слушать ее болтовню и дерзкие слова. Хотя... можно надеть наушники и не снимать их весь полет, а в Гамбурге не выходить из своего номера.

Они зашли в комнату для брифинга, где уже все собрались. Шесть пилотов и три стюардессы. Теперь Оливия поняла, что ее здесь никто не поддержит и просить поменять ее на кого-нибудь другого смысла нет. Она взглянула на присутствующих, лица которых видела впервые, и молча кивнула.

— Наконец, Даниэль, мы уже заждались, — произнес Мухаммед, сидя за центральным столом из темного дерева, — садитесь.

Он рукой указал на два свободных места напротив себя, и Даниэль выдвинул стул для Оливии. Она села, нахмурив брови, не желая обращать внимание на его проснувшиеся манеры.

— Итак, — начал свое обращение Мухаммед, — я поздравляю вас с таким важным событием, как получение новых самолетов, и пополнением нашего авиапарка. Здесь собрались лучшие пилоты. Завтра в двенадцать часов дня вы вылетаете рейсом 345 на Гамбург, прилетаете в терминал А. Новые «А380» будут ждать вас в техническом центре. Из Гамбурга вылетаете на следующий день. Перед полетом ознакомьтесь с техническими документами, проверьте все до мелочей. Самолеты прошли испытания, но все же лучше проверить документы и внешний вид самим. Никто не сделает это лучше вас.

Плечи Оливии совсем опустились, она смотрела на стол в одну точку. Что она тут делает? Какова ее роль в проверке технических документов? То, что сейчас говорил Мухаммед, было обращено к пилотам. Но не к стюардессам, которые только делали понимающий вид. Она взглянула на Даниэля, который внимательно слушал, что-то записывая

в блокнот. Все его внимание было устремлено на Мухаммеда, и он не замечал, что Оливия боковым зрением наблюдает за ним. Потом ее взгляд переместился на других пилотов.
Капитаны были гораздо старше Фернандеса, наверняка они
еще учили его. Вторые пилоты были, напротив, молоды.
Один блондин даже улыбнулся ей, но, посмотрев на Даниэля, тут же опустил глаза. Видимо, гордый вид ее капитана
отпугивал не только ее. Две стюардессы сидели вместе. Выпрямив спину, держа осанку, они внимательно слушали
речь Мухаммеда и периодически посматривали на пилотов.
Они уже раздражали Оливию, потому что на Даниэля они
смотрели чаще и дольше, чем на других. Хотя какая ей разница, она может даже поменяться с ними местами и полететь с симпатичным вторым пилотом на другом борту.

— Между собой определитесь, кто будет стоять во главе
звена. Мне нужна красота полета трех новых самолетов
на минимальной высоте перед терминалом. Здесь вас будут
встречать камеры, покажите все, на что вы способны. Пусть
это будет красиво: пролетает над аэропортом один самолет,
по бокам еще два. Потом на посадку друг за другом.

— Вы хотите, чтобы три гиганта пролетели на минимальной высоте рядом друг с другом? — Голос одного капитана
привлек взгляды всех. — Мы не цирковые трюкачи. Это
опасно.

Оливия видела, как другие пилоты, кивая, соглашались
с ним. Теперь эта идея становилась еще и опасной. Отлично.
Вот мечта всей ее жизни: не полететь в Лондон, а рисковать
жизнью ради рекламы.

— Так можно сделать, — долетел до нее бархатный голос, — если опустить средний самолет на несколько футов
ниже. Остальным двум будет больше места. Как только
мы пролетим аэропорт, два боковых уйдут на второй круг
вправо и влево, когда средний полетит прямо, разворачи-

ваясь в другой части города. Но на это время нам нужно полностью пустое воздушное пространство. Развернуть три гиганта в пределах одного города сложно. Встретимся над заливом и на посадку по очереди.

— Боже, Даниэль, — произнес недовольно капитан, — мы не истребители. Это пассажирский самолет, пока ты его развернешь, пройдет минут тридцать. Целых полчаса два других будут наматывать круги над заливом?

— Я могу развернуть самолет прямо перед аэропортом, — Даниэль отложил блокнот. Почему-то Оливию его слова не удивили. Еще он мог лететь брюхом вверх и хвостом вперед. — У меня пустой самолет, его возможности высоки. Я участвовал в испытаниях «А380» в Испании. Пустым он может за пару минут развернуться над землей, правда, резко, но это впечатляет.

— Только не разбей мне его, — улыбнулся Мухаммед, — но вследствие последних событий я тебе доверяю.

— Я не доверяю, — наконец вступил в разговор третий пилот, мужчина средних лет с бородой и в очках, — твой самолет пойдет на минимальной высоте в сто футов от полосы при минимальной скорости, но этого мало, чтобы развернуться. Ты заденешь полосу крылом. И будет другой фейерверк.

Оливия даже вздрогнула от его слов. Эти разговоры раздражали даже больше, чем стюардессы, неотрывно смотрящие на Даниэля.

— Кто сказал, что моя высота будет сто футов? Я же не пойду на посадку. У меня есть целая ночь, чтобы придумать план, и я рассчитаю идеальную высоту и нужную скорость. Я уверен в своих силах, — произнес Даниэль и обернулся к ней: — Ты мне доверяешь?

Оливия не ожидала, что он обратится к ней. Она вообще думала, что он забыл о ее присутствии. Выпрямив спину, она улыбнулась. Сейчас скажет «нет» и все разойдутся, а завтра ее ждет рейс в Лондон. Наверняка он уже пожалел, что спросил. Открыв рот, чтобы сказать «нет», она произнесла «да», и тут же улыбка спала с ее губ. Она была сама шокирована ответом.

— Фернандес, ты спрашиваешь стюардессу, как будто она понимает, о чем мы говорим. — Все пилоты засмеялись в один голос, и Оливия вскипела от злости. Если она стюардесса — это не значит, что она тупа, как пробка. Ее злость и их смех заставили громко произнести:

— Я прекрасно осведомлена о том, что при такой высоте разворот опасен. Но ведь ради фееричного шоу ничего не стоит совершить низкий пролет над полосой, после чего снова набрать высоту, включив тягу на полную мощь и сделать «круг почета» над территорией аэропорта. И да, я доверяю своему капитану, моя жизнь в его руках, я верю, что он выполнит все на «отлично».

Все резко замолчали, удивленно смотря на нее, и, смутившись, она опустила глаза. Кто ее дернул за язык? Зачем она все это сказала?

— Логично, — нахмурился бородатый пилот.

Даниэль сидел, размышляя над ее словами. Немного набрать высоту в последний момент. Это будет впечатляюще.

— У меня получится. Завтра вечером в Гамбурге я предоставлю все расчеты, — уверенно произнес он и посмотрел на Оливию. Откуда она знает про тягу? Неужели теперь стюардесс учат сажать самолет? — Может быть, другие девушки хотят что-нибудь сказать? — Он повернулся к стюардессам, и они захихикали, пожимая плечами.

— Лучше бы ты спросил, как заваривать кофе, — кокетливо произнесла одна блондинка с зелеными, как изумруд, глазами, — я готова сделать для тебя самый лучший.

Громкий смех пилотов заставил Даниэля улыбнуться. Может, поменять Оливию на нее? Но свое роднее. Пожалуй, он оставит англичанку. Хотя предложение заманчивое. И девушка красивая. И она не с его экипажа. Черт!

Оливия следила за этим представлением со странным чувством досады. Ее нервозность увеличилась в разы.

— Ладно, ладно, — прокашлялся Мухаммед, — личное оставьте на потом, у вас будет достаточно времени варить друг другу кофе. Теперь, стюардессы, — почему-то он посмотрел на Оливию, — по прилете сюда вы должны выйти по трапу втроем: два пилота и стюардесса. Вас будут снимать на камеру. Улыбайтесь — ведь это праздник.

Опять камеры. Опять ее будут обсуждать, видя с Даниэлем. Праздник для кого? Для нее это горе. Но, кивнув, она слегка улыбнулась. Она поклялась выполнять любую прихоть главы компании.

— Это все, что я хотел сказать. Остальное решайте сами, но имейте в виду — люди ждут шоу. Надеюсь, вы меня не подведете.

Мухаммед кивнул, и все начали подниматься. Оливия быстро направилась к выходу. Сил находиться здесь больше не было. Сейчас она придет в свой номер, уткнется в подушку и разревется.

Взглядом Даниэль проводил ее до двери, делая шаг в ее направлении, но второй пилот его остановил:

— Я Патрик Лайт, твой второй пилот, — молодой человек, тот самый, что улыбнулся Оливии, протянул Даниэлю руку, — рад с тобой работать.

Даниэль кивнул, пожимая руку, слыша, как хихикают девушки, наблюдая за пилотами и явно ожидая от них внимания.

— Я тоже рад, — быстро произнес он и направился к выходу, догоняя Оливию: — Я довезу тебя до дома.

Она не сбавила шаг, скорее прибавила.

— Ради бога, избавь меня от этого.

— Послушай, — он схватил ее за руку, останавливая, — мне плевать на тебя и твой дурацкий характер, но ты можешь быть немного любезней?

У нее вырвался нервный смешок, она даже прикрыла рот рукой, смотря ему в глаза, не понимая — плакать ей или смеяться. Нет, ей надо дойти до номера и разреветься там, а не перед этим уверенным в себе пилотом.

— Ненавижу тебя, — она вывернулась из его хватки и направилась к выходу из аэропорта.

— Взаимно, — вздохнул он, доставая ключи от машины. Завтра будет тяжелый день. Терпеть ее придется очень долго.

Он направился на парковку. Впереди еще вечер и ночь. Вполне хватит набраться сил.

Оливия вышла на улицу, вдыхая аромат цветов. Солнце почти село, но жаркий воздух был насыщен им. Она набрала полные легкие воздуха. Резкий звук тормозов рядом заставил открыть глаза и выдохнуть. Серый «Мазерати» перегородил ей дорогу. Стекло опустилось, и Даниэль Фернандес вновь произнес:

— Садись.

Она даже не сразу узнала его. Медленно осмотрела автомобиль от капота до багажника, и в голове родился план. Обойдя машину, Оливия открыла дверь и села рядом с Даниэлем, пристегиваясь ремнем безопасности. Ну, раз он так хочет ее отвезти, пусть везет. Он еще пожалеет об этом. Улыбнувшись, она произнесла:

— Поехали.

— Где ты живешь?

Посмотрев из окна машины на свою гостиницу через дорогу от аэропорта, она уже праздновала победу над ним.

— Не помню название улицы. Поезжай прямо.

Даниэль пожал плечами и выехал на главную дорогу.

— Вижу, пилоты в «Arabia Airlines» получают достаточно, — тонкий намек на его машину. Она еще не видела его дом. Достаточно получает, потому что все время в небе, редко задерживаясь на земле. На кой черт ему такой дом, если он постоянно пустой, Даниэль не знал. Но этот пустой дом раздражал даже больше, чем Оливия.

— Я много работаю, — однозначно ответил он. — Куда дальше ехать?

— Прямо. Я скажу, когда свернуть.

Город постепенно окутывал вечер, и огни больших зданий главной улицы начинали включать подсветку, погружая Дубай в неон. Проносясь между длинных башен, Оливия зачарованно смотрела в окно, пытаясь разглядеть каждую. Можно забыть, что ты находишься в центре пустыни, и наслаждаться оазисом, сделанным руками человека. Но Дубай разный, он так многогранен, в нем смешиваются запахи дорогого парфюма с мусором, тлеющим на жарком солнце. Здесь есть место всем: бедным и богатым; здесь люди зарабатывают деньги, рискуя жизнью, здесь перемешались все религии, здесь каждый ищет себя...

Сейчас они ехали по дорогому Дубаю, куда стремятся туристы со всего света. Оливия затаила дыхание, смотря в окно Даниэля, абсолютно не обращая внимание на него самого. Она так редко бывала здесь, занятая учебой, что сейчас готова ехать с самим дьяволом среди этого рая.

Дубай ночью особенный — красивый, яркий, цветной. Она часто наблюдала из окна самолета за проносящимися пейзажами этого города, но ехать среди этой красоты и видеть ее вблизи было волнующим зрелищем.

— Долго еще?

Конечно, ему надо было все испортить.

— Я скажу, когда свернуть.

Она еще не доехала до конца города, не вобрала в себя дыхание ночного Дубая. Редко выпадает шанс совершить по нему экскурсию на «Мазерати» совершенно бесплатно. Ценой ее нервов, конечно, ценой встречи с мамой и Лондоном, но на какое-то время это стало не важно.

Длинные башни сменялись двухэтажными особняками — районом для богатых местных жителей. Здесь она точно не могла бы жить, но Даниэль ехал молча, и она расслабилась, наблюдая за пролетающими картинками малых зданий. Вдалеке показался самый красивый отель Бурдж-эль-Араб, сверкая подсветкой, он манил ее своей красотой, и Оливия залюбовалась, мысленно представляя себя там. Чего бы ни коснулся ее взгляд — всюду были неоновые огни, которые через несколько минут начали оставаться позади.

— Ты живешь в другом эмирате? — наконец нервно произнес Даниэль, видя, что она не собирается говорить ему, куда сворачивать.

— Ой, — наигранно вскрикнула она, — мы проехали поворот. Возвращайся обратно.

— Обратно? — не понял он. — Какой поворот тебе был нужен?

— Я скажу, разворачивайся и поезжай прямо.

Он так устал, что согласился. В другую сторону города уже скопилась большая пробка — люди возвращались с работы. Дубай и пробки как бы дополняют друг друга. Но даже просто сидеть в стоящей машине Оливии было интересно. Она боялась посмотреть на Даниэля. Боялась засмеяться. Поэтому отвернулась в свое окно. Они ехали медленно, останавливаясь через каждый километр. Оливия слышала, как он зевнул и сделал музыку погромче, видимо, чтобы окончательно не уснуть. На секунду ей стало его жаль.

Через сорок минут он снова обратился к ней:

— Долго еще?

— Нет, нет, вот сейчас сворачивай направо! — вскрикнула Оливия и указала вправо на здание аэропорта.

Даниэль даже проснулся от увиденной картины; свернув направо и резко затормозив, он закричал:

— Это же аэропорт! — Он повернулся к ней, сверля взглядом.

— Я живу в гостинице напротив.

— Ты делала из меня дурака два часа! Чокнутая!

Оливия быстро открыла дверь и выбежала на улицу. Ее разбирал смех. Она не могла сдержаться, пытаясь закрыть рот ладонью. Она видела, как Даниэль вышел из машины, но ей было все равно. Она слышала, как громко он захлопнул за собой дверь. Другая бы вздрогнула, но Оливия наконец рассмеялась. Ее смех — ее победа над ним. Она готова была прыгать от радости, что наконец сделала из него дурака.

Но он не сдавался... Подойдя ближе, он схватил ее и встряхнул, как куклу, но она не успокаивалась, продолжая смеяться.

— Ты сумасшедшая, — произнес Даниэль, — какая же ты сумасшедшая.

— Я впервые выиграла, — наконец она смогла хоть что-то сказать сквозь смех, — я победила Даниэля Фернандеса!

От последнего предложения ей стало еще смешнее. Она готова была уже сесть на асфальт, но руки Даниэля крепко держали ее. Слова Оливии подобно молнии пронеслись в мозгу Даниэля, и от злости он вновь встряхнул ее за плечи, пытаясь посмотреть в глаза. Она не выиграла.

— Это я, — он схватил ее крепче, — это я сделал так, чтобы ты не полетела в Лондон!

Смех Оливии резко оборвался. Внутри что-то взорвалось, и, глядя ему прямо в глаза, с размаху она влепила ему пощечину. Чувствуя ее силу, руки Даниэля тут же перестали сжимать ее. Он закрыл глаза, пытаясь совладать с собой. Женщина ударила его, такое с ним впервые. Злость, гнев и ощущение пожара на месте удара — вот все, что он чувствовал в тот момент. Пытаясь побороть в себе два первых чувства, чтобы случайно не убить ее, он направился к машине. Мысленно посылая ее ко всем чертям, сел и захлопнул дверь. Оставляя Оливию позади, помчался к главной дороге.

ГЛАВА 12

Оливия прошла таможенный контроль и направилась в зал ожидания. До вылета оставалось полтора часа, и она никуда не торопилась, садясь в кресло и наблюдая за пробегающими мимо пассажирами.

Слева от нее сидели те самые стюардессы, которые присутствовали на брифинге. Они шептались и хихикали, полностью игнорируя Оливию, но ей не особо хотелось разговаривать. Сжимая в руках билет, она одиноко сидела, думая о своем. В голове было слишком много мыслей. Выплакав вчера все слезы, сегодня она взяла себя в руки.

Услышав голоса, она подняла голову и увидела идущих по залу членов экипажа, с которым сегодня полетит. Ее ждало путешествие на «Боинге-777», но экипаж она не знала. Бортпроводников в «Arabia Airlines» было слишком много. Куда проще запомнить лица пилотов, но, глядя на их молодого капитана, она поняла, что и его видит впервые.

— Оливия! — знакомый женский голос заставил ее подняться с места. — Оливия Паркер!

Мелани Грин с протянутыми руками бежала прямо на нее. Мелани, которой так не хватало. Ее подруга, ее жилетка для слез.

— Мелани! — Оливия кинулась к подруге. — Мелани! Я так скучала по тебе!

— Ты ли это? — Мел слегка отстранилась, руками касаясь лица девушки. — Я не верю в то, что вижу. Значит, вот ты стала какой, стюардессой самого большого в мире пассажирского самолета. Я видела тебя по новостям. — Она от радости даже закрыла рот рукой — так много хотелось сказать, но вот от работы ее никто не освобождал. И, посмотрев на свой экипаж, идущий в комнату для брифинга, прошептала: — Ты летишь на моем рейсе?

— В Гамбург.

— Да, сегодня моя смена.

— Невероятно! — воскликнула Оливия и взяла подругу под локоть, отводя в сторону и пропуская людей. — Я так соскучилась по тебе. Расскажи мне, как ты? Как твой экипаж? Тебя хорошо приняли?

Вопросов было много, а времени мало. Но Оливии хотелось знать все, вплоть до мелочей.

Мелани посмотрела на свой экипаж и прошептала:

— У меня есть пара минут, пока все соберутся, — она улыбнулась, печальными глазами смотря на подругу. — У меня все хорошо. Правда, главная стюардесса та еще стерва — отслеживает каждую мою ошибку, а потом с удовольствием поправляет. Остальные члены экипажа хорошие люди, но они ничто по сравнению с нашей бригадой летного колледжа. Я скучаю по ним. Времени у меня нет — постоянные перелеты. — Ей хотелось говорить и говорить, но она все время оглядывалась на комнату для брифинга. — Расскажи, как у тебя дела?

Тут можно говорить бесконечно, но Оливия решила, что кратко будет понятней:

— У меня проблемы с пилотом. Остальной экипаж — очень милые люди.

Мелани нахмурилась.

— Что значит проблемы с пилотом? С каким пилотом — вторым или...

Она не договорила, потому что Оливия перебила ее:

— С капитаном.

— Ого! А какие могут быть проблемы с капитаном? Даже не представляю себе — мой капитан Джек Арчер отличный парень, милый и улыбчивый.

— А мой жестокий и заносчивый, — произнесла Оливия.

— Даниэль Фернандес Торрес? — решила уточнить Мелани.

Оливия кивнула, облизнув пересохшие губы:

— Вчера я влепила ему пощечину, а сегодня мне лететь с ним в Гамбург.

Сначала лицо Мелани было удивленным, но потом она засмеялась:

— Ты ударила своего капитана?

— Потому что он хам и мерзавец.

Мелани засмеялась еще сильнее, почти так Оливия хохотала вчера перед ним. Но сегодня ей было не смешно.

— Он сам виноват. — Она пыталась найти себе оправдание, понимая, что слабо ударила его. Такой шанс выпадает раз в жизни — надо было бить сильней.

— Оливия, — прошептала Мелани, — узнаю тебя. Бедный Фернандес.

И тут она резко перестала смеяться, смотря куда-то мимо подруги. Оливия обернулась и увидела направляющихся в их сторону пилотов, среди которых был и Даниэль. Она тут же отвернулась, не желая на него смотреть. И услышала слова Мелани:

— Ты такого мужика красивого ударила. За что? Он приставал к тебе?

Оливия усмехнулась. Очарованная подруга, кажется, совсем забыла про брифинг. И это она еще голос его не слышала...

— Он не может ко мне приставать, потому что ненавидит меня. У нас это взаимно.

А может, поменяться экипажами с Мелани? Перейти на «Боинг»? Уйти с «Эйрбаса»? Нет. Это слишком просто. Почему именно она должна уходить?

— Тебе на брифинг, — напомнила она подруге, и та наконец отвела взгляд от Даниэля.

— Точно. Я найду тебя в самолете, — Мелани махнула рукой и направилась в дальнюю комнату

— Я сама тебя найду, — прошептала Оливия, не зная, что ей теперь делать — нагло посмотреть в сторону Даниэля или сделать вид, что не замечает его. Но смотреть на него ей хотелось меньше всего, поэтому она просто села на место, боковым зрением наблюдая за тем, как пилоты остановились возле комнаты, где проходил брифинг экипажа Мелани.

Две девушки-стюардессы направились к своим пилотам. Надо было идти со всеми. Нехотя она взглянула в сторону пилотов. Их было так много, что если бы она была пассажиром, то определенно залюбовалась бы.

Подойдя к ним, она сложила руки на груди, пряча свой билет и прислушиваясь к их разговору, изредка узнавая среди них гипнотический голос. Они обсуждали предстоящее мероприятие, и среди мужских голосов выделился женский:

— С нетерпением жду вылет обратно. Может быть, я полечу с вами, и заодно вы попробуете мой фирменный кофе?

Даже не надо было смотреть, кому и для кого это было сказано. Но Оливии эта идея понравилась.

— Привет, я Патрик Лайт, второй пилот. — До Оливии донесся мужской голос, и она поняла, что обращаются к ней. Оторвавшись от рассматривания билета, она взглянула в серые глаза молодого пилота, вспомнив его вчерашнюю улыбку.

— Оливия из Лондона, — по привычке она сказала ему свой родной город.

— Из Лондона? — удивился тот.

— Да, — сердце екнуло от этого слова.

— Я из Бирмингема.

Оливия широко улыбнулась, было приятно видеть перед собой земляка. Теперь у нее есть потрясающая компания в лице Патрика. Два англичанина на одном самолете против испанского капитана. Где-то внутри она посмеялась, переводя взгляд на Даниэля. Он не смотрел в ее сторону. Игнорировал ее. Девушки полностью завладели его вниманием, смеясь пустым наигранным смехом.

— На каком рейсе ты летаешь? — спросила Оливия Патрика, который все еще стоял рядом с ней, стеснительно улыбаясь. Милый парень.

— Я недавно пришел в компанию, меня поставили на «А320», региональные авиалинии. Летаю в Катар и Саудовскую Аравию, иногда в Иран.

Оливия уставилась на Патрика, внезапно осознав, что он не имеет практики в управлении двухпалубным «Эйрбасом». Но как такое возможно? Получается, они полетят с одним полноценным пилотом? Она медленно перевела взгляд на Даниэля, пытаясь определить степень его усталости. Но он улыбался, разговаривая с остальными и полностью игнорируя ее.

— Капитан Фернандес знает, что у тебя нет практики в управлении «А380»?

— Я особо ему и не нужен, — он подмигнул ей, — Даниэль Фернандес отличный пилот, я просто буду делать, что он скажет.

Оливия кивнула с надеждой на то, что не произойдет ничего внештатного.

За ночь злость Даниэля исчерпала себя, но он до сих пор не мог поверить в то, что его ударила девушка. Ударила не больно, но тем не менее его мужское самолюбие задела. Он не хотел видеть ее. Лучше бы она летела в Лондон, без нее спокойней. А теперь ему приходится игнорировать Оливию, когда глаза сами ищут ее в толпе. Он ненавидел в этот момент себя, поэтому переключился на пустой треп двух стюардесс. Они явно заигрывали с ним. Девушки часто такое вытворяли, он привык. Гораздо проще общаться именно с ними. Хотя... Они уже изрядно ему надоели.

Наконец дверь комнаты открылась, и люди экипажа Джека Арчера начали выходить. Джек был спасением, и Даниэль направился к нему.

— Джек Арчер! — воскликнул он. — Рад видеть тебя.

— Ты не представляешь, как я рад. — Они пожали друг другу руки. — Сколько мы уже не виделись?

— Толком после последней учебы и не виделись. Все некогда позвонить. То я в небе, то ты. И вот наконец ты на моем рейсе, — Джек ткнул пальцем ему в грудь. — Летишь за новыми малышками?

Даниэль кивнул, засмеявшись. Малышки — это в стиле Джека.

— Видел тебя по телевизору и слышал о твоих приключениях в Коломбо. Честно признаться, не рискнул бы провернуть такое, но это в твоем духе, ты ведь у нас на курсе был лучшим.

— Ты бы сделал так же, Джек, я не сомневаюсь. Но, надеюсь, тебе повезет больше и на твоем борту никто не родит. Да и «Боинг» можно посадить практически в любом уголке планеты.

— Эй, мой «Боинг» не намного меньше. Ладно, — Джек хлопнул друга по плечу, — позвони хоть, когда женишься или, может, родится кто у тебя. Работаем в одной авиакомпании и ни черта не видимся.

Джек был прав. Они так отдались своей работе, что совсем забыли про личную жизнь.

— Я лучше позвоню тебе раньше, чем женюсь — это произойдет скорее, — кивнул Даниэль.

— И то верно, с нашим графиком и глупыми правилами не иметь на борту своего же самолета пару любовниц...

Даниэль кивнул в сторону двух стюардесс:

— Вот тебе парочка на сегодняшний полет.

— Я лучше выберу брюнетку с ярко-голубыми глазами, — Джек посмотрел в сторону Оливии, — она выглядит умнее и серьезней. Кстати, у нее есть шанс выйти за меня замуж.

Даниэлю даже не надо было смотреть на ту, что указал его друг. Ее внешность он не видел разве что во сне, слава богу, кошмары не часто посещали его. Но слова друга вызвали в нем необоснованную вспышку ярости:

— У нее нет шанса выйти за тебя замуж, потому что она уже замужем.

Что за бред он только что произнес? А может, он просто оберегает члена своего экипажа от посягательств любвеобильного друга? Или любвеобильного друга от страшной связи с этой девушкой.

— Жаль, — вздохнул Джек, смотря на Оливию, — хороший товар разбирают быстро.

Даниэль поморщился. Такой товар, как Оливия Паркер, еще долго не найдет своего покупателя.

Ожидание приглашения на посадку было сущим адом для Оливии. Мало того что она вынуждена слушать хихаканье двух стюардесс, так еще капитан Арчер не сводил с нее глаз, при этом что-то активно обсуждая с Даниэлем. А тот, напротив, даже не взглянул в ее сторону. И только Патрик что-то щебетал про Лондон, пытаясь поддержать разговор. Но тема Лондона была больной для нее. Теперь родной город ассоциировался со взрывом вулкана.

Пройдя в салон самолета, где ее встретила улыбающаяся Мелани, Оливия поняла, что «Боинг» даже близко не был таким же шикарным, как «А380». Салон бизнес-класса находился в самом начале, совсем недалеко от кабины пилотов. Лестницы, ведущей на вторую палубу в бизнес и первый класс, не было. Как не было и второй палубы, ставшей такой привычной для нее. Не было первого класса и душевой кабины. Не было шика, к которому она привыкла, но в то же время атмосфера царила довольно уютная.

Посмотрев на место в билете, Оливия обвела взглядом салон, молясь, чтобы оно оказалось возле окна. Но бизнес-салон полностью отличался от привычного, что привело ее в легкое замешательство.

— Я помогу тебе, — произнесла Мелани, указывая на место справа, — я поменялась сегодня на бизнес-класс ради тебя.

Мелани, видимо, послали высшие силы ей в помощь. Место возле окна стало еще одной приятной новостью. Она будет лететь и, глядя в иллюминатор, думать о своем. Смотреть фильмы Оливии уже изрядно надоело.

Мелани помогла ей поднять чемодан на полку.

— Приятного полета, мисс Паркер, — она улыбнулась, и Оливия ответила тем же, проходя на свое место. Удобно устроившись, она посмотрела в окно, но внезапно вспомнила про свободное место рядом, боясь предположить, кому оно принадлежит. Взглянув в салон, она поняла, что все уже заняли места и стюардессы начали запускать пассажиров. Не было только Даниэля. Подумав, что он передумал лететь, Оливия расслабилась. Взяла в руки журнал и начала быстро листать его, не вникая в текст. Через двадцать минут стюардессы плотно закрыли дверь, отделяя самолет от входа в аэропорт, и теперь Оливия запаниковала, не обнаружив своего капитана. Он, наверно, сошел с ума, раз передумал лететь. Как она могла потерять его из виду? Оливия привстала с кресла, чтобы спросить впереди сидящего Патрика, но тут же заметила его. Улыбаясь, Даниэль выходил из кабины пилотов, держа в руках черный кейс.

— Здравствуйте, капитан, — к нему подошла Мелани, — я помогу вам найти ваше место, — она указала в сторону Оливии, и та тут же села, вновь уткнувшись в журнал.

Он уверенным шагом прошел к нему и резко остановился, увидев Оливию.

— Других мест нет? — возмутился шелковый голос, и Оливия громко захлопнула журнал, переводя взгляд на него и видя, как Мелани улыбнулась и пожала плечами:

— Все занято, капитан, но можно поменяться местами со вторым пилотом, который сидит возле ваших стюардесс.

Перспектива оказаться среди глупого смеха и пустых разговоров Даниэлю понравилась меньше, чем сидеть возле англичанки.

— Нет, спасибо. Я сяду здесь. — Он недовольно посмотрел на соседку и получил такой же недовольный взгляд в ответ. Вздохнув, он сел, кладя кейс на колени, и, открыв, вынул стопку документов.

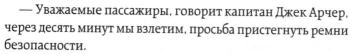

— Уважаемые пассажиры, говорит капитан Джек Арчер, через десять минут мы взлетим, просьба пристегнуть ремни безопасности.

Оливия задумалась, фоном слыша звон застегивающихся ремней. Она думала о том, что не слышала голоса обворожительней, чем у Даниэля Фернандеса. Это же надо родиться с таким ужасным характером и таким приятным голосом.

Взглянув на него, Оливия поняла, что во рту стало слишком сухо, и, нервно облизнув губы, схватилась за ремень, тем не менее не торопясь застегивать его. Даниэль также наблюдал за ней. Он вообще не хотел говорить с Оливией после вчерашнего, но она выглядела настолько потерянной, что на секунду ему показалось, будто она не слышит слов капитана этого самолета. Он молча отвернулся и приступил к изучению бумаг.

Оливия молчала уже больше часа полета, и Даниэля это устраивало. Он что-то писал, чертил, считал, лишь изредка отвлекаясь. Оливия читала книгу, периодически смотрела в окно, периодически на него. Молча.

— Что-нибудь будете из напитков? — Мелани улыбнулась, подкатывая тележку. — Чай, кофе, соки. Выпивку не предлагаю.

— Сок, — попросила Оливия, — персиковый, если есть.

Даниэль кинул ручку и повернулся к ней, желая что-то сказать. Но передумал, вспомнив, что не разговаривает с ней.

— Обожаю персики, — улыбнулась Оливия, обращаясь к Мелани, и та кивнула, наливая персиковый сок.

— Тогда тебе повезло, у нас есть все.

Не повезло ему, что у них есть все. Беря из рук подруги стакан с соком, она специально медленно пронесла его мимо Даниэля, который тут же прижался к спинке сиденья, внимательно смотря на стакан. Надо было вылить на

Даниэля, но это не входило в ее планы — одного запаха будет достаточно.

— А вам, капитан?

— Ничего.

Даниэль подождал, пока Мелани с тележкой пройдет дальше, и встал со своего кресла, забирая с собой расчеты. Он направился в кабину к пилотам.

Оливия улыбнулась и сделала глоток. Он так не любит персики, что готов, кажется, выпрыгнуть из самолета. Она обернулась к подруге, и та удивленно пожала плечами, наливая воду в стакан:

— Что с ним?

— Он не переносит две вещи — меня и персики.

— Ты вредишь ему специально? — Мелани села рядом с подругой, передавая тележку другой стюардессе.

— Конечно. А ты думала, я молча буду терпеть его?

Мелани вздохнула, осуждающе глядя на Оливию:

— Если вы не ладите друг с другом, может, тебе перейти работать в другой экипаж? Я слышала, нам требуется стюардесса. Будешь летать со мной под управлением Джека Арчера.

— Друга Даниэля Фернандеса? Ну уж нет.

Мелани улыбнулась, смотря в окно на облака:

— Давай сегодня пойдем в ночной клуб и хорошенько отметим нашу встречу. Расслабимся и поговорим.

Это было самым восхитительным предложением. Может быть, поездка в Гамбург не так и плоха. Лондон никуда не улетит, а вот Мелани запросто может.

— Как в старые добрые времена, — кивнула Оливия.

Даниэль вошел в кабину к пилотам и сел на кресло возле двери. Здесь все привычней и комфортней. Кабина — единственное место в самолете, где он может спокойно лететь, не раздражаясь по мелочам. Хотя персиковый сок — это перебор. Но дело даже не в соке. И не в персиках. Оливия

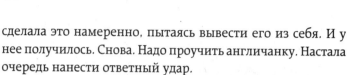

сделала это намеренно, пытаясь вывести его из себя. И у нее получилось. Снова. Надо проучить англичанку. Настала очередь нанести ответный удар.

— Ты все в раздумьях о показательном полете? Я бы тоже нервничал, — Джек обернулся к нему, снимая наушники.

Это было странно, но о полете Даниэль забыл, как только сел рядом с этой бестией. И да, он нервничал. Она вызывала невроз и смерть нервных клеток. Какого черта он потащил ее с собой?

— Джек, ты сегодня вечером свободен?

— Хочешь сходить в клуб, расслабиться, снять девочек, как в старые добрые времена?

Точно. Ему это было необходимо. Расслабиться.

— Ты провидец, — задумчиво произнес Даниэль. — Не против, если я посижу здесь до конца полета?

— Без проблем, Фернандес. Позвать девочек, чтобы принесли кофе? — Он взял трубку, соединяющую их с салоном, и произнес: — Милые девушки, три кофе пилотам, пожалуйста.

Ровно через пять минут Мелани принесла три кофе.

— Ваш заказ, капитан. — Раздавая его, она посмотрела на Даниэля и все-таки не смогла удержаться, чтобы не сказать: — Знаете, что про вас говорят?

Хорошо, что он не отпил из чашки, иначе бы выплюнул кофе обратно от столь неожиданного вопроса. Кажется, это подружка Оливии. Наверняка уже в курсе всего. У англичанки слишком длинный язык.

— Это все сплетни, — ответил он, даже не представляя, что она имеет в виду.

Мелани засмеялась, глядя на своего капитана:

— Джек, вы не обидитесь, если я скажу?

Тот, удивившись, пожал плечами, и это еще больше насторожило Даниэля. Ее подружки такие же безумные.

Мелани вновь посмотрела на Даниэля, и теперь уже все внимательно слушали.

— Про вас говорят, что, когда вы обращаетесь к пассажирам по громкой связи, у них трепещет все внутри. Ваш голос способен создать эйфорию на борту.

Даниэль еле удержал чашку в руках. Что за бред он только что услышал? Может быть, это сон... Дурной сон... Но Джек издал смешок, что подтвердило реальность происходящего и нормальность слуха Даниэля.

— У меня просьба от всего нашего экипажа, — Мелани вновь обернулась к своему капитану, — Джек, не подумайте ничего плохого — мы вас очень любим и ни на кого не променяем, но, — вновь повернулась к Даниэлю, продолжив, — скажите что-нибудь по громкой связи. Я слышала о том, что вы часто обращаетесь к людям, рассказываете о городах, над которыми летите. От всего нашего экипажа, пожалуйста, капитан Фернандес, мы вас очень просим.

Стоя напротив него, она даже сложила руки на груди, прося его сотворить странную вещь. И он, кажется, догадался, кому принадлежит эта идея. Волна гнева вновь окутала его, и он передал чашку стюардессе, вставая со своего места. Сейчас он покажет Оливии, как издеваться над ним.

— Я сейчас ее убью, — зло произнес он, открывая дверь, но Мелани опередила его, встав напротив выхода.

— Это не она. Клянусь. Я сделала вам комплимент. Она вообще ничего хорошего про вас не сказала.

А вот это уже похоже на правду. Он остановился, обдумывая ее слова.

— Кто такое говорит?

— Все стюардессы «Arabia Airlines». Те, кто слышал. Теперь нам выпала такая удача.

— Это шутка? — Он непонимающе взглянул на Джека. — У тебя проблемы со стюардессами?

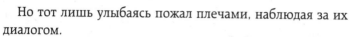

Но тот лишь улыбаясь пожал плечами, наблюдая за их диалогом.

— Мы будем ждать, капитан Фернандес, — Мелани открыла дверь и вышла в салон.

ГЛАВА 13

Джек еще долго смеялся, украдкой поглядывая на Даниэля, а тот принялся с недовольным выражением изучать бумаги. Он пытался рассчитать траекторию полета над аэропортом и уход на второй круг. Но вновь и вновь его мысли возвращались к словам Мелани. Хотелось стереть их из памяти, но второй пилот, Шон Нельсон, прекратил этот цирк:

— Я тоже это слышал. Моя девушка — одна из твоих стюардесс, Фернандес, она рассказывала мне. Если честно, я в какой-то момент даже приревновал ее к тебе.

Даниэль отвлекся от бумаг — бесполезная трата времени.

— Кто твоя девушка?

— Дженнет.

Он отлично знал ее, работал с ней еще в статусе второго пилота. Дженнет из ЮАР, темнокожая, всегда улыбчивая и веселая. Так вот что обсуждают стюардессы за его спиной. Его голос.

— Хорошая девушка, — кивнул Даниэль, — можешь не ревновать, мой экипаж мне как семья. Мои стюардессы для меня как сестры. — Он тут же вспомнил Оливию. Как ни рисовал его мозг картину сестринского союза с ней, изображения не было. Она — единственное создание на земле и в воздухе, с которым он не хотел состоять в родственных связях.

— Я знаю, — улыбнулся Шон, — я спокоен. Они за тобой и Марком как за каменной стеной. И с новенькой вам повезло. Дженнет сказала, что она замечательная девушка. Кстати, это она летит с тобой?

Единственный вопрос, возникший в голове Даниэля, — когда можно успевать обо всем этом говорить? Когда вообще можно успевать встречаться с человеком из другого экипажа с таким плотным графиком? Или они видятся в туалетах аэропорта?

— Кто из них? — спросил капитан Джек, тем самым привлекая внимание задумчивого Даниэля. — Голубоглазая брюнетка, которая замужем?

— Она не замужем. — Ответ Шона заставил Даниэля тут же посмотреть в удивленное лицо друга. Ложь выплывает наружу. Рано или поздно.

Взгляд Джека, пронизывающий Даниэля насквозь, говорил о том, что тот не очень доволен враньем. Минутное молчание, казалось, длилось полчаса. Даниэль молился про себя, чтобы Джек не начал сейчас обсуждать Оливию при Шоне. И, поняв это, Джек отвернулся, надевая наушники. И лишь одна его фраза заставила Даниэля задуматься сильнее:

— Я никогда не брал твоего, Фернандес.

Оливия отлично провела время в одиночестве. Ее никто не раздражал шелестом бумаг и недовольным молчанием. Мелани пару раз приходила к ней, садясь рядом и рассказывая интересные истории из полетов. Но они и наполовину не были такими яркими, как у Оливии. Даже если не брать случай с рожающей девушкой, то самый первый полет — фейерверк острых ощущений. Но все стерлось из памяти тут же, как только Мелани открыла свой самый страшный секрет:

— У меня роман, Лив.

От удивления Оливия открыла рот. Эта новость должна быть на первом месте. А Мел только в конце полета говорит об этом!

— С кем?

Мелани придвинулась ближе, шепча на ухо:

— Со стюардом из моего экипажа.

Лучше бы Оливия этого не слышала. Строгое табу на отношения между членами экипажа было правилом номер три. Самым сложным, как сказал Мухаммед Шараф аль-Дин, отпуская их в летную жизнь.

— Мел, что ты творишь! А если кто-то узнает? Тебя уволят!

Но Мелани натянуто улыбнулась, пожимая плечами:

— Значит, не судьба.

— Как ты можешь такое говорить, — разозлилась Оливия, — жертвовать карьерой ради пустой связи...

Но ее прервал до боли знакомый гипнотический голос, обращающийся к пассажирам. Она даже подняла голову, думая, что ей послышалась, и мысленно представляя, кому он принадлежит:

— Уважаемые леди и джентльмены, говорит капитан, мы приступили к снижению и уже через несколько минут вы сможете наслаждаться видами второго по величине города в Германии — Гамбурга. Температура в аэропорту вас ждет слегка прохладная, + 24 °C и небольшой дождь. Прошу пристегнуть ремни и не расстегивать их до полной остановки самолета. Спасибо, что выбрали нашу авиакомпанию, и от всех членов нашего экипажа желаю вам приятного пребывания в Гамбурге.

Тут же прозвучал сигнал «пристегнуть ремни», но Оливия не торопилась хвататься за ремень, она плохо понимала, что происходит. Забыв, что несколько секунд назад она отчитывала подругу за безумный роман, Оливия посмотрела удивленным взглядом на сидящую рядом Мел.

— Мне нет покоя от этого человека ни на земле, ни в воздухе. — Оливия не могла поверить в то, что слышала его голос там, где его точно быть не должно.

— Голос у него шикарный, — задумчиво произнесла Мел, вставая со своего места, но подруга схватила ее за руку:

— Ты, кажется, говорила про свой роман, прости, Даниэль перебил. Какого черта он вообще заговорил?

— Поговорим вечером, — улыбнулась подруга.

— Ты покажешь мне его?

— Он работает в хвостовой части, его зовут Герберт Закс.

Жаль, что Оливия не знала этого раньше — она бы лучше рассматривала стюардов этого экипажа.

— Немец?

Мел вновь села рядом:

— У меня нет проблем с национальностью. Какая разница — немец, грек, испанец, — на последнее Мелани поставила ударение, — если есть страсть, а может, и любовь, то это не важно.

— Я не об этом... — Оливия задумалась, вздохнув. — Просто такая теперь наша жизнь.

В кабине пилотов в этот момент трое мужчин хохотали над словами Даниэля, произнесенными для пассажиров. Он все-таки согласился на странную просьбу еще одной безумной стюардессы.

— Никогда столько не говорю, — между смехом произнес Джек, — соловей.

Даниэль, смеясь, кивнул и встал со своего места. Хоть как-то поднял себе настроение.

— Я пошел в салон, не забудь, что тебе садиться.

— Теперь, боюсь, мои стюардессы сбегут к тебе, Фернандес.

— Мне бы со своими разобраться. — После этих слов улыбка спала с его лица. Он понял, что не хочет уходить из кабины, но устав запрещает находиться во время взлета и посадки лицам, не имеющим отношения к данному полету.

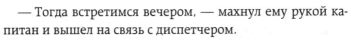

— Тогда встретимся вечером, — махнул ему рукой капитан и вышел на связь с диспетчером.

Даниэлю пришлось сесть с Оливией. Радовало то, что уже через несколько минут они приземлятся и до завтра он не увидит ее. Потерпеть всего несколько минут. Он уже начал отсчитывать время, смотря на часы на своем запястье левой руки, понимая, что она тоже смотрит на них.

— Считаю минуты, когда смогу не видеть тебя, — произнес он, нарушая табу на разговоры с ней. Но пусть знает, что он не в восторге от такого соседства.

— Мне это тоже не приносит удовольствия.

Он взглянул Оливии в глаза, отмечая, что их цвет соответствовал тому, что сейчас был за бортом самолета. А ее ненакрашенные губы особенно бледны. Он поймал себя на странной мысли, что хочет вновь прикоснуться к ним, делая их розовее.

Он смотрел на ее губы, нахмурив брови, и Оливия машинально закусила нижнюю, понимая, что не накрасила их. Она так устала есть тонну помады, что сейчас решила отдохнуть от косметики. Видимо, даже этот факт его раздражал. Ведь стюардесса его экипажа всегда должна выглядеть идеально. Потянувшись за сумочкой, чтобы вытащить помаду, она почувствовала его шепот возле своего уха:

— Не надо. Ты не на работе.

Ему даже захотелось доплатить ей, чтобы она не красила их. И еще доплатить, чтобы она больше не прикусывала нижнюю губу так нежно, как он только что видел, и вообще не смотрела в его сторону.

Она кивнула, ставя сумочку обратно под сиденье. Отлично. Хоть что-то он сказал приятное ее слуху.

Самолет коснулся полосы, и Оливия грустно вздохнула. Летать было проще, чем жить на земле. Она смотрела в окно, слыша, как загудел самолет.

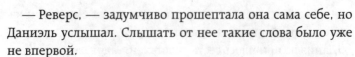

— Реверс, — задумчиво прошептала она сама себе, но Даниэль услышал. Слышать от нее такие слова было уже не впервой.

— Аэропорт обязывает.

Она повернулась к нему, желая задать кучу вопросов. Странных. Для нормальной девушки.

— Ты не используешь реверс, когда мы садимся в Дубае. Почему?

Он все еще смотрел в ее окно, слегка прищурив глаза, наверное, размышляя над ответом. Но на самом деле ответ был один — потому что он Даниэль Фернандес Торрес.

— В Дубае полоса позволяет сделать пробег, так почему не использовать ее для этого? Плюс ко всему — аэропорт находится в центре города, постоянный шум надоедает людям, живущим рядом.

Девушка смотрела на него, но он полностью был поглощен видом в окне приближающегося аэропорта, мысленно пытаясь представить, как завтра он поднимет новый самолет в воздух. Пустой. Это мечта любого пилота.

Пока мысленно он был где-то в другом месте, Оливия рассматривала его лицо: еще вчера он был гладко выбрит, сейчас черная щетина делала его старше. Он воплощал в себе эталон мужской красоты, черты его лица были до раздражения правильными, вылепленными богом при его рождении.

Почувствовав взгляд холодно-голубых глаз, Даниэль посмотрел на Оливию. Схватка между ясным небом и грозой. Казалось, в этот момент даже воздух пропитался озоном.

— При неиспользовании реверса износ шин выше, — выдохнула она, опять закусив нижнюю губу, но все еще смотря в его глаза. Даже в этом вопросе она перечила ему.

— При использовании реверса износ двигателей выше, а это куда дороже, чем поменять резину, — он отстранил-

ся от нее, смотря на встающих со своих кресел людей. —
Поезжай с экипажем Арчера в отель. Сегодня ты мне
не нужна.

— А где будешь ты?

Он старался не смотреть на нее, желание быстрее выпро-
водить подальше эту девушку возникло внезапно, как гром
среди ясного неба.

— Пойду в технический центр изучать документы и самолеты. Завтра наш вылет в двенадцать тридцать, надо
в десять утра уже быть в аэропорту.

— Я могу выйти из отеля в город?

Оливия была счастлива знать, что получится встретиться
с подругой и наконец спокойно поговорить.

— Можешь даже заблудиться в нем.

Мерзавец опять съязвил, но, пропуская это мимо ушей,
она решила не портить себе настроение. Оливия была рада
заблудиться навсегда и никогда больше не видеть Даниэля
Фернандеса.

— Тогда до завтра, — Оливия поднялась со своего кресла,
и он встал, пропуская ее. Она потянулась наверх, открывая
крышку багажного отсека, чтобы вытащить свой чемодан,
а он молча наблюдал за этим.

— Где твой чемодан? — спросила она, пытаясь удержать
свой двумя руками, чтобы не упал.

— В кабине пилотов, — Даниэль одной рукой схватил
чемодан и поставил на пол. Если она еще что-нибудь уронит
себе на голову — это может оказаться смертельно.

— Если он тебе не нужен, я могу забрать его с собой
в отель. — Она не скажет ему спасибо, не дождется.

— Хочешь подложить мне в чемодан ядовитую змею?

— С удовольствием сделала бы это, но боюсь не найти
в этом городе террариум. — Она натянуто улыбнулась. —
Как хочешь, я просто предложила помочь.

Помощь в лице Оливии настораживала. Разве она могла сделать доброе дело и лишить его лишнего груза? Слабо верилось, но выбора не было: таскаться с багажом по техническому центру удовольствия было мало.

— Хорошо, — кивнул он, — тогда сразу забронируй мне номер.

Она нахмурила брови.

— Хорошо, капитан, — недовольно прошептала Оливия. Она решила помочь ему в одном, а он от радости взвалил сразу все. — Что-нибудь еще?

— Подальше от своего номера, конечно. Желательно вообще в другом районе города.

Оливия улыбнулась, в ее мозгу уже созрел план отличного номера для Даниэля Фернандеса.

— Конечно, капитан. Что-нибудь еще?

Он задумался, облокотившись локтем на спинку кресла.

— Хочу, чтобы кровать стояла головой на восток, окно не должно выходить на центральную улицу...

Его поток пожеланий прервал один из пилотов:

— Фернандес, ты идешь?

Черт, уже почти все вышли. Как он мог пропустить это? Недовольно глянув на Оливию, из-за которой это случилось, он произнес:

— Идем в кабину, отдам тебе свой багаж.

Она кивнула и поплелась за ним, катя свой чемодан по проходу. Мелани, улыбаясь, стояла у двери выхода из самолета, ожидая последних пассажиров. Но Даниэль прошел мимо нее, открыв дверь к пилотам:

— Отлично посадил, — он зашел внутрь, и Оливия осторожно вошла за ним, боясь пройти дальше. Кабина пилотов была меньше, чем на «Эйрбасе», хотя внутренняя начинка ей показалась такой же — все в кнопках и компьютерах.

Была лишь одна разница — штурвал. Он был на всех «Боингах». Но бренд «Эйрбаса» — сайдстик.

— Вы в техцентр? — спросил Джек и, увидев Оливию, улыбнулся и протянул ей руку: — Капитан этой железяки и друг этого оболтуса, — он посмотрел на Даниэля, — Джек Арчер.

Оливия засмеялась, пожимая ее:

— Оливия Паркер.

Арчер ей уже нравился.

— А это второй пилот Шон Нельсон, — представил его капитан, — кстати, встречается с Дженнет.

— Дженнет? — не сразу поняла Оливия. — Нашей Дженнет?

Шон скромно улыбнулся, слегка покраснев. Оливия и предположить не могла, что Дженнет встречается с пилотом.

— Все, — скомандовал Даниэль, сунув девушке чемодан, — уходишь.

Сейчас ему меньше всего хотелось, чтобы она находилась рядом с Джеком, который, того не скрывая, разглядывал ее. И дело было не в том, что она ему нравилась, дело было во лжи, на которую Фернандес не успел придумать оправдание.

— Да, — прошептала ошарашенная фактом отношений Шона и Дженнет Оливия, — приятно было познакомиться.

Она кивнула капитану и уже повернулась, чтобы выйти из кабины, но голос Даниэля ее остановил:

— Ключи от номера оставь на ресепшене. Я не знаю, когда вернусь.

Она хотела ему ответить, сказав, что специально потеряет их, но лишь кивнула, хитро улыбнувшись, и ее улыбка Даниэлю не понравилась.

Оставшись втроем в кабине пилотов, Даниэль молился, чтобы Джек молчал как можно дольше. Хотя бы до тех пор, пока Шон не покинет место. Но как только тот ушел, Даниэль понял, что вообще не хочет слышать про Оливию. Но Джек больше молчать не мог:

— Хороший вкус, Фернандес. Милая девушка, видно, что скромная, образованная, красивая. Ты таких любишь. Можешь не объяснять мне, почему вдруг она оказалась замужем, я все понимаю. Сам бы так сказал. Могу предложить помощь — взять ее к себе в экипаж, чтобы вы могли иметь нормальные отношения и избежать дурацких правил.

— Спасибо, — недовольно произнес Даниэль, — не советую. В твоем экипаже уже находится нечто подобное, это во-первых. Во-вторых, у нас нет никаких отношений. Их просто не может быть, потому что мы на дух не переносим друг друга. В-третьих, я сказал про ее замужество, чтобы уберечь своего лучшего друга от необдуманных поступков — она не та, кто тебе нужен, Джек.

Тот, засмеявшись, кивнул:

— Она не та, кто мне нужен, ты прав. Потому что она та, кто нужен тебе.

Даниэль разозлился еще сильнее, осознав, что идти в кабину было плохой идеей.

— Не зли меня. Эта тема закрыта.

Входя в автобус, Оливия поняла, что экипаж Джека Арчера вдвое меньше ее. Их было всего двенадцать, тогда как экипаж Даниэля Фернандеса составлял двадцать шесть. Сейчас с ними же устроились еще две стюардессы, те самые, что не понравились Оливии. Медленно продвигаясь по салону, катя впереди свой чемодан, а сзади чемодан Даниэля, она уже пожалела, что предложила помощь. Теперь ее медлительность увеличилась в разы. Выискивая взглядом Мелани,

она увидела ее сидящую с молодым стюардом. Видимо, это и был тот самый немец, с которым у нее роман. Он не особо выделялся из основной массы людей, и Оливия вздохнула — яркая Мел могла найти себе более достойную партию и не рисковать своей карьерой из-за невзрачного человека. Но это был ее выбор.

Найдя свободное место, девушка села, опуская ручки обоих чемоданов. Она опять слышала глупый смех и пустые разговоры: девушки обсуждали, куда пойти вечером и желательно в сопровождении пилотов, желая завладеть их вниманием. Мысленно пожелав им удачи, Оливия взглянула в окно. Моросящий дождь напомнил ей родину. Германия на шаг ближе к Англии, это ощущалось во всем.

Автобус довольно быстро довез их, Оливия мало что увидела в городе. Но, выйдя на улицу и вздохнув полной грудью европейский воздух, она решила, что довольна и этим.

— Лив, — Мелани подошла к ней, — у меня к тебе просьба.

Оливия устало взглянула на подругу, уже зная, что та попросит — снять им номер на двоих. Но это даже не обсуждалось — конечно, она так и сделает, и они, как раньше, будут всю ночь трещать о своем, наболевшем.

— В этом отеле только двухместные номера. Давай снимем один на двоих.

Оливия улыбнулась.

— Конечно. Сегодня наш вечер и наша ночь. Будем праздновать и веселиться. — Но видя удивленное лицо подруги, Оливия осеклась: — Разве нет?

Мел кивнула, опуская взгляд:

— Так. Но... Мне нужна твоя помощь. Я хочу быть этой ночью с Гербертом, понимаешь, — теперь молчащий взгляд в глаза подруге, — мы так часто бываем с ним, но так редко наедине.

Что-то в этот момент рухнуло и разлетелось. Какие-то мечты и надежды. Кажется, подруга выбрала парня вместо нее. Обидно.

— Мел, а я тут при чем? Снимите номер и делайте, что хотите.

— Ты не понимаешь? — прошептала Мелани. — Я не могу снять номер на двоих с Гербертом — за нами и так наблюдают. Мы снимем номер на нас с тобой, а он будет ночевать вместо тебя.

Оливия потеряла дар речи от такого предложения:

— Боюсь спросить, где буду спать я?

— Я все продумала, — Мелани улыбнулась и положила руку на плечо подруги, — все будут думать, что ты со мной, мой экипаж не должен ничего заподозрить. Забронируй Даниэлю номер с Гербертом.

Наверное, ей послышалось. Заложило уши во время полета.

— Я не понимаю.

— Что тут непонятного? Герберт уйдет ко мне, а ты к Фернандесу. Из моего экипажа никто не заметит подмены.

Оливии захотелось закричать. Лучше бы она не переспрашивала. Лучше бы она вообще не летела сюда. Это он во всем виноват. Он втянул ее в это, а Мелани все усугубила!

— Мел, это невозможно, — прошептала Оливия, — он задушит меня ночью подушкой, как только обнаружит в своем номере.

ГЛАВА 14

— Я сошла с ума, раз связалась с тобой, — Оливия переступила порог номера, вкатывая два чемодана. Ей уже все равно, в какую сторону спать — на юг или на север, куда выходило окно — на парк или на сад. Она была потрясена, присела на кровать, но резко с нее вскочила. Поняв, что их все-таки две, выдохнув, вновь присела.

— Мы очень тебе благодарны, — Мелани с Гербертом зашли в номер вслед за Оливией. Он обнял Мел за талию, предварительно закрыв дверь.

Милая картина, но сейчас Оливии было не до ванильных сцен. Их отношения отошли на второй план, сдвигая к пьедесталу предстоящую ночь с Даниэлем. Кажется, сегодня в этой комнате произойдет убийство. И виноваты будут они.

— Даже не знаю, как ты расплатишься, Мел, — прошептала Оливия и закрыла лицо руками.

Это сон, она спит. Это кошмар. Оливия представила, как Даниэль входит в комнату и видит ее, она уже видела гнев в его глазах и мысленно выставляла свой чемодан в коридор.

Выпроводив влюбленную парочку за дверь, она осталась наедине со своими мыслями, не переставая думать, куда себя деть, чтобы Даниэль ее не увидел, но потом внезапно пришло озарение: почему она чувствует себя виноватой? Почему переживает? Ее все устраивает — есть кровать и крыша над головой. А если его не устроит — пусть катится ко всем чертям. Это будет ему уроком за Лондон. Улыбнувшись, Оливия открыла свой чемодан и достала черное короткое платье на бретельках. Время праздновать. Поводов для этого хватало.

Уже темнело, когда пилоты, наконец закончив осмотр самолетов, приехали в отель. Даниэль устал и уже готов был отказаться от затеи с баром, но настойчивый друг не хотел ничего слышать.

— Вам оставили ключ, номер комнаты двести восемь. — Девушка на ресепшене при виде пилотов слегка разволновалась. Она протянула Даниэлю ключ, и он даже мысленно поблагодарил Оливию за оказанную услугу. На нее это было не похоже. — У нас двухместные номера, поэтому у вас есть сосед, его имя Герберт Закс.

Ну конечно, ничего хорошего его здесь не ждало. С благодарностью для англичанки он, пожалуй, подождет.

— Что за странная страна. Можно поменять номер?

Даниэль посмотрел на Джека, и тот обратился к девушке:

— Поселите нас вместе.

— Ваш номер, мистер Арчер, триста десять. У вас уже есть сосед — Шон Нельсон.

Даниэлю все меньше и меньше нравилась перспектива ночи здесь. Никогда еще он не пребывал в двухместных номерах.

— «Arabia Airlines» экономит на нас? Что за гостиница, где нет нормальных номеров?

Джек хлопнул его по плечу, пытаясь успокоить:

— Сейчас все решим. Переселим Шона к Герберту, думаю, он согласится.

— Спать с тобой, знаешь ли, тоже малоприятно.

Джек рассмеялся, соглашаясь.

— Придется вспомнить времена университета. Пять лет ты не жаловался.

— У меня не было выбора.

— У тебя его и сейчас нет. Жду тебя с вещами у меня. А Шона пошлю в двести восьмой.

Недовольный и уставший Даниэль только махнул рукой. Это всего лишь ночь, но соседство его раздражало. Значит, Оливия тут ни при чем. Но ведь могла хоть попробовать поселить его с Джеком. Даже в этом навредила.

Открыв дверь, Даниэль вошел в номер, где горел приглушенный свет. Он не сразу понял, кого видит перед собой, но, осознав, выронил папку из рук.

Видя зашедшего в номер капитана, Оливия вскочила с кровати, нервно покусывая нижнюю губу. Но, взяв себя в руки, улыбнулась, гордо подняв голову в ожидании.

— Что ты здесь делаешь?

Вопрос номер один. Конечно, она бы тоже спросила об этом. Но как ему объяснить?

Она стояла перед ним в коротеньком черном платье с распущенными волосами, которые веером покрывали ее плечи. Даниэль не сразу осознал, что это она, решив, что переутомился сильнее, чем казалось.

— Я все тебе объясню.

— Я не знаю, что тут происходит, но мне это все уже не нравится. Я ухожу к Арчеру. Здесь будет ночевать Шон. — Он взял свой чемодан и покатил его к выходу. Оливия в ужасе наблюдала за ним. Нельзя дать ему уйти. Перспектива ночевки с Шоном ей нравилась меньше, чем с Даниэлем. По крайней мере, Фернандес роднее.

Она догнала его, перегородив дорогу:

— Послушай, я расскажу тебе все. В моем номере с Мелани ночует Герберт. У них любовь или что-то в этом роде, — она старалась четко выговаривать каждое слово, чтобы он не переспрашивал ее. В надежде на его понимание, она продолжила: — Мне это тоже не нравится, но что делать? Она моя подруга.

— Ты хочешь сказать... — начал говорить он, но замолчал, обводя взглядом комнату, — что ты и я... Мы... Здесь вдвоем?

В голове не укладывалось у него. Надо было срочно уходить отсюда. Это ее подруга. Пусть сама разбирается.

— Я пошел, всего хорошего. — Он открыл дверь, но она закрыла ее прямо перед его носом.

— Если ты уйдешь, сюда придет Шон. Что он подумает, увидев меня здесь?

Даниэль поставил чемодан, раздумывая над ее словами. Ему плевать на ее подругу, пусть спит с кем хочет, но он не мог представить Оливию и Шона в одном номере. Он вдохнул больше воздуха, теперь так его не хватало. Эта девушка заполнила собой все пространство. Взять ее с собой было большой ошибкой.

Сейчас она стояла перед ним, глядя огромными несчастными глазами.

— Я тоже не в восторге от тебя, — сорвалась на крик Оливия, и он тут же закрыл ей рот рукой, прижав к стене возле двери. Сбылась его мечта. Еще бы выпороть, но это позже.

От возмущения Оливия не услышала, как в дверь постучались.

— Это Шон, — прошептал Даниэль ей на ухо, не убирая руку с ее рта. Ему показалось, что он может так стоять вечность. Но повторившийся стук заставил его свободной рукой открыть дверь, скрывая девушку за ней.

— Я передумал, мне здесь нравится, — улыбнулся он и захлопнул дверь.

Теперь не нравилось Оливии. Может быть, Шон не такой плохой вариант? Она уперлась в грудь Даниэля, пытаясь освободиться, но тот лишь хитро улыбнулся, качая головой:

— Нет-нет. Теперь будет все по моим правилам. Ты у меня в гостях, поэтому будешь подчиняться моим приказам.

Как же ей не везет! Подруга выставила ее к этому нахалу, а он и рад поиздеваться. Оливия кивнула, и Даниэль убрал руку с ее губ.

Пройдя к кровати, на ходу снимая пиджак, он понял, что его мозг отказывается принимать все, что тут произошло за последние пять минут. Сколько же ему надо выпить, чтобы спать в одной комнате с этой девушкой? Но и пить ему нельзя — завтра важная миссия. Как же уберечь себя от нее? Или ее от себя.

— Может, есть другие номера?

— Я уже узнавала — нет.

Последняя надежда рухнула, разлетелась вдребезги.

— Ты знаешь, что иметь связь с членом своего экипажа — конец карьере? — На что он намекал, Оливия не поняла, только кивнула, наблюдая, как он расстегивает рукава рубашки. — Я могу сказать Арчеру, что творится в его экипаже.

Оливия выдохнула, даже не зная, почему ей стало легче дышать. Но потом до нее дошли его слова, и она опять напряглась, теперь переживая за Мел.

— Пожалуйста, Даниэль, не надо. Пусть порадуются друг другу.

Ее слово — его имя. Больше он не слышал ничего, что она сказала. Это будет тяжелее, чем он думал.

Развязав галстук, он стянул его, наблюдая за ней. Оливия все еще стояла на том самом месте, где он оставил ее, боясь пошевелиться. Зря. Он боялся ее больше.

В дверь вновь постучали, и их глаза встретились. Что теперь делать? Он вновь подошел к ней, шепча на ухо:

— Ты кого-нибудь ждешь?

— Может, это Мел? — Оливия уже собралась спросить, кто там, но он вновь закрыл ей рот рукой. Уже второй раз за пять минут ему выпадает эта удача. Хотя, скорее, утешительный приз.

— Ты спятила? А если это Джек? Ты решила загубить мою карьеру?

Даниэль был прав. Как она об этом не подумала? Он медленно открыл дверь, и Оливия услышала голос Мелани:

— Здравствуйте, капитан Фернандес, а Оливия...

— Забирай ее навсегда, — он открыл дверь шире и запустил девушку внутрь.

Мелани была спасением. Оливия вышла из-за двери:

— Я уже иду, Мел.

Подруга кивнула и бросила взгляд на Даниэля. Он стоял, сложив руки на груди, наблюдая за Оливией.

— Всего хорошего, капитан, — прошептала она.

— Я надеюсь, что ты вообще не придешь.

— Может быть, не придешь ты?

Он оглядел ее с ног до головы, нахмурив брови:

— Думаю, у тебя больше шансов на это.

Хам. Она бы сказала ему, но стоящая рядом Мелани тихо покашляла, давая понять, что уже ждет. Оливия только натянула улыбку напоследок и, выйдя, прикрыла за собой дверь.

Оливия и не предполагала, что выбор ночных заведений здесь настолько невелик. Отель находился в пятидесяти километрах от города, ехать в центр в ночной клуб было глупо. Поэтому они устроились в баре отеля, за столиком возле барменской стойки и заказали мохито. Напиваться не входило в их планы, хотя в свете последних событий стоило обдумать этот вариант.

— Где твой Герберт?

— Ждет меня в номере. Я не могла с тобой не встретиться, мы так долго не виделись.

Теперь Оливия понимала, что лучше бы это «долго не виделись» длилось подольше.

— И как тебя угораздило втянуть меня в эту авантюру, — не унималась Оливия, делая глоток и наслаждаясь холодом, растекающимся колючим потоком по горлу.

— Прости, Лив, но такое бывает не часто. Когда-нибудь и я пригожусь тебе.

Оливия надеялась, что это «когда-нибудь» не наступит никогда.

— Расскажи мне о себе, Лив. Где ты живешь? Куда летала? Расскажи про случай с беременной девушкой.

Рассказывать о себе Оливия любила. И случай в Коломбо пересказала в ярких красках. Все до мелочей. Каково это — держать ребенка на руках, осознавать, что он не дышит, а в этот момент мать спрашивает: «Почему?» Она только умолчала о случае в душевой кабине, как рыдала, уткнувшись в грудь Даниэля, а он утешал ее, но при этом сам испытывал страх.

— У тебя полеты веселей. Ваш экипаж очень большой. Вы все как одна семья. Наш второй пилот Шон говорил об экипаже Даниэля Фернандеса только хорошее.

«Веселей» — громко сказано. Оливия рассказала, как Фернандес загонял ее в первый полет. И, смеясь, Мелани посочувствовала подруге.

— Оливия, — хохоча, Мел взглянула на подругу, — уверена, он сделал это не специально.

— Не специально? — удивилась подруга. — Он сделал это намеренно! Фернандес ничего не делает просто так. Он сказал, что у него аллергия на персики, а я до полусмерти испугалась, что убила его, уже представляя его в предсмертных конвульсиях. — Оливия сжала пальцы в кулаки. — Но он солгал. А я чесала его еще минут пятнадцать. Он издевался надо мной!

Мелани смеялась, закрыв лицо руками, легкий алкоголь давал о себе знать.

— Что ты чувствуешь к нему, Лив?

— Ненавижу его, — прорычала она.

— Тогда ладно, — смеясь, Мелани позвала бармена: — Дайте мне ручку и листок бумаги.

Пока Оливия удивлялась такой просьбе, попивая мохито, бармен принес «заказ». Мел положила листок бумаги и, закрывая рукой от подруги, начала что-то писать.

— Что ты делаешь?

— Сыграем в игру.

Почему все пытаются втянуть ее в свои безумные игры?

— Какую?

— Подожди, — Мелани дала знак пальцем помолчать, продолжая что-то записывать.

Джек зашел за Даниэлем и сразу предъявил:

— Ты так резко передумал менять свой номер на мой, что я уже не знаю, что и думать.

Даниэль усмехнулся, закрывая за собой дверь. Знай он причину, разразился бы скандал. А может, Арчер спокойно отнесся бы к личным отношениям в своем экипаже. Но он пообещал молчать. И это не его дело. Его дело — только сегодняшняя ночь. Пережить одну ночь, и он никогда больше не возьмет с собой Оливию. Никуда. Даже если ему предложат зарплату в пять раз больше нынешней.

— Твой стюард уснул, и я не стал его будить, — на ходу начал придумывать Даниэль, — он мне не мешает.

Они спустились в бар, видя толпу людей, половина из которых — экипаж Арчера.

— Весело у вас тут, — произнес Даниэль, садясь за столик. Удивительно, что места еще были.

— У нас всегда весело. Мои люди любят веселье. К концу вечера все будут танцевать.

Даниэль засмеялся, представив эту картину. Когда-то он был в первых рядах на таких мероприятиях. Все резко изменилось, когда он стал летать на дальние рейсы.

Они заказали содовую. Алкоголь для пилотов — это потеря работы, а терять ее никто не хотел. Через пару минут к ним присоединились другие, и разговор полетел в направлении техники и предстоящего шоу. Даниэль не переставал думать о нем, рассчитывая свои силы и полагаясь на свой ум. Он вновь задумался, мысленно опуская самолет на самое опасное расстояние, а потом резко поднимал и круто разворачивал перед зрителями. Он уснет и будет думать об этом. Даниэль надеялся на это.

— Тебе надо расслабиться, — толкнул его в плечо Джек и взглядом указал на столик справа. Машинально Даниэль повернул голову, заметив двух девушек, неотрывно наблюдающих за ними, — тебе блондинка, я уступаю. Возьму рыжую, они страстные.

— Блондинку тоже возьми себе, — Даниэль отвернулся, откинувшись на спинку кресла.

— Зря, — Джек наклонился, шепча на ухо другу: — Может, хочешь кого из моих?

От этих слов Даниэль рассмеялся. Он никого не хотел. Но тот факт, что его друг пойдет ради него на многое, порадовал.

— Ты торгуешь, как на рынке, Арчер. Черт, ты все такой же хитрый лис. Твой экипаж слишком маленький — выбор невелик, — пошутил он и отвел взгляд в сторону, на дальний столик возле стойки бара.

Две девушки, которых он только недавно выпроводил из своего номера, наклонившись к горевшей свече, поджигали бумагу. Интересное зрелище. Встреча двух сумасшедших состоялась. Он улыбнулся, глядя на эту картину, доставая мобильный телефон из кармана. Так и думал, что они ведьмы. Незаметно для окружающих Даниэль включил запись, направляя камеру на странный столик с таинственными действиями.

— Что ты делаешь? — Джек посмотрел в направлении снимающей камеры и замер. — Что это?

— Моя спокойная ночь и, надеюсь, все последующие полеты.

Как только Мелани наклонилась к свече, поднеся бумагу, Оливия заинтересовалась процессом. Было странно видеть, что она сжигает то, что только что написала, но потом Оливия поняла, что Мелани поджигает только края, тут же дуя на них и гася пламя.

— Ты можешь объяснить мне, что ты делаешь?

В этом была вся Мелани. Засмеявшись, как Дракула, страшным смехом, она тут же произнесла обычным голосом:

— Делаю красивым твой ответ на мой вопрос.

— Какой? — вздохнула Оливия, продолжая наблюдать за подругой. Становилось уже страшно... интересно.

— Что ты чувствуешь к Даниэлю Фернандесу?

— И что же? — Оливия от увиденного зрелища уже напрочь забыла, кто такой Даниэль Фернандес, пытаясь разглядеть написанное. Но Мелани, видя, что Оливия пытается прочитать, тут же убрала наполовину обгоревшую бумагу подальше от подруги.

— Нет, так слишком просто. — Она положила ее на стол и сложила в несколько раз. — Ты должна сама подумать. И только если ты почувствуешь, что совсем запуталась, то...

Мелани встала со своего места и направилась к выходу от бара. Оливия как загипнотизированная последовала за ней. Пройдя по узкой каменистой дорожке, идущей вдоль высоких деревьев, они вышли к открытому бассейну. Мелани опустилась на колени, подняла небольшую керамическую плитку на земле и засунула под нее бумагу.

— Достанешь ее тогда, когда окажешься здесь в следующий раз.

Она встала, отряхивая колени, и посмотрела на изумленную подругу.

— Мел, но это так долго ждать. Возможно, я никогда не вернусь сюда.

— Если так задумано судьбой, значит, вернешься. А если нет, то, — она пожала плечами, — значит, и без этого разберешься.

Оливия запуталась окончательно. Желание посмотреть сейчас было так велико, что она готова была прямо сейчас поднять эту чертову плитку. Но что-то останавливало. Одно имя — Даниэль. В той бумажке было то, что она не хотела знать.

— Я пойду к Герберту, он меня ждет. До завтра, Лив.

Оливия махнула на прощание подруге. Взгляд был устремлен на плиту на земле. Она была уверена, что это первая и последняя поездка в этот город. Обняв себя руками, пытаясь скрыть обнаженные плечи от непривычного холода, она обернулась к бассейну и, увидев перед собой Даниэля, вскрикнула от неожиданности. Он подошел так тихо, сложив руки за спиной, что можно было подумать, его сюда прислали высшие силы.

От того, что Оливия вздрогнула и вскрикнула, прикрыв рот ладонью, ему стало смешно, и, чтобы нагнать по-детски больше смеха, он произнес дьявольским голосом:

— Испугалась? Жаль, у меня нет клыков, я выпил бы у тебя всю кровь.

После непонятных действий Мел Оливия приняла его слова почти всерьез, все еще пытаясь руками удержать тепло тела. Пока еще живого.

— Не смешно, — грубо произнесла она, слыша только его смех. — Что смешного?

Она была испугана, его это забавляло. Как и то, что он заснял на видео. Доставая из-за спины телефон, он нажал кнопку и, держа на вытянутой руке, прошептал уже более мягким голосом:

— Интересно, если это разослать всему моему экипажу, что они подумают про тебя? Что ты чокнутая или ведьма?

Оливия застыла, увидев себя на экране склонившейся к свече, помогающей дуть на горящую бумагу. Она не знала, что сказать. Впервые в жизни. Мелани опять подставила ее.

— Что? Нет слов?

Даниэль даже перестал смеяться, удивившись. Неужели его план сработал? И, чтобы навести больше страха, произнес, смотря на видео:

— В нашем с тобой экипаже есть мусульмане, которые за колдовство наказывают смертной казнью.

Больше она не собиралась его слушать. Злость заполнила ее всю, она подбежала и толкнула его со всей силы в грудь, одновременно вырывая из его рук телефон.

Даниэль успел схватить ее за руку, утаскивая за собой. Она ощутила удар и холод воды, окутавшей ее, много пузырьков и нехватку воздуха. Чувствуя Даниэля рядом, оказавшегося в такой же ситуации, она схватилась за него, все еще пытаясь найти в его руках телефон. Он не собирался отпускать его, крепко сжимая и пытаясь подняться наверх за глотком воздуха. Но она не давала ему сделать это, руками давя на плечи. Сила воды сама вытолкнула их, и тут же, вдохнув больше воздуха, они продолжили борьбу.

Желание утопить телефон было для Оливии превыше всего остального. Желание спасти его было для Даниэля вопросом жизни и смерти — в нем карты и много летной информации. Он готов драться за него. Пытаясь оттолкнуть девушку, обнаружил, что та крепко вцепилась ему в плечи, руками пытаясь добраться до телефона, но он ловкими движениями убирал его. Она снова надавила на его плечи, и он ушел под воду. Резко нырнув, он освободился из плена, оставляя ее на поверхности и выплыв позади Оливии. Она не ожидала таких действий, пару секунд еще находясь в растерянности, но, когда его голос прозвучал сзади, она обернулась:

— А ты хороший противник.

Оливия вновь кинулась, пытаясь утопить, и, уйдя под воду, он пальцами начал щекотать ей бока, надеясь, что девушка выдохнется. Она не ожидала такого, но внезапно в ее голову пришла прекрасная идея. Она поддалась ему и, смеясь, схватила за шею и прижала к себе.

Вода была всюду, казалось, дышать невозможно, но она старалась не захлебнуться, давая и ему паузу отдышаться. Даниэль вынырнул, тяжело дыша, сжимая ее талию одной рукой, боясь выронить из другой телефон. Хотя телефону уже конец. Смысла бороться не было в самом начале, но надежда оставалась на качество фирмы.

Прижимаясь к нему и тяжело дыша, чувствуя его крепкую хватку и... близость, его дыхание, его щетину на своей нежной щеке, Оливия поняла, что сама крепко сжимает его, боясь отпустить. Еще чуть-чуть, и ее план по утоплению телефона рухнет. Какого черта она вцепилась в него? Осознав, что он успокоился и перестал бороться, Оливия резко отпрянула, выбивая телефон из руки, который камнем погрузился на дно бассейна.

— Маленькая мерзавка, — прорычал он, хватая Оливию и перекидывая ее себе на плечо. Злость на эту английскую бестию отдавалась сильным пульсом в голове. Она вырывалась, что-то кричала, но капитан крепко держал ее. Три раза его ладонь сильно ударила ее по ягодицам. Сегодня, видно, был судный день — все мечты становились явью.

Ощущая сильные удары, Оливия взвыла, не переставая стучать по его спине. Мерзавец! Еще никто и никогда не трогал ее пальцем.

— Отпусти, я буду кричать!

— Ты и так кричишь, — он швырнул ее в воду подальше от себя, чтобы ненароком не убить, и нырнул, надеясь отыскать телефон.

Оливия вынырнула, хватая ртом воздух. Ее знобило то ли от злости, то ли от холода, она ощущала горячую влагу на своих щеках. Слезы. Единственное, что сейчас грело. Она слышала, как он вынырнул позади, но поворачиваться не собиралась, боялась не сдержаться и задушить его.

— Ух ты! Тут... тут вечеринка? — раздался пьяный голос, и Даниэль увидел парня с бутылкой в руке, который шаткой походкой приближался к бассейну. — Все сюда, здесь вечеринка!

Люди посыпались на его голос из всех щелей. И все они слились в одну большую пьяную массу.

— Мать твою, — произнес Даниэль, хватая Оливию за талию и таща ее к противоположному краю бассейна. Она попыталась отбиться и только потом поняла, что тот парень рухнул в воду вместе с бутылкой именно на то место, где она только что стояла. Остальные бросились за ним. Прямо в одежде. Создавая миллиард брызг, смеясь и возбужденно крича, ныряя и выныривая. Настоящая вакханалия.

Оливия издалека наблюдала за этим безумием, от страха сильнее прижимаясь к Даниэлю, чувствуя, как он пытается вылезти из воды. Сырая одежда тянула его обратно, но он смог ступить на сухую плитку, помогая Оливии проделать то же самое. Хотя идея оставить ее среди безумства приходила ему в голову, он решил, что на сегодня с нее достаточно. Девушка вцепилась в его руку, и он вытянул ее на сухую землю. Тут же ветер сделал свое дело, окутав холодом, заставляя тело покрыться мелкой дрожью. Оливия встала на плитку, чувствуя, как стекает с волос вода и мелкими холодными струйками бежит по телу.

— Пошли. — Даниэль схватил Оливию за руку, пытаясь быстрее увести внутрь отеля, понимая, что она слишком голая для прогулок под открытым небом. Какого черта надо было так легко одеваться?

Повинуясь ему, одной рукой пытаясь прикрыться, второй сильнее вцепившись в руку капитана, девушка сделала шаг вперед, внезапно вскрикнув от боли в стопе. Наступив на осколки или мелкие камни, грубо режущие нежную кожу, она поняла, что стоит босиком. Когда она толкнула Даниэля в бассейн, она не ожидала, что тот потянет ее за собой. Туфли слетели уже в воде.

— Мои туфли, — прошептала она и оглянулась назад, пытаясь отыскать. Но это было бесполезно — сейчас в бассейне творился такой ужас из людей, что она готова бежать босиком, не обращая внимание на боль.

— К черту туфли, — Даниэль притянул ее к себе и взял на руки. Оливия обхватила его шею руками, вспоминая, как он ударил ее. Но выяснять отношения сейчас было бы глупо и холодно. А если Даниэль разозлится, может и на асфальт скинуть. Теперь она ничему не удивится.

Капитан внес ее в отель, пронося мимо ресепшена и удивленной девушки за стойкой регистрации. Даниэль Фернандес, оставляя мокрые шаги на полу, нес на руках мокрую холодную Оливию, тело которой бил мелкий озноб. Если бы ему кто-нибудь рассказал об этом еще полчаса назад, он бы посмеялся.

ГЛАВА 15

Даниэль опустил Оливию перед дверью на пол, и она ногами ощутила мягкость ковра. Удивительно, что он не поставил ее на холодный бетон. Оливия молча ждала, когда он откроет дверь, руками проводя по мокрому платью, пытаясь выжать остатки воды. Но сил не было, она оставила их в борьбе с этим мужчиной.

Даниэль искал в кармане ключ, молясь, чтобы тот не оказался утоплен в бассейне. Найдя и облегченно выдохнув, открыл дверь, зашел внутрь темного помещения и включил свет. Дрожа и ковыляя, Оливия медленно вошла за ним.

— Тебе нужен горячий душ, — Даниэль зашел в ванную комнату и включил воду.

Опять вода. Ее уже тошнило от воды. Кажется, она накупалась на год вперед.

Закрыв за собой дверь, Оливия сделала шаг навстречу льющейся воде и, увидев, как Даниэль одним движением стянул с себя сырую футболку, вскрикнула от неожиданности. На ее крик он обернулся. Смотря на полуобнаженного Даниэля Фернандеса, Оливия закрыла глаза, слыша лишь его смех:

— Ты сама согласилась на это.

А что она могла сделать? Отказать подруге? Мысленно послав Мел подальше со своей любовью, Оливия все еще боялась открыть глаза, чувствуя, как Даниэль схватил ее и куда-то понес. Тут же горячая вода обдала ее жаром. А может, это вовсе не вода такая горячая? Стало резко душно. Она открыла глаза, встречаясь с его недовольным взглядом. Слава богу, кроме недовольства она больше ничего не обнаружила.

Он был зол. Зол на себя даже больше, чем на нее. Реакция тела на эту девушку начинала раздражать. Он выругался вполголоса, схватил полотенце и вышел из ванны.

— Ведьма.

Вытерев полотенцем волосы, он достал из кармана телефон, который успел поднять со дна бассейна до того, как туда завалилась толпа пьяных людей. Он поморщился, еще раз тихо выругавшись на Оливию, и стал разбирать на детали, молясь, чтобы те просохли. Но было глупо надеяться на исцеление. Телефон уже никогда не будет в рабочем состоянии.

Дверь ванны приоткрылась, и Оливия просунула голову в щель:

— У меня нет вещей.

Даниэль от разобранного телефона перевел взгляд на нее, не сразу поняв, чего она хочет. Ну конечно — девушкам, чтобы принять душ, нужно тонну всего самого необходимого.

— Выйди и возьми сама.

Оливия не торопилась выходить. Ей надо всего лишь достать из чемодана белье и пижаму. Выбора не было. Она вышла на цыпочках, руками сжимая полотенце, замотанное вокруг тела, и подошла к чемодану, стоящему на полу рядом с ее кроватью. Открыв его, она просунула руку внутрь, пытаясь нащупать то, что ей надо.

Сделав всего лишь шаг, девушка остановилась, встречаясь взглядами с Даниэлем в висящем напротив нее зеркале. Лучше бы он не видел этого, но глаза сами отыскали ее. Она опять закусила нижнюю губу, уже двумя руками сжимая полотенце. Лучше бы скинула его. Так было бы проще.

— Как телефон? — Ее вопрос отвлек Даниэля от этого зрелища. — Надеюсь, он не будет работать?

Даниэль улыбнулся, поворачиваясь к ней. Что он ожидал? Сочувствия? Оливия и сочувствие несовместимы. Его возбуждение тут же улетучилось.

— Что вы поджигали? Ты и твоя безумная подруга.

Она тут же выпрямила спину, пытаясь отыскать невинный ответ на его вопрос.

— Не твое дело.

— Мое, — он сделал шаг в ее сторону, — из-за вас теперь вся важная информация пошла ко дну.

Конечно, он лгал, запугивал ее, делал виноватой. Но Оливия не собиралась брать на себя вину за информацию, которой в его телефоне, возможно, и не было.

— Мне плевать, даже если это были ключи от самолета.

Ответ, достойный ее. Что-то вроде этого он и ожидал услышать.

— Там был код от системы автопилота нового самолета, — он пальцем указал на нее, — и ты завтра полетишь со мной на ручном управлении. Все шесть часов.

Оливия только рассмеялась.

— Я не верю тебе, не старайся. Эти байки рассказывай своим девицам с куриными мозгами. Думаю, они поведутся.

Оставив его собираться с мыслями, она проскочила в ванну и закрыла дверь. Нахал. Мало того, что отшлепал, так еще вешает на ее совесть бог знает что. Оливия нахмурилась, вспомнив инцидент. За одну пощечину она получила три шлепка по заднице. Так нечестно. Она обязательно вернет ему оставшееся, потому что не любит оставаться в долгу.

Переодевшись, она накинула на себя белый гостиничный халат, удовлетворенно кивнула своему отражению и вышла.

— Святые небеса, — произнес Даниэль, вставая, — наконец-то, я думал, ты никогда оттуда не выйдешь.

— Скажи спасибо, что я еще волосы не сушила, — Оливия прошла к своей кровати и легла к нему спиной, натянув на себя одеяло. Она больше не хотела ни слышать его, ни видеть. Его обнаженный торс, будто вылепленный для музея античных скульптур, действовал ей на нервы.

— Спасибо, — произнес он, заходя в ванную комнату и закрывая за собой дверь.

Оливия уснула раньше, чем он вышел. А он не знал, спит она или притворяется. В любом случае, его это устраивало — она молчала. Даниэль еще дальше отодвинул свою кровать от нее и лег, выключив свет и надеясь, что Оливия не задушит его ночью.

Утром он встал первым, радуясь тому, что дышит. Ночь прошла спокойно, даже слишком тихо, и, повернувшись в сторону кровати, на которой спала Оливия, попытался определить — дышит ли она. Она спала слишком сладко, улыбаясь во сне. Он видел эту картину уже третий раз.

Лежать и смотреть на нее, спящую и молчаливую, было потрясающе, он бы даже заснял этот момент, но быстро вспомнил про утопленный телефон и нахмурился. Времени валяться не было — надо встать раньше ее, хотя он поймал себя на странной мысли, что впервые ему хочется лежать так вечно. Боясь снова уснуть, он все-таки пересилил себя и направился в ванную комнату, надеясь, что, когда он умоется, Оливия уже проснется и ему не придется ее будить.

Но этого не случилось, она все так же сладко спала, лежа на боку, укутанная одеялом. Даниэль одевался и наблюдал за ней, понимая, что время сна вышло. Пора будить сатану.

Он не знал, с чего начать. Прошептать ей на ухо «вставай»? Или лучше крикнуть «подъем»? Но увидев маленькое перышко на полу рядом с ее кроватью, ему в голову пришла идея получше. Нежно коснувшись им кончика ее носа, он заметил, как Оливия поморщилась и рукой попыталась убрать то, что могло спугнуть сон. Но это не разбудило ее, и он коснулся ее ресниц, проводя по щеке, ведя к губам и резко остановился, смотря на них. Он так часто смотрел на ее губы, что это вошло уже в привычку.

— Черт, — выругался он и разозлился на себя, — вставай, Оливия. Хватит спать. Завтрак и автобус уже ждут.

От его голоса она открыла глаза, пытаясь понять, что происходит, и, увидев его рядом со своей кроватью, прошептала:

— Даниэль, сколько время?

Его имя, слетевшее с ее губ, ударило по слуху. Слишком сладко. Слишком интимно. Он отошел от нее, нервно застегивая белую рубашку.

— Тебе хватит, чтобы собраться и позавтракать. Мы поедем в аэропорт с экипажем Арчера, они вылетают на полчаса раньше нас.

Сонная Оливия встала с кровати, обнаружив на себе халат. Она так и проспала всю ночь в нем. Ее волосы находились в жутком беспорядке, и она руками убрала их в хвост, ища поблизости резинку. Даниэль стоял напротив большого зеркала, уже завязывая галстук. Она почувствовала себя рядом с ним заспанной простушкой, и это разозлило ее.

— Во сколько ты встал?

Быстро справившись с галстуком, он взял со столика зажим.

— У нас, пилотов, нет времени разлеживаться.

Лучше бы не спрашивала.

Проходя мимо него в ванную комнату, она остановилась, смотря на разобранный телефон, лежащий на столике. Желание спросить о нем отпало сразу, как только увидела недовольный взгляд Даниэля. Пожалуй, лучше оставаться в неведении.

— Я жду тебя в ресторане на первом этаже, — он надел черный форменный пиджак, застегнув на среднюю пуговицу, схватил фуражку со стола и направился к выходу, — поторопись.

Поторопись? Как он себе это представляет? Он вообще ее видел? И это ее, непричесанную Оливию Паркер, будут снимать на камеры в аэропорту Дубая? Это она лицо «Arabia Airlines»? Верилось с трудом.

Времени было мало, а дел много, и после его ухода она не стала терять ни минуты, включая фен и доставая из чемодана косметику. Ровно через полчаса Оливия вышла из своего номера. Все-таки умельцы в колледже бортпроводников хорошо постарались, обучая студентов собираться в дорогу со скоростью летящего самолета.

Спустившись вниз в ресторан, она увидела почти всех стюардов и стюардесс с рейса Джека Арчера. Сам же Джек сидел за отдельным столом, где завтракали только пилоты. Среди них был Даниэль, он что-то бурно обсуждал с Патриком Лайтом, временами обращаясь к капитану Дюпре — французу в очках. Их разговор внимательно слушал третий участник миссии «Новые самолеты» полноватый капитан Ларсен. Издалека их столик выделялся особенно ярко — все в черных костюмах с нашивками на рукавах, которые отражались золотом от света ламп в помещении. Оливия заметила, как ярко смотрятся четыре полосы капитана на форме Фернандеса. Ему идет форма пилота...

— Лив. — Голос Мелани заставил ее прийти в себя. Она, наверное, сошла с ума. Еще вчера этот человек хорошенько отшлепал ее в бассейне, а сегодня уже привлекает своим видом. Даниэль Фернандес не дождется от нее внимания. Даже если мир перевернется и он останется единственным мужчиной на планете. — Оливия!

Это имя как рефлекс для Даниэля — поднять взгляд на ту, для кого оно прозвучало. Он резко замолчал, смотря на девушку, стоящую в проходе между столиками. Сейчас она была не той, что он оставил в номере. Ее волосы были аккуратно прибраны в пучок, косметика на лице делала ее старше. Летная форма придавала уверенности, девушка стояла, гордо расправив плечи. Но почему-то Даниэлю хотелось ее видеть в халате с растрепанными волосами и без яркой помады на губах. Она была красивой, а большие голубые глаза напоминали ему небо на рассвете. Но утром она была другой, и та другая ему нравилась больше.

— ...эшелон... узлов... — Какие-то обрывки слов долетали до него из разговора пилотов, пока голос Арчера не прошептал ему на ухо: — Мое предложение забрать ее в свой экипаж в силе, Даниэль. Подумай об этом.

Может, отдать ее Джеку? Так шансы видеть ее будут близиться к нулю. И наконец он заживет спокойной жизнью. Но что-то заставляло его не делать этого.

— Мне плевать на нее, пусть работает у меня. Моих бортпроводников так много, а самолет такой большой, что я редко их вижу.

Арчер кивнул, улыбаясь:

— Шон и Дженнет находят время встречаться между рейсами.

— Мне все равно, как встречаются Шон и Дженнет. Оливия меня не интересует. Она выводит меня из себя за секунду одним только словом. Я нахожусь в бешенстве рядом с ней. Я еще никогда не встречал такую нахалку.

Он высказал все, что у него накипело. Умолчал только о том, что много о ней думал. И это его раздражало. Мысли о ней раздражали его даже больше, чем сама Оливия.

Взглядом девушка нашла Мелани и направилась к ее столику. Мел сидела в компании Герберта, остальные уже поели, собираясь уходить.

Сев напротив, Оливия услышала разговоры пилотов, сидящих слева, за соседним столом. Она слышала разные голоса, но среди них не было гипнотического голоса Даниэля.

Ей принесли завтрак, состоящий из пары панкейков и кофе. И хотя есть совсем не хотелось, она вынуждена была заставить себя есть. Дорога в Дубай будет долгая, неизвестно, сможет ли она перекусить где-нибудь. Дадут ли им питание на борт? Это уже ее забота, о которой она подумает позже.

— Лив, мне пришла в голову отличная идея, — прошептала, хитро улыбаясь, Мелани.

Вилка выпала из рук Оливии на тарелку, создавая грохот среди голосов пилотов. Еще одну идею подруги она не переживет.

Даниэль тут же повернулся на звук, смотря на девушку, которая не могла держать приборы в руках. Видимо, ее подруга опять придумала хитроумный план. Он прислонился к спинке стула, пытаясь подслушать их разговор. Но сидящий между ними капитан Дюпре так бурно обсуждал минимальную скорость, что Даниэлю захотелось заклеить ему рот скотчем. Сколько можно обсуждать то, что они обсуждали уже тысячу раз?

— Лив, ты живешь в гостинице, это не дело, я предлагаю тебе снять со мной и Гербертом квартиру. Одну на троих.

— Одну на троих? — удивилась Оливия. — Я, ты и Герберт?

Мелани улыбнулась, кивнув:

— На троих будет дешевле. Мы отведем тебе отдельную комнату.

— Спасибо, — Оливия вновь взяла в руки вилку и тыкнула в панкейк. — И моя комната, конечно, будет проходная. А вы будете мешать мне спокойно жить своими прогулками от спальни до ванны.

Такая идея могла прийти в голову только Мелани. Конечно, она не могла снять квартиру с одним из членов своего экипажа — сразу бы разоблачили. Оливия была для них единственным вариантом.

Услышав такое предложение с соседнего столика, Даниэль поморщился. Одна безумная предлагала снять жилье другой безумной. Две безумные в одной квартире. Он посочувствовал Герберту.

Но тут же его осенила еще одна страшная мысль: живя в одной квартире с сумасшедшей подругой, Оливия понаберется от нее бог знает чего. Она сведет его с ума раньше, чем он достигнет тридцатилетия.

Он вынул из кармана пиджака два именных бейджа на шнурке, выданных вчера в техническом центре. Это вход на борт нового самолета. Держа их в руках, он прочитал надпись на одном из них: «Борт 0-0-2 A380-862 капитан Даниэль Фернандес Торрес», он повесил его себе на шею и посмотрел на второй: «Борт 0-0-2 A380-862 стюардесса Оливия Паркер». Вчера, в связи со сложившимися событиями, он забыл ей отдать. Сейчас был повод заодно высказать свое мнение по поводу съема квартиры с сумасшедшей подругой.

Даниэль встал со своего места и направился к столику Оливии, не замечая, как пристально смотрит на него Джек.

Оливия положила вилку на тарелку, видя идущего в ее сторону Даниэля. Не самый подходящий момент. Сейчас ее мозг должен был придумать повод отказаться.

— Я забыл отдать тебе это. — Он сам повесил его ей на шею, наклонившись к уху. — Не смей соглашаться на это предложение, — прошептал он.

И от его слов новый взрыв гнева прошел по ее нервам. Какого черта он подслушивает! Какого черта он лезет в ее жизнь, диктуя свои правила! Даниэль слегка улыбнулся, отстраняясь от девушки, и тут же в голову пришел ответ для Мелани.

— Мел, я согласна снимать с тобой квартиру. — Эти слова Оливия произнесла четко и громко, не отрывая взгляда от Даниэля. Она заметила, как он нахмурился, перестав улыбаться.

Автобус довез их до аэропорта быстрее, чем вчера до отеля. Прощаясь, Оливия обняла Мелани, ощущая присутствие Даниэля рядом. Тот пожимал руку Арчеру.

— Удачи, Фернандес. Мы встретим вас на месте. Камеры, шампанское, все дела, — Джек засмеялся.

Даниэль прекрасно знал, что никакого шампанского не будет, в мусульманских странах запрет на алкоголь никто не отменял. Но Арчер подмигнул ему, давая понять, что можно было бы устроить праздник дома самостоятельно.

— Американец хочет праздновать покупку европейского самолета? — Даниэль засмеялся, зная, как Джек недолюбливает «Эйрбасы».

— Мне лишь бы повод, но свой «Боинг» я никогда не променяю на ваш европейский аналог.

— Эй, — вмешалась Оливия, хорошо понимая, что лезет не в свое дело, но промолчать не смогла, — пилоты «Боингов», как и настоящие американцы, свято верят, что они самые-самые во всем, и постоянно всему миру об этом напоминают, в то время как эйрбасовцы по-европейски культурно молчат. «Боинг» — простой, прямой, но иногда, простите, туповат. «Эйрбас» же — интеллигентный европеец, утонченная душа.

Даниэль закрыл глаза рукой и рассмеялся. Она только что утерла нос его лучшему другу и всей компании «Боинг».

— Знаешь что! Я забираю свое предложение обратно, — Джек стиснул зубы и посмотрел на смеющегося Даниэля. Разумеется, он имел в виду перевод Оливии в его экипаж. Даниэль тоже ее не взял бы. — Мне проще понять американцев. Вам, европейцам, вижу, отлично работается вместе. Вы одного поля ягоды...

— Хватит, — вмешалась в спор Мелани, и, слыша ее, Даниэль перестал смеяться. — Вы взрослые люди, а ведете себя как подростки, выбирающие самолеты, как блондинку или брюнетку.

Джек посмотрел на Оливию, не слыша слов своей стюардессы:

— Управление «Эйрбаса» настолько витиевато, что можно мозг сломать об панель управления.

— Это потому, капитан Арчер, что мозг Даниэля воспринимает все витки, не свойственные вашему мозгу. Для таких, как вы, выпускают «Боинг» с управлением куда попроще.

Было уже не смешно, когда Джек сделал шаг в сторону Оливии, желая что-то сказать, но Даниэль перегородил ему путь:

— Вздохни и выдохни. Бороться с ней можно только таким образом. Иначе все закончится очень плохо.

Понимая, что спор еще не окончен, Джек кивнул, соглашаясь с ним. Спорить с женщиной? Да, черт. Он еще встретится.

Даниэль схватил за руку Оливию и потащил ее за собой:

— Сумасшедшая, мы опаздываем.

Но голос Арчера их остановил:

— Блондинка или брюнетка, Фернандес?

Даниэль улыбнулся, повернувшись к нему:

— Шатенка.

ГЛАВА 16

Они шли по длинному терминалу аэропорта. Даниэль до сих пор не мог поверить в то, что услышал. Она уделала его друга. Хоть кто-то это сделал. Он вновь засмеялся, привлекая ее внимание.

— А разве я не права? — пожала плечами Оливия. Она просто высказала свое мнение. Да, пилоту. Ну и что? Пусть знает. — Ты, наверное, учился лучше его, — пробурчала она, смотря на Даниэля, — но он считает себя лучше. Это свойственно американцам. Они до сих пор считают, что

«Боинг» не уступает «Эйрбасу», даже после того, как те выпустили 380, затмив «Боинг-747».

— Я учился лучше, ты права, — Даниэль встал на движущуюся дорожку, вкатывая свой чемодан, — но на самом деле в этом нет разницы. Посади меня на «Боинг» или его на «Эйрбас», я, как и он, отлично справлюсь со своей работой. Просто ему будет чуть сложнее понять европейца, так же как мне американца. Но ко всему привыкаешь.

Может быть, он и прав, но Арчеру не стоило так бурно высказывать свое мнение при ней.

— Ты заступилась за меня, — произнес Даниэль. — Я могу считать это комплиментом?

— Ты хороший пилот, — она взглянула ему в глаза, — ты мой капитан и стал мне семьей. Я отстаивала лишь то, что дорого члену моей семьи. Но не принимай это близко к сердцу — я все так же тебя ненавижу.

Он вновь засмеялся, не понимая логики этой девушки. Но ее слова не вызвали в нем приступ безумного гнева. Впервые он отнесся к ним спокойно. Возможно, еще и потому, что Джек получил больше, и это доставило Даниэлю удовольствие.

Дальше они шли молча. Каждый был погружен в свои мысли. Даниэль все еще не мог поверить в то, что эта девушка гордо отстаивала свое мнение, не боясь чужого мнения. У нее совсем нет страха. Бог создавал Оливию, забыв дать это чувство, но сделав язык острее. Сегодня наконец она применила его по назначению. В памяти все еще крутились слова, брошенные Джеку Арчеру касательно «витков мозга», ему все еще было смешно и одновременно приятно. Приятно и от того, что она назвала его своей семьей. Она твердо вошла на его борт.

Оливия катила чемодан, думая о том, что за последние полчаса Даниэль улыбается больше, чем за все то время, что она его знает. И, черт, ему так шла улыбка.

Зайдя в здание технического центра, они увидели капитана Дюпре и капитана Ларсена, ожидающих брифинг вместе со вторыми пилотами, среди которых был Патрик Лайт. Две стюардессы стояли рядом, внимательно слушая разговор. Оливии на секунду стало смешно, глядя на них — вид у них был весьма серьезный, что не шло ни одной, ни другой. Вряд ли они что-то понимали про закрылки и тягу, их миссия — питание на борту и широкая улыбка после посадки в Дубае. Такая же миссия, как у нее. Но ей было бы интересно поучаствовать в процессе взлета и посадки. Она мечтала присутствовать в это время в кабине пилотов. Но просить Даниэля об этом не будет.

— У пилотов сейчас брифинг, — он обратился к ней, — а вы займитесь питанием, встретимся возле самолета.

— Какой наш? — Она остановилась и посмотрела в панорамное окно перед собой, видя сразу три двухпалубных лайнера вдалеке. К ним не тянули телетрап, в этом не было нужды. Им подадут трапы.

Даниэль остановился рядом.

— Наш в середине. Мы вылетим вторыми. — Он замолчал, любуясь ими несколько секунд, но, видя, что его ждут, произнес: — Мне надо идти.

Она взглянула на него широко открытыми глазами.

— Я здесь ничего не знаю. Куда мне идти?

Почему она спросила его об этом? Это вообще не его дело. Он же не спрашивает у нее, на какой высоте будет проходить полет. И тут же отвернувшись, чтобы скрыть разочарование на лице от сказанной глупости, она махнула ему на прощание рукой, делая шаг в противоположную сторону. Но Даниэль догнал ее:

— Ты не общаешься с другими стюардессами, у тебя с ними проблемы тоже?

Если у нее проблемы с ним и с его другом, то он стойко будет верить, что у нее проблемы со всеми. И да, у нее проблемы.

— Они глупы. Мне не о чем с ними разговаривать, я найду дорогу сама.

Как она была права. Он сам так считал, пообщавшись с этими двумя девушками.

— Но это не повод ходить одной по аэропорту, — он взял ее за руку и повел в сторону, где их уже ждали. Он заметил, как заулыбались девушки-бортпроводницы, но он чувствовал только тепло ладони, находящейся в его руке, и, злясь про себя, тут же выпустил ее.

Оливия почувствовала на себе взгляд двух стюардесс, они оценивающе смотрели на нее, и девушка уже пожалела, что не пошла одна.

— Я Меган, а это Стейси, — блондинка указала на рыжеволосую стюардессу.

— Оливия, — произнесла девушка, решив тоже оценивающе смотреть на них. Но это плохо получалось, внешне они были безупречно красивы: высокие, стройные, осанка и правильные черты лица — они являлись эталоном красоты. Среди них Оливия чувствовала себя самой обыкновенной, приземленной. Но у нее был большой плюс — бог, может, и не дал ей внешность богини, зато дал чуть больше мозгов.

— Ладно, мальчики, мы пошли по своим делам, встретимся у самолетов, — Меган произнесла это слишком растянуто, специально привлекая к себе их внимание. Глупая. Сейчас им не до нее, никто не обратил свое внимание на ее слова. Видимо, это стюардессу позлило, потому что она тут же нахмурилась и, развернувшись, пошла вперед. Рыжеволосая Стейси последовала за ней, кивая Оливии:

— Ты с нами?

— Да.

Пропуская их вперед, Оливия вздохнула, не выпуская ручку чемодана из рук и уже готовая идти, но голос сзади ее остановил:

— Я возьму твой чемодан. Тебе будет не до него.

Она развернулась, машинально отпуская руку:

— А тебе?

— Я отнесу его в самолет.

Это было мило. Странно, что он предложил такое. За последние полчаса он стал как будто заботливее. Но она старалась не думать об этом, кивнув и отдавая ему чемодан.

— Сожжешь его?

— Хотелось бы, но нет времени, — он схватил его и покатил вслед за уходящими пилотами на брифинг. Нет, он не изменился. Забота не его конек.

Идя за девушками, которые катили свои чемоданы, Оливия улыбнулась, понимая, что действительно попала в экипаж Даниэля Фернандеса, в семью, где все по возможности помогали друг другу.

Центр бортового питания оказался очень далеко от технического центра, девушки шли минут двадцать. Место напоминало ремонтный завод. Кругом гайки и болты, запах масла и мазута, мужчины в ремонтной одежде. Они улыбались, видя красивых девушек, а те, в свою очередь, отвечали такой же улыбкой.

Пока Оливия с интересом рассматривала все вокруг, в голове созрел вопрос, который она тут же озвучила:

— Здесь собирают «Эйрбасы»?

Две красотки обернулись на ее голос.

— Тебе не все равно? — Меган пожала плечами.

— Мне интересно. Возможно, мы находимся в роддоме самолетов.

Меган и Стейси рассмеялись, переглядываясь между собой.

— И что? Здесь пыльно, и ужасно пахнет. Одного этого нам хватает, чтобы бежать как можно быстрее отсюда.

Наконец, подойдя к двери с надписью «Бортовое питание», рыжеволосая Меган открыла дверь, и тут же повеяло запахом горячей еды. Теперь Оливия пожалела о том, что так и не съела панкейки на завтрак. Ароматы разжигали аппетит. Пожалуй, сегодня она закажет на борт все самое вкусное.

Их встретил менеджер, коренастый мужчина в сером костюме с квадратной челюстью и седеющими висками. Его серьезный вид слегка испугал девушек.

— Чем могу быть любезен?

— Борт... — запнулась Меган, смотря на подругу, — какой у нас номер рейса?

Но та в ответ пожала плечами, желая что-то сказать мужчине, но ее перебила Оливия, подходящая к стойке менеджера и показывая свой бейджик:

— Борт 0-0-2, что у вас есть вкусненького? Можно побольше всего?

Мужчина улыбнулся, глядя на нее, и Оливия улыбнулась в ответ.

— Без персиков. Мой капитан их терпеть не может. — Дальше она прошептала: — Он испанец, но персики не ест, как вы думаете, он нормальный?

Улыбка мужчины стала еще шире:

— Действительно странно, а в Испании случайно не кидаются персиками друг в друга на какой-то праздник?

— Кажется, томатами. Но знаете, — она задумчиво произнесла, — это неплохая идея.

Слова девушки поднимали настроение. Ему захотелось сделать ей приятное:

— Что вы будете заказывать, мисс?

Пока девушки искали свои бейджи, Оливия размышляла над меню:

— Что-нибудь самое вкусное, мясное горячее, салат из овощей, десерт без персиков, — она улыбнулась, — а есть шоколадное мороженое? А торт?

Мужчина помечал в своем журнале и положительно кивал:

— Мороженого нет, но торт есть.

— Торт отлично. Кофе, чай. И воду. Сок апельсиновый.

— Ты заказываешь, как на полный борт пассажиров. Вас трое, и лететь всего шесть часов, — вмешалась в разговор Меган, которая устала это слушать

— Я хочу, чтобы мой экипаж был сыт и доволен. Ах, да! — воскликнула она, нахмурив брови, — Две касалетки с разным горячим для пилотов: красную рыбу и курицу.

Мужчина записал заказ в журнал и обратился к другим девушкам, которые буквально повторили тот же самый заказ. Даже в меню у них не было фантазии.

Направляясь обратно к терминалу, Меган не сдержалась:

— Поменяйся со мной экипажем на время полета.

Оливии показалось, что она ослышалась. Она предложила уйти от Даниэля Фернандеса? Да запросто! Лучшего предложения и быть не могло. Но зачем? Видя замешательство девушки, Меган смягчила свой тон:

— Полетишь первым самолетом с капитаном Дюпре. Он отличный пилот со стажем.

Пилот со стажем — это она имела в виду старика с сединой в голове. Какая разница, с кем лететь? Может, старик с сединой был лучшим вариантом для Оливии, ведь возможность кровопролития на борту Фернандеса все еще оставалась.

Меган явно хотела заполучить внимание Даниэля, Оливия заметила это еще на брифинге у Мухаммеда. Это она говорила про кофе.

Вспомнив Мел с ее немецким бортпроводником Гербертом, второго пилота Шона и Дженнет, Оливия поняла, что ее раздражают эти небесные связи. Разве нельзя просто спокойно работать? Почему надо искать отношений в небе и ломать себе карьеру?

А сам Даниэль что думает по этому поводу? Интересно, он бы поменял члена своего экипажа на мимолетную связь? От этих мыслей ее затошнило, и, облизнув пересохшие губы, Оливия произнесла:

— Мне все равно, с кем лететь.

Реакция Меган ошарашила даже ее подругу Стейси, которая, увидев, как та подпрыгнула и захлопала в ладоши, прошептала:

— Мегги, не будь такой. Мужчины не любят доступных женщин.

Но Меган широко улыбнулась, обращаясь к Оливии:

— Спасибо, ты даже не подозреваешь, что сделала для меня.

Резко Оливии захотелось все изменить и отказаться. Она не могла объяснить причину. Было ощущение, что она только что предала Даниэля. Но вспомнив, как он ее отшлепал в бассейне, тут же все сомнения исчезли. Пожалуй, так будет лучше.

Девушки вышли на улицу, любуясь новыми двухпалубными гигантами. К самолетам уже подали трапы, и пилоты проводили внешний осмотр. Увидев Даниэля в сигнальном зеленом жилете, стоящим возле передней стойки шасси, Оливия направилась к нему. Надо было забрать свой чемодан и объяснить капитану, что на сегодня его стюардессой будет красавица Меган. Наверняка он обрадуется.

Но как только девушка оказалась возле передней стойки шасси, ее рука коснулась черной шины. Она забыла, зачем оказалась здесь, мысленно пытаясь измерить колесо. Оно было невероятных размеров.

— И на него опирается весь самолет. — Оливия надавила, пробуя его на прочность. Как камень.

— Ну не только на него, — Даниэль подошел к ней ближе, тоже касаясь колеса рукой, — на задние приходится больше силы. На передние десять-пятнадцать процентов от общей массы.

Оливия обернулась, смотря на четыре стойки задних колес. Их количество она не стала даже пересчитывать — их было много:

— Они дублируют друг друга?

Даниэль кивнул, внимательно смотря на нее, но ее взгляд был направлен прямо перед собой. Что же это за девушка, которая интересуется шасси? Она была для него загадкой. Дерзкая, храбрая, она не боялась ничего, кидаясь словами, как пулями. Она бросила вызов его другу, она постоянно перечила Даниэлю и теперь стоит рядом с новым самолетом и внимательно изучает шасси. Он вспомнил, как она смотрела в лобовое стекло в кабине пилотов, когда в первый раз переступила порог, принеся кофе. Тогда она зачарованно любовалась видом неба. Как сейчас с интересом изучает колеса.

— Хочешь сегодня полететь в кабине пилотов? — За эти слова он готов был прикусить себе язык, но что-то заставило его спросить об этом.

Оливия тут же повернулась к нему, смотря большими удивленными глазами, цвет которых сейчас напомнил ему грозовую тучу. Что-то было не так. В ее глазах он видел смерч.

Оливии захотелось вернуться во времени на пятнадцать минут назад и отказаться от «пилота со стажем». Она хотела лететь с Даниэлем. Она мечтала хоть раз оказаться в кабине рядом с пилотом в моменты взлета и посадки. Она представляла этот момент с детства. Но, кажется, она поменяла Даниэля Фернандеса на капитана Дюпре, который вряд ли пустит ее в свою кабину, следуя инструкциям.

— Я лечу с Дюпре, — бледными губами прошептала она, — я поменялась с Меган. Она летит с тобой.

Он не сразу понял, думал, это шутка. Но ее поникший вид доказывал, что это правда. Внутри что-то взорвалось от странной ярости. Она поменялась, в этом нет ничего страшного. Это ее воля, ее желание. Так почему злость на эту девушку вновь охватила его? Она — бестия, вызывающая в нем только ярость.

— Иди к черту! — он повысил голос достаточно, чтобы эти слова проникли в ее уши, и пошел к трапу, рукой касаясь перил. Всю жизнь он был во внимании женщин, всю жизнь они окружали его, не давая прохода. Но все они сливались в одно бесцветное пятно. И только эта девушка, оставаясь в стороне, поражала его все больше и больше.

Вздохнув, Оливия наморщила лоб, как будто его слова сильно ранили. Но стараясь об этом не думать, она решила, что поборется за право лететь в кабине пилотов. Вот только противник уж больно сильный — Меган пройдет по ней каблуками, оставляя следы от шпилек на теле.

Пытаясь придумать, как избавиться от Меган, Оливия ходила вокруг стойки шасси, посматривая на другие самолеты. Она видела капитанов, осматривающих своих железных птиц, но возле их шасси не было стюардесс. Зато возле ее самолета не было капитана.

Видя, как в ее сторону направляется Меган с чемоданом, Оливия сначала остановилась, а когда та уже почти дошла до трапа, перегородила ей путь:

— Тебе сюда нельзя.

Меган остановилась, удивленно смотря на нее:

— Не поняла. Мы же договорились. Ты согласилась, а теперь передумала?

Меган повысила голос, и ее лицо слегка покраснело от этих усилий. Или от злости, что вдруг грузом навалилась на нее.

— Ты что, — улыбнулась вымученно Оливия, — я не передумала, но... — Ее мозг лихорадочно работал, придумывая причину, и наконец ее осенило: — Ты не в его вкусе, Даниэль гей. Зря потеряешь время.

Чемодан Меган выпал из рук, стукнувшись об асфальт. Ее удивлению не было предела, но все-таки она смогла взять себя в руки:

— Черт! Почему все красивые мужики оказываются геями? Что за несправедливость такая? Это уже третий случай! Черт!

Она схватила чемодан, развернулась и направилась к своему самолету. Оливия выдохнула. Все оказалось проще, чем она думала.

Поднявшись в самолет, она сделала несколько шагов, вдыхая запах нового салона. Внутри он был клоном того, на котором она уже летала. Ничего нового. И в то же время ново все. Минуя кабину пилотов, она боковым зрением увидела, что дверь к ним открыта, но свернула вправо, идя между кресел по длинному проходу. Касаясь их руками, чувствуя текстиль пальцами, Оливия поняла, что эта поездка стоила того. Самолет, рассчитанный на более чем пятьсот

пассажиров, был пуст. Впервые она полетит одна в самолете, наслаждаясь тишиной, взлетом, посадкой и видами бесконечного неба.

— Как тебе новенький салон?

Она обернулась на голос Патрика. Он вошел в самолет, минуя кабину пилотов, и направился сразу к девушке.

— Новое все прекрасно. А как тебе технические данные?

Он кивнул, улыбнувшись:

— Новое прекрасно и страшно.

— Страшно? — не поняла она, думая, что ослышалась.

— Самый надежный самолет тот, что налетал часы. Только в процессе полета можно узнать его надежность. Но я надеюсь, что этот собрали качественно и нам ничего не грозит.

Холодок коснулся кожи, и Оливия вздрогнула. Видя ее реакцию, пилот рассмеялся.

— Зря сказал тебе? — спросил он. — Я думал, ты знаешь.

— Как-то жить хочется, — натянула улыбку Оливия.

— Все будет хорошо, я в этом уверен. К самолету подвезли питание, они тебя ждут.

Аппетит уже пропал, но девушка, кивнув, направилась к выходу принимать заказ. Возможно, от вкусных запахов аппетит еще вернется.

Патрик прошел в кабину, садясь на место второго пилота и наблюдая за тем, как капитан вбивает маршрут в компьютер.

— Ты видел нашу стюардессу? — не отрываясь от монитора, прошипел Даниэль. В его голове все еще не укладывалось, что его променяли, подсунув глупую блондинку с кофе. По прилете он разберется с Оливией — раз она так легко могла уйти с его самолета, то значит, так же легко покинет его экипаж. Зря она нагрубила Арчеру, идея ее перевода сейчас казалась спасением.

— Видел, — кивнул Патрик, слегка удивившись.

— Как она тебе?

Этот вопрос капитана его совсем шокировал, Патрик даже не сразу нашел, что сказать.

— Отличная девушка, мне она нравится.

Оливия сразу понравилась пилоту, еще на собрании у Мухаммеда. И неспроста он обратил на нее внимание, она оказалась англичанкой, видимо, подсознание сразу обнаружило землячку.

Даниэль отвлекся от монитора, переводя взгляд суровых глаз на второго пилота:

— У меня к тебе большая просьба. Нет, это даже приказ. Займи внимание этой девушки на весь полет. Отвлеки ее. Сделай так, чтобы я ее как можно реже видел, а лучше, чтобы вообще не видел. И все кофе, что она будет носить, пей ты.

Удивлению Патрика не было предела. Чем не угодила капитану Оливия? На собрании Даниэль, напротив, испытывал к ней симпатию, ведь это он побежал за ней после окончания брифинга. Он сидел рядом с ней, оберегая от искушенных взглядов молодых пилотов, советовался, спросил, доверяет ли она ему. Сегодня капитан смеялся вместе с ней и забрал ее чемодан. Он заботился о ней. Только Патрик не мог понять одного: это было просто забота о члене своего экипажа или что-то иное? Почему Даниэль резко изменил свое мнение?

Каша в мыслях заставляла второго пилота думать и думать, пытаясь выяснить причину. Оливия понравилась ему сразу, с такой девушкой он хотел бы встречаться, думал пригласить ее на свидание. Но еще сегодня на завтраке, когда Даниэль лично надел ей на шею бейджик, а не швырнул на стол, Патрик решил, что Оливия более чем недоступна. Он никогда не перешагнет Даниэля.

— Вы поругались?

Даниэль взял бумаги, отыскивая нужный маршрут. Как он мог поругаться с той, которую даже не знает? Странный вопрос. Роковая блондинка Меган просто атаковала его. Она была еще хуже, чем Оливия. Пожалуй, он выбрал бы Оливию — она хотя бы не вешалась ему на шею.

— Слишком много внимания с ее стороны. Ненавижу доступных женщин.

Патрик кивнул, позавидовав ему. Со своей внешностью Даниэль мог щелкнуть пальцами — и все женщины упали бы к его ногам. Что не сказать про себя — самой обычной внешности, он мог привлечь женщину только покладистым характером. Тогда надо проявлять максимум внимания к Оливии. С разрешения капитана.

Оливия занесла коробки с питанием на борт, распределив их на полках. Ей не терпелось уже оказаться в кокпите, смотря прямо перед собой на прерывистые линии за окном. Быстро закончив на кухне, она вышла в салон, поглядывая на часы, ожидая команду капитана закрыть дверь.

— Давай быстрее, Даниэль, чего ты тянешь? — Она уже готова была закрыть ее, не дожидаясь команды.

И он, как чувствуя, приказал:

— Приготовить двери к взлету.

Оливия схватилась за ручку, видя отъезжающий трап. Помахав мужчине, который отгонял его, она с радостью захлопнула дверь. Слава богу, все закончилось. Ей не понравился этот город, ей не понравился отель с одной комнатой на двоих. Ей не понравилась новость о Мел и Герберте. Ей даже не понравилось, что она утопила телефон Даниэля — он еще сто раз припомнит ей об этом.

И тут она вспомнила о записке, которую Мел спрятала возле бассейна. Черт! Надо было утром вынуть ее и порвать. Желания возвращаться сюда не было. Но желание прочитать ее, напротив, было большим. Может быть, когда-нибудь... А может, оно того не стоило.

Закрыв двери, она наконец расслабилась и зашла к пилотам:

— А вот и я.

ГЛАВА 17

Даниэль включал двигатели, когда услышал знакомый голос позади себя. Он резко обернулся, не веря собственным глазам. Вместо предложенной Меган перед ним стояла Оливия.

— Что ты здесь делаешь? Я же послал тебя к черту!

— Поэтому я и вернулась.

Она села на кресло позади пилотов, пристегиваясь ремнем безопасности и замечая, как Патрик, не отрываясь, смотрит на нее. Почему он так странно смотрит? Она перевела взгляд на Даниэля, глаза которого были холоднее ночи.

— Ты сам разрешил мне здесь находиться.

Радость или гнев? Он не мог понять. Видеть ее было приятной неожиданностью, и это его злило.

— Сиди и молчи. Ни одного звука я не должен от тебя услышать.

Она покорно кивнула. Ей не хотелось ни с кем разговаривать. Молчание и шум двигателей — это все, что нужно.

Даниэль надел черные очки и отвернулся, кладя руку на рукоятку управления двигателями. Сейчас она бы спросила о джойстике с левой стороны от него, но побоялась. Самолет тронулся — его тащили буксиром на рулежную дорожку. Видя впереди борт номер 0-0-1 под руководством капитана Дюпре, ей снова захотелось спросить — какой между ними интервал. Но она опять промолчала. Как много

хотелось спросить! Но при всем желании Даниэль не услышал бы ее, он надел наушники и переговаривался с диспетчером:

— «Вышка», добрый день, борт номер 0-0-2, разрешите руление.

— 0-0-2, добрый день, руление разрешаю, следуйте за бортом 0-0-1 на исходный старт.

Даниэль посмотрел на Патрика, и тот начал нажимать кнопки возле себя.

— Рулежные фары.

— Включены.

— Навигационные огни.

— Включены.

Буксир отцепился, оставляя самолет в руках пилотов. Оливия слушала двигатели, наблюдая, как самолет медленно поехал к полосе, почти догоняя первый борт.

— Расстояние между нами тридцать секунд, — произнес Даниэль, как бы читая мысли девушки. — Закрылки положение один.

Патрик опустил рычаг выпуска закрылок.

— Закрылки выпущены в положение один.

Оливия смотрела вперед, смотря, как свернул самолет Дюпре на взлетную полосу и тут же начал набирать скорость.

— 0-0-2, взлет разрешаю, — вышел на связь диспетчер, и тут же Даниэль вырулил на полосу.

— Готов? — спросил капитан Патрика, улыбнувшись.

— Готов, — кивнул тот.

— Двигатели на взлетном.

Самолет взвыл и плавно покатился по полосе, набирая скорость. Вот он, момент, о котором она так мечтала, — смотреть на все глазами пилота. Совсем недавно она спрашивала Марка, что тот чувствует во время взлета, но Марк

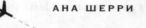

не романтик, во время взлета он работает. Пилоты и не должны быть романтиками, иначе могут пропустить что-то важное. Она перевела взгляд на Даниэля, пытаясь определить, каково ему управлять этой махиной, чувствует ли он себя богом, ощущает ли он наслаждение или он просто работает?

— Сто узлов, — произнес Патрик,

— Подтверждаю, — голос Даниэля был спокойным, расслабленным. Его левая рука держала джойстик, пальцы правой все еще касались РУДов. Жаль, она не видела ни его глаз, ни выражения лица.

— Прошли рубеж прерванного взлета, — голос Патрика заставил Оливию отвлечься от Даниэля, и она снова посмотрела вперед, видя, как белые линии на взлетной полосе слились в одну длинную. Это та самая точка невозврата, на которой нельзя затормозить и можно только взлетать. — Отрыв.

Нос самолета потянулся вверх, отдаляя их от длинной полосы и оставляя внизу этот странный город.

— Полный отрыв. Шасси убрать, — скомандовал Даниэль, и тут же Патрик потянул рычаг вверх.

Оливия услышала грохот внизу самолета — створки захлопнулись.

Нет, пилотам нельзя наслаждаться взлетом, Марк был прав, у них много работы в этот момент. Она позавидовала самой себе, что может просто сидеть и любоваться.

— Борт номер 0-0-2, работайте с «Радар-контроль». Приятного полета.

— Спасибо, работаем с «Радар-контроль», — Даниэль посмотрел на Патрика, но тот уже настраивал частоту, — «Радар», добрый день, это борт номер 0-0-2, пересекаем три с половиной тысячи футов в наборе до семидесяти.

— Добрый день, вижу вас, набирайте сто девяносто.

— Эшелон сто девяносто, понял вас. Закрылки «0».

Все, что говорил Даниэль, выполнял Патрик:

— Закрылки «0».

Оливия не могла понять, как тот различает обращение Даниэля к нему, а когда Даниэль разговаривает с диспетчером.

Из задумчивости вывел бархатный голос:

— Оливия, как тебе взлет?

Даниэль повернулся к ней, снимая черные очки, и она поняла страшную вещь — она не знает ответ на этот вопрос. Что он спросил — как он поднимал самолет? Или какой красивый вид? Только сейчас до нее дошло, что весь взлет она следила за его работой. Оливия не видела ни удаляющийся город, ни белоснежных облаков. Зато она четко могла сказать, что, управляя самолетом, нет времени на подобную красоту. Она могла рассказать о всех движениях и разговорах Даниэля, о том, что за чем следует, что за чем нажимать. Она села в кабину любоваться полетом. Но любовалась другим — его работой.

Оливия опустила глаза, не находя ответа. На связь вышел диспетчер, и Даниэль обратился к нему.

— 0-0-2, набирайте эшелон триста.

— 0-0-2, набираем эшелон триста, — произнес Даниэль и снял наушники. Оливия так и не ответила. Впервые она промолчала. Для него это стало неожиданностью. Этот день надо пометить в календаре ярко-красным цветом.

Он вновь обернулся к ней с ухмылкой на губах.

— Мы еще взлетаем, — наконец произнесла она, смотря на Даниэля, и его улыбка спала с лица. Она была права — их полет еще считался взлетом до тех пор… — мы еще не на высоте перехода.

Патрик, слыша эти слова, приспустил наушник, думая, что ослышался, смотря на монитор бортового компьютера.

Девушка была права — он еще не ввел стандартное давление, поэтому полет считался взлетом.

— Она права, — произнес второй пилот.

Это было странно. Для любого нормального человека, кроме пилотов, взлет — это отрыв от полосы. Для любого нормального! Судя по всему, не для нее, потому что она ненормальная.

— Хватит умничать, — строго произнес Даниэль. — Может, ты еще знаешь стандартное давление?

— 29,92 дюйма ртутного столба, — если бы не Патрик, она в придачу показала бы капитану средний палец. Но удержалась. Пусть знает, что она не так глупа, как он думает.

Нет, она не ошарашила его. Она просто взбесила Даниэля своими глупыми знаниями. Или не глупыми. Не важно. Она взбесила его, даже если бы молчала.

— Перестанавливаю альтиметр на давление 29,92 и вуаля! — Патрик одной рукой перекрутил датчик. — Мы на высоте перехода.

Он насмешил Оливию, подыграв, и она засмеялась, теперь уже смотря вперед через лобовое стекло. Но, увы, она просмотрела все, что хотела увидеть. Перед ней простиралось голубое небо с тонкой рыже-желтой полоской впереди.

— Раз уж мы взлетели, пойду приготовлю кофе, — она стала расстегивать ремни безопасности.

— Кофе сейчас не помешал бы, — кивнул Патрик, — обожаю кофе, а вот Даниэль не любит. Но твой кофе я выпью весь.

Тут же он почувствовал на себе взгляд двух пар удивленных глаз.

Пока Оливия гадала, почему Даниэль перестал пить кофе, когда еще совсем недавно загонял ее до полусмерти, тот вспомнил о своей просьбе к Патрику. Но, черт, ведь он думал, что с ними полетит надоедливая блондинка Меган!

В его голове и мысли не было, что Оливия Паркер поднимется на борт. Теперь второй пилот будет исполнять его приказ и уделять внимание стюардессе. Даниэль отвернулся. Пусть уделяет. Оливия ничуть не лучше Меган. Чем меньше Оливии, тем лучше.

— Что случилось, что ты перестал пить кофе? — удивилась она, обращаясь к капитану. — У меня есть чай и сок. Апельсиновый. Как ты любишь. Никаких персиков.

Она говорила и говорила, и ему захотелось заткнуть ей рот. Она даже знала, что он любит и не любит. Как мило. Но тут же Патрик пришел на помощь:

— Я помогу тебе сварить кофе, если капитан не против. — Он посмотрел на Даниэля, и тот, не отрывая головы от подголовника, с закрытыми глазами махнул рукой. Пусть катятся оба. Он только рад остаться один.

Они вышли, и Оливия облегченно вздохнула. Без Даниэля Фернандеса как будто стало больше воздуха .

Она направилась на кухню и, проходя между кресел, вдыхала запах новизны. Он расслаблял. Все же кабина пилота не ее место. Она ничего толком не увидела, кроме Даниэля, его крепких рук, держащих рукоятку двигателей и сайдстик... Черт, черт! Почему он не родился таким же блеклым и прозрачным, как Герберт? Оливия задумалась и поймала себя на мысли, что не помнит, как выглядит парень подруги. Что Мел в нем нашла? Бледный призрак. Она вновь и вновь копалась в своей памяти, но видела только глаза цвета кофе, черные как смоль волосы и уже прилично отросшую черную щетину. Четкий яркий образ Даниэля перебивал все ее воспоминания. Она продолжала злиться, включая чайник и взяв в руки пачку с кофе. С каких пор он не пьет кофе? Так и не ответил.

— Тебе покрепче? — спросила она Патрика, который все это время следил за каждым ее движением.

— Если можно, не очень. Вообще я не разбираюсь в кофе, но говорят, твой — самый лучший.

Пачка чуть не выпала из рук от услышанного.

— Кто так говорит?

Оливия даже припомнить не может, чтобы его готовила.

— Встречал пару человек с твоего рейса. Слушай... — Он облокотился на столик, приблизившись к ней, и Оливия занервничала. Чтобы скрыть это, она отвернулась, доставая ложкой кофе и насыпая его в чайник. — Раз Даниэль не хочет, может, попьем здесь и не будем ему мешать?

Казалось бы, отличная идея показалась ей совсем не отличной. С чего вдруг Патрик пытается навязаться ей?

— Мне все равно, — тихо произнесла и повернулась к нему: — Расскажи о себе.

Он улыбнулся. Даже мило. У него приятная внешность. Не такая яркая, как у несносного капитана, но определенно ярче, чем у Герберта. А тот факт, что он англичанин, давал сотню очков в его пользу.

Патрик засмущался, но ответил:

— Я единственный ребенок в обычной английской семье. Моя мама преподаватель математики в университете, а отец полицейский. Как видишь, от этого союза родился пилот. Странно, да?

Он пожал плечами, как будто это было действительно странным. Но таких семей тысячи.

— Не обязательно детям идти по стопам своих родителей. Ты выбрал свой путь, — она задумалась, касаясь пальцем губ. — Твои родители какую профессию хотели для тебя?

Патрик засмеялся:

— Учителя или полицейского. Разве у тебя не так?

Оливия тут же отвернулась и принялась расставлять на поднос чашки.

— У меня не так. Тебе кофе с молоком? С сахаром?

— С молоком, конечно, я же англичанин. И с сахаром.

Она улыбнулась:

— Хорошо, я отнесу Даниэлю в кабину и вернусь.

— Нет-нет, — Патрик перегородил руками выход из кухни, и Оливии показалось, что она мышь в ловушке, — я сам отнесу ему.

И хотя эта идея была странной, Оливии она понравилась. Она передала поднос Патрику:

— Ты уверен, что не я должна это сделать?

Но он лишь подмигнул ей, улыбнувшись, и пошел по проходу между кресел, крепко держа в руках поднос. Слава богу, дверь в кабину пилотов была открыта, сейчас не было смысла ее закрывать. Он переступил порог со словами:

— Как ты и просил — держу ее как можно дальше от тебя, поэтому сегодня раздаю кофе я, — он протянул поднос. Даниэль взял чашку. Он уже и не надеялся на чудо выпить кофе. Его устраивало, что Патрик взял на себя внимание Оливии, так она не будет раздражающе маячить перед глазами.

— Мы набрали тридцать одну тысячу футов. Над нами борт первый, под нами третий, — Даниэль решил переключиться на работу, — наша скорость четыреста шестнадцать узлов. Режим автопилота.

Патрик поставил поднос на специальный столик, всматриваясь в показатели на дисплее.

— Я заполню бортовой журнал. — Он сел на свое место, беря толстую тетрадь и уже забыв про кофе.

Даниэль кивнул. Ему нравилось, когда второй пилот брал на себя бумажную волокиту, не откладывая в долгий ящик. Записывать приходилось много.

— Капитан Фернандес Торрес, это борт 0-0-1, — вышел на связь Дюпре, — проверяю связь.

— Капитан Дюпре, прекрасно слышу тебя, — ответил Даниэль, — иду по эшелону триста десять. Дано разрешение подниматься до трехсот шестьдесят четвертого.

— Мы уходим на триста девяносто седьмой.

— Отлично. — Даниэль перевел датчик на подъем самолета и обратился к Патрику: — Кофе, говоришь?

Тот кивнул, не отрываясь от журнала. Капитан взял чашку, вдохнул аромат кофейных зерен и, расслабившись, облокотился на спинку кресла. Пока автопилот регулирует все системы, есть время для себя. Он мог бы и выйти из кабины, пройтись по новому салону, но пока не рисковал оставлять второго пилота одного. Летая с Марком много лет, Даниэль был в нем уверен. Патрика он не знал.

Он посмотрел в окно, любуясь бесконечными просторами светло-голубого неба. Зрелище впечатляющее, более того — завораживающее. Только смотря вдаль на далекую полоску горизонта, Даниэль ощущал себя свободным и расслабленным.

Из задумчивости его вывел звонок из салона. Привычное явление, стюардессы постоянно контролируют пилотов. Но что понадобилось Оливии сейчас? Он взял трубку молча, не произнеся ни слова.

— Ты хочешь торт?

Просто один сладкий вопрос из сладких губ этой девушки, голос которой сразу вернул его на землю.

— Шоколадный? — спросил он. Наверно, любовь к шоколаду была на втором месте после любви к самолетам.

— Самый шоколадный.

— Шоколадный с шоколадом внутри и полит шоколадом?

Оливия была, кажется, шокирована его словами:

— Ты издеваешься?

Слыша его смех, она уже хотела повесить трубку, но что-то ее остановило.

— Неси. Я люблю шоколадный торт.

Патрик оторвался от заполнения журнала и удивленно бросил взгляд на капитана. Его поразило то, что он не хотел видеть эту стюардессу, а теперь смеется в трубку и согласен на торт. Отказываясь понимать Даниэля, он вновь взял ручку и начал писать.

Через пару минут Оливия вошла к ним в кабину с подносом в руках. На нем находились две небольшие белые тарелки с двумя темными, политыми шоколадом, кусками торта. Она поставила поднос на специальный столик и вышла. Молча. Шокируя этим фактом своего капитана. Он лишь проводил ее взглядом, прошептав: «Спасибо».

Оливия вернулась в салон и по ступенькам поднялась на вторую палубу. Здесь она еще не была, и ее поразило убранство первого класса. Обстановка такая же, как на ее самолете, все сверкало золотом и деревянной отделкой. Арабы интересный народ — они тратят бешеные деньги на лоск и изящество, стараются быть первыми во всем, выделиться своим изыском. Они соперничают друг с другом. Но ради чего? Этого никогда не понять европейцам.

В первом классе находились отдельные кабины с личным мини-баром, телевизором, Интернетом, с личным пространством и личным подходом стюардесс к этим пассажирам. Работать здесь престижно, но она слышала много недовольных отзывов — люди, летящие первым классом, более требовательны и привередливы.

Оливия нахмурилась, представив, как гоняют бедных стюардесс такие пассажиры. Но разве лучше работать на первом этаже в первом салоне возле кабины? Пилоты тоже могли преподнести сюрприз такого рода. Поэтому самым лучшим местом работы являлся первый этаж экономкласса в середине или хвосте самолета.

Оливия прошла дальше, заходя в бизнес-класс, уже такой знакомый. Она села на одиночное место возле окна, любуясь пушистыми барашками облаков. Самолет летел высоко над ними, и невесомая вата казалась белым ковром.

За несколько лет полетов в качестве стюардессы она ни разу не пожалела о выбранной профессии. В полете ей нравилось все: от встречи пассажиров до заветных слов «экипажу приготовиться к посадке». Взлет, облака, небо и его бескрайние просторы, аэропорты, другие страны, брифинги, экипаж, форма, запах самолета. Она жила этим. И вряд ли смогла бы променять эту жизнь на более простую.

— Я тебя искал.

Оливия обернулась на голос и увидела Патрика.

— Отвлек? — тихо спросил он, но девушка улыбнулась, отрицательно качая головой.

— Я думала о том, что не представляю жизнь без неба.

Он сел в кресло рядом, граничившее через проход с ее, и задумчиво посмотрел в окно:

— Я каждый день ловлю себя на мысли, что мне небо ближе, чем земля. Я ни разу не пожалел о выборе профессии. Думаю, так скажет любой, кто работает в небе.

Оливия кивнула, полностью соглашаясь. Небо для них — это вся жизнь, это хобби, это работа, это любовь.

— Спасибо за торт, — Патрик сменил тему, возвращаясь «из облаков» в салон самолета, — он был вкусный.

— Шоколадный с шоколадом внутри и полит шоколадом, — засмеялась она, — не арабского производства, но мне тоже понравился. Я уже отвыкла от европейской пищи.

— Знаешь, я тоже. Скоро будет четыре года, как я живу в Дубае и уже не помню, что такое по утрам овсяная каша и чай с молоком.

Оливия, улыбаясь, опустила глаза, думая о том, что сегодня могла бы проснуться дома в Лондоне, где мама наверняка разбудила бы ее таким завтраком. Но вместо дома, мамы, круассанов и каши, пробуждение в одной комнате с Даниэлем Фернандесом. Удивительно, что капитан не разбудил ее выстрелом из пистолета.

Отбросив эти страшные мысли, она вновь вернулась к разговору с Патриком, который пытался скрасить ее одиночество. Лететь шесть часов в полном молчании — каторга. Оливия была благодарна ему за компанию и интересную беседу. Они обсудили все: от улочек Лондона до торговых центров Дубая. Он многое ей рассказал: где дешевле снять жилье, где взять машину в аренду. Оливия поймала себя на мысли, что, прожив здесь много месяцев, даже не задумывалась о таких вещах.

Но и правда, она могла взять машину напрокат, зарплата теперь позволяла. И идея жить с Мел и ее Призраком не так уж плоха. Всяко лучше, чем в гостинице одной.

— Я тоже снимаю квартиру, — произнес Патрик. — Купить жилье в этом городе нереально. Либо надо копить полжизни, либо летать двадцать четыре часа в сутки семь дней в неделю.

— Ты снимаешь целую квартиру один? — удивилась девушка.

— Конечно, нет. Со своим однокурсником по институту, — он улыбнулся. — Очень удобно — мы, пилоты, совсем не видим друг друга — то он в рейсе, то я.

— Как и мы, стюардессы, — подмигнула она, и что-то резко заставило ее посмотреть на часы. Привычка. Или рефлекс. Или то и другое. Оливия поняла, отсчитывая время, что прошло уже больше сорока минут с тех пор, как она вышла из кабины пилотов. Сорок минут — время проверить, все ли в порядке с экипажем, вернее, с капитаном. Обычные правила. Ничего более.

— Я сейчас вернусь, — она вскочила со своего кресла и подбежала к первой телефонной трубке, находившейся возле стойки бара. Хватая ее, она нажала на вызов в кабину пилотов, ожидая ответ. Но ответа не было. Она вновь и вновь нажимала и слушала молчание. Молчание вместо шелка. Ее сердце сжалось, а мозг выдавал самые ужасные картины: Даниэль спит, или ему стало плохо. Были случаи, когда пилоты засыпали во время полета. Из-за тяжелого графика и смен часовых поясов организм не выдерживал. Девушка быстрым шагом пошла вниз, ругая себя, что оставила его одного и полностью завладела вниманием Патрика. Лучше бы он сидел с капитаном.

Она, запыхавшись, забежала в кабину, сразу смотря на левое кресло.

— Испугалась? — Даниэль листал летные карты. Он произнес эти слова абсолютно спокойным голосом. Где-то внутри Оливии все взорвалось, но одновременно она сказала Господу «спасибо» за то, что с ним все в порядке. И если он ей вредит, значит, нормальней быть не может. Но чувство гнева перевесило хвалу Богу, и она выхватила у Даниэля карты, стуча ими по его плечу:

— Ненормальный! Тебе трудно было взять трубку? Просто сказать: «Со мной все хорошо, Оливия. Не беспокойся за меня».

Он выхватил у нее карты и стал убирать их подальше.

— Мне нетрудно взять трубку, Оливия... — но тут он замолчал, и легкая улыбка коснулась его губ: — Ты беспокоилась за меня?

— Конечно, нет! — воскликнула она. — Я беспокоилась за себя.

— Сумасшедшая, — прошептал он и отвернулся, — это же надо быть такой сумасшедшей.

— Ненормальный, еще раз выкинешь что-нибудь подобное, и я...

— И ты что? — Даниэль вновь повернулся к ней. — Что ты сделаешь?

Он прекрасно знал, что она ничего не может ему сделать. На ближайшее время он ее бог. Его глаза хитро сощурились, и солнце осветило их, делая светлее.

— Я буду сидеть рядом весь оставшийся полет и говорить. Много-много. Так много, что ты точно не уснешь.

Улыбка сошла с его губ. Хуже кары он и представить не мог. Ну, только ночевать с ней в одном номере. Выругавшись, он отвернулся, надевая наушники. Это единственная защита от ее голоса.

Оливия села в кресло возле двери, закинув ногу на ногу и продолжая сверлить его взглядом. В этот момент в кабину вошел Патрик, удивленно смотря на них:

— Я слышал крики.

— Удивительно, — буркнул Даниэль себе под нос, — что не видел драки.

Патрик перевел взгляд на Оливию, но она только пожала плечами. Молча. И он, нахмурившись, прошел на свое место. Странная парочка попалась ему. Капитан Фернандес ненавидит эту девушку до такой степени, что просил Патрика взять ее внимание на себя. В аэропорту они смеются, в самолете ругаются. Видимо, она и правда пытается таким образом обратить на себя его внимание. Может, она приставала к нему? Он взглянул на Оливию, не веря в это: только что они мило беседовали, она была открытым, общительным и в то же время скромным человеком. Даже не верилось, что она могла уделять повышенное внимание своему капитану. Патрик решил прийти на помощь Даниэлю:

— Оливия, а что ты делаешь сегодня вечером?

Она удивленно посмотрела на него, а Даниэль, не поворачиваясь, спустил один наушник. Что творит его второй пилот?

— Буду отдыхать, — она недовольно кинула взгляд на капитана, — последние дни очень вымотали меня.

— Я хотел позвать тебя прогуляться по ночному Дубаю.

Почему-то его предложение резко изменило ее настроение в лучшую сторону. А почему бы и нет? Ведь можно отдыхать не только лежа на кровати, но и гуляя по золотым пескам залива.

— Я согласна. Можно прогуляться по пляжу.

Патрик широко улыбнулся и посмотрел на капитана, ожидая морально его похвалы, но получил другое.

— Завтра у нас вылет в Париж. Утром. Рано, — произнес Даниэль, повернувшись к Оливии. — Или нет, сегодня ночью, поздно.

Она открыла рот от возмущения. Все ее планы этот человек рушил одним лишь словом.

— Ты вообще спишь? — воскликнула она, понимая, что такой график — это убийство для пассажиров. Она уже представила себя в полубессознательном состоянии, ходящей как зомби по салону самолета. — Это шутка?

— Нет. Это не шутка. Мы полетим сменным экипажем. Поспим в самолете.

— Ты не спишь в самолетах!

— Уже сплю. И очень даже хорошо, — улыбнулся он.

ГЛАВА 18

Находясь в кокпите целый час, слушая разговоры пилотов с диспетчерами и наблюдая за их работой, Оливия заскучала. Даже в момент, когда находилось свободное время, они обсуждали предстоящий маневр на взлетной полосе Дубая. Места ее голосу не было, и девушка пошла на кухню греть еду. Жаль, что борт пуст, она смогла бы накормить целое войско. Вначале казалось, что лететь без пассажиров — это рай, но сейчас чувствовала, что их очень не хватает. Сервируя подносы с едой, она услышала до боли знакомый голос позади себя:

— Если ты недовольна своими сменами, можешь перейти в другой экипаж, я не стану удерживать тебя.

Она резко обернулась. Даниэль стоял, сложив руки на груди и прислонившись к стене.

— Я еще не извела тебя. Есть повод остаться.

— Да, и правда, — кивнул он, — я же еще жив.

— Ты умрешь раньше от такого плотного графика работы.

Оливия достала горячее, поставила его на поднос, и Даниэль, почувствовав приятный запах, заглянул ей через плечо. До этого момента он даже не подозревал, что голоден.

От такой близости Оливия вздрогнула, оборачиваясь к нему. И почему-то ей стало на секунду его жаль. Мало того, что он спит урывками между перелетами, так еще и ест мало. Она улыбнулась:

— Пойдем на второй этаж за стойку бара, я накормлю тебя. Тебе надо отдохнуть, пусть Патрик теперь работает.

Он ослышался? Она пожалела его? Или это снова какой-то план мести? Но, посмотрев в ее глаза, которые наблюдали за его реакцией, он понял, что это сон.

— Я сплю?

— К сожалению, нет, — произнесла она, беря два подноса с едой и направляясь на второй этаж.

Сели напротив друг друга, но даже это не перебило аппетит. Оливия, задумавшись о чем-то, машинально взяла оливку и положила ее в рот, запоздало отреагировав на смешок Даниэля.

— Что?

— Ты только что съела сама себя.

Она свела брови к переносице. Сколько раз она их ела и никогда не задумывалась над этим. Но этот человек подмечал все.

Даниэль наткнул одну оливку на шпажку и произнес:

— Обожаю оливки. И теперь есть их станет еще приятней.

Он издевался даже во время еды, но сейчас это не злило, скорее смешило.

— Что значит твое имя? — спросила она.

Он улыбнулся ей:

— Твой Бог.

Девушка чуть не поперхнулась.

— Шутишь?

— Шучу. Даниэль значит «божественный». Или «Бог — твой судья».

— Боже мой! — воскликнула она. — Тебе неправильно выбрали имя, твои родители просто не поняли, кого родили. Тебя надо было назвать Демон.

— Знаешь ли, твое имя тебе тоже не очень-то подходит. Оливия — девушка нежная и утонченная, — он задумался, отводя глаза и придумывая еще положительные качества, но она перебила его мысли, занервничав:

— И много ты знал девушек с именем Оливия, что так говоришь?

— Ни одной, — он вновь перевел взгляд на нее, — и надеюсь больше никогда не встретить.

Теперь уже она опустила глаза — не выдержала натиска его взгляда. Но поняв, что таким образом сдается, тут же подняла их, изучая цвет его глаз, пытаясь понять, сколь-

ко оттенков они скрывают: когда солнце освещало их своими лучами, Оливии чудился светло-коричневый, наверно,
даже с зеленым отливом, сейчас солнца не было и его глаза
напомнили крепкий эспрессо.

— Давай сыграем в игру, — произнес он, не отрывая
от нее взгляд, — кто первый отведет глаза, тот проиграл.
Выигравший получает приз.

Оливия сразу закрыла глаза, слыша его смех. Когда он перестанет играть с ней? Ненормальный, ему нравилось издеваться над ней. Но она не сдастся без боя. Распахнув густые
ресницы, она снова коснулась его взглядом. Даниэль бросил
ей вызов и думает, что она проиграет? Он ошибается.

— Какой приз? — спросила она.

— Любое желание. Что ты хочешь? Хотя зачем я спрашиваю тебя, надо подумать, чего хочу я.

Даниэль улыбнулся и прищурился, смотря прямо в глаза
Оливии. Какая разница, куда смотреть — в окно или в ее
глаза. Все одно.

Оливия пыталась подумать, чего хочет она, но получалось плохо — он сканировал ее, казалось, она даже перестала дышать, лишь бы не проиграть. О призе можно подумать
и потом. Сейчас она не будет забивать этим голову. Секунды длились вечность, смотреть становилось все тяжелее
и тяжелее. Морально он нарушал ее личное пространство.

Даже для Даниэля это стало мучением. Слова куда-то
пропали, и он выдохнул. Сейчас бы закрыл глаза и послал
ее подальше. Но ведь он это затеял. Пришлось собрать всю
свою силу и попытаться подумать о чем-нибудь приятном.
Но все приятное — это лишь небо. Небо везде, даже у нее
в глазах.

— Сдавайся уже, — произнес он, — хватит на меня смотреть.

Оливия и рада бы, но, лишь улыбаясь, шепнула:

— Только после тебя.

Глаза начали болеть, хотелось их закрыть крепко-крепко... еще чуть-чуть, и слезы заволокут их пеленой. Она уже не могла усидеть на месте, вскочив со стула, но не отрываясь от его глаз. Нервы на пределе... Она изучила уже все оттенки его глаз, она теперь отлично знает, что его ресницы густые и черные.

— Патрик без тебя не справится один, — это первое, что пришло ей в голову.

— Позвони ему, как ты названивала мне, — ответил он, не желая сдаваться.

Сейчас бы она машинально посмотрела на часы, но поняла, что это уловка. К черту время, проигрывать не хотелось.

— Сколько нам еще лететь? — спросила она в надежде, что он посмотрит на часы, но он и не планировал этого делать.

— Достаточно, чтобы возненавидеть твои глаза.

— Спасибо.

— Пожалуйста.

Оливия стала стучать пальцами по столу, и Даниэль вновь улыбнулся. Ее нервы сдадут первыми. Он слишком натренирован в полетах смотреть в одну точку.

— Ты проиграешь, — произнес он, — сдавайся уже.

Она начала царапать стол ногтями, и его рука накрыла ее ладонь:

— Ты испортишь новый стол. Мухаммед тебе этого не простит.

Отлично. Теперь он ее касался, просто чудовищно врываясь в ее личное пространство и удобно расположившись там. Но раз он уже там и если его бесит царапанье стола, то другой рукой она будет делать то же самое. Оливия ногтями левой руки провела по столу, слегка поморщившись, и тут же его правая ладонь накрыла вторую руку.

Что еще ей придумать? Даниэль прикладывал силу, давя на кисти рук, и даже привстал со стула, облокачиваясь через барную стойку. Это был отличный ход — Оливия не могла пятиться назад, он держал ей руки, и не могла смотреть в его глаза — он был так близко, что она уже готова была их закрыть. Сердце перестало стучать, она не чувствовала его. Дурацкая игра сейчас закончится не в ее пользу. Оливия прекрасно знала, что он делает это специально.

— Я дико извиняюсь, — голос Патрика заставил обоих тут же посмотреть в его сторону. — Не мог дозвониться до салона. Видимо, что-то со связью.

Даниэль тут же убрал руки, давая свободу Оливии, и она выдохнула, закрыв наконец-то глаза и садясь на стул. Казалось, что она только что пробежала кросс в несколько километров, ее мышцы расслабились только сейчас, а сердце наконец стало стучать вдвое чаще.

Патрик непонимающе смотрел на них, словно позабыв, зачем сюда пришел.

— Ты оставил кабину? — повысил голос Даниэль.

— Капитан Дюпре хочет с тобой переговорить.

Даниэль быстро прошел к лестнице и спустился вниз. Какого черта эта девушка проникла в его мозг, подчиняя себе? Он напрочь забыл про работу.

Патрик пошел вслед за капитаном, напоследок оглянувшись на Оливию, и, как только он скрылся, она закрыла глаза руками, пряча их в темноту. Все проиграли. Или нет. Патрик спас ее от проигрыша. Приди он на пару секунд позже...

Сев в свое кресло, Даниэль сразу надел наушники. Сейчас он был зол и не мог понять, на кого больше: на Патрика, оставившего кабину без присмотра, на Дюпре, так не вовремя позвонившего, на Оливию, что первая начала смотреть в глаза, парализуя его сознание, или на себя, потому что поддался минутной слабости, бросив капитанское кресло? Даниэль прекрасно знал, кто всему виной, но он не хотел в это верить. Мозг отказывался понимать свои действия. Он ошибся дважды за раз. Оставил Патрика одного без связи в салоне. Даниэль понял, что связи нет, когда сумасшедшая девчонка, запыхавшись, прибежала к нему в кабину. Она звонила ему много раз, но он не слышал. Именно тогда он понял, что связи с верхним салоном нет. Это был первый сюрприз нового самолета, и он надеялся, что единственный.

— Извини, что накричал, — произнес Даниэль рядом сидящему второму пилоту, — я сам виноват, что оставил тебя.

Патрик, принимая извинения, все еще боялся вставить слово. Он уже ничего не понимал.

Оливия зашла в кабину так тихо, что Даниэль не заметил ее, обращаясь по связи к капитану Дюпре. Она подошла к Патрику и поставила рядом поднос с едой:

— Прости, что с опозданием, я снова разогрела.

Они оба просили прощения. Оба чувствовали себя виноватыми перед ним. Они просто забыли о нем и понимали это. А если бы он не зашел к ним на второй этаж? Если бы капитан Дюпре не позвонил? Что творится между ними?

Патрик вздохнул, забирая тарелку с едой. Ему нет места среди этих двоих. Он пригласил Оливию на свидание, и она почти согласилась. Не этого ли хотел Даниэль? Так почему он несколько минут назад видел то, что явно противоречило этому желанию? Она навязывалась капитану? Но глаза Патрика не врали, он видел другое. Даниэль и Оливия прекрасно проводили время друг с другом. И никто не был против.

Поговорив с Дюпре, Даниэль задумался. Его мозг вновь заработал в нужном направлении, решая сложную задачу посадки. Лететь оставалось три часа, и он больше не уйдет со своего места.

Три часа тянулись бесконечно, Оливия устала в полном одиночестве ходить по салону. Но она боялась зайти в кабину к пилотам, каждые сорок минут лишь тихо заглядывая к ним. Но она надеялась, что Даниэль разрешит сидеть рядом с ними при посадке. А если нет, то она не расстроится — видеть его было странно неловко. Наверное, перед Патриком, ведь наверняка он подумал бог знает что.

За двадцать минут Патрик по просьбе Даниэля сам пришел к ней:

— Скоро посадка.

Она молча кивнула, направляясь в кабину пилотов, и, сев на заднее кресло, пристегнулась, мельком бросив взгляд на капитана. Он не обернулся, и она почувствовала его нервозность.

Посадка — самая сложная часть полета, но сейчас им надо было не просто сесть, вернее не сесть вовсе, а низко пролететь и резко развернуться, вновь поднимаясь в небо. Сложная задача даже для опытных Дюпре и Ларсена, они сразу отказались от нее. Оливия поежилась и закусила нижнюю губу, понимая, что та накрашена. Еще час назад она привела себя в порядок, расчесавшись и поправив макияж. По прилете их будут снимать, она должна выглядеть достойно.

— Проходим эшелон двести двадцать, снижаемся до ста семидесяти, — произнес Даниэль диспетчеру.

— Вижу вас, снижайтесь до эшелона сто тридцать. Работайте с «Подходом». До свидания.

Тут же Патрик настроил нужную частоту, и Даниэль вновь заговорил:

— Добрый вечер, «Подход Дубай», это «Arabia Airlines» борт 0-0-2, снижаемся до ста тридцати.

— Добрый вечер, снижайтесь до ста десяти.

Оливия ощущала снижение самолета, она просто вросла в кресло, руками держась за ремень безопасности и пытаясь не смотреть на работу пилотов. Но получалось плохо, они отвлекали ее от ощущений посадки и вида в окне. Мозг рисовал картину того, как три гиганта пролетят вместе на близком расстоянии у самой земли.

— Заход начинаем с пяти тысяч футов. За двенадцать миль до взлетной полосы идет глиссада с углом наклона три градуса, — Патрик обратился к капитану, и тут же на связь вышел диспетчер:

— Борт 0-0-2, снижайтесь до высоты шесть тысяч футов. Давление — тысяча тридцать один. Работайте с «Посадкой». Удачи.

Рука Даниэля находилась на рычаге управления. Он отдал приказ на отключение автопилота и взял самолет под свой контроль. Одновременно связываясь с двумя другими бортами, они вместе искали скорость, стараясь выровнять самолеты на заданной высоте.

— Скорость сто восемьдесят, — произнес Патрик.

— Закрылки положение «один», высота две тысячи футов. Мы в глиссаде. — Даниэль посмотрел на датчики. — Скорость надо снизить максимально. Еще есть время. Выпускай шасси.

Оливия ощущала, как самолет вновь начал набирать высоту. Она понимала, что надо снизиться как можно быстрее, опуститься ниже двух других бортов.

— Закрылки в положение «два».

— Скорость сто шестьдесят футов, — произнес Патрик и посмотрел на капитана, в ожидании реакции.

— Отличная скорость, закрылки в положение «три». Снижаемся. «Посадка», это борт 0-0-2, как наши дела?

— Борт 0-0-2, вижу вас. Слева и справа от вас выше на тысячу футов два борта. Выполняйте заход.

Даниэль посмотрел в окно наверх. Оливия последовала его примеру. Зрелище впечатляющее — чуть выше она увидела самолет Дюпре. Слишком близко... Расстояние между ними сократилось настолько, что она зажмурилась.

— Закрылки полностью.

— Тысяча футов.

Оливия открыла глаза и вновь посмотрела в окно, теперь отчетливо видя город. Самолет Дюпре все так же был близко. Сколько было катастроф в небе при столкновении двух самолетов за последние годы? Она не желала быть жертвой еще одной.

— Сейчас сработает TCAS[1]! — прокричала она, приготовившись услышать сигнал. Может быть, после этого Даниэль поймет, насколько это опасно.

— Нет, — ответил он. Это все, что она услышала от него на свое восклицание. — Четыреста футов... Оливия, ты крепко пристегнута?

Она вздрогнула, но не успела ответить, голос бортового компьютера перебил ее:

— Четыреста, триста...

— Сильнее пристегнись, — крикнул ей Даниэль, и она машинально руками затянула пояс.

— Двести, сто...

— Не садимся, — скомандовал он, увеличивая тягу. Самолет взвыл, и Оливию вдавило в спинку. Она закрыла глаза. Ей было все равно, что справа аэропорт, рядом были два самолета. Даниэлю не взлететь, пока другие не уйдут на второй круг. Под ними сто футов. Это убийство. Она только сейчас осознала это.

— У нас получилось! — закричал Патрик. — Бог мой, Даниэль!

---

[1] Traffic alert and Collision Avoidance System (*англ.*) — система предупреждения столкновения самолетов в воздухе.

Услышав возглас Патрика, Оливия открыла глаза, смотря прямо перед собой: длинные прерывистые линии на темном асфальте. Казалось, надо ехать, но она не ощущала землю. Они летели там, где надо было давно уже остановиться. Они летели над полосой, не касаясь ее. Так долго на такой высоте она еще не летала. Это было просто невероятно.

— Боже, — прошептала она, — Даниэль, скажи, что ты не первый раз это делаешь.

— Боюсь тебя расстроить, Оливия, я делаю это первый раз. Смотрите, сейчас они будут уходить на второй круг, и нам надо будет развернуться прямо здесь. Ты хорошо пристегнута?

— Ты уже спрашивал, — простонала она.

— Просто не хочу, чтобы ты повредила себе остаток мозга. У тебя плохая привычка биться головой.

— Побереги свой, он еще нам пригодится.

Патрику даже нельзя было вставить слово, он просто молча в самый опасный момент слушал их странный разговор.

— Борт 0-0-1, уходим на второй круг.

Тут же другой голос:

— Борт 0-0-3, уходим на второй круг.

Оливия не знала, что ей делать: то ли радоваться, что им расчистили путь, то ли плакать от страха, потому что сейчас они резко развернутся.

— Поднимаемся на триста футов, — наконец Патрик вставил слово, — мы заденем полосу крылом.

— Не заденем, поднимаемся до двухсот.

Даниэль был так уверен в себе, что Оливии на секунду показалось, что он обезумел.

— Разворачиваемся! — прокричал он, и самолет резко отклонило вправо.

Это было страшно. Оливию просто кинуло бы в сторону, если бы не ремни, которые стали сильно сжимать ее. Она увидела полосу так близко, самолет так сильно наклонился к ней, что девушке показалось, будто это конец. И, закрыв глаза, она перестала дышать. Больше ничего не хотелось видеть. Она не чувствовала даже биения сердца, она перестала слышать пилотов и двигатели. В мозгу творилось что-то страшное: куча ярких картинок мелькала в темноте ее сознания. И все они были одним — огнем, взрывом, пожаром. Сколько отделяло их самолет от смерти? Хватит одного касания крыла, и он тут же разлетится по всей полосе, охваченный огнем.

Самолет развернулся плавно, проносясь мимо аэропорта, медленно поднимаясь вверх.

— Борт 0-0-2, уходим на второй круг.

Бархатный голос вернул ее к жизни, и она резко вдохнула максимум воздуха, понимая, что наконец может дышать. У него получилось.

— Оливия, — Даниэль обратился к ней, — ты как?

Она все еще не могла надышаться:

— Пошел ты к черту!

— Значит, все хорошо, — он улыбнулся, — будешь рассказывать детям об этом моменте. Опишешь все в ярких красках.

— Если я буду летать с тобой и дальше, то боюсь не дожить до детей, — она кричала на него. Нервы сдали. Хотелось стереть из памяти последние минуты полета. А желательно весь полет... Еще лучше вместе с Даниэлем, и больше никогда его не видеть.

— Шасси убрать, — он отдал приказ Патрику, и тот потянул рычаг вверх.

Они приземлились последними, вновь набрав высоту и заходя в свою глиссаду. В этот раз Даниэль включил реверс, чтобы остановить самолет быстрее, и, вырулив на дорожку, встал возле борта капитана Дюпре. Все три самолета были слегка развернуты боковой частью фюзеляжа к аэропорту. К ним начали съезжаться трапы и, выглянув в окно, Оливия увидела первых репортеров. Даниэль и Патрик встали из своих кресел, смотря на сидящую Оливию.

— Тебя поднять? — Только он мог спросить такое.

— Я похожа на инвалида? — Только она могла ответить так, вставая с кресла и понимая, что ее качает. — Меня сейчас стошнит от твоих трюков.

— Я же терплю твои. — Даниэль надел пиджак, поправляя воротник рубашки. Патрик, одним ухом слушая их, тоже надел пиджак и фуражку, готовясь к выходу.

— Как я выгляжу? — прошептала Оливия, глядя на то, как Даниэль берет в руки свою фуражку.

— Как будто тебя сейчас стошнит.

— Значит, хорошо, — она коснулась его галстука, поправляя его и провела по пиджаку руками, задев яркие золотые полосы на рукавах. Капитан должен выглядеть отлично.

Даниэль улыбнулся, слегка сощурив глаза и уже боясь любых ее действий. Он коснулся ее подбородка, рассматривая ее лицо. Девушка была бледна, но эти его движения тут же вызвали легкий румянец на ее щеках.

— Накрась губы этой отвратительной помадой.

Она коснулась пальцами губ, понимая, что от страха съела ее всю. Может быть, поэтому ее так тошнит.

Время еще позволяло посмотреться в зеркальце. Она накрасила губы и недовольно поморщилась. Он назвал помаду отвратительной? Он прав. Помада слишком яркая для нее, ей тоже не нравилась.

Пока пилоты ждали Оливию возле выхода, Патрик произнес:

— Честно говоря, я думал — нам конец. Ты молодец, Фернандес, я рад, что выпало лететь с тобой. Этот полет многому меня научил.

— Я же все рассчитал, неужели ты думал, что я буду рисковать нашими жизнями? Эту байку оставь для Оливии, она в них верит.

Патрик кивнул, и тут же Оливия вышла к ним, вдыхая воздух полной грудью, закрыв глаза. Она переживала и нервничала — это было заметно. Сегодня она много пережила, а впереди еще камеры и съемка. Даниэлю стало жаль ее, и он взял девушку за руку, ступая на трап, одновременно слыша щелканье камер.

Оливия широко улыбнулась, видя репортеров. Так ее учили, так говорил Мухаммед. И хоть улыбаться совсем не хотелось, она делала это. Чувствуя ладонь Даниэля, ей было спокойней. Уже второй раз он поддерживал ее.

Они втроем стояли на трапе возле самого большого в мире пассажирского лайнера и ждали, пока репортеры вдоволь насладятся своей работой. Это было условие Мухаммеда. Вспышки камер ослепляли, хотелось закрыть глаза и отвернуться, но Оливия улыбалась, стоя между двумя пилотами. Она помахала, слыша щелчки фотоаппаратов, все еще ощущая теплые пальцы Даниэля. Всего миг, и теплоты не стало — он разжал пальцы, отпуская ее, и прошептал:

— Надо спускаться.

На земле их уже ждали члены других экипажей, поздравляя, пожимая друг другу руки и восторженно комментируя посадку.

Репортеры не останавливались ни на секунду. И среди щелканья камер внезапно прогремел залп фейерверка с такой силой, что Оливия вцепилась в Даниэля мертвой хваткой. Взглянув в небо, она увидела миллион ярких огней, летящих на их новые самолеты, освещая здание аэропорта и всех людей, которые собрались на улице. Залпы вновь и вновь выстреливали в воздух, и каждый заставлял ее вздрагивать. Камеры устремились вверх, снимая красоту приближающихся огней, и в эту минуту, она почувствовала крепкие руки на своих плечах. Даниэль прижал ее спиной к себе.

— Ты всегда такая пугливая? — буквально прокричал ей в ухо. Было слишком шумно, чтобы шептать.

— Только после полета с тобой, — ответила она и вновь вздрогнула от нового залпа.

Даниэль крепче прижал ее к себе. Какого черта он делает? Оставив этот вопрос на потом, капитан посмотрел на темное небо, по которому рассыпались огни, летящие прямо на них. Слишком ярко. Слишком… волнующе.

Репортеры резко перевели свои камеры в сторону, встречая главного человека авиакомпании «Arabia Airlines» — Мухаммеда Шараф аль-Дина. Он, окруженный свитой, шел к пилотам, любуясь самолетами, и Даниэль разжал руки, отпуская Оливию из своих объятий. Девушка, резко почувствовав одиночество, оглянулась на Даниэля и увидела, как к нему подходит Мухаммед.

— Мои лучшие пилоты, — представил он их на камеру, — капитан Дюпре, капитан Ларсен и капитан Фернандес Торрес. Они сделали просто невозможное, показав свое мастерство и изобретательность. Браво пилотам!

Тут же микрофоны оказались возле них и посыпались миллионы вопросов. Перебивая друг друга, репортеры спрашивали о неожиданном развороте самолета, который едва не задел крылом полосу.

— Мы думали над этим маневром два дня, делая всевозможные расчеты, — произнес Даниэль, когда репортеры навалились, — все было спланировано заранее. Пустой самолет является очень маневренным, меня пугали только его габариты. Но мы справились.

— Кажется, совсем недавно вы посадили такой же самолет на полосу короче положенной, — произнесла в микрофон девушка, которую Даниэль уже где-то видел. — Как вам ощущения от сегодняшнего полета? Когда было страшнее: сегодня или в Коломбо?

Она поднесла микрофон к нему, но тут же раздался новый залп фейерверка.

— В Коломбо было страшнее, — он буквально прокричал эти слова, — но это моя работа, поэтому страх надо оставлять позади и думать только о пассажирах. Что касается сегодняшних ощущений, то спросите об этом мою стюардессу, думаю, она скажет больше.

Все повернули камеры на Оливию, которая стояла в двух шагах от них, молясь, чтобы ее ни о чем не спрашивали. Она была сыта репортерами после Коломбо. Но как только до ее слуха донеслись его слова, она устремила на него свой шокированный взгляд.

ГЛАВА 19

Ее ощущения? Они спрашивали о ее ощущениях от сегодняшнего полета? Да у нее только одно ощущение — страх! Один бог знает, как им удалось выжить, едва не коснувшись полосы крылом. Она посмотрела на Даниэля, но он лишь улыбнулся, подходя ближе. Взглядом он напоминал, что репортеры ждут ее слов. Она с удовольствием врезала бы по его красивому лицу, но, улыбнувшись, взглянула на девушку, державшую микрофон:

— Ощущение адреналина, — Оливия улыбнулась. Больше слов у нее не было. Она боялась ненароком не сдержаться и выложить все, что думает об этом полете.

— Вы согласились бы поучаствовать в таком шоу еще раз?

Видимо, они издевались над ней. Взглянув на Мухаммеда, она поняла, что он ждет полный отчет и много-много слов:

— Только если капитаном будет... — Оливия запнулась, подбирая слова. Их было тысячи и не одного в пользу Даниэля. Но правдоподобно врать ее в колледже тоже учили: — Даниэль Фернандес. — Вздохнув, она возненавидела сама себя. — Я работала с многими пилотами, все они замечательно выполняют свою работу, но капитан Фернандес Торрес — единственный, кому я доверю свою жизнь в такой момент.

Она вновь посмотрела на него. Даниэль стоял совсем рядом, внимательно слушая ее. Их взгляды встретились, и он улыбнулся:

— В следующий раз я обязательно возьму тебя с собой.

Конечно, это было издевательством. Она под дулом пистолета больше не станет участвовать в таких мероприятиях.

— Можно вас вместе поснимать возле нового самолета?

Они обернулись на этот голос. Снова вспышки и звук щелканья кнопок...

— Конечно! — согласился тут же Мухаммед. — Пусть станут лицами «Arabia Airlines».

— Мать твою, — выругалась Оливия, чувствуя руку Даниэля. Он потянул ее за собой к самолету.

— Заткнись и улыбайся, — произнес он, — ты же не хочешь быть уволена.

— Я хочу держаться от тебя подальше, — простонала девушка.

Они дошли до «А380». Рядом с ним возникает ощущение чего-то космического, нереальных размеров. Отражение света ламп на белоснежном глянце.

— Если хочешь избавиться от меня, придется распрощаться и с ним, — Даниэль рукой показал на самолет.

— Хочешь сказать, что ты прилагаешься к нему как бонус? — Оливия засмеялась, и Даниэлю захотелось задушить ее за эти слова. Еле сдержавшись, он промолчал, заметив, что вспышки фотоаппаратов уже направлены в их сторону.

Он выпустил ее ладонь и хитро улыбнулся. Холодок прошел по коже Оливии, он обязательно придумает какую-нибудь гадость.

— Пройдитесь, пожалуйста, вдоль самолета, — мужчина с камерой выбежал к ним, — расслабьтесь и ведите себя так, как будто меня с вами нет.

Даниэль засмеялся, слыша эти слова. Если они будут вести себя так, как будто его с ними нет, это будет не самая приятная фотосъемка. Слыша слова фотографа и видя реакцию Даниэля, Оливия смехом поддержала своего капитана. Она не слышала просьбы глупее.

Прогуливаясь вдоль самолета, пытаясь подавить смех, они переглядывались и понимали, что люди никогда не поймут причину столь безудержного веселья.

— Он сказал... — Оливия коснулась руки Даниэля, чувствуя, как от смеха слезы выступили на глазах, — он это сказал?

— Ты представляешь, надо вести себя, как будто мы одни, — все еще смеясь, произнес Даниэль, притягивая ее ближе к себе, чтобы фотограф не услышал этих слов, — если бы мы были одни, я бы тебя еще раз отшлепал.

— Я отрежу тебе лычки на погонах в следующий раз и сожгу их, — все еще смеясь, прошептала она.

— В таком случае, я подстригу тебе волосы ночью. Коротко и криво.

Смех переполнял их, и, говоря друг другу гадости, они наслаждались, давая волю фантазии.

— Я куплю персиковый шампунь. Ты и близко не подойдешь ко мне.

— Я найду способ... Оливия.

— Даниэль, — смех превратился в улыбку. Она остановилась, внезапно почувствовав, что почти обнимает его. Или он ее?

Касаясь друг друга, они уже не смеялись. Они слишком увлеклись, говоря друг другу дерзости.

— Отличный кадр, — мужчина подбежал к ним, щелкая камерой, — просто отличный!

Как гром среди ясного неба. Они одномоментно разжали руки, отпуская друг друга в пустоту ночи. Тут же на место радости и забвения пришел гнев.

— Я принесу наши чемоданы. — Даниэль отвернулся от Оливии и пошел по трапу в салон самолета. Зайдя внутрь, он выдохнул, закрыв глаза. Хотелось убежать подальше, стереть последние минуты из памяти. А желательно весь последний месяц. С появлением этой девушки на борту жизнь просто закипела. И это его раздражало.

Оливия осталась внизу возле трапа, руками касаясь перил. Фотограф сделал еще пару снимков и, поняв, что изюминка съемки потеряна, произнес:

— Вы очень хорошо смотритесь вместе.

Оливия разозлилась. Получается, без Даниэля Фернандеса она смотрится плохо. Или он без нее смотрится плохо. Но вместе — они просто идеальная пара. Бред! Вместе они — взрывной механизм.

Она взглядом проводила уходящего репортера. Теперь не придется натянуто улыбаться.

Через пару минут Даниэль вышел из самолета с двумя чемоданами, передавая один девушке:

— Предлагаю незаметно уйти в здание аэропорта, здесь я уже устал.

Оливия кивнула, и они прошли мимо Мухаммеда, который давал интервью. Он что-то говорил про планы на будущее и покупку еще нескольких таких гигантов.

Авиакомпания развивалась, открывая новые маршруты, захватывая множество городов. Но сейчас Оливию мало волновали его слова, она хотела убежать как можно дальше отсюда. Единственный путь к спасению — здание аэропорта. Зайдя внутрь, они поднялись в зону прилета и пошли по длинному коридору. Молча. Они и так слишком много сказали друг другу.

Даниэль мысленно уже был дома, он мечтал завалиться в кровать и проспать как можно дольше. Вспомнив кое-что, он остановился, наблюдая за уставшей Оливией. В самолете он сказал ей, что сегодня ночью у них вылет.

— Я солгал про Париж, — произнес он.

Она резко остановилась, не рискуя повернуться к нему и чувствуя, как гнев закипает внутри. Этот мерзавец лишил ее прогулки по ночному Дубаю с Патриком, а теперь как ни в чем не бывало сознается во лжи. На что он рассчитывает?

Шум впереди нарушил ход ее мыслей. Оливия занервничала, увидев бегущую Мел впереди целой группы таких же шумных людей. Пытаясь отойти в сторону и не наткнуться на Даниэля, она зажмурилась, не зная, что хуже, — он или подруга с шумной компанией. Но подруга успела раньше:

— Лив! — прозвучал звонкий голос Мелани. — Мы наблюдали за вашим маневром! Это было так красиво! Шикарное зрелище!

Мел повисла на шее Оливии, почти задушив ее от радости, она хохотала и что-то рассказывала, но девушка так устала, что половины не услышала. Она попыталась повернуться в сторону Даниэля, в надежде, что он оторвет с ее шеи подругу, но Даниэль уже пожимал руку Джека Арчера, принимая его поздравления.

— Ты сам-то видел? — засмеялся Арчер. — Наверняка даже не представляешь, как это выглядело со стороны, я покажу тебе.

Из кармана пиджака Джек достал мобильный телефон, и Оливия встретилась с недовольным взглядом Даниэля. Он еще помнил про утопленный телефон.

Мел наконец разжала объятия, отпустив Оливию, и девушка увидела Герберта. Он просто стоял в стороне. Как привидение. Единственный бесшумный среди этой громкой толпы: Марка и Шона, в один голос поздравляющих Даниэля, смеющейся Мелани, хлопающей в ладоши, к которой присоединились Нина и Дженнет.

— Пошли, посмотришь, — Мел потащила Оливию к пилотам, даже не поинтересовавшись, хочет она того или нет.

Наконец наступило молчание, и все взгляды устремились на экран телефона, где на видео тройка самолетов пролетала совсем близко друг к другу. Их самолет летел ниже всех с выпущенным шасси. Как большая птица с распахнутыми крыльями. Два других резко ушли в сторону, набирая высоту и уходя на второй круг, оставляя их для опасного маневра.

Даниэль присвистнул, наблюдая за тем, как разворачивается эта махина, демонстрируя всю свою красоту. Крыло чуть не коснулось земли, и Оливию вновь затошнило. Она вспомнила свой страх, как внутренности буквально вырывались наружу, как сила тяжести готова была кинуть ее в сторону поворота. Но на видео все было шикарно, просто божественно и впечатляюще. Развернувшись, самолет поднялся выше и пошел на второй круг.

Джек выключил видео со словами:

— Я бы так не рискнул. Молодец, Фернандес, это надо отпраздновать! — Он смерил недовольным взглядом Оливию, очевидно, помня ее слова перед вылетом из Гамбурга, и ткнул в нее пальцем: — С тобой мы еще не договорили. Пойдешь с нами.

Брови Даниэля взлетели вверх. Он не хотел праздновать, тем более с этой девушкой.

— Я устал, пожалуй, пойду домой, — он обошел Арчера, буквально налетая на Марка. — О, нет.

— Да! — закричала Нина, хлопая в ладоши, радуясь, как ребенок. — Мы ждем уже два часа.

— Два часа, — кивнул Марк, слыша, как рассмеялся Джек. — Мы тоже устали, но отпраздновать это надо.

— Где вы хотите праздновать? — спросил Даниэль в надежде, что уйдет оттуда же сразу, как придет.

— У тебя дома, — улыбнулся Джек.

Даниэлю показалось, что он ослышался:

— У меня? — Он пальцем указал на себя, в надежде, что его все-таки подводит слух. Но все кивнули, что доказывало и наличие хорошего зрения.

Оливии на долю секунды стало его жаль — он влип. Они не разойдутся до самого утра. Но это их проблемы, вернее, его. Что касается ее, то она в жизни не переступит порог дома Даниэля Фернандеса. С нее хватит, она устала, и никакого праздника ей не хотелось, тем более с Даниэлем. Шли уже вторые сутки постоянного общения с ним. Он был везде, даже там, где его не должно было быть.

— До свидания, — кивнула она и покатила чемодан к выходу, когда разочарованный голос Мел ее остановил:

— Оливия, ты не можешь вот так нас бросить.

— Не могу? — удивилась девушка, смотря в грустные глаза Нины и Мелани. А вот Даниэль, напротив, был даже очень рад, с улыбкой он махал ей рукой на прощанье. В этот момент она припомнила о том, что он солгал про ночной вылет в Париж и лишил прогулки с Патриком, значит, пришла ее очередь на очередную гадость. — А почему бы и нет? — Она пожала плечами и взглянула в глаза уже нахмурившегося Даниэля. Он явно недоволен. — Отличная идея. Мне как раз не хватает праздника.

Тот факт, что она хотела праздника, насмешил Даниэля больше, чем напугал. Оливия решила таким образом отомстить за неудачную попытку встретиться с Патриком. Пусть будет праздник. Он устроит ей такой праздник, что она еще долго будет вспоминать. В его голове уже зрел план. Ведь он так и не успел ей сказать главное, он не солгал ей насчет полета, их рейс действительно должен быть. Он солгал ей только насчет Парижа и вылета ночью. На самом деле они должны отправиться в Брюссель ровно через четырнадцать часов. Этого времени хватит, чтобы Оливия так отпраздновала, что у нее не будет сил даже прийти в аэропорт. Жестоко. Но оно стоило того.

Они вышли из здания аэропорта, направляясь к стоянке. С одной стороны щебетание Мелани, с другой Нины создавали больше шума, чем двигатели самолета. Но даже от этого шума настроение поднималось. Оливия шла молча, любуясь впереди идущей парой Шона и Дженнет. Его форма пилота и ее форма стюардессы вместе создавали чарующее зрелище, которым можно было любоваться вечно. Пилот и стюардесса — этот союз был ей знаком...

Из задумчивости ее вывел голос Даниэля:

— Садись в машину, я не хочу стоять здесь вечно.

Она вздрогнула, переводя взгляд на него, потом на уже знакомый серый «Мазерати». Он открыл перед ней заднюю дверь, и девушка молча села, чем сильно удивила его.

Он нахмурил брови, взглянув в сторону Шона и Дженнет. Кстати, это отличная возможность спросить, как им удается встречаться. Зная свои плотные графики и такие же Джека Арчера, — это в принципе невозможно. Наверняка они видятся раз в месяц.

Сев в машину и надавив на газ, обгоняя машины, Даниэль вырулил на главную дорогу, остановился в пробке и обратился к Марку:

— Как прошел ваш полет в Лондон?

Все внимание Оливии тут же устремилось на Марка.

— Все хорошо. Хитроу все такой же дождливый и туманный.

— Не удивляюсь, — усмехнулся Даниэль. — Как полоса?

— Две полосы, из них одна наша, размер три девятьсот. Терминал три и пять специально переоборудовали для обслуживания «Эйрбаса 380». В целом неплохо, но реверс при посадке по-прежнему нельзя использовать. Хотя ты его и не любишь.

Даниэль кивнул, смотря в зеркало заднего вида, но совсем не на машины, следующие за ними. Он смотрел на Оливию.

— Как можно сесть без реверса на полосу три девятьсот? Если наша полоса в Дубае составляет четыре пятьсот.

Она взглянула на него, встречаясь взглядом в зеркале:

— Так же, как ты сел на полосу две пятьсот в Коломбо. Как ты это сделал?

— Чертовски сложно и с реверсом в полете. А у вас длина полосы равна пробегу нашего самолета без реверса, который нельзя использовать в Хитроу. Мне кажется, вредность у англичан в крови.

Оливия нахмурилась, давая ему отпор:

— Тебе лишь бы прокатить самолет по всей полосе, даже если она четыре тысячи пятьсот метров; видимо, черта испанского характера заключается в том, чтобы использовать даже то, что можно не трогать.

Он резко обернулся.

— Люблю трогать то, чего другие касаются редко.

— У таких людей, как ты, — она нагнулась к нему, шепча на ухо, касаясь дыханием его слуха, — психическое заболевание, называется манией величия.

Даниэль улыбнулся, ее слова лишь разжигали огонь внутри его. Желание ответить ей было настолько сильным, что он уже готов был это сделать, но Марк перебил его:

— Даниэль, мы не в самолете, здесь я не второй пилот, и у меня нет руля.

Недовольный взгляд Даниэля пронзил Оливию, и он тут же отвернулся, нажимая на газ. У него будет целая ночь, чтобы поставить эту выскочку на место.

Пока Нина, сидящая на заднем сиденье вместе с Оливией, рассказывала о вышедшем журнале с совместной фотографией с Марком, девушка смотрела в окно на проносящиеся пейзажи. Опять она в этой машине, опять они едут по той же дороге. Опять вечер с огнями красивых зданий. Стоило признать, что, познакомившись с Даниэлем Фернандесом, она стала чаще любоваться этим городом.

Подъехав к высокому забору, Оливия не сразу осознала, что они приехали к месту назначения. Она ждала что-то наподобие многоэтажного дома в центре города. Но это был далеко не центр, рядом не было шума центральной дороги. Здесь обитал лишь один шум — волн Персидского залива, бережно касающихся берега.

— Ты живешь в «Дубай Марина»? — Она вышла из машины, удивленно смотря на крышу двухэтажной виллы, виднеющуюся за забором. — На вилле?

Ей показалось, что она попала в зазеркалье. Даниэль Фернандес оказался чертовски богатым пилотом авиакомпании «Arabia Airlines».

Даниэль взглянул на свой дом, и Оливии показалось, что у него это получилось как-то грустно. Он молча вытащил ключи из пиджака, и в этот момент подъехали еще две машины. За рулем одной сидел Джек Арчер, везя Мелани и Герберта, в другой Шон и Дженнет. Теперь Оливии стало понятно, почему Джек хотел устроить праздник именно здесь. Это частная территория, где нет соседей за стенкой, где много места и свежий воздух с залива приносил запах моря. Они еще не зашли внутрь, но Оливии уже здесь нравилось. Жаль, что это дом Даниэля.

Даниэль распахнул большие ворота и включил уличное освещение. Оливия открыла рот от удивления: это была самая красивая вилла из всех, что она когда-либо видела. Современный дизайн дома включал в себя большие панорамные окна, из которых открывался шикарный вид на море. Большая зеленая территория прилегала к дому, с правой стороны которой находился бассейн. Все подсвечивалось ненавязчивым для глаза светом, создавая уютную обстановку.

— Вот это да! — воскликнула Мелани, которая тоже была шокирована увиденным.

— Так живут пилоты «Arabia Airlines», — засмеялся капитан Арчер, пропуская девушек.

— Так живут капитаны «Arabia Airlines», — поправил его Марк, и Шон засмеялся.

— Так живет Даниэль Фернандес Торрес, — произнесла Нина, — и он это заслужил.

Все зашли в дом, но Оливия осталась на улице. Она подошла к небольшой белой калитке, закрывающей выход на пляж, и облокотилась на нее, смотря вдаль на огни кораблей. Они выстроились в ряд точно так же, как самолеты, ожидающие свой черед на посадку или вылет. Темнота за калиткой пугала ее, но ей безумно хотелось пройтись по песку босиком. Стоя и слушая мягкий шум волн, она впервые почувствовала себя расслабленной. Оливия закрыла глаза, подставляя лицо легкому ветерку, вдыхая соленый воздух.

— Почему ты не в доме?

Шелковый голос возле ее уха заставил открыть глаза. Ей не надо было поворачиваться, чтобы узнать, кому тот принадлежит.

— Здесь так тихо, — прошептала она в темноту.

Даниэль также смотрел в ночь. После шумного и пыльного аэропорта это место казалось раем. Сняв пиджак, он повесил его на калитку, открывая ее перед Оливией.

— Хочешь прогуляться по пляжу?

Он прочитал ее мысли, и только сейчас она взглянула на него:

— Убьешь меня и закопаешь?

Он улыбнулся. Было бы неплохо именно так и поступить, но пока это не входило в его планы. Сейчас он хотел просто прогуляться, как делал каждый раз по возвращении домой. А эта девушка просто оказалась рядом. Не лучший компаньон для прогулки, но она так зачарованно любовалась морем, что ему стало ее жаль.

— Когда ты в последний раз была у моря?

— Пару раз за все месяцы, что училась в колледже. У меня нет возможности разгуливать по пляжам.

Она проследила за тем, как капитан снял ботинки и носки и вышел за калитку, направляясь к морю. Оливия скинула туфли и побежала за ним, чувствуя, как утопают в теплом песке ноги. Обогнав Даниэля, она внезапно остановилась и раскинула руки в стороны, подставляя лицо морскому бризу.

Ее волосы трепал ветер, временами перекидывая их на лицо, и Даниэлю захотелось провести по ним пальцами. Сейчас Оливия больше напоминала ребенка, дорвавшегося до чего-то запретного. Она стояла к нему лицом с раскинутыми в стороны руками, с искренней улыбкой на губах, делая шаг назад, когда он делал вперед. Она засмеялась, и ее смех эхом разнесся где-то далеко.

Внезапно, развернувшись, она побежала к воде, как маленький ребенок, что резвится в луже, пытаясь вдоволь вымокнуть, пока родители не заругали. Но это не лужа, и она не ребенок. Взрослая девушка наслаждалась морем, зайдя в воду по щиколотку.

— Оливия, — произнес Даниэль, — не уходи от меня далеко.

— Здесь так здорово! — восхищенно вскрикнула она. — Иди сюда.

Она протянула ему руку, совсем забыв, что они не друзья. Но сейчас ей не хотелось думать об этом.

— Спасибо, но я посмеюсь над тобой со стороны.

В другой ситуации она бы ответила ему дерзостью, но сейчас лишь засмеялась, набрала в ладони соленую воду и плеснула в его сторону. Оливия не промахнулась, вода попала ему прямо на лицо и струйками стекла по белой рубашке.

— Ой, — удивленно пролепетала девушка, пытаясь скрыть улыбку, но уже зная, что последует за этим.

Первые секунды гнева прошли слишком быстро. Пока Даниэль смахивал с себя воду, в голове прозвучал другой сигнал — это игра. Оливия слишком увлеклась, и ему ничего не оставалось, как ответить тем же.

— Мой ответ, — он сделал шаг в море, не обращая внимания на то, что штаны сразу намокли, и руками начал черпать воду, выплескивая ее на Оливию, — будет долгим.

Он облил ее с ног до головы, но она только смеялась, делая попытки ответить тем же. Даниэль увиливал, понимая, что намок ничуть не меньше Оливии. Ее радость и желание быстрее его намочить насмешили его.

Оливия, не в силах прекратить смеяться, вцепилась в Даниэля и потащила дальше от берега. Капитан поддался, схватив ее за талию и подняв над собой.

— Боже, какая ты тяжелая!

И тут же выпустил, роняя в воду. Она весила как перышко, он мог держать ее вечность, именно поэтому ему не хотелось делать этого.

Коснувшись дна ногами, Оливия вынырнула, понимая, что стоит по горло в воде. Она засмеялась, руками пытаясь грести в сторону Даниэля, но тот упорно продолжал создавать стену из брызг, не давая приблизиться. Она отворачивалась, постепенно осознавая, что сырая одежда стала тяжелой и ей трудно сдвинуться с места.

— Спаси меня, — она протянула ему руку, но он лишь рассмеялся, наслаждаясь этой секундой, — Даниэль.

Даже его имя, слетевшее с ее губ, не заставит его подойти к ней ближе.

Оливия, разозлившись, кулаком ударила по воде, и брызги достали его. Он весь промок, пара брызг не испортят общей картины.

— Будь осторожна, временами сюда заплывают скаты, — он решил еще сильнее напугать ее и тут же, услышав крик, пожалел об этом.

После его слов Оливии показалось, что все рыбы резко стали активны и ее ноги касаются чего-то склизкого. Водоросли, рыбы, змеи — не важно, она просто кричала, и от страха сил прибавилось вдвое. Почти сразу почувствовала, как ее схватили сильные руки Даниэля. Она ухватилась за его шею, вновь рассмеявшись:

— Испугался? Надо было сразу кричать.

— Чертовка! — Он попался на ее уловку. Разве могла Оливия чего-нибудь бояться? Скорее, рыбам надо боятся, когда она заходит в воду. — Ты всех рыб распугала своим криком.

— Но сработало ведь, ты меня вытащил.

Он не вытащил — просто крепко держал на руках. Эту картину он уже видел. Не прошло и суток, а они снова устроили соревнования в воде.

— Оливия, ты стоишь на ногах? — прошептал он ей на ухо. Близость начала нервировать его.

— Да, — ответила она, еще сильнее руками уцепившись за него, касаясь щекой его небритой щеки.

— Так какого черта ты меня держишь?

— Это ты меня держишь.

Даниэль только сейчас понял, что сильно прижимает девушку к себе. Он отпустил руки, и Оливия вмиг почувствовала себя незащищенной. Почему-то ей не хотелось, чтобы он отпускал. Но еще больше не хотелось чувствовать его своим телом. Она расцепила руки и отошла.

Идя обратно, все еще смеясь, они толкали друг друга в море, но желания заходить туда уже не было, приходилось падать на песок. Оливия смотрела на мокрого Даниэля и не верила, что этот мужчина, который только что пытался зарыть ее в песок, засунув в волосы морские водоросли, капитан самого большого в мире пассажирского лайнера. О том, что он капитан, сейчас говорили только погоны на уже серой от песка рубашке.

— Даниэль! — вскрикнула Оливия, указывая на небо. Он поднял голову, любуясь яркими огнями снижающегося самолета. — Какая красота! Здесь рядом аэропорт?

— Да, но этот самолет летит в наш аэропорт.

Оливия задумалась, опуская голову. Она клялась не спрашивать его о его ощущениях от взлета и посадки, но сейчас ей так этого хотелось. И хотя она уже знала ответ пилота на такую глупость, в глубине души все-таки надеялась на другой ответ.

Видя ее задумчивый вид, Даниэль насторожился. Закусив нижнюю губу, Оливия явно нервничала, а он уже начал нервничать от этого действия.

— Пойдем в дом. — Он оглядел ее с ног до головы, не представляя, как они войдут в дом в таком виде, но вопрос, слетевший с ее губ, заставил его забыть об этом.

— Знаю, что у пилотов всегда много работы, и я была свидетелем этого сегодня: вы что-то нажимаете, включаете, говорите, отдаете друг другу команды, рулите, закрылки, предкрылки, спойлеры, шасси, высота, эшелон... А есть время для наслаждения полетом?

Он удивленно посмотрел на нее. Какой интересный вопрос. Его еще никогда не спрашивали об этом.

— Весь полет, Оливия, есть наслаждение. Иначе я не летал бы.

Оливия неудовлетворенно покачала головой.

— Нет, я неправильно задала вопрос. — Она нахмурилась, вспомнив, что решила никогда не спрашивать его об этом. — Что ты чувствуешь при взлете? Или в момент посадки? Думаешь о закрылках или о чем-то другом?

Он стоял перед ней, не веря собственным ушам. Помимо острого языка Оливия, оказывается, обладала тонкой душой.

— Когда справа от тебя сидит второй пилот, постоянно ждущий распоряжений, за тобой пятьсот пассажиров, а в наушниках голос диспетчера... — Он задумался, опустив взгляд на песок, но потом улыбнулся, заглянув в ее глаза. — Взлетать всегда прекрасно, надо просто выкинуть все это из головы и ощущать момент отрыва. Ты спрашиваешь про мои ощущения? Я испытываю действие дофамина. Во мне целая смесь чувств — удовольствие, восторг, расслабление и избавление от земной суеты. Я набираю высоту и понимаю, что чем выше — тем мне спокойней.

Слушая его, она понимала — он рассказывал о своих ощущениях в тех же эмоциях, что испытывала каждый раз при взлете она сама. В этом они были похожи.

ГЛАВА 20

Даниэль открыл дверь в дом и зашел внутрь, сразу почувствовав на себе удивленные взгляды друзей. Его одежда была насквозь пропитана соленой водой вперемежку с песком. Зрелище странное, судя по тому, как они замолчали, ошарашенно глядя на него.

— Только молчите, — произнес он, открывая дверь шире, и в дом вошла точно такая же сырая Оливия. Ее волосы висели мокрыми прядями, соль делала их твердыми и спутанными. Переступив порог дома, кондиционер тут же обдал ее холодом, и она поежилась, вспомнив Гамбург. Там все было наоборот — холодный уличный воздух и теплое помещение.

— Бог мой, — Джек Арчер, чтобы не засмеяться, принялся открывать бутылку пива, полностью сосредоточившись на ней.

— Вы попали в тайфун? — Брови Нины выгнулись дугой, она часто заморгала и мотнула головой, не веря глазам.

Марк улыбнулся, передавая открывалку Арчеру:

— Ты искупался, чтобы привести мысли в порядок? Или вы подрались?

Даже Мелани удивленно хлопала длинными ресницами, подпирая рукой подбородок.

— Так получилось, — ответил Даниэль, беря потерянную Оливию за руку и ведя ее наверх.

— Куда ты меня тащишь? — Она попыталась вывернуться из его хватки, но, поняв, что он сильно сжимает ее руку, решила не злить его больше. А он был зол, она чувствовала это.

— Через несколько минут соль на твоей коже стянет ее. Но в принципе мне все равно, — поднявшись на второй этаж, он отпустил ее руку, и теперь уже она ухватилась за него.

— Я пойду, куда скажешь.

— Отлично, — он открыл дверь в комнату, и эта комната оказалась его спальней.

Еще минуту назад, когда они были в зале, она даже не заметила обстановки. Наверное, все ее внимание было сосредоточено на людях, сидящих за столом. Зайдя в спальню, первым делом она увидела большую кровать. Ну, конечно, большую, другой просто не могло быть. Оливия обвела взглядом просторную комнату: высокий потолок и минимум мебели, два панорамных окна с видом на море. Сторона востока, где просыпается солнце, пробуждая своими лучами.

Даниэль достал полотенце из комода и кинул ей:

— Душ прямо по коридору и налево, — он указал ей на выход, и Оливия, встав на носочки, чтобы не натоптать песком, медленно сделала шаг назад, сжимая пушистое полотенце в руках.

— А ты? — прошептала она, наблюдая, как он снял с галстука золотой зажим в виде самолета. Положил его на стеклянный столик возле кровати и принялся развязывать галстук. Ему еще никогда не приходилось развязывать соленые мокрые галстуки.

— У меня своя ванная комната. — Его руки коснулись верхней пуговицы на рубашке — это послужило сигналом к бегству Оливии.

Выйдя в коридор, она направилась налево, размышляя, где может находиться ее багаж. Но решив сначала принять душ, а подумать о чемодане потом, она зашла в ванную комнату, прикрыв за собой дверь.

Спасение пришло в лице Мел, которая ворвалась в ванную, закатывая чемоданчик, задавая странные вопросы и сама же на них отвечая. Оливии было не до нее. Роясь в своем багаже, она поняла, что единственное черное платье еще не до конца высохло после бассейна Гамбурга. Ее летная форма в ужасном состояние после прогулки по берегу Персидского залива. Злясь про себя, она уселась на унитаз и закрыла лицо руками. Было плохой идеей ехать сюда. Сейчас она пришла бы домой и завалилась в теплую уютную постель.

— Оливия, мы будем на улице возле бассейна, ты можешь надеть купальник.

Купальник — это единственная вещь, которая еще была сухой. Оливия кивнула, вынимая его из чемодана. Хорошая традиция стюардесс возить с собой в багаже купальник.

Надев его и чувствуя себя не совсем уютно, она накинула сверху шелковый нежно-голубой палантин, который всегда был с ней в мусульманской стране. Взглянув еще раз на отражение в зеркале, она довольно кивнула — ни косметики, ни прически, на ней даже толком одежды не было. Но это ее устраивало.

Она вышла на улицу, издалека заслышав смех на фоне приглушенной музыки и темноты ночи. Четверо пилотов начали свой праздник с того, что громко стукнулись бутылками.

— За встречу двух экипажей, — выдохнул Джек и взглянул в сторону девушек, которые плавали в бассейне, держа в руках фужеры с напитками.

— За нас! — вскрикнула Нина и увидела Оливию, вышедшую из дома и пока еще стоящую в тени. — Оливия, присоединяйся.

Девушка подошла к бассейну. Желания заходить в воду не было, она накупалась на полгода вперед.

— Я посижу здесь. — Она села на край бассейна.

— Что будешь пить? Пиво, виски, мартини?

Она подняла голову и увидела перед собой Джека Арчера. Оливия улыбнулась, вспомнив, как уделала его в аэропорту Гамбурга. Видимо, он тоже не забыл, потому что сразу прошептал:

— Давай оставим войну между нами на потом. Не хочу сейчас об этом думать.

— Признай, что я права, и оставим на потом.

Он закатил глаза, качая головой, и сунул ей бутылку с пивом:

— Тогда пей больше, мы еще вернемся к этому разговору.

Арчер направился к остальным, и, проследив за ним взглядом, Оливия заметила Даниэля. Она его не сразу узнала — он был каким-то не таким, к какому она привыкла за последнее время.

Мужчины что-то бурно обсуждали, и Даниэль был явно поглощен этим разговором, он не смотрел в ее сторону, но она и не ждала этого. Она просто сидела возле бассейна. Одна. Но Мел прервала это одиночество, подплывая к ней:

— Завтра начнем искать квартиру. Надеюсь, ты не передумала?

— Конечно, нет, — улыбнулась Оливия и сделала глоток пива из бутылки, — только моя комната не должна быть проходной.

— Хорошо. Какой район предпочитаешь?

Оливия огляделась. Предпочитала этот, но денег хватит только на старый центр.

— Дейра подойдет.

— Я тоже думала про Дейру, и аэропорт близко.

Даниэль держал в руках бутылку пива, но еще не сделал ни одного глотка. Проследив за Марком, он улыбнулся, понимая, что завтра для многих полет будет тяжелый.

— Нам завтра в Брюссель, — напомнил он своему второму пилоту, — возвратный рейс.

— Черт, — выругался Марк, — кто составляет графики?

— Зато скоро накопишь на такой дом, — подмигнул Арчер и обратился к Даниэлю, после того, как остальные пошли к бассейну, оставив их одних: — Последний раз предлагаю — отдай мне девушку. Предчувствие у меня плохое.

Даниэль нахмурился и взглянул на него. Какого черта он должен отдавать человека из своего экипажа?

— Не собираюсь я ее отдавать. Она мне не мешает, — он замолчал, задумавшись. С ней было даже как-то веселей, и он стал привыкать к ее выходкам. — Двух сумасшедших англичанок в своем экипаже ты не переживешь, Джек, это я тебе гарантирую. Их надо держать порознь, как можно дальше друг от друга.

— Я не об этом. — Арчер глотнул пиво из бутылки и подмигнул другу. — Я бы поспорил с тобой, что не пройдет и месяца, как ты завалишь ее в постель.

Даниэль даже открыл рот от удивления. О какой постели он только что сказал?

— Я не сплю с членами своего экипажа. У меня прописано это в контракте.

— Порви его или отдай Оливию в мой экипаж, Фернандес, — Арчер пошел ко всем, оставляя Даниэля одного, но напоследок прокричав: — Иначе закончится все плохо.

Ничего не могло закончиться плохо, потому что ничего не могло начаться. Видимо, Арчер сам положил на нее глаз. Даниэля позлили его слова, и он обернулся на сидящую возле бассейна Оливию. Она, смеясь, разговаривала с подругами и пила пиво. То, что она пила, ему понравилось. Это именно то, чего он ждал. Только ему хотелось напоить ее как можно быстрее. Он налил в бокал виски и бросил туда лед — подействует быстрее любого яда.

Оливия уже готова была нырнуть в воду, встала на ноги, но алкоголь дал о себе знать, и она пошатнулась. И тут же заметила приближающегося Даниэля. Ей стало смешно.

— Что ты все смеешься? — Он протянул ей бокал, и, к его удивлению, она его взяла.

— Я тебя не узнала. — Стоя напротив, она изучала его лицо. Так же как в сегодняшнем самолете, когда он предложил ей поиграть в игру. Нет, он все такой же. Все эти же глаза цвета кофе.

— Что со мной не так?

Теперь он изучал ее, не отрываясь, смотря в ее лицо. Ее губы не были накрашены ужасной помадой. Его взгляд коснулся их, и Оливия прикусила нижнюю губу. Зачем она так делает?!

— А я уже начала привыкать к жесткой щетине на твоем лице.

Что она несет? Оливия выругалась про себя. Какое ей дело до его внешности? Она перевела взгляд на дом, чтобы хоть как-то отвлечь себя от этого мужчины:

— У тебя прекрасный дом.

— Я выставляю его на продажу.

У него проблемы с головой, и вот еще одно доказательство. Такая шикарная вилла — мечта любого человека. Даниэль Фернандес, видимо, прилетел с другой планеты.

— Почему? — прошептала она, думая о том, что он явно решил купить себе замок.

Эта тема нервировала Даниэля, и он не хотел объяснять этой девушке главную причину продажи. Это не ее дело. Он так решил и обязательно продаст его.

Оливия перевела взгляд на белую калитку — выход на свободу. Она не понимала, а он объяснял. Девушка глотнула золотистую жидкость из стакана, который дал Даниэль, и та пожаром растеклась по желудку. Боже, какая дрянь. Она поморщилась, и в голову пришло озарение — он пытается напоить ее, смешивая напитки. Он видел, что она пила пиво. Зачем же протянул ей виски? Подвох во всем — это в репертуаре Даниэля Фернандеса. Но она не так глупа.

— Отличное виски, — кивнула Оливия, видя, как он улыбнулся. — Почему ты не пьешь?

— Я вообще не пью алкоголь, — произнес он, — в мире достаточно радостей и без него. Да и пить в этой стране карается законом.

Оливия оглянулась на смех друзей. Джек Арчер поднял над собой Нину, и она плюхнулась в воду, потеряв равновесие. Брызги разлетелись во все стороны. Оливия тут же отвернула лицо, чтобы не попало на нее. Еще минуту назад она решила искупаться, но сейчас передумала, услышав знакомую фразу:

— Давай сыграем в игру.

Игры — его конек, она прекрасно знала это. Еще она точно знала, что лучше не играть и вообще держаться от него подальше.

Она нахмурилась, готовая ответить отказом. Но интерес победил. Ничего не случится, если она просто спросит:

— В какую?

— Правила просты: я задаю тебе вопрос. Если ты не хочешь отвечать — делаешь глоток из этого стакана, если ты отвечаешь — пью я. Потом ты задаешь свой вопрос. И так до тех пор, пока один из нас не упадет.

Она засмеялась. Безумие какое-то. Он с ума сошел? Предлагает ей напиться. Она не так глупа. Но это отличный шанс, чтобы задать ему много вопросов, на которые он никогда бы не дал ответы просто так. И это отличный шанс увидеть Даниэля Фернандеса пьяным.

— Ты уверен? Не боишься перебрать?

Даниэль мило улыбнулся. Ему пить не придется, он может ответить на любой вопрос, а вот она вряд ли.

— Мы еще посмотрим, кто напьется первым.

Они подкинули монету, чтобы узнать, кто первый задаст вопрос.

— Аверс, — крикнула Оливия, смотря вверх на летящую монету.

— Реверс, — Даниэль поймал ее, закрывая рукой, но не торопясь показывать, — кто из нас счастливец?

Он открыл монету и недовольно посмотрел на Оливию: «Аверс».

Сели напротив друг друга за маленький столик и поставили стакан посередине. Сейчас она завалит его вопросами. Главное, задавать самые трудные. Она могла бы уже сейчас его спросить, какого черта он пытается ее напоить. Но решила начать просто:

— Так почему ты хочешь продать этот дом?

Он не хотел обсуждать тему дома. Но и пить ему было нельзя. Облокотившись на спинку стула, Даниэль задумался о том, какой он дурак, что придумал эту игру. Чувствовал себя как на экзамене.

— Для меня одного он слишком большой.

— Разве это плохо?

— Это второй вопрос?

— Черт, — Оливия недовольно сделала глоток жгучей жидкости и поморщилась, — твоя очередь.

Даниэль задумался, пальцами стуча по столу. Что он хотел знать о ней? И что уже знал? Он ничего не хотел и знал только то, что она сумасшедшая. Ему надо было спросить то, на что она точно не ответит.

— Что тебе нравится во мне?

Оливия вздрогнула.

— Может, ты хотел спросить, что не нравится?

Она надеялась на это, но капитан лишь хитро улыбнулся
и отрицательно покачал головой, ожидая ответ.

Ее мозг напрягся. Конечно, она могла сказать, что ей в
нем ничего не нравилось. Но это было неправдой. Что-то
же должно нравиться. Мысленно она стала перечислять все
его положительные качества, которые переплетались с его
внешностью. Сказать, что он отличный уверенный пилот
с красивым голосом и шикарной улыбкой, у него красивые
глаза цвета эспрессо — это признать поражение в их бит-
ве. Пожалуй, она оставит это при себе, ему не обязательно
знать о том, что ей нравится.

Молча Оливия глотнула из стакана виски, чувствуя, как
сердце забилось быстрее. Взаимодействие с пивом давало
ощутимый результат.

— Мой вопрос... — Она задумалась, а мысли уже начали
путаться. Их было тысяча, главное — выбрать правильный.
Иначе еще пару глотков, и можно будет идти спать. — Почему ты не любишь персики?

Даниэль перестал улыбаться, мысленно посылая ее ко
всем чертям. Лучше бы она спросила еще раз про дом. Он
понял, что не сможет ответить. Это было личным. Взглянув
на купающихся Марка и Нину, Даниэль понимал, что полет
в Брюссель пройдет в полном угаре. Члены его экипажа,
включая Оливию, отлично проводили время. Но кто-то
же должен быть трезвым в самолете. Он капитан, он отве-
чал за жизни пассажиров, он не мог позволить себе сделать
даже глоток алкоголя.

— Мой отец был плантатором и имел огромные земли,
на которых росли персиковые деревья, — начал говорить
он, — они приносили большую прибыль. Но с каждым го-

дом плодов становилось все меньше, а конкуренция росла. Денег уже не хватало, и он вынужден был залезть в долги, чтобы поддерживать жизнь этих проклятых деревьев. Я был еще ребенком, когда моего отца убили люди, которым он не смог вернуть деньги, — Даниэль посмотрел на ошарашенную Оливию. — Его убили из-за персиков. С тех пор я не переношу даже их запах.

Этого было достаточно, чтобы она схватила стакан и выпила его залпом. Лучше бы она не знала.

— Прости, — прошептала девушка, чувствуя, что опьянела еще сильнее. — Я не хотела причинить тебе боль.

— Ты не знала, — он наполнил стакан новой дозой виски, и Оливия представила, что если она это выпьет, то упадет. — Мой вопрос: смогла бы ты бросить работу ради семьи и никогда больше не летать?

Оливию так захлестнули эмоции после его рассказа, что она уже не понимала вопроса. Семья, работа... Кажется, он говорил словами мамы. Девушка уже сотни раз слышала что-то подобное. Она подперла подбородок рукой, стуча ногтями по стакану с виски.

— Ты не знаком с моей мамой? — хихикнула она. — Она всегда меня спрашивает об этом. Но я никогда не отвечаю ей, потому что не знаю, что за семья заставит меня бросить работу. — Оливия пожала плечами, взяла стакан и сделала большой глоток. — Я не думала еще об этом. Моя очередь.

Понимая, что в голове пусто, а на душе мерзко, Оливия вновь вспомнила про персики. Его отца убили. Не из-за персиков, они тут ни при чем. Даниэль просто взвалил всю ответственность на них. Виной всему деньги. Она опустила глаза, понимая, что кое-что связывает их. Трагедия. Смерть близкого человека. Ведь она тоже потеряла отца.

— Сколько тебе было лет, когда это случилось?

Она прекрасно осознавала, что он ответит и ей придется снова выпить. Но в душе зародилась частичка понимания к этому мужчине. Она прекрасно осознавала, что он испытывает утрату, и чтобы жить дальше, ему надо кого-то винить в его смерти. Так проще жить. Найти виновника и всю жизнь его ненавидеть.

— Мне было десять.

Прошло уже девятнадцать лет, а он все еще не мог смириться с его смертью.

— Тех людей, что убили твоего отца, — Оливия пристально смотрела в его глаза — взгляд был пуст, как и его душа, — их нашли?

Он даже не заметил, что она против правил задала еще один вопрос.

— Нашли. Они понесли наказание за свое преступление.

Казалось, что с поимкой убийц на душе должно стать легче. Но Даниэль нашел новую причину, чтобы терзать себя воспоминаниями о том дне.

— Персики не виноваты в том, что случилось. Напротив, все твое детство должно быть связано с их вкусом…

Но он прервал ее, грубо произнося:

— Хватит, Оливия. Я не хочу говорить об этом, тем более с тобой.

Так было проще. Он ни с кем не хотел об этом говорить. Ей никогда в жизни не понять того, что он испытывает. Ей не понять чувств его матери, которая осталась одна с тремя детьми, живя буквально впроголодь. Ей никогда не понять чувства его самого, маленького мальчика, который лишился отца, поддержку и опору в жизни. Ей этого не понять!

— Пей уже, — теперь он понизил голос, хотя желание выпить резко возникло у него.

Глотнув виски, Оливия уже понимала, что хватит. Она никогда не пила столько спиртного. Но, посмотрев в глаза мужчины напротив, она решила, что лучше пить и их не видеть.

— Мой вопрос, — он крепко задумался. Эта девушка просто изрыла его душу своими вопросами, как червяк землю. — Расскажи свой самый большой секрет, который ты еще никому не рассказывала.

Она не смотрела на него, вновь прикусив нижнюю губу, думая над ответом. Вот черт, почему он задает такие каверзные вопросы, на которые просто так не ответить? Был ли у нее секрет? Облокотившись на стол, потому что уже не было сил сидеть ровно, она задумалась. Вспоминать детство и то, как она похоронила кошку во дворе дома втайне от родителей, уже не было секретом. Ее скелет случайно обнаружили при постройке беседки. Но было кое-что, что она никому не говорила. То, что странным образом вселилось в нее и никак не хотело убираться. Ее сердце. Оно как будто останавливалось при виде Даниэля. От ненависти или от чего-то еще. Она решила не думать об этом и просто игнорировать его.

— Но как я могу рассказать секрет? Ведь на то он и секрет.

Даниэль облокотился на спинку стула, сложив руки на груди, и кивнул, смотря на виски. Он прекрасно знал, что она не ответит. Оливия схватила стакан и выпила, зажмурив глаза. Она боялась их открыть, потому что все вокруг превращалось в карусель. Крики с бассейна лишь усугубляли опьянение.

— Зачем ты хочешь меня напоить?

Коснувшись пальцами губ, она улыбнулась, понимая, что язык заплетался. Она открыла глаза, смотря на пустой стакан, не веря в то, что выпила уже два таких. Мерзавец, он не сделал ни глотка.

— Сейчас я тебе скажу, — Даниэль все еще сидел, свысока смотря на нее, сложив руки на груди и наслаждаясь реакцией, — у нас рейс завтра в Брюссель. Хотя нет, — он посмотрел на часы у себя на запястье, — уже сегодня.

Слыша эти слова, тысяча самолетов пронеслись прямо над ее головой. На секунду она протрезвела, осознавая весь ужас своего состояния. В мыслях она уже видела надпись: «Уволена». Она не сможет появиться в таком состоянии на борту. Даниэль все продумал. Все до мелочей. Пока она переживала за его душевное состояние, он просто шел к своей цели, задавая такие вопросы, на которые у нее не было ответов. Сам не пил. Разве это не было поводом для тревоги? А как же Марк и Нина? Оливия тут же перевела взгляд на бассейн. От них Даниэль тоже хочет избавиться? Он является царем всех мерзавцев. Она ненавидела его сейчас еще больше. Ее сердце не врало. Оно чувствовало беду раньше, чем та наступала.

В мыслях промелькнула картина будущего: она вернется в Лондон с опущенной головой. И как она посмотрит в глаза матери? Мама была права, когда не пускала ее в этот город. Мир жесток, и люди в нем бессердечные ублюдки.

Чувствуя резкую тошноту, подступающую к горлу, она прошептала:

— Меня сейчас стошнит, — и зажав рот рукой, встала со стула, понимая, что ноги не держат.

Остальное — куски нечетких картин. Чьи-то руки. До тошноты знакомый шепот. Обида. Слезы. Приглушенный свет. Свежесть кондиционера. Резкий холод и озноб. Ее кто-то поил водой, которая ни на секунду не задерживалась в организме. Ее тошнило и тошнило. Казалось, этому не будет конца. Обессиленная, она погрузилась в темноту.

ГЛАВА 21

В голове стоял шум, как от двигателей самолетов, находившихся в аэропорту. Во рту сухо, как в пустыне, на которой стоит этот город. Ощущение озноба, дрожи во всем теле так и не покидали. Оливия накинула на себя одеяло, пытаясь согреться, но получалось плохо. Постепенно сознание стало возвращаться. Она помнила лишь некоторые моменты этой ужасной ночи. И те чувства, что испытала, — гнев, боль, обида.

Желания открывать глаза не было. Она не знала, где находится, но была уверена, что не в отеле. Значит, все еще в доме Даниэля. От этого имени ее передернуло, и она вздохнула, пальцами касаясь глаз. Ночью она плакала — ее глаза болели и опухли.

— Оливия.

Этот шепот она слышала полночи. Его голос. Не Мелани, не Нины. Всю ночь он возился с ней. Но она не хотела рыться в памяти. Она больше не желала ни видеть его, ни слышать.

Даниэль коснулся ее волос, пытаясь разбудить:

— Надо вставать.

Это было что-то новенькое. До этого она слышала совсем другое: «выпей воды», «смотри на меня», «не закрывай глаза». Теперь он говорит, что надо вставать. Что он здесь делает?

Оливия все-таки попыталась сложить картинку из разрозненных воспоминаний. Она помнила море и его дом. Она помнила, что всем было весело, она помнила персики и разговор про убийство его отца. Дальше все в тумане. Но что-то мерзкое просвечивалось сквозь него — вылет в Брюссель. Сегодня. Без нее. Потому что она не в силах даже открыть глаза. Даниэль ведь этого хотел? Он умышленно предложил ей такую игру, чтобы она не смогла сегодня встать с кровати. Какая же она дура...

В груди все сжалось. Пазл собрался. То, что было потом, уже не важно.

— Вставай, мы опоздаем в аэропорт.

Она накинула на голову одеяло, даже не желая узнавать, где спит. Он опоздает в аэропорт, она уже никуда не опоздает. В таком виде ее просто не допустят к полету.

— Иди к черту, — хриплым голосом произнесла она, когда он сорвал с нее одеяло.

— Возьми себя в руки.

От ощущения холода она тут же открыла глаза, попыталась сесть, но почувствовала, как кружится голова. Схватившись за нее, она застонала. Лучше умереть, чем испытывать такие мучения. Даниэль сидел возле нее, держа в руках стакан воды. Вода — это жизнь. Вода приведет ее в чувство. Откуда он знает, что она хочет пить?

— Выпей это, — он протянул ей белую таблетку.

Он решил ее отравить. Больше уже нечего придумать. Все уже испробовано.

Оливия отрицательно покачала головой, слегка отстраняясь, и в этот момент терпение Даниэля лопнуло. Он просто засунул ей в рот эту таблетку и поднес стакан с водой к ее губам. От неожиданности Оливия проглотила ее, и вода тут же унесла все страхи. Выпив полный стакан, она почувствовала себя лучше и наконец обвела взглядом комнату — это была его спальня с большой кроватью и огромными окнами с видом на море. Она спала в его кровати! От этой новости девушка чуть не упала с нее, теперь руками ощущая хлопковую ткань на себе. Кажется, она была в купальнике. Заметив, что на ней надето, ее снова затошнило:

— Что это?

— Моя футболка. Твои вещи все сырые, — он усмехнулся, — скажи спасибо, что не голая.

— Спасибо, — прошептала она. Она не помнила, чтобы переодевалась. И лучше об этом не вспоминать.

— Я буду внизу. Приведи себя в порядок. У тебя есть час. — Он указал на пол: — Я принес твой чемодан.

После этих слов он направился к двери, и только сейчас Оливия заметила, что капитан уже одет по форме.

Даниэль вышел, прикрыв за собой дверь, и направился к лестнице, вслушиваясь в шум кофемашины внизу. К его сожалению, гости разъехались не все, а может, и вовсе никто не уехал. После того, как Оливии стало плохо, бог знает что происходило в доме, потому что он больше не выходил из своей комнаты. Она слишком напугала его. Чувствуя свою вину, он не оставлял Оливию ни на минуту. Откуда вообще возникло это чувство? Все шло по плану, который в конце рухнул вместе с Оливией. Та секунда изменила все.

— Доброе утро, капитан Фернандес, — улыбнулся сидящий за столом Джек Арчер. — Как ночь? Выглядишь уставшим.

По виду Арчера было также заметно, что он не выспался

— Самая отвратительная ночь в моей жизни. — Даниэль налил себе кофе и посмотрел на часы. Ему удалось уснуть только под утро, когда он понял, что Оливия крепко спит и ее больше не тошнит. — Я полечу в Брюссель на автопилоте.

— Если тебя допустит предполетная медкомиссия.

Даниэль на это замечание не ответил. Его допустят, сомнений не было. Больше он переживал за Марка:

— Где Марк?

— Твой второй пилот уехал домой, прихватив с собой моих бортпроводников Мелани и Герберта. А Шон с Дженнет развлекаются уже у него дома.

То, что говорил Джек, Даниэль не сразу осознал. Но, расставив по полочкам, всех «своих» и «его», он понял, что в этом списке не хватает одного человека:

— Где Нина?

И тут же, как по заказу, ее голос привлек внимание:

— Доброе утро, мальчики. Кофе есть?

Даниэль проводил девушку взглядом до самой кофемашины. С виду Нина выглядела даже лучше, чем он ожидал. Но что для него стюардесса? Для него было важно состояние Марка.

Он сидел, уставившись на чашку с кофе и думая о своем, но слыша остальных. И от услышанного пришел в ужас. Двое ворковали между собой, что-то шепча друг другу, и тихо смеялись. Кажется, он много пропустил.

— Как Оливия? — Слова Нины вывели его из задумчивости.

— Ужасно.

— Как она будет работать в таком состоянии?

Даниэль пожал плечами, все еще чувствуя свою вину. Но ведь он хотел именно этого, так почему вина гложет его? Почему всю ночь он не отходил от Оливии, пытаясь привести ее в чувство? Он почти не спал, прислушиваясь к ее дыханию и ненавидя себя за это.

— Можно я поднимусь к ней?

Почему она спросила такое? Он удивленно на нее посмотрел:

— Можно даже ее поторопить.

Нина кивнула и побежала наверх, цокая каблуками по ступенькам лестницы. Как только шаги стихли, Даниэль не смог молчать, возмущенно обращаясь к другу:

— Ты спишь с моей стюардессой?

— То, что я сплю с твоей стюардессой, — это ерунда. А вот то, что ты спишь со своей стюардессой, — это скандал.

— Ты похотливый кобель, Арчер, — недовольно выругался Даниэль, — тебе не нужна Нина, ты развлекаешься с членом моего экипажа. Я не собираюсь выслушивать женское нытье, когда ты ее бросишь. А это случится очень скоро. И я не сплю со своей стюардессой, ей нужна была помощь.

— Твоя? — Джек сложил руки на груди, внимательно слушая объяснения друга. — Нас было так много, однако к ней кинулся именно ты.

— Я был рядом в тот момент.

— Когда Мелани прибежала к вам в комнату, ты просто закрыл дверь перед ее носом.

— Не мог терпеть присутствие еще одной умалишенной.

Даниэль понимал, что это лишь отговорки. Он виноват в том, что случилось. Но он никогда не признает это вслух.

Джек замолчал, мешая ложкой не насыпанный сахар в кофе. Он не собирался ссориться с другом. Оливия — личное дело Даниэля. Пусть оба катятся ко всем чертям.

Оливия открыла подруге дверь, с трудом заставив себя встать с кровати. Нина оглядела подругу с ног до головы, и удивленные брови взлетели вверх. Видимо, футболка Даниэля на Оливии произвела фурор.

— Не смотри так, — Оливия снова села на кровать, — меня всю ночь тошнило. Сначала от выпивки, потом от твоего пилота. Или наоборот, я уже запуталась.

Нина прошла к кровати, садясь на ее край, и коснулась подруги рукой:

— Я знаю Даниэля уже три года, он не будет приставать к своим стюардессам. Я верю ему и тебе. Просто он чувствует свою ответственность за нас. Мы одна семья, и он переживает.

Нина говорила как будто для своего успокоения. Но каждое сказанное ею слово Оливия с удовольствием бы попра-

вила. Ему нельзя верить, и уж тем более он не чувствует свою ответственность. И уж точно не переживает.

— Одевайся и поехали в аэропорт, Брюссель не будет ждать.

Пока Оливия лежала в одиночестве, у нее было время подумать обо всем. И она решила, что так просто не сдастся. Даниэль не избавится от нее. Она не уйдет с экипажа и из «Arabia Airlines». Ее старания и усилия не пройдут впустую. Она прошла тернистый путь, преодолела много препятствий. И сейчас, когда ее мечта наконец осуществилась, никто не сможет заставить свернуть с пути.

Оливия резко сняла со своего тела его футболку, обнаруживая на себе купальник. Слава богам, что Нина это заметила и тут же облегченно выдохнула. Все не так плохо. Хоть в этом Даниэль оказался приличным человеком. Но злость на него была сильнее.

Минуты казались часами, пока мужчины сидели на первом этаже в ожидании девушек. Допивая третью чашку кофе, Даниэль облокотился на стол, чувствуя, что уже устал.

— Не продавай этот дом, — после долгой паузы произнес Арчер, — ты потом пожалеешь.

— Ни капли. Без него я стану богаче на несколько тысяч долларов в месяц. Куплю себе небольшую квартирку в многоэтажном доме, мне будет достаточно.

Джек недовольно поморщился:

— Почему ты такой упрямый? Ты не прислушиваешься к моим советам.

— Потому что ты даешь дурацкие советы, — вскипел Даниэль.

— Мои советы дурацкие, потому что ты хочешь видеть их такими. А ты посмотри на все другими глазами. Покупая эту виллу, о чем ты думал? — Джек повысил голос, непонимающе смотря на друга.

Даниэль тоже повысил тон, четко и быстро отвечая на вопрос:

— Я думал о семье, о детях и о своем будущем в этом доме.

— Так в чем же дело?

— В чем дело? — удивился Даниэль, смотря на друга так, как будто тот спятил. — Оказалось, я — пилот.

Между ними снова воцарилось молчание, которое вновь нарушил Арчер:

— Ты — дурак.

Даниэль только открыл рот, чтобы высказаться, как услышал голос Нины: «Мы спускаемся».

Если бы его спросили, во что была одета Нина, он никогда бы не ответил. Но он четко помнил, что на Оливии было то самое платье, в котором она плескалась в бассейне отеля в Гамбурге. Девушка была бледна, но гордо держала осанку, и ее холодные голубые глаза смотрели прямо на него.

— Вызови мне такси до гостиницы.

— Я отвезу тебя сам, — Даниэль встал, хватая со спинки стула висящий пиджак. — Нина, ты едешь?

Нина пожала плечами, переводя взгляд на Джека. Тот поднялся со своего места.

— Я отвезу ее, не переживай, мне все равно нечем заняться.

Даниэль кивнул, и все направились к выходу. Все, кроме Оливии. Злость при виде своего капитана на слова, сказанные ночью, на его желание избавиться от нее, накатила с новой силой. Ей было абсолютно все равно, что ему пришлось работать ночной сиделкой. Он расплачивался за свою ошибку. Жалости к нему не было, как и сочувствия, беспокойства о том, как он полетит.

— Что ты стоишь? — Даниэль обернулся, пропуская друзей. — Я еду в аэропорт и довезу тебя до твоего отеля. У нас еще есть время.

Но она продолжала стоять, сощурив глаза:

— Избавь меня от себя и вызови мне такси.

— Ты утопила мой телефон, — произнес он, наблюдая за тем, как она полезла в свою сумочку, вынимая свой. — Твое такси будет ехать час, ты не успеешь на рейс.

Она не поедет с ним. Тем более наедине. Ей не нужны подачки. Может, поехать с Джеком? Это было хорошей идеей, только думать надо было раньше — машина Арчера только что умчалась.

Свидетелей не было, и Даниэль сделал шаг ей навстречу. Оливия шагнула назад, все еще без отрыва смотря на него. Он готов был послать ее ко всем чертям. Его нервная система стала слишком слабой. Эта девушка выматывала своими выкрутасами.

— Я могу оставить тебя здесь одну. Просто уйти и закрыть дверь. — Он уже пошел к двери, хватаясь за ручку, но резко остановился. — Последний раз спрашиваю: ты едешь со мной?

Понимая, что он прав — такси действительно будет ехать полдня, — плечи девушки опустились, и она опустила взгляд в пол. Выбора не было.

— Если ты будешь молчать всю дорогу.

— У меня нет желания с тобой разговаривать, можешь не переживать об этом.

Сорок минут ее молчания — это большая награда. Всю дорогу Даниэль думал о работе, вспоминая аэропорт и посадочную полосу Брюсселя. Он впервые полетит туда в статусе капитана, и каждая деталь имела значение. Чувствуя волнение, он пальцами стучал по рулю машины. Руль его раздражал сейчас больше, чем девушка, сидящая рядом. На «Эйрбасе» не было штурвала, он так привык к сайдстику, что руки начинали забывать. Сейчас бы Арчер поспорил с ним по поводу управления «Боингом», вываливая все его плюсы, в частности, штурвала. Даниэль усмехнулся, вспомнив, как Оливия осадила его друга в аэропорту Гамбурга.

Чтобы не терять целых сорок минут, Оливия достала косметичку, зеркало и расческу и попыталась привести себя в порядок. Когда машина останавливалась в пробке, она хватала тушь и красила ресницы. Пока машина ехала, она расчесывала волосы, собирая их в пучок. Внезапно она осознала, что чувствует себя гораздо лучше, ее голова не болит и появилась бодрость. Что за таблетку дал ей Даниэль?

Он остановил машину возле отеля и молча помог ей достать чемодан из багажника.

— Сколько мы пробудем в Брюсселе? — Она решила спросить хотя бы это, чтобы понять, что брать с собой.

— Нисколько. Разворотный рейс. Через два часа вылетим обратно.

— Нам еще и обратно сегодня? — Ее удивлению не было предела. Такие рейсы даже тяжелее дальних перелетов. — Ты все знал и молчал! Как я отработаю столько времени? Я еле стою на ногах!

Он этого и хотел: чтобы ей было очень, очень тяжело. Только случилось непоправимое — он сам стал жертвой игры.

— Оливия, давай не будем сравнивать мою работу с твоей, — огрызнулся он. — Мой второй пилот знал, но это не помешало ему расслабляться. Я не спал всю ночь из-за тебя, а теперь мне одному пилотировать самолет туда и обратно.

— Ты закроешься в кабине, нажмешь кнопку автопилота, и все, а мне общаться с пассажирами, которые постоянно что-то требуют.

Она еще больше разозлила его своими словами «нажмешь кнопку автопилота» — это перебор для него. Он буквально кинул ей чемодан, сказав на прощание:

— Желаю тебе веселой смены, такой, чтобы ты никогда ее не забыла. И я рад, что ты в ужасном состоянии. Мне только жаль, что я потратил на тебя свое время, когда мог бы спать.

Он сел в машину и резко выехал со стоянки в направлении аэропорта. Ошарашенная Оливия стояла так еще минуту. Он пожелал ей веселой смены. Нагрубил. Кинул чемодан. Он виноват в том, что она переборщила с выпивкой, а теперь делает виноватой ее! Она не просила сидеть с ней всю ночь. Он делал это по своей воле.

Из состояния ступора ее вывел звонок. Оливия достала мобильный телефон. Мама.

— Дочка, ты куда пропала? С тобой все в порядке?

Только один человек по-настоящему переживал за нее. Только мама могла сойти с ума, представив все самое страшное, если не получала звонки от дочери.

— Со мной все замечательно, — солгала Оливия, — мне сейчас некогда разговаривать. Я опаздываю на рейс в Брюссель, я позвоню тебе оттуда.

— Оливия, не клади трубку, — строгий голос матери заставил девушку вздрогнуть. — Когда у вас рейс в Лондон?

Есть только один человек, который знает наверняка, но он никогда не скажет.

— Я думаю, мы скоро увидимся, мам. А сейчас мне правда некогда. Пока.

Она положила трубку и побежала в гостиницу.

Быстро переодевшись в чистую форму, Оливия через полчаса уже бежала на брифинг. Это был рекорд по сборам, она не взяла чемодан, чтобы тот не замедлял ее. Забежав в предполетную комнату, она никого не обнаружила — опоздала. Она впервые куда-то опоздала! Проклиная Даниэля Фернандеса, помчалась прямо к выходу на борт самолета.

Посадка уже началась. Пассажиры бесконечным потоком шли в салон самолета, пропуская опоздавшую стюардессу.

Оливия ступила на борт и сразу увидела Келси, которая, улыбаясь, встречала пассажиров. Встав рядом с ней, пытаясь незаметно отдышаться, она улыбнулась так, как учили в колледже.

— Прошу прощение за опоздание, — прошептала она, кивая пассажирам.

— Даниэль сказал, что ты опоздаешь. Ничего страшного. Вчера ты устала после перелета. Я поставила тебя в начало самолета, где меньше пассажиров.

Оливия хотела возмутиться, но промолчала. Пассажиры пугали ее не так, как граничившая с первым салоном кабина пилотов. В памяти еще были свежи воспоминания о первом полете. Сегодня, когда Даниэль бросил ей грубые слова по поводу «веселой» смены, он уже наверняка продумал и это, велев Келси поставить Оливию рядом с ним.

В кабине пилотов Марк рассчитывал вес самолета с учетом пассажиров и багажа, пока капитан вводил данные полета, держа в руке кипу бумаг и сверяясь с ней. Обычная работа сегодня давалась тяжело.

— Полоса в Брюсселе три шестьсот.

— С реверсом? — спросил Марк, отрываясь от расчетов, имея в виду тормоза при посадке.

— Естественно. Это же не Лондон, где ненормальные англичане запрещают пользоваться им, боясь шума.

Марк улыбнулся, делая записи в блокнот. Но спустя пару секунд обратился к Даниэлю:

— Как Оливия?

— Хуже, чем ты.

— Я в норме, — стал оправдываться Марк, понимая, как ему повезло, что он только что прошел предполетный мед-

осмотр. Но, с другой стороны, он не пил много, прекрасно понимая, чего ему это будет стоить.

— Время в полете шесть часов, Марк, — Даниэль недовольно посмотрел на второго пилота, — нам лететь двенадцать. Ты пил, а я не спал. Как ты думаешь, каково нам будет сегодня? Чертов Арчер с вечными праздниками.

Даниэль был зол на всех — на Джека, на Марка, на Оливию, но на себя в сотни раз больше. Он мог бы отказаться от праздника, но согласился. За то и получил.

— Мы сами виноваты, — Марк вновь погрузился в расчеты. — Не могу понять, где наш сменный экипаж? Почему мы летим одни?

— Наш сменный экипаж спит после прилета из Гамбурга.

— А нам отдыхать не надо? Ты тоже прилетел из Гамбурга.

— Мы молоды, а значит, полны сил, — Даниэль просто выдохнул эти слова. Несмотря на то, что он жить не мог без неба, сейчас сон был бы очень кстати.

Состояние улучшилось после подъема, когда самолет утонул в облаках, постепенно поднимаясь все выше. Сон как рукой сняло, и он занялся изучением плана аэропорта Брюсселя.

Оливия разносила напитки, чувствуя при этом сильный голод. Она толком и не пила еще, за исключением стакана воды, предложенного Даниэлем. Все еще ощущая слабость и легкое головокружение, она продолжала улыбаться. Европейцы не такие шумные, как китайцы, хоть это радовало.

— Оливия, вы из Лондона? — произнес молодой парень, сидевший возле прохода, прочитавший бейджик, прикрепленный на ее блузке. Она кивнула, видя в его серых глазах вспыхнувший огонек. — Я тоже из Лондона. Приятно встретить на борту самолета арабской авиакомпании земляка.

Пассажиры чувствовали себя уверенней, когда видели в самолете персонал из своей страны. Именно поэтому многие авиакомпании перемешивали национальности бортпроводников.

— Летите домой через Брюссель? — улыбнулась девушка. — Немного странный маршрут, ведь есть прямой рейс Дубай — Лондон.

— Да, люблю летать вашей авиакомпанией, но на прямой рейс билетов не было.

— Что вы будете пить?

Оливия слегка нагнулась к нему, подавая напитки его соседям, чувствуя взгляд парня на своей груди. И тут же выпрямилась.

— Вы красивая девушка, Оливия. Меня зовут Боб. Мне воду, пожалуйста.

Боб так пристально смотрел на нее, что по коже девушки пробежал холодок. Она не любила повышенного внимания к себе на борту самолета, это отвлекало от работы. Оливия налила ему воды и протянула поднос, желая побыстрее пройти вперед. Он взял стакан.

— Можно спросить?

— Спрашивайте.

Он пальцем поманил, чтобы она нагнулась к нему ближе, и ей ничего не оставалось делать, как исполнить его прихоть. Он прошептал ей, понизив голос:

— Оливия, вы оказываете интимные услуги помимо раздачи напитков и еды?

Она впервые столкнулась с такой ситуацией, но слышала ранее разговоры об этом стюардесс. Были случаи, когда пассажиры предлагали им непристойные услуги. Это было в Лондоне. Но никак не в «Arabia Airlines» в Дубае. Хотя они уже и не в Дубае, но все же... Она была шокирована, почувствовав, как его рука коснулась ее ноги.

— Вы попали не в то место, Боб, — она резко отпрянула от него, задевая тележку с напитками. Зная свой характер, одному богу известно, как она не влепила ему пощечину. Она не знала, как вести себя в таком случае, но была уверена в одном — полет начался не очень гладко. Надо было взять себя в руки и поставить извращенца на место.

Звонок телефона, висевшего рядом с выходом, спас ее. Она оставила тележку на стюарда Луи, подозвав его рукой, и схватила трубку в ожидании шелкового голоса.

— Я слушаю, — прошептала она.

— Вообще-то есть еще два пилота, которые не отказались бы от чашечки кофе.

Она была благодарна Даниэлю. Да хоть сто чашечек. Лишь бы не подходить ближе к тому парню.

— Сейчас принесу, Даниэль.

Его экипаж — двадцать четыре бортпроводника, из них двадцать женщин. И только один голос, прошептавший его имя, из всех он с легкостью мог узнать.

Через пару минут Оливия вошла с подносом в руках в кабину к пилотам, чувствуя на себе их взгляды.

— Привет, как ты? — поинтересовался Марк, беря с подноса чашку с кофе. — Надеюсь, пассажиры тихие?

Девушка поднесла поднос капитану, встречаясь с его глазами цвета эспрессо, и тут же солнце коснулось их, делая светлее. Он пристально наблюдал за ней.

— Выглядишь ужасно, — произнес наконец Даниэль, забирая кофе.

Оливию позабавили его слова, и она улыбнулась. Там, в салоне, мужчина сказал, что она красивая. А этот нахал опять грубит. Но ее это не расстроило, скорее заставило сильнее улыбнуться.

— Ты тоже.

— Все мы сегодня неважно выглядим, — произнес Марк, делая глоток и явно им наслаждаясь. Оливия позавидовала ему.

Даже несмотря на хамство, ей захотелось находиться в кабине до конца полета. Здесь тихо и спокойно. Они, счастливчики, не представляют, как им повезло. Но работа не ждет. Еще раз улыбнувшись Марку, девушка вернулась в салон. Впереди ждал обед. Но не для нее — для пассажиров. Она чувствовала нутром, что Боб не откажется от задуманного. Она слышала о таких людях — если они настроены на что-то, переубедить в обратном их можно, лишь применив физическую силу. Эта сила была только в лице стюарда Луи, который помогал ей в первом салоне.

ГЛАВА 22

Пройдя в середину самолета к Нине, Оливия зашла на кухню и налила себе воды. Нина убирала посуду, напевая веселую мелодию, и девушка рассмеялась, когда зазвучали слова: «Я люблю тебя, мой пилот, ты любишь небо, а я тебя».

Оливия выглянула из кухни, убеждаясь, что их никого не слышит.

— Это ты про Арчера?

Нина уставилась на подругу:

— Даже не думала о нем, просто получилось бессознательно. Он не стоит моих мыслей.

— Ты пела про пилота, — улыбнулась Оливия, — про пилота Джека Арчера.

— Там не было слов «Джек Арчер», — испугалась девушка, решив, что она могла и не заметить их.

— В твоей голове эти слова, — Оливия пальцем ткнула в голову подруги, — вот здесь.

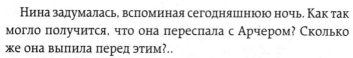

Нина задумалась, вспоминая сегодняшнюю ночь. Как так могло получится, что она переспала с Арчером? Сколько же она выпила перед этим?..

— Ненавижу пилотов, — все еще хмурясь, недовольно произнесла она, — они строят из себя приличных джентльменов, а на деле оказываются обычными подзаборными кобелями.

От столь неожиданного высказывания Оливия прикрыла рот рукой, чтобы заглушить смех. Она не понимала, откуда у Нины такая неприязнь к пилотам, но ее слова попали прямо в точку. Про Джека Арчера именно так и можно было сказать.

— Так зачем ты с ним связалась?

— Я была пьяная.

— Жаль, я думала, у вас любовь.

Нина удивленно уставилась на нее:

— Ты что! Какая любовь? Пилоты вообще лишены этого чувства, у них срабатывает только инстинкт выживания и размножения.

Если бы Оливия не стояла, прислонившись к стенке, непременно упала бы.

— Но Шон и Дженнет...

Она не договорила, потому что Нина тут же вставила свой комментарий:

— Она держит его на цепи, как настоящего кобеля.

Девушки рассмеялись. Оливия и забыла, что в ее салоне сидит пассажир, который, по-видимому, тоже относился к числу таких мужчин, хотя и не был пилотом.

— Не все пилоты похотливые кобели, Нина. Я знала человека, который оставался предан семье всю жизнь, несмотря на то, что был капитаном и очень видным мужчиной, — Оливия резко перестала смеяться, опустив глаза. — Просто тебе попадались не те мужчины, — продолжила девушка, — не те.

— Не знаю, — пожала плечами подруга, — возможно. Вот что ты думаешь про наших пилотов? Про Даниэля и Марка.

Старалась не думать.

— Я их мало знаю, Нина, но думаю, они больше любят свою работу. И мне кажется, даже если мы с тобой войдем к ним в одном нижнем белье, они не заметят. Даниэль точно.

Нет, он, может, и заметит, но выставит вон, чтобы не мешала работать.

— Давай проведем эксперимент! — воскликнула Нина. — Ты расстегнешь блузку, — она поправила свою немаленькую грудь руками, — принесешь им кофе и посмотришь на реакцию Даниэля. Если его взгляд скользнет в твой шикарный вырез, то ты, дорогая, должна будешь пригласить меня на ужин.

Оливия вновь засмеялась, представив эту картину. Безумие. Почему она должна идти к нему и показывать свой «шикарный вырез»? Хотя... Если она так сделает, то выиграет, и ужин ей должна будет Нина. Даниэль никогда не поведется на такое, она была уверена — сегодня он особенно зол на нее. Она уверена в выигрыше на сто процентов.

— Я согласна, — хохоча, произнесла Оливия, — начинай готовить ужин.

— Я выиграю, — кивнула Нина, — вот увидишь, все пилоты кобели, и ты сейчас это докажешь.

Они прошли через салон Оливии, и она вновь ощутила на себе пристальный взгляд Боба. Она не стала оборачиваться. Зайдя в туалет, находящийся возле кабины пилотов, Оливия посмотрела на себя в зеркало, пальцами растягивая верхнюю пуговицу на белой блузке.

— Ты что! — воскликнула Нина.

Слишком открыто? Она вновь посмотрела на себя в зеркало, понимая, что практически ничего не видно.

Нина закатила глаза, хмурясь и качая головой:

— Ты монашка? — Она пальцами расстегнула целых четыре пуговицы на блузке подруги, и Оливия побледнела, увидев себя в зеркале. Если бы ее видели преподаватели в колледже «Arabia Airlines», они бы ослепли. И уволили. Теперь грудь была едва скрыта. Она красиво поднималась, стянутая белым бюстгальтером, кружева которого виднелись из расстегнутой блузки.

— Я так не пойду. — Было уже не смешно. — Это вульгарно.

— Ты же говоришь, что есть мужики не кобели, и Даниэль один из них. Докажи. Кажется, ты вообще говорила о том, чтобы зайти к ним в нижнем белье.

Да, она так говорила, но сейчас готова была забрать свои слова обратно. Только гордость не позволяла отступить. Гордость и уверенность в том, что Даниэль даже не посмотрит в ее сторону.

— Стой здесь, — Нина ушла, и, оставшись одна, Оливия вновь посмотрела на отражение. Было красиво, эротично, сексуально. Но не в самолете. Не в авиакомпании «Arabia Airlines». Не в кабине пилотов.

Она провела рукой по коже, медленно спускаясь к левой груди и, слегка отодвинув бюстгальтер, коснулась светлого шрама. Он портил всю красоту. Как хорошо, что он скрыт. Никому не приятно смотреть на дефекты тела. Этот шрам на теле стал символом шрама на душе.

— Вот и я, — Нина держала поднос с кофе, — улыбайся и неси.

— Я же им только что носила кофе.

— Ничего. Сегодня тяжелый полет. Пусть много пьют.

Оливия вышла из туалета, и Нина сунула ей в руки поднос, затем поправила вырез, еще больше открывая его.

— Что ты делаешь? Я и так почти голая. Если кто увидит, меня уволят.

Нина подтолкнула девушку к двери в кабину пилотов и нажала код:

— Никто не увидит. Улыбайся, Оливия.

Марк заполнял бортовой журнал, Даниэль, переговорив с диспетчером, смотрел на показания датчиков.

— Мальчики, мы принесли вам кофе.

Голос Нины заставил Марка оторваться от своего занятия. Но внимание Даниэля было полностью занято работой.

Нина подтолкнула Оливию, и та, улыбаясь, видя на себе ошарашенный взгляд второго пилота, подошла с подносом к Даниэлю.

— Ты только что приносила нам его, — произнес он, крутя кнопку на панели управления.

Она молилась, чтобы он так и дальше продолжал не обращать на нее внимание. Хоть бы диспетчер вышел на связь.

Она наклонилась чуть ближе, и в это время он повернулся к ней, встречаясь с ней взглядом.

Она так испуганно на него смотрела, можно подумать, что она не ожидала, что он вообще посмотрит в ее сторону. Улыбки на губах уже не было. Зато на них была помада, которую ему всегда хотелось стереть. Она портила настоящий цвет ее розовых губ. Девушка стояла так близко, наклонившись к нему, что это привело его в замешательство. Что она задумала?

— Ну раз не хочешь, тогда ладно.

Оливия уже готова была уйти, радуясь победе, но капитан остановил ее:

— Хочу.

Оторваться от ее губ оказалось сложнее, чем он думал, а после того, как она закусила нижнюю, с мольбой смотря на него, это стало уже невыносимо. Он опустил взгляд... Боже, лучше бы он смотрел на ее губы. Вырез блузки был настолько глубоким, что он отчетливо видел кружева бюстгальтера, скрывающего красивую грудь.

— Оливия, с тебя ужин, я пошла, — Нина открыла дверь и вышла.

Даниэль тут же оторвался от этого шикарного зрелища, злясь про себя. Он схватил с подноса чашку с кофе и отвел взгляд.

Злость Оливии просто зашкалила, она выпрямилась, передавая Марку кофе. Тот сидел, подперев подбородок, и молча наблюдал за происходящим. Увидев недовольный взгляд Даниэля, он, улыбаясь, взял чашку с подноса, коснувшись взглядом выреза девушки.

Они все кобели, Нина права. Оливия выскочила из кабины и зашла в туалет, чтобы наконец застегнуться. Но чьи-то руки не дали этого сделать, хватая ее за грудь и больно сжимая.

— Похотливая стюардесса — моя мечта, — грубый голос возле уха и отражение в зеркале Боба... — Я заплачу, Оливия, сколько ты хочешь?

От неожиданности дыхание перехватило и сердце начало биться в разы сильнее. Она вцепилась в его руки, пытаясь отцепить их от себя, но Боб лишь сильнее сжимал, причиняя новую боль.

— Отпусти!

— Для пилотов все, а для пассажиров ничего?

Его слова еще сильнее напугали ее. В голове крутилась только одна мысль — надо кричать. Но кричать — это напугать пассажиров, создать панику на самолете. Она не могла себе этого позволить. Она не могла позвать никого на помощь, но у нее была надежда на то, что кто-нибудь из своих пойдет сюда. Дверь была приоткрыта — он так торо-

пился справить свои потребности, что забыл об этом. Или
не успел, хватая девушку.

Спасением стал шелковый голос:

— Убери от нее руки и сядь на свое место.

Даниэль вышел почти сразу за Оливией, высказать ей все,
что думает про ее игры, но шорох в туалете, граничившем
с кабиной пилотов, заставил заглянуть туда.

Шок? Нет.

Безумие? Нет.

Злость? Нет.

Ярость!

Видя, как руки какого-то мужчины касаются того, чего
он только что касался глазами, произвели в его мозгу настоящий взрыв. И может, дело было не в вырезе, не в ее теле
вовсе. Она была беспомощной, хотя и глупой, стюардессой
его экипажа.

Даниэль впервые столкнулся с подобным на борту. Он
бы вмазал этому мерзавцу или ударил головой об унитаз.
Так бы он сделал раньше. Сейчас он капитан и должен думать головой, а не сердцем. Эмоциям не место в кабине
пилота. Он прошел отличную подготовку, его учили действовать обдуманно.

— Капитан? — Парень не был напуган. Он слегка ослабил
хватку. — Что будет, если я не подчинюсь?

Испуганные глаза цвета неба с мольбой смотрели на Даниэля. Оливии просто повезло.

— Я посажу самолет в первом же аэропорту. Потом авиакомпания вытрясет с тебя столько денег за вынужденную
посадку, что тебе жизни не хватит расплатиться с ними. —
Голос Даниэля был спокоен и тверд. Он поборол в себе
ярость. Так его учили: дать понять людям свою власть над
ними. Без жестокости. Одним голосом. — Это не считая
того, что я напишу на тебя заявление в полицию Дубая

за попытку изнасилования, поскольку, летая их авиакомпанией, ты находишься на их территории. Наказание — смерть. — Даниэль прищурил глаза. — Или можешь просто сесть на свое место и молча долететь до Брюсселя. Там мы разойдемся и не вспомним друг друга.

Парень тут же выпустил Оливию, и она прижалась к стене, руками скрывая глубокий вырез. Ей было страшно. Не за себя. Теперь ей было страшно за то, что она втянула в это Даниэля.

Боб поднял руки и медленно вышел из туалета. Проходя мимо капитана, он произнес:

— Пожалуй, я сяду и буду молчать.

— Отлично, — кивнул тот, продолжая следить за каждым движением парня.

Как только они остались наедине, Даниэль зашел к Оливии, прикрыв за собой дверь. Вот теперь можно выпустить всю накопившуюся ярость. Он с удовольствием сейчас кулаком пробил бы стену, к которой она прижималась, но лишь сильно ударил по ней, и девушка вздрогнула.

Дрожащими руками Оливия пыталась застегнуть пуговицы, но получалось плохо. Он наблюдал. Молча. Пока терпению не пришел конец. Он резко опустил ее руки и посмотрел в глаза. Небо против грозовой черной тучи. Девушка почувствовала, как его пальцы касаются выреза, соединяя края блузки. Он застегивал маленькие пуговички, не отрываясь от ее глаз.

Сердце Оливии перестало биться, а воздуха резко стало так мало, что стало трудно дышать. Она пыталась набирать полные легкие воздуха, отвернувшись от него. Но зеркало, в которое ей пришлось смотреть, сильно мешало.

Застегнув последнюю пуговицу, Даниэль опустил руки, стараясь больше ее не касаться:

— Я вправе требовать объяснений по поводу этого цирка.

Оливия не хотела ничего ему говорить. Да и что она ему скажет? Им повезло, что парень так легко сдался. Им повезет еще больше, если он просидит на своем месте до конца полета.

Как капитан, который стал свидетелем этой страшной сцены между своей стюардессой и пассажиром, он обязан знать подробности. Он даже обязан доложить об этом инциденте руководству компании.

— Я жду, Оливия.

Даниэль стоял перед ней такой большой и свирепый, что она впервые испугалась. Игры зашли слишком далеко. Девушка попыталась взять себя в руки. Страх — удел слабаков.

— Дело в том... я... — Слова застревали в горле, мысли путались. Что сказать в свое оправдание? Глупый спор чуть не обернулся трагедией. — Я проспорила ужин, хотела проверить, смог бы ты обратить на меня внимание. Я думала, что выиграю, но, к моему сожалению, ты помог мне проиграть.

Даниэль отошел, шокированно смотря в ее глаза:

— Ты спятила? — не верил Даниэль, одновременно пытаясь понять — не спятил ли он. — Какой спор ты хотела выиграть, зайдя к двум мужчинам в таком виде? И знай, даже если ты останешься последней женщиной на планете, я не обращу на тебя внимание! — Даниэль указал пальцем на выход: — Иди работай.

Грубые слова ни капли не ранили ее. Но в душе поселилось странное чувство опустошения.

Даниэль вернулся в кабину, стараясь не показать Марку своего возмущения. А он был возмущен! Не англичанкой и ее выходкой, нет, он больше ненавидел себя за то, что попался на ее крючок. Больше такое не повторится, он не будет как безумный пассажир кидаться на нее, он даже смотреть в ее сторону не будет. Оливия того не стоит.

Сев на место, он почувствовал на себе взгляд Марка.

— Все нормально, — кивнул Даниэль и удивился своей выдержке. Все было ненормально! На борту чуть не случилась драка. И виной всему глупая игра глупой девчонки!

— Она сказала причину своего... — Марк не знал, как высказать словами то, что он видел, лишь руками показывая на грудь, — открытого поведения?

— Поспорила, решила привлечь к себе наше внимание, — Даниэль так просто это сказал, что сам удивился.

— У нее получилось, — усмехнулся второй пилот.

— У нее **не** получилось. Она проиграла.

— Побольше бы таких сюрпризов, — засмеялся Марк, — мне понравилось.

— Сумасшедший рейс. — Чтобы не слушать этот бред, Даниэль надел наушники и вышел на связь с диспетчером.

Оливия заставила себя успокоиться и заниматься своей работой — разносить еду. Ей было страшно проходить мимо Боба. Она боялась среагировать неправильно, мысленно уже много раз стукнув его подносом по голове. Но, к ее удивлению, Боб вел себя пристойно и больше не смотрел в ее сторону.

Снова и снова прокручивая в голове слова Даниэля, Оливия понимала, что перегнула. Теперь он наверняка думает, что она решила за ним «приударить». При первом же удобном случае она обязательно выскажет ему свое мнение по поводу этого.

За двадцать минут до посадки она почувствовала усталость. Но это лишь половина рейса. Еще столько же, и домой, в мягкую постель. Она надеялась, что следующий полет будет нескоро. Ей надо восстановиться после отвратительной ночи в доме своего капитана.

Все изменилось внезапно. Даниэль спросил команду диспетчера «Радара»:

— «Arabia Airlines» 2-1-6, снижаюсь до эшелона триста двадцать.

— Вижу вас, 2-1-6, следуйте плану.

Даниэль устал. А еще дорога обратно. Стоило подумать об отпуске...

— Марк, объяви пассажирам о снижении. — Сил не было даже на это.

Второй пилот кивнул и взял телефон:

— Уважаемые леди и джентльмены, мы приступили к снижению. Через двадцать минут мы приземлимся в аэропорту Брюсселя.

Оливия нахмурилась. Те же слова, но не было шелка. Хотя какая разница, не слышать голос Даниэля — большая удача. Они наверняка мягче сядут. Но где-то внутри поселилась маленькая неуверенность в физическом состоянии капитана. Неужели так сложно самому сказать пару слов? Не надо вмещать целый текст, достаточно одного слова «садимся», и это сразу развеяло бы неуверенность.

Пройдя вдоль ряда, Оливия смотрела, все ли пассажиры пристегнуты, все ли спинки кресел подняты, и, убедившись в полном порядке, села на свое кресло, чувствуя снижение самолета. За словами Марка послышался голос Келси, она информировала пассажиров о ручной клади и пристегнутых ремнях.

Даниэль вышел на связь с диспетчером «Подхода»:

— Добрый день, «Подход», «Arabia Airlines» 2-1-6, проходим эшелон сто пятьдесят в снижении до эшелона сто тридцать.

— Приветствую, «Arabia Airlines» 2-1-6, вижу вас. Прошу набрать эшелон сто семьдесят.

Даниэль не сразу понял и решил переспросить. Марк тут же нахмурился.

— Что-то случилось.

Но Даниэль не слушал его, вновь выходя на связь:

— Мы снижаемся, а не поднимаемся. Нам нужен сто тридцать.

— Приказываю подниматься до ста семидесяти.

— Объясните причину подъема, «Подход», — не унимался Даниэль, но, смотря на Марка, произнес: — Поднимай. Увеличивай тягу.

Тут же прохрипел голос диспетчера:

— «Arabia Airlines» 2-1-6, прошу прощения, не сразу объяснил, у меня много таких сейчас. Аэропорт Брюсселя закрыт, мы направляем вас в другой аэропорт. Поднимайтесь до ста семидесяти и ждите моих указаний.

Даниэлю показалось, что он спит и ему снится какой-то безумный сон. Как может быть закрыт такой большой аэропорт? Но, раз он закрыт, значит, произошло что-то действительно страшное.

— Может, самолет разбился на полосе? — прошептал Марк. Но об этом не хотелось думать.

— Мы уже не войдем в глиссаду, — Даниэль говорил о своем, пытаясь сохранить оптимистичный настрой. — Может, они гоняют нас по воздуху в надежде, что полоса заработает?

Он не хотел думать об разбившихся самолетах, причина не так важна. Важны последствия. Ему надо было знать, сколько им быть еще в воздухе, разворачивать самолет для повторного захода или лететь прямо. Неизвестность нервировала.

— «Arabia Airlines» 2-1-6, — голос диспетчера заставил сконцентрироваться. — К нам только что поступил приказ: в связи с двумя взрывами на территории аэропорта Брюсселя, отправлять все самолеты в другие города. Вас примет Лондон, Хитроу. У вас хватит топлива?

— Хватит, — произнес Марк, — у нас еще половина.

— Поднимайтесь до эшелона двести девяносто, работайте с «Радар-контроль». Всего хорошего.

— Поднимаюсь до двухсот девяностого, курс Лондон, Хитроу, — повторил Даниэль, не веря своим ушам. — Ничего хорошего.

Времени на сочувствие и обдумывание произошедшего в Брюсселе не было, самолет плавно начал набирать высоту, пока Марк менял заданный маршрут, вбивая новый в бортовой компьютер. Первым делом надо было настроить показатели продолжения полета, потом связаться с авиакомпанией, сообщить бортпроводникам об изменившейся ситуации, узнать, сколько человек на борту летят стыковочным рейсом, объявить пассажирам неприятную новость. И потом можно будет подумать о полосе в Лондоне.

— Черт, Лондон, — выругался Даниэль. Как теперь быть с обратной дорогой? Пассажиры в Брюсселе, самолет в Лондоне. — Марк, свяжись с авиакомпанией и объясни ситуацию. А я поговорю со старшими бортпроводниками.

Люди в салоне заметили, что самолет из состояния посадки перешел в состояние набора высоты. Они возбужденно переговаривались между собой, требуя объяснения ситуации. Оливия расстегнула ремень и встала с кресла, направляясь к пассажирам. Их пытались успокоить Луи и Дженнет:

— Мы просим вас успокоиться и оставаться на своих местах. Капитан все скажет, дайте ему время. Возможно, он просто ушел на второй круг из-за погоды.

— Сегодня солнце, — вскрикнул кто-то из пассажиров, — сегодня отличная погода.

— Значит, была другая причина, — занервничала Дженнет, но, улыбаясь, посмотрела на Оливию: — Ты знаешь, что случилось?

Она знала только то, что впервые за время ее работы Даниэль не вышел на связь с пассажирами. Это уже было

странно. Тогда девушка порадовалась этому, надеясь на мягкую посадку. Сейчас она уже сомневалась: а будет ли посадка вообще?

Отрицательно покачав головой, Оливия взглянула
на дверь в кабину пилотов. Желание войти было слишком
большим. Может быть, что-то случилось с Даниэлем? Теперь
она поймала себя на мысли, что уже три часа ничего о нем
не знает. Три часа — это слишком много, если учесть, что
последние дни они были настолько часто вместе, что часы
уже казались днями.

Девушка сделала шаг в сторону кабины, но кто-то потянул ее за край юбки, и хриплый голос прошептал:

— Милая, мы умрем?

Оливия оглянулась на скрюченную, хилую старушку. Ее
костлявая рука все еще теребила юбку девушки, а помут-
невшие от старости глаза смотрели, желая услышать что-то
обнадеживающее. Оливия тут же присела, чтобы оказаться
на одном уровне с ней, и, улыбаясь, произнесла:

— Мне всегда казалось, что, когда самолет падает, он те-
ряет высоту. А мы ее набираем. Вам не о чем волноваться.
Все будет хорошо.

Старушка кивнула, казалось, что ее удовлетворили эти
слова. Но они не удовлетворили рядом сидящую молодую
пару:

— Долго мы еще будем лететь? Через два часа у нас вылет
в Тенерифе.

— Я уверена, вы успеете, — продолжала улыбаться
Оливия. Но уверенности не было. Лгать людям она уже
не могла.

Поднявшись на ноги, она еще раз взглянула на людей
в своем салоне. Они оказались более чем нетерпеливыми.
Становилось слишком сложно успокаивать их поодиночке,
поэтому она громко произнесла:

— Уважаемые пассажиры, я прошу вас успокоиться, занять свои места и пристегнуть ремни безопасности. Скоро капитан объявит причину задержки посадки. Умейте уважать друг друга, некоторые из вас нагоняют панику, а другие выдумывают бог знает что.

Все резко замолчали, прислушиваясь к ее словам, и Оливия услышала звук застегивающихся ремней. Она мысленно поблагодарила Бога за то, что у этих людей есть уши.

— Спасибо, — кивнула она и улыбнулась.

— Круто, — произнес Луи, который все это время стоял рядом. — Нас вызывает Келси, она только что от пилотов.

Нет надобности идти к ним в кабину. Келси сама все скажет.

Все бортпроводники первого этажа собрались в первом салоне, ожидая слов старшей стюардессы.

— Мы изменили курс, — начала говорить Келси, — в связи с тем, что аэропорт Брюсселя закрыт. Там произошли два взрыва. Нас направили в Лондон, Хитроу.

Услышав слово «Лондон», Оливия тут же забыла про взрывы в Брюсселе. Она даже забыла про пассажиров, летящих стыковочным рейсом. Это слово фейерверком взорвалось в душе. Она летела в Брюссель, а прилетит домой, в Лондон!

— Боже, какой ужас, — тяжело выдохнула Мирем, — что нам делать?

Они были шокированы. Но Оливию это мало волновало — она думала о том, сможет ли выйти из самолета, чтобы вдохнуть сырой воздух родины.

— Сейчас вы пройдете каждый по своему салону и перепишете имена людей, которые летят в Брюссель проездом. Пилоты уже связываются с нашей авиакомпанией, но вряд ли «Arabia Airlines» сможет чем-то помочь. Это ошибка не нашей авиакомпании, но эти данные мы передадим в аэропорту Хитроу. Я надеюсь, люди будут размещены в гостинице или вывезены наземным путем до Брюсселя.

— Кто объявит об этом пассажирам? — спросила Мирем, и Оливия перевела взгляд на Келси. Самое неприятное, что можно испытать на борту самолета, летящего не в место назначения, — это гнев недовольных людей. — Кто возьмет на себя такую ответственность?

— Даниэль скажет сам. — Келси достала блокноты и начала раздавать бортпроводникам. — Как только он объявит, сразу начинайте опрос. Улыбайтесь и подбадривайте пассажиров, представьте, что на их месте могли оказаться вы.

Оливия улыбнулась, получая блокнот, она мечтала оказаться на их месте. Чтобы только в Лондон. Мысленно она уже звонила маме, представляя, как та обрадуется.

— А что будет с нами? — произнесла она. — Мы сразу вернемся обратно? А как же пассажиры, ожидающие нас в Брюсселе?

— Ничего не знаю, — пожала плечами Келси. — Идите. И делайте вид, что все отлично.

Даниэль задумчиво смотрел в окно на красный закат, в который они летели. Минутный перерыв перед обращением к пассажирам.

— Хочешь, я скажу? — Марк видел, как трудно давались слова капитану. Но тот отрицательно покачал головой, беря в руки трубку телефона.

— Я тут подумал, — прошептал он, — два взрыва. Погибли люди. — Он посмотрел на Марка все тем же пустым взглядом. — Люди, которые пришли улетать, провожать или встречать. Среди них могли оказаться те, кто встречал наш рейс, и те, кто собирался в Дубай обратно.

Марк нахмурился. Он не думал об этом, будучи занят изменением курса. А сейчас представил, что будет с пассажирами, когда они услышат эту новость.

— Наши бортпроводники возьмут на себя весь ужас.

Даниэль тут же подумал об Оливии. Она наверняка уже знает, куда они летят, и пребывает как минимум в радостной истерике. Эгоистка, она ведь так хотела оказаться в Лондоне.

Отбросив неприятные мысли, Даниэль нажал кнопку микрофона:

— Уважаемые леди и джентльмены, с вами говорит капитан Даниэль Фернандес Торрес, прошу вашего внимания.

Его голос коснулся слуха Оливии. Мягкий, нежный, он завораживал, заставляя вслушиваться в каждую произнесенную букву. Даже сейчас, когда он сообщит шокирующую новость, его голос невозможно будет возненавидеть. Она надеялась на это. Она надеялась, что люди, слушая его, почувствуют уверенность. Она не знала, что скажет Даниэль, но мысленно молилась, чтобы этот шелк подействовал на пассажиров.

— В аэропорту Брюсселя произошло два взрыва, в связи с чем все рейсы перенаправлены в другие города. Нас направили в Лондон, в аэропорт Хитроу. Прошу отнестись спокойно к этой новости, имейте уважение друг к другу и экипажу, не создавайте панику. По прибытии в Хитроу сотрудники аэропорта подскажут вам, как действовать дальше. Пассажиров, летящих стыковочным рейсом, прошу продиктовать свои данные бортпроводникам. Мы начнем снижаться через тридцать минут. Спасибо за понимание.

Как только он отключился, люди еще минуту сидели молча. Оливия видела на их лицах непонимание. Это она летела в одну страну, а попадет домой. Они же напротив, летели домой, а окажутся вдали от него. После слов Даниэля бортпроводники начали подходить к людям. Так Оливия оказалась возле Боба, который усмехнулся:

— Мне даже не надо будет добираться домой.

Она понимала его, стараясь быстрее закончить опрос у людей, сидящих рядом с ним, но ее отвлек мужской голос, который прокричал со своего места:

— Сколько погибло людей? Подорвали самолеты? Нас тоже подорвут? — Все резко стали оборачиваться, и он встал, привлекая внимание: — Нам врут. Они составляют списки, чтобы проще было узнать, кто где сидел. Потому что наши тела вряд ли можно будет опознать.

После этих слов у Оливии задрожали руки.

ГЛАВА 23

Паника на борту — это катастрофа для экипажа. Оливия уже встречалась с чем-то подобным, когда такой же тяжеловесный мужчина собирался открыть дверь самолета в воздухе. Оливия знала, что дверь автоматически блокируется в полете, ее невозможно открыть. Но ей никто не верил. Тому мужчине верили больше. Сейчас она боялась, что и этому поверят.

— Мы пытаемся выяснить, сколько стыковочных пассажиров, чтобы помочь им, — она стала продвигаться к нему, замечая во втором салоне подобную ситуацию.

Если в тихую очередь запустить одного недовольного человека, то он заведет всех остальных. Цепная реакция. И есть только один способ утихомирить толпу — как можно быстрее подавить лидера.

— Сядьте, пожалуйста, на место и пристегните ремень безопасности. Мы скоро начнем снижаться, — Оливия говорила с улыбкой, а внутри все тряслось от страха. В памяти всплыли воспоминания, когда мужчина ударил ее и она потеряла равновесие. Сейчас она боялась приблизиться к нему, стоя в двух шагах.

— Мы не верим вам, — произнес мужчина. — На нашем борту бомба? Поэтому нас направили подальше от Брюсселя?

— Вы пугаете людей, — произнесла Оливия, — прошу вас сесть.

Теперь ее голос был строже, и она уже не улыбалась, сильный страх не давал ей делать этого.

— Мы все умрем, — пробормотала та самая старушка, которую Оливия успокоила ранее.

Но ее соседи не готовы были умирать. Желание оказаться в Тенерифе пересилило:

— Что будет с нами? Мы не попадем на свой рейс.

Голова пошла кругом. Слишком много требований.

— Пусть для начала самолет совершит посадку. Разбираться, кто куда улетит, вы будете в аэропорту Хитроу, а не в воздухе, — девушка уже еле сдерживалась, чтобы не накричать на них. Она тут же обратилась к старушке: — Мы не умираем. — Потом черед дошел до мужчины: — Сядьте уже, нет у нас бомбы. Хотя бы в этом нам сегодня повезло!

К ее удивлению, он сел, и Оливия спокойно выдохнула, продолжив опрос.

Этот сумасшедший полет она запомнит надолго. День не задался с самого утра, но она надеялась возместить причиненный психике ущерб, встретившись с мамой. Больше ничего не хотелось.

Келси собрала все данные пассажиров и, нажав код на двери, зашла к пилотам. Даниэль разговаривал с диспетчером, поэтому она отдала списки Марку. Тот взглянул на него и ужаснулся:

— Стыковочных пассажиров много. Я не знаю, как они улетят, куда собирались. — Он сунул капитану список, ожидая его реакции.

Даниэль взглядом пробежался по нему, удивленно подняв брови.

— Я свяжусь с Хитроу и передам им, спасибо, Келси. Как пассажиры себя ведут?

— Уже сносно, — улыбнулась она, — смирились с действительностью.

Он даже не стал интересоваться, как они вели себя до того, как смирились. Сейчас его волновал куда более сложный вопрос.

— Лондон перегружен, большинство рейсов отправлено именно туда. Нам дадут очередь на посадку, поэтому я не знаю, сколько нам еще находиться в воздухе.

Келси понимающе кивнула и вышла в салон.

Даниэль крутил в руках листок бумаги, задумчиво смотря на бортовые датчики. Этот рейс, наверно, кто-то проклял. И кажется, он догадывается кто — он сам. Это он пожелал Оливии веселого рейса. Веселей не придумать.

Еще сорок минут они кружили над городом в ожидании своей очереди. Туман полностью поглотил Лондон, снижая видимость огней. Все складывалось не в пользу пилотов. Радовала только смена часового пояса — город еще только готовился принять вечер, солнце уходило за горизонт, стараясь последними лучами указать им дорогу.

— «Arabia Airlines» 2-1-6, посадку разрешаю.

Голос диспетчера оказал успокоительный эффект на Даниэля, но в то же время новое волнение пришло на смену долгому полету — туман.

Он взял трубку телефона, объявляя:

— Леди и джентльмены, нам наконец дали разрешение на посадку. Через пять минут мы приземлимся в аэропорту Хитроу. Просьба оставаться на своих местах, пока вам не разрешат выйти из самолета. Экипажу приготовиться к посадке.

Он положил микрофон и обратился к Марку:

— Этот город пугает меня, по мне, так лучше летать бесконечно, чувствую, земля встретит нас новыми проблемами. И будем тормозить с реверсом, плевать я хотел на их правила.

В салоне было тихо, люди устали нервничать и доказывать свои права. Они молча сидели, каждый погруженный в свои мысли. Одна лишь Оливия, пальцами касаясь стекла иллюминатора, всматривалась в даль, различая сквозь туман огни родного аэропорта. Сердце сжалось, а во рту пересохло. Усталость прошла, и на смену пришло успокоение. Она дома. Уже почти дома. И как только шасси коснулись полосы, девушка ощутила это всей душой. Дом.

Посадка прошла на удивление мягко, Даниэль ожидал чего-то более жесткого, управляя самолетом на мокрой полосе. Но главное — они сели. Впереди их ждало еще одно препятствие — их не пустили к аэропорту, приказывая стоять на рулежной дорожке.

— Самый отвратительный рейс, который у меня когда-либо был!

— Мы прилетели из арабской страны, и в связи со взрывами в аэропорту Брюсселя они имеют права обыскать нас, — устало произнес Марк и оказался прав.

Спецслужбы не заставили себя долго ждать, подъехав к их самолету.

Пока подкатывали трап, Даниэль вышел на связь с авиакомпанией «Arabia Airlines». Милый женский голос представительницы компании слегка успокоил его:

— Рейс 2-1-6, ваш вылет на Дубай сегодня отменен и назначен на завтра на четырнадцать часов дня сначала на Брюссель, где вы заберете пассажиров, а оттуда отправитесь в Дубай. «Arabia Airlines» на ночь расселит экипаж в гостиницу Лондона.

Лондон хоть и встретил их туманом и мокрой полосой, но даст им на время приют и отдых. Сейчас это было очень кстати.

— Что мне сказать пассажирам? — еще один вопрос не давал Даниэлю покоя.

— Пассажиров, следующих маршрутом Дубай — Брюссель, наша авиакомпания переправит наземным транспортом до пункта назначения, можете не переживать, капитан.

Жизнь начала налаживаться. Даниэль выключил двигатели и чуть улыбнулся. На сегодня с него хватит.

В салоне люди начали вставать со своих мест, расстегивая ремни. Слыша этот звук, мысли Оливии тут же вернулись в действительность — на борт. Она хотела уже сейчас позвонить маме, но уставшие и недовольные пассажиры не дали ей такой возможности.

— Я прошу вас оставаться на своих местах, — громко произнесла девушка в надежде быть услышанной. Но люди категорически не хотели сидеть. — Капитан не давал разрешения на выход из самолета.

— Нам уже все равно, на земле мы не подчиняемся ему, — все тот же большой мужчина произнес сквозь зубы, и Оливия попятилась, хватая трубку, соединяющую салон с кабиной пилотов. Почему Даниэль не может сказать пару слов?

Он сразу взял трубку.

— Почему людей не выпускают? Все устали от неизвестности, устали находиться здесь! Наш экипаж выпустят в город? Я тоже хочу домой.

Даниэль тут же перебил ее:

— Это квест, Оливия, — услышала она смешок, — для того, чтобы попасть домой, надо пройти много различных испытаний.

От услышанного девушка чуть не выронила трубку из рук. О чем он говорит? Опять игра? Наверное, сошел с ума, находясь более семи часов в кресле пилота.

— Ты пьян?

— Я — нет. У меня для тебя новое испытание, — он замолчал, а Оливия наблюдала, как Келси открывает дверь. — Это тебе привет из Лондона.

Тут же люди в военной форме с оружием в руках забежали на борт их самолета. Оливия вскрикнула и повесила трубку, отойдя в сторону, уступая им дорогу.

— Уважаемые леди и джентльмены, — прозвучал голос капитана, — у нас гости, которые хотят обыскать вас, нас, ваш багаж и наш самолет. Прошу всех оставаться на местах.

Оливия прижалась к стене, пытаясь дышать как можно спокойней. Мозг никак не мог поверить глазам — люди в камуфляже, ее земляки, ощупывали каждого пассажира, проверяли металлоискателем. Стало страшно. Она не знала, как действовать в подобной ситуации. Но, услышав голос Келси, которая пыталась успокоить пассажиров, на душе стало тоже чуть спокойней.

Люди уже не возмущались, они просто боялись вставить слово. Оружие вызывало паралич голоса.

— Поднимите руки, мисс!

До нее не сразу дошли эти слова, но, взглянув в суровые глаза солдата, она прошептала:

— Я своя, я из Лондона.

— Поднимите руки, или мне придется вас арестовать за неподчинение органам власти.

От этих слов девушка тут же подняла руки, и мужчина провел своими руками по всему ее телу.

— Что вы ищете?

— Террориста-смертника, мисс.

Что случилось с Европой, пока она жила на Востоке? Мир перевернулся, она не узнавала его. Родной город встретил ее как террористку.

Мужчина нашел у нее лишь телефон, который тут же отдал девушке.

— Скажите код двери кабины пилотов, мисс, — скомандовал солдат и подошел к дисплею с цифрами.

Оливия вымученно сглотнула. Это нервный спазм. Он возник сразу, как только его слова долетели до нее. Единственное, что бортпроводник не мог сделать, — это сказать код кабины пилотов. Этому ее учили, к этому ее готовили, и этого она боялась всегда. Даже под дулом пистолета, несмотря на угрозу жизни, она не могла открыть к ним дверь. Умом она понимала, что в данной ситуации их жизням ничего не угрожает. Но гарантии не было.

— Нажмите на кнопку вызова, они сами решат, открывать дверь или нет, — прошептала она, и солдат нахмурился. Он явно не был доволен тем, что перед ним сразу не открылись все двери.

Но он послушал ее, нажав на вызов, и Оливия услышала звук разблокировки двери. Пилоты впустили его. Довольный, но грозный, он шагнул внутрь.

Этот кошмар длился полчаса, и все это время Оливия стояла в проходе между кресел, наблюдая за происходящим. Квест? Испытание? Она сегодня прошла уже много испытаний. Такова цена возвращения домой? Что еще должно произойти, чтобы она переступила его порог? Самое страшное — их могли не выпустить в город.

Наблюдая за тем, как люди в камуфляже покидают их самолет, она ждала слов капитана, и они не заставили себя долго ждать.

— Уважаемые пассажиры, мы получили разрешение на выход из самолета. Компания «Arabia Airlines» приносит свои извинения за причиненные неудобства, представители нашей авиакомпании ждут вас в аэропорту, чтобы доставить наземным транспортом в Брюссель. Благодарим за понимание.

Люди медленно шли по трапу, кто-то молчал, кто-то прощался с экипажем. Все устали, не было сил высказывать свое недовольство. Они так и не поняли, что «Arabia Airlines» не виновата в сложившейся ситуации. Все стали жертвами этого печального для европейцев дня.

Оливия зашла на кухню, доставая мобильный телефон, и набрала номер мамы.

— Оливия, как ты, дочка? С тобой все в порядке? Я смотрю новости, в Брюсселе взрывы... — Джина говорила и говорила, не веря в то, что слышит голос дочери. — Скажи что-нибудь! Где ты?

— Со мной все хорошо. Я ближе, чем ты думаешь. Мама, я в Лондоне.

Молчание на том конце заставило встревожиться, но внезапно в трубке раздался всхлип, и Оливия поняла, что мама плачет.

— Я увижу тебя? Вас выпустят из самолета? Хотя какая разница, ты же знаешь, я пройду куда угодно.

— Мама, не на... — но связь оборвалась, и Оливия выключила телефон. Она не сомневалась, что мать воплотит свои слова в реальность. Даже если ее дочь будет заперта в самолете, Джина Паркер найдет способ отпереть дверь.

Еще сорок минут понадобилось на то, чтобы отогнать самолет к терминалу. Все это время Оливия не находила себе места, прогуливаясь по салону и делая вид, что ищет забытые пассажирами вещи. Она ждала Даниэля, чтобы узнать дальнейшие действия экипажа. Но врываться к нему в кабину не стала, боясь отвлечь от руления. Разговоры бортпроводников тоже ничего не дали: Оливия оставалась в неведенье.

К самолету вновь подали трап, и Келси открыла двери. В салон тут же попал влажный запах дождя и тумана, настолько знакомый, что сердце сжалось. Только сейчас девушка осознала, что боится сойти на землю. Эта земля принимала ее как гостью, а не как родного человека. Когда Оливия начала работать в арабской авиакомпании, у нее даже в мыслях не было, что здесь она станет чужой.

Никто не решался выйти из самолета, все ждали пилотов. А они будто специально медлили.

— Будем ночевать на борту, — пошутил кто-то. — Или через час вылетим в Брюссель, если откроют аэропорт.

— Ничего подобного, — произнес долгожданный голос, и Оливия обернулась, встречаясь с черными глазами Даниэля. Появилась маленькая надежда.— Мы улетим завтра в четырнадцать часов в Брюссель. Сегодня нас разместят в гостинице. Всех.

Он сделал акцент на этом слове. Всех.

Оливия нахмурилась. Уж точно не ее, она не собиралась ночевать в родном городе в гостинице. Хватит и того, что ее встретили с оружием.

Уставшие бортпроводники стали спускаться по трапу на землю, таща за собой чемоданы. Оливия улыбнулась, вспомнив, что решила оставить чемодан в отеле, а брать его всегда надо. Могут случиться самые невероятные вещи.

Даниэль облокотился на открытую дверь, сложив руки на груди и пропуская экипаж. Как только очередь дошла до Оливии, которая оказалась последней, он перегородил ей путь рукой. Она не успела шагнуть на трап, лишь вдохнула сырой воздух и, устремив взгляд вдаль, постаралась не смотреть на него, чтобы лишний раз не нервировать себя.

— Ты уже позвонила всем, кого любишь?

Он выругался про себя. Какое ему дело? За два дня он слишком устал от нее, но в то же время понял, что четырех часов ему не хватило. Безумие какое-то. Он тут же убрал руку, пропуская ее. Но девушка стояла.

— Да, я позвонила единственному человеку, которого люблю, — Оливия перевела взгляд голубых глаз на него, — моей маме.

— Маме? — не понял он, но, видя ее потерянный взгляд, он тут же осознал — Оливия переживала. В его мыслях промелькнул какой-то парень, от которого у нее останавливается сердце, и вновь выругался про себя. — Как же твой парень? Он бросил тебя?

— Нет, — начала вскипать девушка, — нет никакого парня.

Она нахмурилась, а он облегченно выдохнул, удивляясь своей столь странной реакции.

— Какое тебе дело до меня?

Оливия повысила тон, приготовившись ступить на трап, и вновь голос Даниэля ее остановил:

— Мне нет до тебя никакого дела, ты права. Это простое любопытство.

— Отлично.

Наконец она оказалась на улице, и ветер тут же захватил ее своей прохладой.

Марк как раз выходил из кабины, когда до него долетели последние слова капитана и стюардессы. Он взглянул на Даниэля:

— Мне кажется, вы не ладите друг с другом.

— Тебе не кажется, — грубо ответил капитан и вышел на трап за Оливией.

Девушка спускалась по ступенькам медленно, как будто боялась стать ближе к родной земле. Он быстро догнал ее, и она обернулась, пристально посмотрев ему в глаза. Сейчас они отражали все огни, горевшие вблизи. И на секунду ей показалось, что его глаза роднее Лондона.

Даниэль встал рядом с ней. Они вместе наблюдали, как члены экипажа заходят внутрь аэропорта. Оливия не бежала вперед всех, как он представлял себе не раз. Она молча стояла рядом, и он понял ее состояние.

— Мне было девятнадцать, когда я уехал из Испании. Только спустя пять лет я вернулся туда в качестве второго пилота рейсом Дубай — Мадрид. — Даниэль не смотрел на нее, вспоминая прошлое. Об этих воспоминаниях и его ощущениях он никому не рассказывал, но сейчас, видя, как взволнована девушка, он вспомнил себя. — Я ждал этого момента — сойти с самолета и почувствовать себя дома. Но когда я ступил на землю, понял: это уже не мой дом. Земля по-прежнему была землей, было все так же жарко и сухо. Тот же воздух. Но что-то изменилось. Я не мог понять, что. — Оливия внимательно слушала, и Даниэль обернулся: — Потом я понял — это я стал другим, и мой дом находится между небом и землей.

Марк прошел мимо, разрывая возникшую связь. Всего секунда, и их взгляды вновь встретились. Даниэль протянул ей руку:

— Ты уже ничего не сможешь с этим поделать. Пойдем, Оливия.

Находясь под впечатлением от его признания, она молча вложила свою теплую ладонь, почувствовав, как его пальцы сжали ее. Сколько раз за последнее время она ощущала их и ловила себя на мысли, что так ей спокойней? Даниэль спустился на землю первым, и девушка за ним сделала первый шаг на холодный мокрый асфальт.

— А как же родные люди, которые остались на той земле? Ты не скучаешь по ним?

— Скучаю. Но теперь у меня своя жизнь, — Даниэль разжал ладонь, отпуская руку Оливии.

У девушки было много вопросов к Даниэлю, но задавать их она не стала. Захочет — расскажет сам. Ступив на землю, которая казалась уже другой, она начала переживать о предстоящей встрече с матерью.

Марк ждал их у стойки паспортного контроля, и втроем они направились к выходу из здания. Массовое скопление людей душило, разноязычные голоса сходили на крик. Даниэль взглядом искал членов своего экипажа, пока не понял, что они сбежали от шума к автобусу.

— Оливия! — раздался сквозь этот шум женский голос. — Оливия!

— Мама! — Девушка побежала ей навстречу. Крепко обняв, Оливия прошептала: — Мамочка.

Женщина слегка отстранилась, пытаясь налюбоваться. Коснувшись волос дочери, она провела по ее щеке:

— Как ты изменилась, Оливия. Ты стала взрослой, я с трудом узнала тебя в форме.

Улыбка девушки стала шире, она с такой любовью смотрела в голубые глаза матери, забыв, что оставила позади Даниэля и Марка. Но взгляд Джины Паркер сам нашел их, она пристально всматривалась в их удивленные лица.

Даниэль улыбнулся, видя долгожданную встречу двух близких людей. Мать Оливии совсем не такая, какую он себе представлял. Противоположность своей дочери: невысокого роста полноватая блондинка с кучерявыми волосами, которые кольцами обрамляли миловидное лицо, улыбка была открытой, с ней появлялись ямочки на щеках и мелкие морщинки в уголках голубых глаз. Кроме цвета глаз он не нашел ни одного сходства с высокой стройной брюнеткой. Значит, вот в кого небесный цвет получила английская девушка. И он очень понадеялся, что характер Оливия получила не от матери.

— Мама, познакомься с пилотами моего экипажа. — Она взяла мать за руку и повела ее к мужчинам: — Второй пилот Марк Стоун. Марк, это моя мама Джина Паркер.

Джина, улыбаясь, кивнула ему, и тут же перевела взгляд на высокого темноволосого капитана, стоящего рядом со вторым пилотом. Его фуражка и четыре желтых шеврона на рукавах черного пиджака болью отозвались в ее душе. Он был горд и красив. Прилетев в Хитроу, своей грацией он затмил всех пилотов.

— Капитан Даниэль Фернандес Торрес, — произнесла Оливия, и, к ее удивлению, Джина, все еще улыбаясь, протянула ему руку.

— Значит, вот тот мужчина, который смог заставить мою девочку молчать.

Теперь улыбка коснулась и губ Даниэля, и он пожал руку женщины со словами:

— Вы недооцениваете свою дочь, миссис Паркер.

— Просто Джина, — засмеялась она. — Вы мне нравитесь, капитан.

— Просто Даниэль. Взаимно.

Пока они обменивались комплиментами и улыбками, Оливия хмурила брови. Ей совсем не понравилось то, что она сейчас увидела и услышала. Но следующие слова матери заставили ее и вовсе широко открыть глаза.

— Мы с Оливией рады пригласить вас обоих в наш дом. К сожалению, мы не можем принять весь экипаж, двадцать шесть человек физически не влезут в него, но для двух пилотов места найдутся.

Даниэль тут же посмотрел на Оливию, которую явно шокировали слова Джины. Он бы с радостью отказался, но, видя ее недовольство, решил принять предложение.

— С удовольствием примем ваше предложение, Джина, — улыбнулся он женщине, ощущая на себе сверлящий взгляд Оливии. Пусть бесится. От этого он получал максимум удовольствия. — Марк, позвони Джуану или Келси, пусть едут в гостиницу без нас. Встретимся завтра в двенадцать дня в аэропорту на брифинге.

Даниэль не мог позвонить по причине утопления телефона в бассейне. Вспомнив об этом, Оливия опустила глаза в пол, пытаясь не пересечься с ним взглядом. Судя по всему, он будет напоминать ей об этом всю последующую вечность.

ГЛАВА 24

Дом, где жила Джина Паркер и где росла маленькая Оливия, был небольшим, но уютным: цветы на подоконниках, шторы на окнах в стиле прованс, старая мебель из натурального дерева, повсюду шкафы с книгами и запах выпечки. Дом таил в себе мир и покой. Даниэлю сразу понравилось, здесь царила жизнь, повсюду чувствовалась рука женщины — ленточки на шторах, бантики. Именно этого не хватало в его доме, и именно поэтому он хотел его продать.

— Очень уютно, — произнес Марк, — никогда не был в гостях у англичан.

Джина ласково улыбнулась. Даниэлю она понравилась, очень милая женщина. Странным был тот факт, что Оливия — ее дочь.

— Я как чувствовала, что сегодня будут гости, и испекла яблочный пирог.

От этих слов Оливии сделалось дурно. Ее мать только что сказала, что она — гость. Родная страна встретила ее с оружием, а мать с пирогом «для гостей».

— Я не гость, — обиженно произнесла она и взглянула на Даниэля, но тот лишь усмехнулся. Мерзавец. Потому что оказался прав. Теперь ее дом... она не знала, где ее дом.

— Не знаю, Оливия, — Джина обняла дочку, гладя по волосам. — Теперь ты гость в собственном доме. Чувствую я, ты никогда уже сюда не вернешься.

Оливия поспорила бы, но опять вспомнила слова Даниэля. Ведь он так и не вернулся домой.

— Почему не вернется? — удивился Марк. — Существует отпуск, в конце концов она выйдет замуж, и ей захочется жить на земле. Отличный способ вернуться.

Джина засмеялась, но Оливии эта идея смешной не показалась, она посмотрела на Даниэля, заметив, как пристально он наблюдает за ней.

— Если муж будет летать, она вряд ли вернется, — перестала смеяться Джина и вновь погладила дочь по волосам, вынимая из прически шпильки. Волосы тут же каскадом упали на плечи девушки.

— А меня кто-нибудь спросил? — возмутилась Оливия. — Давайте закроем эту тему и больше никогда к ней не вернемся. Моя карьера только начала стремиться вверх, и я не собираюсь связывать себя семейными узами по крайней мере лет десять.

— Какой ужас, — произнес Даниэль, снимая пиджак и вешая его на стул. Сейчас он бы съязвил по этому поводу, но при матери не мог. Джина упала бы в обморок от его слов. Капитан лишь сел на место, кладя руки на стол и продолжая сверлить Оливию взглядом. Это не ускользнуло от внимания девушки. Она даже знала, о чем он с трудом молчит, и улыбнулась. Впервые Даниэль не может сказать то, что хочет.

— Оливия, займись гостями, а я принесу чай и пирог.

— Я помогу тебе, — девушка вскочила со своего места, но мать движением руки усадила ее обратно, и она вновь оказалась напротив Даниэля, глаза которого сейчас были чернее самого крепкого кофе.

— Я сама все сделаю, ты устала.

Марк, сложив руки за спину, ходил по комнате, читая названия книг, стоящих на полках в шкафу. Их было так много, что так ходить и читать можно было до завтрашнего утра. Даниэль сверлил Оливию взглядом, облокотившись о спинку стула. Она перегнулась через стол, чтобы прошептать:

— Это была не моя идея привести тебя сюда.

— Третья ночь, Оливия Паркер, под одной крышей с тобой сведет меня в могилу раньше, чем какая-либо болезнь, — ответил шепотом он. — Я надеюсь, ты не застрелишь меня в своем доме ночью?

— Хорошая идея, Даниэль Фернандес Торрес, но, может, мне повезет, и ты застрелишься сам?

Он улыбнулся. А чего он ожидал от нее? Гостеприимства?

— Ничего себе, — присвистнул Марк, пальцем ткнув в стекло шкафа, — Даниэль, иди сюда.

Что за стеклом могло быть настолько важным, чтобы заставить уставшего пилота встать? Но Даниэль послушно поднялся и направился к Марку. Может, второй пилот отыскал на Оливию досье?

Джина, напевая песню, несла фарфоровые чашки на подносе, затем бережно брала по одной и расставляла перед гостями. Но за столом сидела только грустная Оливия, закусившая нижнюю губу и убравшая руки под стол. Ее что-то тревожило, но мать решила не придавать этому значения, ссылаясь на волнение дочери от встречи с родным домом.

Марк водил пальцем, не касаясь стекла, но не выдержал и открыл створки шкафа.

— Матерь божья, — прошептал Даниэль, смотря на названия книг — все были учебниками по гражданской авиации. Разных времен. Всех авторов, которых знал он сам, были и те, чьи имена он видел впервые. Книг было настолько много, что половины жизни не хватит прочитать их.

В голове крутился один вопрос — откуда у двух женщин столько учебной литературы про авиацию, про закрылки и реверс, про давление и тягу? Оливия иногда выкидывала знания, шокируя всех. Но Даниэль думал, что этому ее обучили в колледже.

Его рука коснулась старой фотографии в рамке. Он взял рассмотреть ее получше — на ней были двое: маленькая девочка и склонившейся к ней мужчина при форме с четырьмя золотыми шевронами на рукавах пиджака. Мужчина — точная копия Оливии: те же черты лица, каштановые волосы и улыбка. Ее улыбка.

— Это Джон, отец Оливии, — грустно произнесла Джина, и удивленный Даниэль обернулся к девушке. Но она не смотрела на него, взгляд голубых глаз был устремлен в стол.

Мозаика сложилась: ее знания, закрылки, тяга — ее отец капитан самолета.

— Он погиб в авиакатастрофе над Атлантическим океаном, когда Оливии было двенадцать лет. Попрощался с нами как обычно перед рейсом и не вернулся, — голос Джины дрогнул, — его тело так и не нашли. Иногда мне кажется, что он сейчас придет. Откроет дверь, как всегда, зайдет с улыбкой...

Рука Даниэля впервые дрогнула, капитан чуть не выронил фотографию. Он тут же поставил ее на место. Молча. Закрыл плотно стеклянную дверь и боялся посмотреть на Оливию. В эту минуту он возненавидел себя. Еще вчера он рассказывал о гибели своего отца и был уверен, что

ей этого не понять. Но она способна понять его куда больше, чем он мог предположить.

— Простите, что вам пришлось вспомнить об этом, —
смутился Марк, — Оливия нам ничего не говорила.

— Вы не виноваты, — тут же улыбнулась женщина. —
Давайте пить чай.

— Джон Паркер, — произнес Даниэль, отойдя от шкафа.
Он посмотрел на девушку, которая наконец подняла глаза. — Я много читал о нем. В университете мы разбирали
каждый случай авиакатастроф. Джон Паркер стал для меня
героем. Мне очень жаль, что, летя с отказом всех двигателей, планируя над океаном, он так и не смог дотянуть
до земли.

Это страшная и мучительная смерть. Это жуткое чувство
страха, когда знаешь, что тебя ждет впереди и выхода нет.
Но Джон Паркер надеялся его найти. Он не долетел каких-то
двенадцать километров до аэропорта. Даниэль был шокиро-
ван, что сейчас находится в его доме и разговаривает с его
женой. Черт, он работает с его дочерью в одном экипаже!

— Ему было бы приятно услышать твои слова, Даниэль, — улыбнулась Джина и тут же что-то вспомнила, хлоп-
нув в ладоши: — Пирог! Марк, помоги мне, пожалуйста,
принести пирог из кухни.

Даниэль был восхищен этой женщиной. Джина Паркер
специально уводила второго пилота, оставляя дочь наедине
с капитаном. Это было странно: откуда она могла знать,
что сейчас Даниэль хотел поговорить с Оливией без свидетелей?

— Конечно, мэм, — произнес Марк. Проходя возле Оливии, он коснулся рукой ее плеча: — Мои соболезнования,
Оливия.

Она дотронулась его руки и кивнула, благодаря за поддержку.

Проводив взглядом Марка и Джину, Даниэль сел напротив Оливии. Она — копия своего отца. Но внешность — это ничто по сравнению с характером. А характер, судя по всему, тоже был не в мать.

— Почему ты не сказала мне?

— Ты не спрашивал, — тут же ответила она и посмотрела на него. Она так часто стала смотреть в глаза этого мужчины, что сама испугалась, поняв, что взгляд может сказать даже больше, чем слова.

— А как мне надо было спросить? — удивился он. — «Оливия, ты случайно не дочь Джона Паркера?» Как-то не приходило в голову.

— Это ничего не меняет.

Даниэль замолчал, вслушиваясь в тиканье часов. Это действительно ничего не меняет. Она все та же Оливия — дерзкая английская девушка.

— Ты права. Я испытываю уважение к твоему отцу, но это никак не касается тебя. Для меня ты просто стюардесса, чей характер несовместим с моим.

— Отлично, — прошептала она, — в таком случае нам надо держаться друг от друга подальше.

От слов капитана набежала волна чего-то горького. Она не понимала Даниэля. Он мог быть грубым и в то же время ласковым. Мог надерзить ей и поддерживать. Еще вчера они вместе смеялись на пляже, толкая друг друга в воду, а позавчера он отшлепал ее в бассейне и чуть там же не утопил. Он напоил ее до полусмерти и просидел всю ночь рядом, боясь оставить одну.

Оливия сидела напротив, подперев подбородок рукой. Она чувствовала, как черные глаза пристально наблюдают за ней, и второй рукой стала царапать стол. Даниэль молниеносно прихлопнул ее руку своей.

— Ты хочешь поговорить об этом?

— Только не с тобой.

Заслышав шаги из кухни, Даниэль тут же убрал свою руку, и в этот момент Марк занес пирог. Вслед за ним шла Джина, неся небольшую коробку в руках.

— Я принесла фотографии Джона. Вам, наверное, будет интересно посмотреть.

— Мама! — тут же вскрикнула Оливия. — Им неинтересно.

— Очень интересно! — тут же вставил твердым голосом Даниэль, пригвоздив девушку взглядом, и та замолчала.

Джина улыбнулась, видя, как просто этот мужчина может управлять ее шумной дочерью.

— Это я попросил твою маму показать фотографии, — обратился Марк к Оливии, садясь на свое место.

— Тогда это меняет дело, — она взяла нож в руки и встала, слегка наклонившись к пирогу. Пронеся нож прямо перед Даниэлем, она заметила, как тот отстранился, и легкая улыбка коснулась ее губ. Последнее слово всегда должно быть за ней, даже если это слово, произнесенное молча.

Наблюдая за тем, как она режет пирог, Даниэль выругался про себя.

— Расскажите, как вы познакомились с Джоном, — попросил Марк Джину, принимая от Оливии кусок пирога, — наверняка это красивая история.

— Самая красивая, — задумчиво произнесла она. — Джон был вторым пилотом, когда я впервые увидела его. Меня поставили на один рейс с ним в Рим.

— Вы стюардесса? — удивился Даниэль, сразу забыв про нож.

— Небо у нас семейное. Я работала стюардессой в авиакомпании «British sky» — на тот момент это была самая крупная авиакомпания, осуществляющая международное сообщение. Мне было двадцать два года, когда я — после всех собеседований и многочисленных отборов — попала в эту авиакомпанию. Экипажи постоянно менялись, я не успевала привыкнуть к людям.

— Политика «Arabia Airlines» в этом плане другая, — встрял Марк, — наши экипажи не меняются, а привыкание друг к другу повышает эффективность работы. Ведь бортпроводник не испытывает стресс от постоянного знакомства с новыми людьми. Так же, как и пилоты. Мы привыкаем к одним людям, и они становятся нашей семьей.

— Я согласна с политикой вашей авиакомпании, — кивнула Джина, — к людям привыкаешь до такой степени, что они становятся частью тебя. Странно, что остальные авиакомпании не следуют этим правилам. Если вы пришли работать на завод, ваши коллеги не меняются из смены в смену. — Джина задумалась на секунду и вновь продолжила: — Я встретила Джона возле комнаты для брифинга перед вылетом в Рим. Высокий, стройный брюнет — он казался строгим в своей летной форме. Мне кажется, я сразу влюбилась в него. Никогда не забуду, с каким восхищением он смотрел на меня, но гордость не позволяла заговорить.

— Гордость? — не понял Даниэль.

— Именно гордость. Пилоты чаще имели любовниц среди стюардесс, но не жен. Они считали, что настоящая жена должна быть дома, на земле, ждать мужа из дальних рейсов, воспитывать детей. Джон был слишком воспитан, чтобы иметь любовницу-стюардессу. Поэтому он старался, как можно меньше меня видеть, и в этом ему помогла авиакомпания, которая постоянно меняла экипажи.

Даниэль перевел взгляд на девушку, сидящую напротив, — та удивленно смотрела на мать.

В ее голове всплыли слова Нины: «Все они похотливые кобели». Сегодня она доказала это сама. Чувствуя, как сильно рука сжимает ложку, Оливия тут же выпустила ее, и она со звоном ударилась о чашку.

— Какая глупость, — бархатный голос заставил посмотреть на его обладателя, — с каких пор считается, что пилоты рассматривают стюардесс как... похоть?

Оливия открыла рот от удивления. Теперь ей захотелось кинуть ложкой в него.

— А разве нет? — От ее язвительного тона вздрогнул даже Марк. — Сегодня ты сам доказал это.

— Трудно быть слепым, Оливия. Ты зашла в кабину к пилотам, к мужчинам, вкрай оголив себя, и считаешь, что я должен был смотреть на звезды?

Марк засмеялся, и девушка перевела недовольный взгляд на него:

— Ты повел себя не лучше.

— Именно поэтому «Arabia Airlines» придумала правило о связи между членами экипажа. Было мило, Оливия, но не более того, — продолжил Даниэль.

Джина переводила непонимающий взгляд с дочери на мужчин. Что она опять натворила?

— Отличное правило, я с ним согласна, — Оливия стиснула зубы, — но я бы сделала поправку: запретила связи между всеми сотрудниками «Arabia Airlines», даже из разных экипажей. Иначе связи, как змеи, окутывают всех своими хвостами.

— В моем экипаже нет связей, как ты заметила, можешь быть спокойна.

— В твоем нет, а в других... — она вспомнила Мелани и ее полупрозрачного призрака, — есть, и ты знаешь об этом.

— Тихо, — прогремел голос Джины, и все замолчали, смотря на нее. — О каком правиле вы говорите?

— Перед устройством на работу в «Arabia Airlines» каждый подписывает договор, в котором прописан ряд правил, — объяснил Даниэль, — одно из них: запрет на любовные отношения между членами одного экипажа.

Джина нахмурилась, эти правила ей уже не нравились.

— Зачем это надо?

Марк пожал плечами, отламывая кусок пирога. Ему тоже было это не совсем понятно, но он никогда не задавался этим вопросом, лишь исполнял его.

— В целях техники безопасности, — ответил Даниэль. — На борту может произойти все, что угодно. — Он повернулся к Джине, и несколько пар глаз уставились на него, ожидая продолжения. — Прошу прощения, если задену ваши чувства, я приведу пример, основываясь на реальных событиях: ваш муж, Джон Паркер, летя над океаном и потеряв все двигатели, думал холодной головой, и я уверен, он не впадал в панику и отчаяние, а до последнего пытался сохранить жизни себе и людям на борту. Вас с ним не было. Теперь представьте, если бы вы там оказались. Я думаю, он не стал бы даже находиться в кабине, пытаясь утешить вас, попрощаться с вами. Его голова была бы забита чувствами, а не работой. Не очень удачный пример, но я надеюсь, вы поняли, что я хотел сказать: личные отношения отвлекают от работы, а если это чрезвычайная ситуация, то... Именно поэтому «Arabia Airlines» решили устранить эту проблему таким путем.

Минуту все молча думали о своем. Джина кивнула, понимая, что ее нахождение на борту терпящего бедствия самолета ничего не изменило бы. Самолет упал бы в любом случае. Но вот ее мужу умирать было спокойней с осознанием того, что его близкие будут продолжать жить.

Даниэль вспомнил себя в Коломбо после того, как он утешил Оливию, его мозг полностью перестал соображать. Именно тогда он согласился с этим дурацким правилом.

Нет личным связям в экстремальных ситуациях, голова капитана всегда должна быть ясной.

— Не учли только одного, создавая это правило, — произнесла Джина, — то, что недоступно, становится более желанным. А как же чувства? Я прошла через это, влюбившись в пилота. Что делать таким, как я и Джон?

— Таких уволят не моргнув глазом. Очередь в нашу авиакомпанию слишком длинная, они быстро найдут замену, — кивнул Марк.

Оливия закрыла глаза. Сейчас она подумала о Мелани. Чувство тревоги за подругу росло. А теперь Мел решила жить с Гербертом. И об этом уже знает Даниэль. Его лучший друг Джек Арчер скоро обо всем догадается.

— Вы рассказывали о вашей первой встрече с Джоном, — напомнил хозяйке Марк, ожидая продолжения.

— Ах, да, — Джина снова задумалась, — ваше странное правило отвлекло меня... — Она сделала глоток чая, ставя чашку на блюдце. — Второй раз мы встретились на том же рейсе в Рим. Вечером мы всем экипажем гуляли по площади Навона, любовались фонтаном, ярмарками. Впервые Джон взял меня за руку, и в том моментя поняла, что никогда не отпущу ее...

— Я налью себе еще чаю, — прервала рассказ Оливия.

Она встала из-за стола, унося чашку, и прошла на кухню к окну. Желание уйти возникло неожиданно. И дело было не в прикосновении рук. Разговор про экстренные ситуации в небе ее нервировал, заставлял переживать все заново. В голове вновь возникла авиакатастрофа над океаном, и девушка машинально коснулась шрама на груди — единственное воспоминание о той трагедии. Его не стереть, а вместе с ним не стереть и память.

— Если ты переживаешь по поводу того, что я скажу Арчеру, то можешь быть уверена, этого не случится, но, думаю, он сам догадывается.

Девушка резко обернулась, убирая руку со шрама. В дверном проеме стоял Даниэль. Как долго он здесь стоял? Оливия облизнула пересохшие губы, пытаясь не смотреть на него. Но он заполнил собой все пространство маленькой кухни.

— Спасибо, — кивнула она, и это его насторожило. Он ждал, что в него полетят предметы сервиза. Но, видя потерянную девушку, которая не могла понять, что ей вообще здесь надо, он сделал шаг навстречу, и она вздрогнула, поднимая растерянный взгляд на него.

— Оливия, с тобой все в порядке?

— Все хорошо, — она отвернулась, вновь устремив взгляд на темную улицу. Отец любил смотреть в окно. В памяти всплыл уже размытый образ улыбающегося мужчины с четырьмя желтыми лычками на погонах, и сердце сжалось, а шрам вновь заболел. Зачем надо было тревожить воспоминания? Она попыталась совладать с собой, не дать волю эмоциям перед Даниэлем. Для всех она сильная.

Капитан молча подошел, побоявшись прикоснуться. Он точно знал, что с ней. Дело не в ее подруге — воспоминания об отце сдавливали грудь. Ему как никому другому это было знакомо. Они внезапно пронизывают душу, разрывая на части.

— Оливия, — Даниэль развернул ее к себе, держа за плечи, — есть вещи, которые не пережить в одиночестве. Ими надо делиться, иначе сойдешь с ума.

Она смотрела на него широко открытыми глазами. Зачем он это сказал?

— Твоей матери приятно рассказывать о муже, она живет воспоминаниями. Тебе больно даже думать об отце. Но ты сильная, Оливия. Знаешь, — он улыбнулся, — ты сильнее меня. Я падаю от запахов персиков, а ты летаешь. Тебя не испугала катастрофа, унесшая жизнь отца, ты уверенно шла в эту профессию. Не дай себя сломить.

Даниэль не касался ее физически, только морально, но сейчас ей хотелось чувствовать именно телесный контакт. Она внезапно обняла его, крепко сжав в объятиях, чувствуя, как крепко его руки держат ее. Но ей хотелось еще крепче. Так сильно, чтобы она закричала от боли.

— Я слабая, — прошептала она ему в шею, — я не могу побороть воспоминания. Мне тяжело с этим жить. Я летаю, но каждый раз я вспоминаю ту трагедию, и иногда мне кажется, что со мной случится то же самое.

— Не случится, — прошептал он, рукой запутываясь в ее волосах, — я обещаю.

В памяти всплыла картина, произошедшая в Коломбо: напуганная Оливия, вся в крови в душевой, сидит, поджав под себя ноги, с потерянным видом. Тогда Даниэль тоже обнимал ее, чувствуя, что ей это необходимо. Он чувствовал ее страх, пытался помочь. А сильная зона турбулентности, когда их сменный экипаж попал в песчаную бурю? Игра в молчанку превратилась в пытку, она глазами давала понять, как ей страшно. Он положил свою руку на ее ладонь...

— С тобой ничего не случится, — он слегка отстранился, беря ладонь Оливии, и их пальцы переплелись. Другой рукой он все еще обнимал девушку, чувствуя, как та расслабленно вздохнула и щекой коснулась его груди, вдыхая уже знакомый запах. Запах спокойствия и тепла. Оливия слышала, как сильно стучит его сердце, и от этого стука становилось еще спокойней.

— Ты всегда утешаешь меня, — прошептала она, — что я могу для тебя сделать?

Он засмеялся, и, услышав его смех, девушка улыбнулась.

— Никогда не корми меня персиками.

— Это я уже поняла.

— Я бы попросил тебя быть менее дерзкой, но не стану.

— Потому что сам не сможешь без этого. Что еще?

— Никогда не заходи в кабину пилотов с таким большим вырезом на груди.

Она засмеялась и посмотрела на него. Даниэль улыбался.

— А ты перестань спаивать меня.

— Никогда больше не сделаю этого, — теперь засмеялся он, вспомнив, что быть сиделкой ему понравилось меньше всего. — Думаю, сейчас нам надо вернуться в гостиную и дослушать рассказ твоей мамы.

Он все еще обнимал ее, чувствуя, как тело Оливии напряглось после этих слов и ее рука сжала сильнее его пальцы.

— Мама очень любит вспоминать, а мне от этого больно. Но я стараюсь не подавать виду, чтобы не расстраивать ее, — сказала она, поправляя белоснежный воротник его рубашки, случайно задевая черные пряди волос, всматриваясь в его уставшее лицо. За день выросла легкая щетина, делая его старше и мужественнее. Ему шло. Когда-то она солгала, сказав, что после долгого перелета он выглядит плохо. Даниэль всегда выглядит шикарно. Глаза цвета крепкого эспрессо пристально наблюдали за ней из-под густых черных ресниц, его взгляд опустился на ее губы, и под натиском она закусила нижнюю.

Сколько раз он думал о ее губах, сколько раз он хотел прикоснуться к ним... Сейчас это желание вспыхнуло с новой силой. Он чувствовал ее дыхание совсем близко, они дышали одним воздухом в паре сантиметров друг от друга.

— Да, Марк, ты прав, — внезапно громкий голос Джины в кухне заставил это желание рассыпаться в прах, — они спорят.

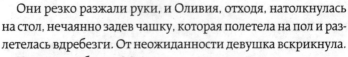

Они резко разжали руки, и Оливия, отходя, натолкнулась на стол, нечаянно задев чашку, которая полетела на пол и разлетелась вдребезги. От неожиданности девушка вскрикнула.

На кухню вбежал Марк.

— Вы так тихо себя вели, что я переживал, — он взглянул на лежащие на полу осколки, — вижу, что не зря.

ГЛАВА 25

Даниэль долго не мог уснуть. В мыслях он прокручивал видение губ Оливии, которые были не против, чтобы он их коснулся. Слава богу, Марка осенило раньше, чем его самого, что тишина — это признак чего-то страшного. Так и было. Закончилось бы все плохо. Радовала только Джина, которая, войдя на кухню, спасла их от трибунала «Arabia Airlines».

Мать выделила Даниэлю комнату, граничившую с комнатой Оливии, и спасибо всем небесным силам, что их разделяла целая стена. Джина не догадывалась, что позавчера они спали в одной комнате, а вчера пришлось делить одну постель. Даниэль молча нес этот крест, но сегодня его как подменили. Он устал от Оливии. Ему нужен был срочный отпуск. Пожалуй, он слетает еще один рейс и возьмет месяц перерыва. А впереди еще ожидала плановая учеба. За такой долгий срок он напрочь забудет Оливию Паркер.

Пока он обдумывал весь прошедший ужас и дальнейшие действия, сон наконец одолел его.

Лучик света ворвался в спальню Оливии, разбудив ее, и девушка улыбнулась, нежась в родной постели. Наконец она выспалась, но вставать совсем не хотелось. Пересилив себя, опустила ноги на теплый пол и потянулась, смотря на стену. За ней спал Даниэль. Сегодня ночью их разделяла целая стена. Точно такую же надо возвести между ними, этот мужчина подошел к ней слишком близко.

Она открыла дверь и вышла в коридор, буквально налетев на своего капитана.

— Ты всегда так резко выходишь? — возмутился он, и Оливия отошла на шаг.

— И тебе доброе утро, — она окинула его взглядом, понимая, что он уже одет по форме, а она стоит перед ним лишь в коротких шортиках и топике на тоненьких бретельках. Если бы перед ней был Марк, она бы закричала и убежала, но Даниэль ее не смущал.

— Если утро началось со встречи с тобой, то оно не может быть добрым.

После их первого полета сменным экипажем он поклялся больше никогда не говорить ей «доброе утро».

— Тогда я перейду тебе дорогу, — улыбнулась девушка, поднялась на цыпочки и маленькими шажками перешла ему путь к лестнице, но, остановившись возле нее, обернулась: — Мяу.

Даниэль рассмеялся, сам не ожидая такой реакции. И, слыша его смех, Оливия улыбнулась.

— Доброе утро, мои хорошие, — произнес мягкий голос Джины снизу, — слышу, настроение у вас отличное.

Она вышла к лестнице с тарелкой в руках — вытирала ее полотенцем. Ее взгляд был устремлен на дочь и Даниэля.

— Доброе утро, Джина, — его смех перешел просто в улыбку.

— Как давно я не слышала смех в этом доме. После того, как Оливия уехала, здесь стало тихо, как на кладбище.

— Мама! — воскликнула Оливия. — Что за ерунда?

— Но это правда, дочка.

Минуя Оливию, Даниэль стал спускаться вниз. Одиночество и пустой дом — он понимал Джину.

— Вам нужны внуки, Джина, — произнес он, проходя мимо нее, — много внуков. И этот дом вновь обретет радость.

Даниэль точно так же оставил свою мать. Разница лишь в том, что его мать осталась не одна — старшие сестры быстро сделали ее бабушкой.

Он прошел в кухню, и Джина последовала за ним, готовая накладывать завтрак.

— Внуки в этом доме были бы кстати... — задумчиво сказала она, беря сковородку в руки.

— У моей матери две внучки и один внук. Две мои старших сестры вышли замуж и родили целый детский сад. Они живут отдельно от матери, но частенько подкидывают ей малышей. — Даниэль задумался о том, сколько лет сейчас «малышам», он так давно не был дома и не видел их, что они уже, наверное, были студентами колледжа.

Джина, впечатленная его рассказом, положила яичницу ему на тарелку и села напротив:

— Твоей матери повезло. Иметь много детей — это счастье. У меня только Оливия.

Он понимающе кивнул:

— Боюсь, от вашей дочери вы еще лет десять не дождетесь внуков.

Джина лишь грустно кивнула, соглашаясь с его словами.

— Оливия упрямая, Даниэль, — произнесла она, взглянув на него, и от этого взгляда он опустил вилку, — но и на нее можно найти управу. Будучи стюардессой в самой престижной авиакомпании Англии, я думала только о работе. Я жила небом. И даже повстречав Джона, моя страсть к полетам не утихла. Все изменила Оливия. Родив ее, я поняла, что ребенку нужна мать, а мужу — жена на земле. Я бросила свою работу, но жалею только об одном — что не подарила Оливии братьев и сестер. — Джина улыбну-

лась. — Я дам тебе совет: родив первого ребенка, не надо останавливаться. Только так можно опустить Оливию на землю.

Если бы в эту минуту на кухню не зашел сонный Марк, Даниэль выронил бы вилку из рук. То, что сказала эта женщина, имело глубокий смысл. Но для кого? Почему она говорила это ему? Неужели из-за вчерашней сцены на кухне Джина решила, что между ним и ее дочерью что-то есть? Это просто невозможно. Земля перестанет существовать раньше, чем родится их первенец.

— Доброе утро, — пролепетал сонно Марк, — у вас очень хорошо спится. Еле встал. — Он посмотрел на своего угрюмого капитана и улыбнулся: — Что вы тут обсуждаете?

Джина встала, уступая ему место, и Даниэлю резко захотелось оказаться в кресле пилота на высоте тридцать шесть тысяч футов. Подальше отсюда.

— Доброе, — улыбнулась миссис Паркер. — Мы обсуждали, что лучше пить с утра — чай или кофе? Я говорю, что чай с молоком полезней, но вот молодежь никак не хочет это понять и предпочитает кофе, — она указала взглядом на Даниэля, и тот выдохнул, мысленно обратившись ко всем существующим богам. Джина Паркер оказалась на удивление умной женщиной, понимая, что некоторые темы лучше оставлять в секрете. Тем более от Марка.

— Доброе утро всем! Сегодня отличная погода, я увиделась с мамой, выспалась дома, аэропорт в Брюсселе открыли, и жизнь налаживается! — Оливия вбежала на кухню, обнимая Джину. — Сегодня никто не испортит мне настроение, — она взглянула на задумчивого Даниэля, — или испортит?

Капитан медленно перевел взгляд на девушку. В голове еще слышались слова Джины, и мысли сами рисовали картины. Ужасные. Самые отвратительные из всех, что он, когдалибо представлял — беременную Оливию. Его ребенком.

— Что ты на меня так смотришь? — Она села рядом, беря в руки свежеиспеченный круассан и откусывая его, пальцами касалась своих губ. Он проклял эту секунду.

Слыша, как Марк стал осыпать Джину вопросами про Джона Паркера, Даниэль прошептал:

— Я смотрю сквозь тебя.

Оливия кивнула, боясь посмотреть в его глаза. Вчера она насмотрелась в них вдоволь.

Чтобы как-то отвлечь себя, Даниэль решил переключить свое внимание на расспросы Марка. Разговор про Джона и самолеты был гораздо интересней и приятней, чем его дочь, но мозг не хотел воспринимать информацию. Теперь он вспомнил о вчерашнем вечере и губах дочери Джона Паркера. Если бы ее отец знал, что сейчас творится в мыслях молодого капитана, никогда бы не пустил Даниэля на порог своего дома. Вновь посмотрел на Оливию — она вилкой ковырялась в тарелке, мысленно находясь где-то далеко. Может быть, разговор матери про отца снова задел ее воспоминания?

Девушка никого не слышала, мысли унесли ее в воспоминания... вчерашнего вечера. И сейчас она чувствовала энергию, исходящую от мужчины рядом. Периодически он бросал на нее взгляды, но она старалась не обращать на это внимание. Давалось это с трудом.

— Куда наш следующий рейс? — все так же, не смотря на него, спросила Оливия, чтобы хоть как-то отвлечь себя. — В Лондон?

К ее удивлению, Даниэль тихо засмеялся. Судя по его реакции, это точно была не Англия.

— Ты всегда, получая желанное, хочешь больше и больше?

— Хорошего должно быть много.

— Много хорошего быстро становится обыденностью. Хорошее надо разбавлять, чтобы оно как можно дольше оставалось таковым.

Даниэль был прав, она уже побывала дома и насладилась этим. В мире еще много стран, которые ждут их.

— И чем можно разбавить Лондон?

— Римом, — он улыбнулся, понимая, что этот город тоже имеет воспоминания о ее родителях.

— Рим! — воскликнула Оливия. — Мама, мы полетим в Рим.

Джина тут же переключила свое внимание на дочь. Рим для нее был чем-то особенным, дорогим ее памяти.

— Как здорово, — заулыбалась она, вновь вспоминая то время, — мы часто гуляли по Риму всем экипажем.

— Сколько было в вашем экипаже человек? — поинтересовался Даниэль.

— Девять.

Она услышала его смех.

— В моем двадцать шесть. Пожалуй, мы останемся в гостинице.

Оливия издала недовольный стон:

— Наши перелеты слишком длинные и тяжелые. Нам хватает сил только дойти до номера и лечь спать, чтобы наутро вылететь обратно. Получается, мы не видим тех стран, в которые прилетаем. Это не считая того, что иногда мы летим со сменным экипажем или, как вчера, разворотным рейсом. Почему так? Чем мы хуже остальных? Почему другие экипажи могут задерживаться по нескольку дней в других странах?

Она задала этот вопрос Даниэлю, но целесообразней было задать его директору авиакомпании Мухаммеду Шараф аль-Дину. Даниэль такой же подневольный человек, как и она.

— Все деньги, Оливия, — произнес он, тоже явно недовольный этим фактом, — простой нашего самолета обходится «Arabia Airlines» слишком дорого. В воздухе он дешевле, чем на земле. За нашу ночевку в Риме авиакомпания заплатит несколько сотен тысяч долларов, если не больше. Туда войдет зарплата экипажу, трансфер до гостиницы и обратно, номера на всех членов экипажа, стоянка самолета. Это минус «А380».

— «Боинг», на котором летает Арчер, тоже имеет эту особенность?

— Его самолет на порядок меньше нашего, он все-таки довольно большой, поэтому да, его стоянка тоже дорогая. Он точно так же, как и мы, вынужден находиться в аэропорту от пары часов до, максимум, целой ночи в гостинице. Не больше. Простой любого самолета любой авиакомпании — это дорогое удовольствие.

Пожалела ли Оливия, что пошла работать в «Arabia Airlines» на самый большой гражданский самолет в мире? Нет. Ни капли. Спать урывками и работать больше двенадцати часов вошло в привычку.

— У нас было все не так, — произнесла Джина, мысленно жалея дочь, — мы могли жить по нескольку дней в разных городах. Мы любили гулять по улицам, радоваться новым странам.

— Мы радуемся новым странам из иллюминатора, — Оливия посмотрела на Даниэля, вспомнив, как он, пилотируя самолет ночью, устроил небольшую экскурсию по огням ночного Дели, — это впечатляет. Складывается ощущение, что ты бог и весь мир у тебя на ладони.

Улыбнувшись, он кивнул ей. Именно это он и чувствовал. Необязательно находиться на земле, чтобы насладиться красивыми видами. Красивее, чем из окна самолета, просто не бывает.

— Ты смотрела на Дели в ту ночь? — удивился Даниэль. — Ты же спала.

— Еще как смотрела, — вмешался в разговор Марк, — выгнала меня с моего кресла.

— Неправда! — воскликнула, девушка. — Не верь ему. Он сам пустил меня.

Все засмеялись, а Даниэль подумал, что, может, не зря он показал ночной Дели. Может, есть люди в салоне самолета, которым это тоже было интересно.

Завтракая и обсуждая летную жизнь, они не заметили, как пора было собираться в аэропорт. Марк поднялся на второй этаж за своим чемоданом. Он был единственным, кто его взял. Даниэлю, как и Оливии, это даже в голову не пришло. Вчера им было не до чемодана.

Джина открыла дверцу шкафа и из многочисленной библиотеки мужа вытащила книгу в зеленом переплете и протянула ее Даниэлю:

— Пусть это будет моим подарком в память о нашем знакомстве.

Он взял книгу в руки, не веря своим глазам — ее автором являлся Джон Паркер. Название говорило о многом: «Между небом и землей». Про их жизнь.

— Ваш муж написал книгу?

— Да, за год до трагедии. Их всего несколько экземпляров, в магазине ты ее не найдешь.

Оливия быстрым шагом пересекла комнату и выхватила книгу из рук капитана. Она прижала ее к груди, как самое дорогое, что у нее осталось от отца.

— Ты с ума сошла, — она задыхалась от возмущения, — это единственная память, она должна остаться дома. Еще вчера ты говорила, что ждешь, будто папа вернется, а сегодня направо и налево раздаешь то, что принадлежит только нам.

— Оливия! — воскликнула мать, смотря на Даниэля: — Прости ее за эту выходку, — и тут же повернулась к дочери: — Зачем она тебе? Эта книга — учебник по авиации, пусть она будет у того, кто принадлежит этой касте.

— Мой сын будет принадлежать этой касте. — Оливия крепче сжала книгу, видя, как мать занервничала и ткнула в книгу пальцем.

— Отдай Даниэлю книгу, она к тебе еще вернется.

Только чтобы не нервировать мать, Оливия пихнула ему обратно в руки.

— Через десять лет верну, — произнес он с сарказмом, когда Джина вышла из комнаты, — кажется, столько тебе надо, чтобы соизволить родить сына.

Недовольный взгляд — и снова перед ним та самая Оливия. Он даже предположил, что она может сказать в ответ, и оказался прав:

— Постараюсь сделать это как можно быстрее.

— Не сомневаюсь в твоей вредности, — улыбнулся он. — Может, мне взять еще пару книг, чтобы ты прямо сейчас покинула мой экипаж?

Мерзавец опять шутил, но Оливия решила закончить этот раунд своей победой:

— Ты не избавишься от меня, даже если мне придется рожать каждые три года, я все равно вернусь в твой экипаж.

И тут Даниэль вспомнил утренние слова Джины, сказанные ему на кухне.

— Нет, Оливия, ты уже не вернешься, — произнес он и направился к выходу.

Глоток свежего воздуха — вот что требовалось в эту минуту. Выйдя на лестницу, он спустился на выложенную камнем дорожку, ведущую к белой калитке. Всюду царила тишина, лишь отдаленное чириканье птиц изредка нарушало ее, и Даниэль оглянулся, смотря на дерево, пытаясь отыскать в ветвях обладателя голоса.

— Воробьи, — произнес тихий голос, он даже не обернулся, опустив взгляд на зеленую траву. — Я не хотела тебя обидеть.

Оливия сжала кулаки и стиснула зубы перед тем, как произнести извинения. Они давались слишком тяжело.

— Можешь не возвращать книгу, тебе она нужнее. Чем меньше вещей, напоминающих о нем, тем легче.

Когда-то он сам так считал, распродав все, что связано с отцом. Даниэль начал с вырубки персиковых деревьев. Лично. Но это не помогло.

— Тогда я отдам ее твоему сыну. Он обязан будет стать пилотом.

— Только пилотом, — Оливия улыбнулась.

— Все пять, — усмехнулся он.

— Кто пять?

— Детей.

— Все пилоты? — удивилась девушка, и он засмеялся, пожав плечами.

— Никак иначе.

Немного подумав над его словами, Оливия зажала рот рукой, боясь что-то сказать, но это все равно вырвалось:

— Боже, зачем мне столько пилотов? Почему пять?

Ее голубые глаза смотрели прямо на него, а брови взлетели вверх. Он не знал, что ответить. Но чертики в ее глазах заставили его поддержать сумасшедшую игру в будущее:

— Пять — это первое, что пришло мне в голову.

— Странно, что не двадцать пять.

Смотря на смеющуюся Оливию сейчас, Даниэль вспомнил, как она смеялась, толкая его к морю, как брызгалась водой и обваляла в песке. Ее смех отразился радугой в его душе, наполняя яркими красками. Это было странно, но чертовски приятно. Не смеяться вместе с ней просто не получалось, Оливия заражала своей улыбкой.

— Этот день надо отметить в календаре ярко-красным цветом и праздновать его каждый год, — сказал Марк, смотря на них, — такое не часто увидишь.

Видя Марка, выходящего из дома вместе с Джиной, смех погас так же внезапно, как и появился. Радуга растворилась. Они отстранились, временами бросая друг на друга недовольные взгляды.

Джина проводила их до самого аэропорта, прощаясь и целуя дочь в щеку.

— Мне было очень приятно с вами познакомиться, — произнес Даниэль, обняв Джину, замечая вдалеке членов своего экипажа. Они уже ждали их. — Нам пора.

— Я рада, что познакомилась с тобой, Даниэль, — Джина коснулась его плеча. — Береги мою девочку, она кажется сильной, на самом деле очень хрупкая.

Он кивнул ей. Любая мать хочет защиты для своего ребенка. Но кто защитит его самого от Оливии?

Джина еще долго смотрела им вслед, видя, как радостно встретили их бортпроводники, как грустно оглянулась дочь и как Даниэль остановился, потеряв Оливию из виду. Она все это видела. Но больше не видел никто.

ГЛАВА 26

В родном аэропорту Дубая их самолет приземлился с опозданием на сутки, но таких рейсов, летящих из Брюсселя, было много. Полет прошел тихо, без внештатных ситуаций и сумасшедших пассажиров. Они, уставшие и испуганные, весь полет провели молча, лишний раз не подзывая к себе бортпроводников и не требуя дополнительные одеяла и кофе.

Кофе просили только пилоты, к которым Оливия зашла всего пару раз за полет. Она видела, что Даниэль уже начал читать книгу, и ее это порадовало. В памяти всплывали слова Джины Паркер: «Она еще вернется к тебе». Конечно, вернется, и даже быстрее, чем предполагала Оливия. Он так быстро ее читал, что даже не замечал присутствия девушки у себя в кабине. Лишь Марк подмигнул ей со словами:

— Твоя мама — удивительная женщина.

Жаль, что Оливия не в нее. Характер она унаследовала от отца. Но девушку это не печалило, скорее наоборот, она гордилась тем, что в любой ситуации умела дать отпор. Кому угодно. Даже своему капитану.

Как только они коснулись взлетной полосы, сразу возник вопрос: «И что теперь?» Следующий рейс у них только через два дня, Оливия уже не знала, чем занять себя на земле. Ответ пришел внезапно, свалившись прямо с неба. Мелани бежала по аэропорту Дубая навстречу Оливии.

— Я нашла квартиру!

Оливия не ждала такого скорого переезда, но новость порадовала ее. По крайней мере не придется скучать целых два дня.

— Моя комната не проходная?

— Нет, — Мелани от радости обняла подругу, — у тебя своя комната. У нас с Гербертом своя. Еще есть гостиная и кухня.

— Ты, наверное, что-то путаешь, Мел, мы стюардессы, а не пилоты.

— В Дейре съем не такой дорогой, не переживай. Правда, там надо кое-что прибить, кое-что подделать, починить...

— Ме-ел, — протянула Оливия, мысленно уже представляя эту квартиру, — там хоть есть крыша над головой?

— И даже пол.

Наличие крыши и пола, несомненно, радовало, но все остальное, что надо «подделать» и «починить», ее пугало. Хорошо, что с ними будет жить мужчина. И хоть его лицо было незапоминающимся, она очень надеялась на его золотые руки.

— Герберт никогда не занимался сантехникой и электрикой.

После этих слов все надежды рухнули. Зато есть крыша и пол...

— Ладно, — махнула рукой Оливия, — на месте разберемся. Когда мы въезжаем?

— Завтра вечером, — Мелани протянула ей листок бумаги, — вот адрес. Пусть тебе кто-нибудь поможет.

— Кто? — удивилась девушка.

— Он. — Мел указала пальцем куда-то в сторону.

Оливия перевела взгляд и увидела двух пилотов, которые направлялись к выходу из здания аэропорта, и прошептала:

— Только не он.

Она не хотела видеть Даниэля. Два райских дня без Даниэля Фернандеса — это лучший отдых. И он рушился на глазах.

— Даниэль! — крикнула Мелани и прошептала подруге: — Пилоты отлично разбираются в электрике.

От испуга Оливия широко открыла глаза, наблюдая, как ее подруга растворяется среди людей. Мел бросила ее одну стоять посередине зала с этим именем!

Услышав свое имя, Даниэль оглянулся и увидел ошарашенную Оливию. Его имя сорвалось не с ее губ, он это точно знал, сердце билось все так же спокойно. Голос был другим. Но она стояла, смотря на него, потом ее взгляд переместился на потолок, рассматривая... Что можно рассматривать на потолке? Он поднял взгляд, в надежде, что сейчас оттуда упадет метеорит и продырявит в полу расстояние между ними.

— Что там? — спросил Марк, смотря в потолок, и Даниэль засмеялся.

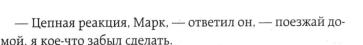

— Цепная реакция, Марк, — ответил он, — поезжай домой, я кое-что забыл сделать.

Второй пилот послушно кивнул — он хотел быстрее оказаться дома и два дня провести на берегу залива с друзьями.

Сделав шаг в сторону девушки, Даниэль чуть не налетел на Шона и Дженнет. Они шли вместе, держась за руки. Встреча века состоялась, наконец он увидел это своими глазами, и не в своем бассейне, а в здании аэропорта. На ходу Шон протянул ему руку, и Даниэль ее пожал. Парочка смотрелась довольно мило, но держаться за руки так открыто при законах в Дубае было слишком рискованно. В этой стране любое публичное прикосновение к женщине каралось законом.

Вновь оглянувшись на Оливию, Даниэль инстинктивно сделал шаг назад, но она уже шла в его сторону.

— Я увидел тебя и кое-что вспомнил, — произнес он, когда она приблизилась, — забыл купить телефон в дьюти-фри.

Оливия тут же спрятала за спину бумажку с адресом. Мало того, что Даниэль по ее вине без телефона уже который день, так она еще хочет попросить у него помощи при переезде. Она тут же выкинула из головы эту дурацкую идею и натянуто улыбнулась:

— В Дубае полно магазинов электроники. Всего хорошего, капитан Фернандес.

Она обошла его, направляясь к выходу, уже не ощущая бумаги у себя в руках. Остановившись, ей понадобилась еще пара секунд, чтобы понять — руки пустые. И в надежде, что она ее выронила, Оливия обернулась, встречаясь с заветным адресом лицом к лицу. Даниэль держал листок прямо перед ее носом.

— Надеюсь, ты переезжаешь в другую страну?

— Не надейся, — она схватила листок, — на одной планете нам с тобой будет тесно.

Он усмехнулся.

— Кстати, ты напомнила мне еще кое-что.

Девушка удивленно на него посмотрела, ожидая продолжения.

— Уеду на месяц отсюда подальше. Напишу заявление на отпуск.

Он пошел в противоположную сторону от выхода, но Оливия его догнала, буквально хватая за руку. Ее переполняли эмоции от услышанного, что она не поверила ни одному его слову:

— Повтори это еще раз.

— Я беру отпуск на месяц.

— Еще раз.

— Месяц без тебя.

— Боже, какие красивые слова, — девушка закрыла глаза, наслаждаясь, — повтори еще раз.

— Три месяца мы не увидимся, Оливия. — На его губах появилась улыбка.

— Три? — Она открыла глаза, удивленно смотря на него. — Ты сказал, месяц.

— Месяц отпуска и два месяца учебы.

— Почему такая длинная учеба? Они хотят отправить тебя в космос?

Месяц не видеть его — это было мало, но три — казалось бесконечным. Он шокировал ее. Она посмотрела на листок в своей руке, понимая, что думает не о том. Переезд, новые люди, своя квартира без сантехники и электрики, пусть только с потолком и полом — вот о чем надо думать. А в ее мыслях три месяца длиною в жизнь.

— Вот и славненько, — тихо выдавила из себя она. — К тому времени, как ты вернешься, надеюсь забыть даже твое имя.

— Я тоже очень на это надеюсь, — Даниэль выдохнул эти слова. Теперь он точно знал — три месяца спасут его от него самого и этой девушки. За три месяца можно забыть даже кое-какие моменты пилотирования самолета. Нет практики — память стирает все самое ненужное. Оливия — самое ненужное из того, что было в его жизни. Ее сотрет первая неделя отпуска.

Довольно улыбнувшись своим мыслям, он обратился к ней, видя, как девушка опустила взгляд:

— Ты загрустила?

— Конечно нет. Я думаю о переезде.

Даниэль выхватил у нее лист:

— Во сколько?

— Что?

— Ты переезжаешь. Когда мне начинать праздновать?

— Завтра вечером, — она схватила бедную измученную бумагу из его рук. — Но спасибо, помощи не надо, я сама справлюсь.

Он засмеялся на ее хитрую уловку, замечая, как выражение ее лица приняло ангельское выражение. Она не просила, нет. Она ставила его перед фактом.

— Тебе помочь, Оливия? — хитро произнес он.

Она задумалась, пытаясь тянуть время, хотя ответ знали оба.

— Да. К сожалению, мне некого больше просить, только ты знаешь про связь Мелани с… — Оливия недовольно стиснула зубы, пытаясь опять вспомнить лицо Герберта.

— С Гербертом Безликим, — помог ей Даниэль, и девушка кивнула.

— Да. Именно. — Но тут ее осенило — он говорил ее словами. Неужели Даниэль видел в этом парне то же, что и она? Почему для Мел он был особенным?

— Черт, — выругался Даниэль, смотря за спину Оливии, — к нам идет Джек Арчер.

Оливия напряглась. Джек Арчер — человек, который никогда не должен узнать про Мел и Герберта, про переезд Оливии и вообще обо всем, что с ними связано.

— Кого я вижу! Даниэль Фернандес Торрес. — Слыша голос сзади, Оливия обернулась, глядя на Арчера. В его руке был чемодан, видимо, он шел домой, но высшая сила заставила его поменять маршрут. — Оливия Паркер, — он внимательно посмотрел на нее, — ты еще не Фернандес Торрес?

— А ты уже вернулся с аэропорта Хуанчо-Ираускин с острова Саба?[1] — ответила она, и Даниэль засмеялся, но, заметив гнев в глазах друга, прокашлялся и замолчал.

Если он сейчас не уведет Арчера от англичанки, то для Англии настанут плохие времена.

— Проводи меня до начальства, Джек, я расскажу тебе о своих планах на ближайшее время. — Даниэль нажал кнопку лифта, и двери тут же открылись. Пропуская раздраженного друга внутрь кабины, он посмотрел на Оливию: — Завтра в шесть вечера.

Двери лифта закрылись, и она осталась одна. Почему у нее не получалось нормально общаться с людьми? Но ведь Арчер сам виноват, надо было ляпнуть такое... Оливия, вспомнив его шутку, почувствовала, как загораются щеки. Он смешал ее имя с фамилией Даниэля, и это было не смешно. Хотя чертовски красиво.

Дойдя до своего номера в гостинице, Оливия мысленно уже прощалась с ней. Жить в квартире было гораздо уютней, поэтому сожалений не было. Дойдя до своей двери, она чуть не задела ногой букет роз, стоящий на полу в вазе. Оглянувшись по сторонам и не увидев никого поблизости, девушка вытащила конверт. Рука дрогнула, в мыслях тут же стали рисоваться самые разные картины — Даниэль

---

[1] Самая короткая ВПП. Ее длина 396 метров (*прим. авт.*).

решил извиниться за все гадости, что причинил ей. Или благодарит за теплый прием в ее доме. Или просто решил поздравить с переездом. Хотя когда он успел, если еще находится в аэропорту через дорогу? Она развернула конверт: «Жду тебя на прогулке по ночному Дубаю. Патрик Лайт» и номер телефона. Оливия улыбнулась, хотя ожидала другого. Но это было мило и приятно. Занеся вазу с цветами в номер, она поставила ее на столик и взяла в руки телефон, но передумала звонить прямо сейчас и бросила его на кровать. Она встретится с Патриком, но не сегодня и не завтра. Переезд — дело ответственное, и надо успеть все сложить, да и просто отдохнуть в тишине.

Отдых затянулся на всю ночь и целое утро. Не торопясь, Оливия кидала в коробку все, что попадалось под руку. Чистя зубы, она кинула в коробку тюбик с зубной пастой, а бритвенный станок полетел следом за бальзамом для волос.

Надев джинсы и обтягивающую белую футболку, она свернула свою рабочую одежду, которой оказалось слишком много. Один комплект так и не высох после стирки. Но она понадеялась, что в новой квартире будет натянута сушилка в ванной. Зубная щетка улетела в коробку, следом расческа и лак.

Проходя мимо телевизора, она обращала внимание на новости, слушала про теракты в Брюсселе. Только сейчас девушка поняла, как им повезло, что они не успели долететь.

Духи в коробку, сверху туфли.

Самое приятное из этой поездки — очутиться дома с мамой. Или у мамы. Не важно. Важно, что они увиделись. Надо будет спросить у Даниэля, когда следующий рейс на Лондон. Почему он все знает, а говорит только в конце очередного рейса?

Оливия еще раз обвела комнату взглядом, отмечая, как та опустела. Вещи собраны, чемодан и коробка ждут возле двери. Теперь она поняла, что Мел была права насчет помощи — с вещами в руках она вряд ли донесла бы цветы. А оставлять их девушка не собиралась.

Стук в дверь заставил Оливию вскочить с кровати и подбежать к зеркалу. Она сама не поняла, зачем пошла туда вместо того, чтобы сразу открыть дверь, но, проведя рукой по волосам, она осознала — это рефлекс. Чертов рефлекс на Даниэля Фернандеса. Недовольно глянув на свое отражение, она направилась к двери.

— Такси заказывали? — Даниэль прислонился к дверному косяку, тряся перед ее носом связкой ключей.

— Если за рулем пилот, то да, — она открыла дверь шире, и он зашел внутрь, оглядывая комнату.

Мило, но тесно. Хотя в его случае было напротив — просторно и грустно.

— Подожди минутку, я проверю еще раз ванную.

Оливия ушла, оставив его одного, и Даниэль еще раз обвел комнату взглядом, останавливаясь на букете цветов. Кто-то подарил Оливии цветы, и этот «кто-то» ему уже не нравился. Хотя умом он понимал, что ему нет дела ни до цветов, ни до девушки, которой они были подарены, внутри что-то оставалось недовольно.

Записка рядом манила. И Даниэль, недолго думая, схватил ее и развернул.

— Чужие письма читать некрасиво. — Голос сзади не испугал его, лишь ускорил темп чтения.

— Патрик? — возмутился Даниэль, и Оливия вырвала из его рук записку. — Бедный Патрик, — мысленно он пожалел его и одновременно возненавидел.

— Забудь про Патрика и бери коробку, я возьму чемодан и цветы.

— Цветы зачем? Оставь их здесь, они не влезут в машину.

Оливия уставилась на него, не понимая, как цветы могут не влезть в машину, Даниэль лишь пожал плечами.

— Я запихну, — она схватила букет, не отрываясь от его глаз. Сегодня они были чернее обычного, возможно, из-за черной футболки. В белой рубашке Оливия видела его чаще, белое отражалось в глазах, делая их немного светлее.

— Ты все хорошо посмотрела? Чтобы мы не возвращались сюда еще раз.

Оливия задумалась, оглядываясь по сторонам. Он прав, возвращаться сюда было некогда, впереди еще электрика и сантехника, о которой он не знает.

— Да.

Даниэль вышел первым с коробкой в руках.

— Ты камней туда навалила? — недовольно спросил он, но Оливия вновь оглянулась на пустую комнату, полностью игнорируя его вопрос, и закрыла дверь на ключ. В мыслях рисовалась картина будущего — большая светлая квартира с личной комнатой, большая кровать и огромный шкаф. И еще личная ванная, граничившая только с ее комнатой. Видя свою будущую квартиру, она улыбнулась, ни капли не жалея об покидаемой гостинице.

В его «Мазерати» она села с букетом цветов, и это позлило Даниэля.

— Любишь розы? — Он сам не понял, зачем спросил, но явно не для того, чтобы узнать ее любимые цветы.

— Нет. Я люблю орхидеи.

Он уставился на нее, а потом рассмеялся:

— Тебе идут орхидеи.

— Почему? — удивилась Оливия, не понимая, чем вызван смех водителя этого «такси».

— Их корни такие же вредные, как ты. Единственные цветы, которые живут непонятно как: то ли в земле, то ли в воздухе. Но от своей вредности они могут расти и там, и там.

— Спасибо, — пробурчала девушка. — Зато они красивые.

— Не спорю. — Он свернул машину с главной дороги и подъехал к многоэтажному дому коричневого кирпича. — Приехали.

Оливия выглянула в окно и ужаснулась: обшарпанное здание с большими кондиционерами прошлого века, с которых стекала вода. Все еще надеясь, что внутри квартира выглядит иначе, девушка вышла, вдыхая горячий воздух улицы. Слава богу, он не пах грязью и помойкой. Возможно, ей повезло и поблизости даже нет крыс.

— На первое время сойдет, — Даниэль заметил ее хмурый вид. Теперь он знал, как жила Оливия Паркер в Лондоне. Этой девушке, леди от рождения, не место в трущобах. Но что он мог сделать? Только поддержать ее словами: — Моя первая квартира была еще хуже.

— Еще? — Она честно пыталась в это поверить. Удавалось с трудом. — Так зачем ты продаешь свой шикарный дом? Ты же видишь, как живут люди, а у тебя есть все.

— Не все, — тут же вставил он, — не все меряется квартирами и машинами, Оливия. Есть вещи, без которых большой дом кажется пустым, а деньги — просто бумага.

— Назови мне хоть одну такую вещь, Даниэль? — Она повысила от возмущения свой голос.

— Семья.

Оливия задумалась над его причиной продажи дома, сжимая цветы на груди. Их шипы больно кололи кожу.

— Семья — вопрос времени. Сегодня ее нет, а завтра есть. Продавать такой дом только потому, что тебе грустно в нем, глупо. Мой совет, — она повернулась к нему, смотря в глаза, которые солнце превратило в латте, — если захочешь продать дом, приезжай сюда и посмотри на это, — она кивнула в сторону дома, — уверена, твоя жена не захочет жить так.

Он улыбнулся, пристально наблюдая за ней. Поучающая Оливия Паркер просто еще не поняла, что такое одиночество.

— У меня на первом месте работа, Оливия. Если раньше я задумывался о семье и детях, то теперь все в прошлом. Мой дом — небо, а на земле можно иметь что-то типа этого, — теперь он кивнул в сторону дома, — все равно мы редко бываем здесь.

— Глупый, — произнесла она и пошла к подъезду, дверь которого была закрыта на домофон, что порадовало. Возможно, этот подъезд изредка навещают индийские тусовщики.

Даниэль не стал отвечать ей. Каждый останется при своем мнении. Он все равно продаст свой дом.

Мелани открыла им, и, зайдя в подъезд, Оливия старалась не смотреть по сторонам, поднимаясь по лестнице. Наконец, минуя последнюю ступеньку, они оказались возле двери, которая тут же со скрипом открылась, и на пороге появилась улыбающаяся подруга.

— Ура! Ты приехала домой! — крикнула она и открыла дверь шире, пропуская их.

Оливия прошла в квартиру, где сразу встретилась с Гербертом и попыталась было сконцентрироваться на его лице, но решила уделить больше внимания жилищу. Кивнув ему, она зашла в гостиную, где из мебели обнаружила только диван, стоящий возле большого окна. Старые стены с облупившейся краской заставили ее грустно вздохнуть. Хотелось убежать отсюда, но, пересилив это желание, она спросила:

— Где моя комната?

Мелани прошла через гостиную и указала на дверь:

— Вот.

Она открыла, запуская будущую хозяйку, и Оливии захотелось плакать — комната была малюсеньких размеров, а большая кровать занимала все ее пространство. Лишь небольшой двухстворчатый шкаф уместился возле стены.

— Зачем в такой маленькой комнате такая большая кровать?

— А что тебе еще надо? — Шелковый голос позади нее заставил обернутся.

— Явно не кровать таких размеров. Можно поставить стол, стул. Хотя они вряд ли сюда влезут, — грустно вздохнула девушка.

— Большая кровать — это круто, — произнесла Мелани, — ты еще скажешь мне спасибо.

Даниэль улыбаясь посмотрел на нее. Его забавляла вся эта ситуация, и он не понимал Оливию.

— Какая проблема в размере кровати?

— По ней можно ходить.

— Ну так ходи, — он поставил коробку на кровать и сел рядом, проверяя ее мягкость. Места действительно было мало. — У меня тоже большая кровать, даже больше этой.

Он пытался подбодрить девушку, видя, как та боком к нему прошла и села рядом.

Его кровать была гораздо мягче. И она не занимала всю комнату. Оливия прекрасно помнила это.

— Ладно, — прошептала девушка, оглядывая комнату. Стены светлые, это радовало. Повесить шторы, и будет почти как дома. При желании можно сделать из этой дыры дом по своему вкусу. Пара больших цветов в горшках на полу в гостиной и телевизор...

Она посмотрела на розы и порадовалась, что они у нее есть. И хоть столика не было, она решила поставить их на подоконник. С ними стало немного веселей.

— Тебе не нравится? — загрустила Мелани. — Я так старалась, но ты же знаешь, что найти подходящую квартиру за такую стоимость в Дубае просто нереально.

Оливия встала и аккуратно прошла к подруге, пытаясь не задеть шкаф и Даниэля.

— Главное, есть крыша и пол, так ведь? Остальное сделаем сами.

Оливия боялась спросить про недоделки в квартире, потому что была абсолютно уверена в том, что они есть.

Даниэль встал с кровати и сразу наткнулся на шкаф, это его позабавило. Он понял, что створки будет тяжело открыть — кровать мешала. Но это уже не его проблемы. Свою работу он выполнил, помог перевезти вещи, на этом его помощь закончилась.

— Пожалуй, я пойду.

Он услышал, как Мелани простонала, закрывая глаза руками, а Оливия удивленно на нее посмотрела:

— Что?

— У тебя в комнате нет света.

— Как нет? — Оливия уставилась на подругу, думая, что это шутка. Но та кивнула, указывая на выключатель в комнате — тот еле держался в стене. — Вот черт! И ты только сейчас об этом говоришь? Как я буду жить без света?

Она перевела молящий взгляд на Даниэля, который старался этого не видеть и не слышать. Он вообще уже должен быть дома.

— Что вы так на меня смотрите? Я пилот, а не электрик, — развернувшись, он уже было направился к двери, как тихий голос сзади его остановил:

— Я тебя не просила. Кое-что в электричестве я понимаю и сделаю сама. Спасибо, что помог с вещами.

Он выдохнул, лбом прислоняясь к дверному косяку. С тех пор, как он встретил Оливию Паркер, ему не было покоя.

ГЛАВА 27

Оливия разбирала коробки, пока Даниэль возился с выключателем. Слава богу, в его машине нашлись необходимые инструменты. Периодически он переводил взгляд на девушку, держа в зубах отвертку или соединяя провода.

Свет внезапно включился и ослепил девушку.

— Готово. — Он вновь выключил его, кидая отвертку в ящик с инструментами.

— Спасибо, — тихо сказала Оливия, злясь на Мелани и ее Призрака. В голове не укладывалось — как можно любить мужчину, который не имеет лица, голоса и рук.

Она сидела на кровати возле открытой коробки, вытаскивая оттуда все, что накидала с утра. А может, лучше оставить все в коробке? Куда поставить духи, если нет прикроватной тумбочки? Отчаявшись, Оливия буквально легла на эту коробку. Но смех Даниэля заставил ее поднять голову и посмотреть на него. Ему смешно, наверное, он наслаждается этой минутой. Она вытащила первое, что попалось под руку, и кинула в него. Поймав вещь на лету, он рассмеялся еще сильнее — в руках капитан держал ее бюстгальтер.

— Боже, — покраснев, но поблагодарив бога за то, что Даниэль выключил свет, она выхватила из его рук белье, — я не это хотела кинуть.

Мелани приоткрыла дверь и просунула голову в щель:

— Как ваши дела?

Даниэль тут же нажал на выключатель, и свет вновь озарил комнату и стоящую на кровати Оливию с бюстгальтером в руке. Она тут же кинула его обратно в коробку.

— Все отлично, — ответил он.

— А у нас проблемы с сантехникой. У Герберта ничего не получается, вода хлещет в разные стороны, боюсь, мы затопим соседей...

Оливия закатила глаза, садясь на кровать:

— Что в этой квартире работает?

Даниэль открыл дверь шире, и Мелани чуть не упала в комнату. Он молча прошел мимо в направлении ванной к терпящему бедствие Герберту. Выругавшись про себя и вспомнив, что он пилот, а не сантехник, все-таки пошел на помощь.

Девушки побежали за ним, ожидая чего-то страшного — наводнения или всемирного потопа. И он не заставил себя ждать.

Даниэль сменил державшего кран насквозь промокшего Герберта, крепко зажал руками место, откуда хлестала вода, и она наконец прекратила течь.

— Оливия, — позвал он и посмотрел на девушку через отражение в зеркале, — помоги мне. Перекрой кран.

Его просьба вызвала бурю смятения и неуверенности, но Оливия смогла взять себя в руки и подчинилась, аккуратно ступая в сырую ванную комнату.

— Что перекрыть? — Она схватилась за его руки, которые сжимали кран, давя на них еще сильнее.

Даниэль засмеялся и этим вызвал новую волну ее гнева.

— Что ты делаешь?

— Не знаю, — буркнула она, — держу твои руки.

— Зачем? Ты можешь просто перекрыть вентиль внизу трубы?

Оливия тут же отпустила его руки и нагнулась в поисках вентиля. Вода была повсюду, девушка ползала на коленях по полу, все сильнее промокая.

— Нашла! — Оливия повернула вентиль, и Даниэль смог убрать руки с крана.

— Отлично, — произнес он, нагибаясь к ней под раковину и встречаясь взглядом. От всего этого ужаса он даже забыл, какого цвета ее глаза. Она закусила губу в ожидании его гнева или хотя бы недовольства, но капитан молчал, уставившись на нее, уже забыв и про кран, и про воду.

— Скажи хоть что-нибудь, — прошептала Оливия.

— Проклинаю тот день, когда впервые увидел тебя. — Это единственное, что пришло ему в голову.

— Взаимно, — сквозь зубы прошипела она.

За несколько часов в квартире стюардесс Даниэль устал больше, чем от рейса в двенадцать часов. Теперь он возился со смесителем, пытаясь его снять. Возле на коленях ползала Оливия, вытирая тряпками всю воду, что успела натечь. Ее одежда активно помогала: полностью сырые джинсы и мокрая полупрозрачная футболка разжигали в нем бешенство. Он предпочел бы не видеть этого и не давать волю своей безумной фантазии, которая работала против его сознания.

Их взгляды временами пересекались, но слов не находилось.

Промокшая насквозь Оливия встала с колен, тыльной стороной ладони вытирая со лба капельки воды, стекающей с волос. На какой-то момент Даниэль даже забыл , зачем его руки вообще держат этот чертов смеситель. Оливия Паркер стала наваждением. Мокрая футболка не скрывала изгибов тела. С таким же успехом она могла бы ее снять, и ничего не изменилось бы. Нет, изменилось. Тогда он прижал бы ее к стене...

— Дьявол, — выругался он и отвернулся от девушки.

Оливия даже не сразу поняла, что разозлило его в этот раз. Но что бы там ни было — ее это тоже раздражало. Ее раздражало, что он рядом, ее раздражали его глаза, ее раздражало даже то, что он побрился. Но особенно ее раздражало, что он не Призрак.

Выскочив из ванны, Оливия тут же столкнулась с Мелани, которую явно забавляла эта ситуация. Улыбка на ее лице разозлила подругу. Ей ужасно хотелось высказать Мел все, что она думает про ее мужчину, который, судя по всему, валялся на кровати в комнате.

— Твой парень может хоть что-то сделать самостоятельно? — Оливию выводило из себя то, что чинить все должен Даниэль. Она три часа назад могла с ним распрощаться и выдохнуть. Находясь с капитаном в замкнутом пространстве, она понимала, что воздуха на двоих мало. — Где этот бездельник?

Повышенный тон и воинственная поза подруги слегка напугали Мел. Но что она могла сделать?

— Он устал и спит.

— Устал? — чуть не задохнулась Оливия от переполнявшего ее возмущения. Сейчас она взяла бы веник и выгнала Герберта прочь. — А почему ты не устала? Почему я не устала? Почему Даниэль не устал? Ведь на нем нагрузка в сотни раз больше.

— Ты можешь говорить тише? Он услышит. — приложила палец к губам Мел

— Кто? — недовольно переспросила Оливия.

— Герберт.

В голове не укладывалось — они ругаются. Из-за парня! А когда-то жили вдвоем и прекрасно ладили. Всего один человек, лица которого Оливия толком не помнила, смог все изменить.

— Я понимаю, — произнесла Мелани, — ты защищаешь Даниэля. Но и ты пойми — Герберту очень тяжело дается работа стюардом. И он совсем не разбирается в сантехнике.

— Я защищаю Даниэля? — возмутилась Оливия, сжав руки в кулаки. — Я защищаю себя от него! — Наконец она сказала это.

В голове творилось полная неразбериха. Шокированная своими же словами и видя не менее шокированную подругу, Оливия проскочила к себе в комнату, плотно закрыла дверь и прислонилась к ней спиной. Она не хотела больше никого видеть, боясь убить Призрака, накричать на Мел и... обнять Даниэля.

Быстро переодевшись в сухое, Оливия села на кровать и выдохнула, казалось, весь воздух из легких. Так в ее голове мыслей стало меньше. Но ей хотелось, чтобы их не было вообще. Накричав на Мел, она просто выплеснула эмоции, сковывающие ее весь вечер. Но причина не в Мел. И не в Призраке, хотя он все так же ее раздражал. Причина даже не в Даниэле, который помогал, стараясь привести их жилье в порядок. Причина в ней самой. Его глаза, то, как он смотрел на нее...Черт, ей нравилось, как он смотрел: с вожделением, страстью, влечением. Она ненавидела себя за то, что наслаждалась этим взглядом. И за то, что хотела не только касаний его взгляда, она хотела большего. Черт, она хотела Даниэля Фернандеса, и это ее пугало.

Мысли завели ее в тупик. Она легла на кровать, раскинув руки в стороны, пытаясь сконцентрироваться на желтоватом от старости потолке, и видела лишь звезды, мерцающие при выключенном свете на борту самолета рейса 2-1-6. Тут же послышался шелковый голос, обращающийся к пассажирам, так нежно касающийся ее слуха, проходя, как нервный импульс, через все тело... Как она могла дать этому голосу проникнуть так глубоко в себя?

Сколько она так пролежала, глядя на звезды? Несколько минут, а может, несколько часов. Время перестало быть важным. Важным стало осознание своей слабости. И, поднявшись с кровати, она продолжала думать, анализируя последние недели своей жизни, приходя только к одному выводу — она так просто не сдастся. Пока она летает на этом гигантском лайнере, никто и ничто не посмеет препятствовать ей: ни его голос, ни его взгляд, ни ее замершее сердце. Просто надо держаться от своего капитана подальше. Как можно дальше. Возненавидеть его еще сильнее.

Девушка вышла в гостиную. Потеряв счет времени, она слегка растерялась от царившей в квартире тишины.

— Оливия.

Голос подруги нарушил пустоту, и Оливия поняла, что они одни. Мелани вышла из кухни с пиццей в руках.

— Где Даниэль? — Это был единственный вопрос, волнующий ее.

— Ушел. Починил кран и ушел. — Девушка откусила кусок. — Мы подумали, ты пошла спать, и не стали тебя будить.

Без него дышалось легче. Расслабившись, Оливия села на диван, откинувшись на спинку.

— Прости, что накричала на тебя. Я просто устала.

Мелани присела рядом, протягивая ей пиццу, и девушка улыбнулась, забирая кусок.

— Я не обижаюсь, Лив. Я все понимаю.

Но Оливия была более чем уверена, что ничего она не понимает, но объяснять не хотелось. Ничего ведь не изменилось.

Сидя на диване, без телевизора, в пустой квартире, они ели пиццу, которая казалась самой вкусной из всех, что они когда-либо пробовали. Они смеялись, вспоминая месяцы, проведенные в колледже бортпроводников. Все осталось так же: они вдвоем, едят пиццу и смеются.

— Когда у вас рейс? — спросила Оливия. — Я говорю, что вы мне мешаете, — улыбнулась. Призрака она толком еще не видела, а с Мел они отлично ладили. Прекрасная все же идея — поселиться вместе.

— Завтра днем в Барселону.

Оливия положила кусок пиццы обратно в коробку.

— Сколько вы там пробудете?

— Ночь в гостинице, у «Arabia Airlines», видимо, в этом вся фишка. — Мелани вскочила на диван, размахивая руками. — Летишь, летишь, летишь, потом быстро ночуешь и снова летишь, летишь, летишь...

Оливия засмеялась.

— Загоняют они нас и наших пилотов. — Мел спрыгнула с дивана и снова села. — Герберту не нравится так работать, — она понизила голос специально, чтобы он случайно не услышал ее, — он устает от бесконечных перелетов.

— Может, это просто не его профессия?

— Лучше пусть летает, я без него не смогу, Лив, — пожала плечами Мел.

Оливии не понравились ее слова. Ей не нравился Герберт, не нравилось, что он лодырь, теперь еще это его «не нравится так работать». В нем ее устраивало только одно — его не было видно и слышно.

На следующий день, проводив Мел и Призрака в рейс, Оливия пошла по магазинам в поисках чего-нибудь полезного для квартиры. Рассматривала мебель, любуясь ею со стороны — она еще не могла себе позволить купить ее. Остановив свой взгляд на шторах, она решила начать с них.

В квартире без Мел стало пусто и тихо, появилось много времени для размышлений, но девушка усердно старалась не поддаваться соблазну, заставляя себя заниматься делами.

Включая свет или воду, ее мысли возвращались в тот вечер. Даниэль оставил инструменты в ее комнате, и где-то глубоко в душе она надеялась, что он не заедет за ними. Она вынесла их к входной двери на тот случай, если он все-таки придет. Но он не пришел.

Даниэль и Марк шли по терминалу аэропорта на, казалось бы, обычное предполетное собрание. Только сейчас все было по-другому. Для Даниэля это был крайний брифинг перед большой паузой в работе.

— Счастливчик, — произнес Марк, — я теперь думаю тоже уйти в отпуск. Кого поставят на твое место?

— На первое время капитана Дюпре, — улыбнулся Даниэль и посмотрел в окно на стоящий у терминала самолет. Его самолет. Месяц отпуска — это слишком много. Даниэль никогда столько не брал. Но сейчас это единственный выход. Еще два месяца учебы — это чтобы наверняка избавиться от желания воплотить в реальность всю ту страсть, что он позволил себе выдумать за эти два дня. — Дьявол!

Марк даже вздрогнул.

— У тебя проблемы?

У него была только одна проблема — он сам. Его желание утраивалось, когда он находился рядом с Оливией. Единственный выход — держаться от нее как можно дальше. Аликанте — лучший способ очистить мозги от сильнодействующего яда.

— Нет, — улыбнулся Даниэль и вошел в брифинг-комнату, где собралась уже половина экипажа. Пройдя к главному столу, он положил фуражку и папку с данными полета и сел, стараясь не смотреть на присутствующих и занять себя бумагами, но Келси начала засыпать его вопросами:

— Даниэль, ты бросаешь нас на три месяца? Что будет с нами? Нам сократят полеты? Нас раскидают по другим экипажам?

На секунду ему стало их жаль, неизвестность — самый сложный враг.

— Мы говорили об этом с руководством, — наконец он посмотрел на присутствующих в комнате, не увидев среди них Оливию, и тут же тихий голос в дверях заставил отвлечься.

— Простите, — Оливия проскочила в комнату и села за последний столик, стараясь не встречаться взглядом с Даниэлем.

План А: игнорировать его. Делать вид, что капитан абсолютно ей безразличен. Она подперла рукой подбородок, как в школе, когда скучно сидеть на уроке, и уставилась на дверь.

— Так что решило руководство? — Вопрос Келси заставил Даниэля вернуться к ответу, который он напрочь забыл, провожая взглядом Оливию Паркер.

— Что решило руководство? — задумчиво повторил он, теперь злясь на Оливию за то, что так глупо его отвлекла. Женщин нельзя выпускать на поле сражений — мужчины начнут убивать сами себя. — Было решено оставить рейс 2-1-6 в полном составе под руководством капитана Дюпре. С вами Марк, — он перевел взгляд на второго пилота, — я надеюсь, за три месяца ничего не изменится.

Он мечтал только об одном изменении: по выходе из отпуска не обнаружить англичанку в своем экипаже.

Услышав имя капитана Дюпре, Оливия машинально перевела взгляд на Даниэля. Капитан Дюпре — тот самый, с которым они перегоняли самолеты из Гамбурга, «пилот со стажем», отлично, старик с сединой.

— В крайнем случае, вам дадут другого пилота. Но рейс оставят. Они мне обещали, — закончил он говорить о наболевшем и тут же перешел к сегодняшнему полету.

Вот теперь план А работал в полной мере, Оливия рассматривала лампы на потолке, стены в кабинете, искала изъяны на полу и столе, лишь бы не встречаться взглядом со своим капитаном. Но услышав голос Келси, она тут же включила свое внимание. Старшая бортпроводница раздавала рабочие зоны в салоне, и Оливии опять выпал первый салон.

— Можно в хвосте? — Она подняла руку, привлекая внимание Келси. — Меня укачивает в начале самолета.

— Но в хвосте качает больше, — удивилась та, и Оливия стиснула зубы.

— На «А380» центр приложения сил впереди самолета, то есть меньше качает в начале салона, — недовольно произнес Даниэль, и Оливия тут же перевела взгляд на него. Капитан складывал документы на столе, даже не смотря в сторону бортпроводников.

Кто и где работает — не его дело, этим занимаются Келси и Джуан. Но он не мог промолчать, ведь англичанка явно лгала. Скорее всего, ей было это известно, она придумывала причину, чтобы не входить в кабину к пилотам. Хотя Даниэль не был против такой позиции.

Он мельком посмотрел на девушку и встал со своего места, надевая зеленый жилет.

— Тогда я ставлю тебя в середину салона, Оливия, — произнесла Келси, — там точно не укачает.

Оливия удовлетворенно кивнула и, схватив чемодан, быстро пошла к выходу. Пройдя по длинному коридору, она вышла в зал вылета, почти налетев на большой рекламный щит авиакомпании «Arabia Airlines», стоящий у стойки регистрации пассажиров.

— О боже... — прошептала девушка.

На фоне нового «Эйрбаса» она и Даниэль среди огней самолета улыбались, смотря друг другу в глаза. Она помнила этот момент. Она прекрасно помнила, как фотограф просил пройтись рядом с самолетом, а они шли и смеялись, подшучивая друг над другом. Сейчас это было воспоминанием, запечатленным на пленку, выставленным на всеобщее обозрение. Авиакомпания «Arabia Airlines» рекламировала дружеское отношение среди экипажа, но, помня тот момент, Оливия не видела ничего дружеского. Уже тогда в ее глазах присутствовал блеск и желание. Она видела его сейчас и надеялась, что больше никто не заметит.

Решив рассмотреть взгляд Даниэля, девушка приблизилась к плакату. Капитан «Arabia Airlines» молодой, красивый, статный мужчина с внешностью бога дарил ей улыбку, смотря прямо в глаза. Она так и не смогла определить, что скрывается в его взгляде. Но вчера он был другим, и Даниэль не улыбался.

— Надеюсь, к нашему возвращению это уберут, — шелк обволок ее слух, и Оливия обернулась, встречаясь с настоящим Даниэлем. Он подошел так тихо, что испугал ее.

— Если не уберут, сожгу лично, — прошептала она, хотя думала о другом. Этот плакат был чарующим, завораживающим, противоречащим всем канонам ислама и, что странно, самой авиакомпании «Arabia Airlines», которая была против отношений на борту. И тем не менее Мухаммед дал согласие на такую вольность — капитан и стюардесса улыбаются друг другу. Надпись сверху: «Все лучшее мы дарим вам». Но она не подходила к снимку.

— Я бы назвала: «Все лучшее — это пережитое плохое». — Оливия вспомнила Гамбург и купание в холодном бассейне, страх от полета на высоте сто футов с резким разворотом.

— Все лучшее — это забытое старое. — Даниэль мечтал потерять память в отпуске и никогда больше не вспоминать эту девушку.

Он обошел Оливию и направился к выходу, слыша голоса своего экипажа у себя за спиной. Теперь и они увидели рекламный плакат и активно его комментировали. Но он не хотел слушать, удаляясь все дальше и дальше, пока голос Оливии не остановил его:

— Вчера не успела сказать тебе спасибо, ты так быстро ушел.

— Быстро? — усмехнулся он и пошел дальше. — Еще часа два возился с твоим краном.

— Я уснула, — солгала девушка. — Спасибо.

— Пожалуйста.

— Ты забыл свои инструменты.

— Оставь их себе.

Капитан говорил сухо, казалось, его голос превратился в скрежет металла. Оно и к лучшему. Отдалиться от Даниэля было просто необходимо.

Они ступили на борт самолета и пошли в разные стороны.

ГЛАВА 28

Работать в середине салона оказалось сложнее — пассажиров больше, и Оливия стерла все ноги, разнося еду, напитки и пледы. Не было времени думать о себе, лишь Нина, работающая рядом, временами напоминала о рекламном плакате в аэропорту:

— Это просто фантастика! Фотография лучше, чем у нас с Марком. Ты прославилась на весь Дубай!

— Так уж на весь, — недовольно отвечала Оливия.

— Если бы я не знала, что вы работаете в одном экипаже, подумала бы, что между вами что-то есть, — Нина хитро улыбнулась, поглядывая на подругу. — Как мы выяснили, все пилоты — кобели и Даниэль один из них, но все-таки не думаю, что он потерял свою недоступность.

— Не потерял. Будь уверена.

Свободная минута выдалась лишь за два часа до посадки. Пассажиры спали, и Оливия села в свободное кресло, смотря в иллюминатор и любуясь белоснежной ватой, отделяющей их от земли. Она вспомнила маму и ее рассказ о том, как они с отцом впервые увидели друг друга на рейсе в Рим. Наверное, мама порхала от счастья весь полет и ей некогда было любоваться небом и облаками.

Облокотившись на спинку кресла, Оливия попыталась представить себя в роли мамы, представить себя ею, почувствовать то, что чувствовала Джина двадцать пять лет назад. Замирало ли ее сердце от любви? Или стучало сильнее при виде Джона? Или как сейчас у Оливии — замолчало, потому что глаза случайно заметили Даниэля, идущего по салону. Он прошел мимо. Молча. Уже не дерзил, не издевался над ней. Просто молчал, и это было странно.

Меньше всего Даниэлю хотелось разговаривать с ней. Каждое произнесенное ею слово будоражило нервные клетки. Он понимал, что еще немного, и перестанет контролировать себя. Молча прошел мимо задумчивой девушки и, поднявшись на второй этаж, подошел к барной стойке, за которой стоял бармен-стюард Алекс.

— Что будете пить, капитан: чай, кофе, сок?

— Воду. — Даниэль сел на высокий стул, положил руки на барную стойку и сцепил их в замок.

Стюарт поставил перед ним стакан с водой:

— Три месяца, Даниэль, большой срок. Как ты будешь без неба?

Капитан пожал плечами. Он еще не думал над этим. Но точно решил, что послезавтра вылетит в Аликанте к матери и сестрам, которых не видел уже пять лет. В родном городе с родными людьми он надеялся не вспоминать о работе.

Оливия зашла на кухню, услышав восторженные голоса стюардесс. Было видно, что они старались говорить тише, но от переполняющих эмоций получалось плохо. В центре стояла Дженнет с вытянутой правой рукой, остальные пристально что-то на ней изучали.

— Оливия! — воскликнула Нина. — Ты еще не видела эту красоту! Шон сделал предложение Дженнет, и теперь они помолвлены!

Улыбаясь, Дженнет подняла руку, показывая золотое кольцо. Это было неожиданной и просто потрясающей новостью, Оливия поняла, почему здесь царит шум. Она сама прикрыла рот рукой, чтобы не закричать от радости.

— Дженнет, — она обняла подругу, — я так рада за вас.

— Наконец-то это свершилось, — Дженнет подняла глаза вверх, сложа руки в молитве. — Шон пригласил меня в ресторан, заказал музыку, пригласил на танец и во время танца опустился на одно колено, прося стать его женой.

— Бог мой! — воскликнула Мирем. — Получается, принцы еще есть?

— Один, но и тот уже занят, — пошутила Нина, и все засмеялись.

— Вы уже назначили день? — спросила Келси.

— Еще нет, но это произойдет не раньше, чем через полгода.

— Полгода? — удивилась Нина. — Зачем так долго ждать? Хватай его и беги в церковь прямо завтра.

— В какую церковь? — вступила в разговор Оливия, смотря на Нину. — Наверняка они хотят пожениться на родине, а не в Дубае в мечети.

— Да-да, — Дженнет улыбнулась, — Оливия права, мы хотим пожениться на родине Шона в Ирландии. Мы будем ждать отпуск, а потом отправимся навстречу новой жизни.

— И мы не увидим твою свадьбу? — простонала Нина.

— Я вас всех приглашу, но, боюсь, наша слишком занятая профессия не даст вам быть рядом со мной в такой день.

Оливия прислонилась к стене, думая о том, как было бы волнительно оказаться на свадьбе, но Дженнет права — у них нет времени на праздники. Господи, у них нет времени даже на свой собственный праздник!

— Это правда, всех нас не отпустят, — кивнула Келси и вышла из кухни, где столкнулась с Даниэлем, который спустился со второго этажа и направлялся к себе в кабину.

Он так и не понял, зачем вновь пошел через все салоны в хвост самолета, ведь лестницы две, и другая ближе к кабине пилотов. Он прошел семьдесят три метра четырежды, успокаивая себя тем, что это всего лишь разминка.

— Даниэль, у нас потрясающая новость — наша Дженнет выходит замуж!

Новость так ошеломила его, что он машинально заглянул на кухню, где девушки окружили новоиспеченную невесту, закидывая ее вопросами о свадьбе. Дженнет стояла в центре, улыбаясь. Кто-то из девушек спросил про платье. И он точно знал, что это Оливия.

— Дженнет, — произнес он, и все обернулись, — я поздравляю тебя. Это замечательно.

— Спасибо, — ответила девушка, — сегодня можно отметить это событие вечером в баре в гостинице, я приглашаю тебя и Марка. Без алкоголя, конечно.

Даниэль кивнул, улыбнувшись. Это слишком большое событие, чтобы пропустить его.

— Немного алкоголя никому не повредит, — подмигнул он. — Мы с Марком обязательно придем.

Он направился в кабину, по пути встречаясь с удивленными и в то же время очарованными взглядами пассажиров. Он старался улыбаться им, а в голове крутилась тысяча вопросов, многие из которых так и остались без ответа.

С самого главного он начал разговор, переступив порог кокпита:

— Дженнет выходит замуж за Шона — второго пилота моего наилюбезнейшего друга Джека Арчера. Скажи, Марк, как это возможно?

Марк удивленно уставился на капитана, не вникнув.

— Ну, бывают совпадения. Было бы еще необычней, если она выходила бы за самого Арчера.

— Я не о том. — Даниэль сел в кресло, беря наушники в руки, параллельно смотря на дисплей датчиков. — Как вообще можно умудриться жениться с нашей профессией? Мы всегда в процессе полета. Не могу понять, почему ты еще не женился? Почему я не женился? Почему Арчер не... — Он махнул рукой. — Я это к тому, что скоро Дженнет уйдет от нас.

— Она так сказала? — удивился Марк.

— Это я так сказал. Должен же быть хоть один в семье, кто будет ждать второго дома.

— Не все такие, как мать Оливии. Многие не бросают небо ради семьи, и, кстати, таких большинство.

Даниэль пожал плечами, все еще не понимая, как Дженнет вообще могла встречаться с Шоном с таким плотным графиком. А решение жениться лишь подтверждало то, что такое возможно. Все романы Даниэля за последние шесть лет заканчивались разлукой. И, наверное, первый шаг к этому делал он сам, боясь, что его бросят первым.

— Наверно, надо было жениться на Беатрис, — в задумчивости произнес он, — она была неплоха.

— Это та блондинка, которая постоянно провожала тебя в рейсы с маленькой собачкой на руках? — рассмеялся Марк. — Нет, собачки не твой типаж.

— А кто мой типаж? Кошки? — возмутился Даниэль, надевая наушники. — Или мышки?

— Не мышки точно. Кошки возможно. Да еще чтобы понимала тяжесть твоей профессии.

— Тогда я останусь холостяком. — Даниэль включил связь с «Радар-контроль», чтобы прекратить разговор, но, вспомнив кое-что, вновь обратился к Марку: — Что у тебя с жильем?

Второй пилот только отмахнулся.

— В квартиру, которую я снимал, заезжают жильцы. Пока я бездомный. Сниму номер в гостинице и буду искать другую квартиру.

— Можешь жить в моем доме, пока не найдешь себе жилье. Меня все равно не будет. А по приезде я выставлю его на продажу.

— Приму твое предложение, — кивнул Марк, — обязуюсь вести себя тихо.

Но Даниэль лишь засмеялся, абсолютно не веря в эти слова.

Через полтора часа самолет начал снижение, и капитан вышел на связь с пассажирами:

— Уважаемые пассажиры, с вами говорит капитан Даниэль Фернандес Торрес, мы приступили к снижению и уже через двадцать минут совершим посадку в аэропорту Рима Фьюмичино. Погода вас ожидает солнечная, температура воздуха +22 °C. Прошу пристегнуть ремни безопасности и оставаться на своих местах до полной остановки. Спасибо, что выбрали нашу авиакомпанию, и от всего экипажа желаю вам приятного пребывания в Риме. Экипажу приготовиться к посадке.

Оливия обвела взглядом пассажиров и прошла к своему месту рядом с Ниной, пристегиваясь ремнем безопасности. Подруга обдумывала предстоящую свадьбу, придумывая всевозможные варианты ее посещения:

— Может, Даниэль замолвит словечко перед начальством и отделом полетов, и они поставят нам рейс до Ирландии в день свадьбы?

Это было что-то из области фантастики. Даже Даниэль не мог влиять на рейсы. Тем более, такой большой самолет не каждый аэропорт мог принять.

— Вроде Ирландия не готова принять нас, Нина, — Оливия тут же вспомнила аэропорт в Коломбо. Это было страшно, повторения не хотелось.

Нина грустно вздохнула.

— Но есть выход, — улыбнулась Оливия, привлекая внимание подруги. — Выйди замуж за Арчера, а мы погуляем на вашей свадьбе.

Она засмеялась, в то время как локоть Нины пихнул ее в бок.

— С ума сошла, что ли? Сама выходи за него.

Стало еще смешнее, она представила эту картину — Оливия Паркер и Джек Арчер идут рука об руку в церковь. «Боинг» против «Эйрбаса». Штурвал против сайдстика. Самовлюбленный американец и дерзкая европейка. Церковь развалится от такого союза.

— Не-е-ет, спасибо.

Тут же в голове возник образ другого мужчины — Даниэля Фернандеса. Такая картина раньше не пришла бы ей в голову — с Арчером было больше шансов. Но сейчас...

Отбросив эти мысли и позлившись на себя, девушка перевела взгляд на подругу, которая, судя по всему, всерьез задумалась над предложением Оливии. Со стороны ее хитрая ухмылка выглядела мило. Она явно решила женить на себе Джека Арчера, и сейчас придумывала, как это сделать. Оливия улыбнулась. А в мыслях возник уже новый образ — Патрик. Она забыла ему позвонить и поблагодарить за цветы. Как можно быть такой бесчувственной? Он же старался сделать ей приятно, и у него получилось. Не орхидеи, но откуда ему знать о них. Розы также порадовали своей красотой.

Пообещав себе, что позвонит ему сразу, как только последний пассажир покинет самолет, Оливия почувствовала мягкое касание шасси о полосу.

Еще час ушел на расставание с пассажирами, которые явно не торопились покидать лайнер. И, наконец, оставшись только со своим экипажем, Оливия прошла на кухню, набирая номер Патрика. Абонент сразу же ответил:

— Я думал, ты уже не позвонишь.

— Я меняла место жительства и была слегка занята, — девушка начала оправдываться, прекрасно понимая, что врет. У нее не было желания разговаривать. Хотелось побыть одной в полном одиночестве и посвятить себе хотя бы день. — Спасибо большое за цветы, они подняли мне настроение.

Патрик засмеялся в трубку:

— Надеюсь, ты дашь мне свой новый адрес, чтобы я мог поднимать тебе настроение как можно чаще?

Теперь засмеялась уже Оливия. Сказав, что переехала, она не имела в виду, что хочет, чтобы он закидал ее букетами, но от его слов стало приятно. Она закусила нижнюю губу, не торопясь с ответом, одновременно наблюдая, как открылась дверь в кабину пилотов.

Даниэль надел пиджак и фуражку и вышел за Марком в салон, останавливаясь возле кухни и видя Оливию, разговаривающую по телефону. Что-то явно засмущало ее — она закусила губу, смотря на него широко открытыми глазами цвета неба. Завораживающее зрелище. Внутри Даниэля все закипело, он пальцем расслабил галстук, не отрывая взгляда от нее, забыв, что дал себе обещание игнорировать эту девушку.

— Как насчет прогулки по ночному Дубаю? — Голос Патрика заставил ее отвлечься от своего капитана и вернуться на землю.

Оливия закрыла глаза, чтобы не видеть его.

— Ночной Дубай в силе, Патрик. Сейчас я в Риме, вернусь завтра и позвоню тебе.

Она открыла глаза, но Даниэля уже не было. Он ушел. Молча.

Экипаж направился в отель, который находился вблизи аэропорта. Этот факт слегка огорчил Оливию, она так и не увидит всех прелестей Рима. Но впереди ее ждал праздник в честь помолвки Дженнет, глаза которой сияли ярче света. Огорчал лишь тот факт, что на празднике будет Даниэль, но он не сможет испортить ей настроение, потому что по неизвестной ей причине молчал.

Получив ключи от номера, Оливия махнула рукой подругам, видя их лучезарные улыбки и отвечая тем же. Двадцать шесть человек с одного экипажа скоро оккупируют ночной клуб и будут веселиться. И не важно, что завтра в рейс, хотелось расслабиться, празднуя такое события.

— Дженнет — счастливица, и Шон хороший парень, — сказала она Нине, которая шла рядом, — я рада за них.

— Я тоже, — подруга улыбнулась, — встречаемся через пару часов внизу, в холле.

— Хорошо, если опоздаю, прошу не злиться, — улыбнулась Оливия и открыла дверь. — Приму душ, а мои волосы слишком долго сохнут.

Она зашла в небольшой, но довольно уютный номер. С таким плотным графиком можно было начинать составлять свой рейтинг отелей, в которых она ночевала, вместо городов, которые даже не видела.

Даниэль кинул на столик зажим для галстука в виде золотого двухпалубного «Эйрбаса» и развязал галстук, стаскивая его с шеи рукой. Он договорился встретиться с Марком в баре через час. Этого времени хватит, чтобы принять душ и одеться. Времени хватит даже на пятнадцатиминутный сон.

Он взял телефонную трубку и нажал на кнопку, соединяющую с ресепшеном.

— Я хотел бы заказать букет цветов.

— Конечно, синьор, — отозвался на том конце женский голос, — из каких цветов вы хотите букет?

Сейчас в голове были только одни цветы. И это были не розы. С тех пор, как он увидел их на столике у Оливии в номере при переезде, они стали ему ненавистны.

— Что вы можете предложить кроме роз?

— Извините, синьор, а по какому поводу цветы? Я могла бы вам посоветовать скомпоновать несколько видов.

Почему так сложно? Неужели нельзя просто взять и сделать? Какая разница, какой повод? Цветы от повода красивее не станут.

— Помолвка. Но я не жених, — он усмехнулся, — я друг и коллега.

— Отличный повод. Я могу предложить вам альстромерию, лизиантус и пионы — это очень нежное сочетание.

Даниэлю показалось, что у него закружилась голова от названий. Кажется, теперь он догадался, почему большинство мужчин дарят розы. Это проще. «Мне красные розы», «Мне розовые розы», «Мне белые розы». Фантазия напрягается только с выбором цвета. Розы — банальность и простота. Теперь он понимал Оливию.

— Я ничего из сказанного вами не понял, но, если вы считаете, что это будет выглядеть красиво, я согласен. Эта триада нужна мне через пару часов в ночном клубе.

— Я обещаю вам самый красивый букет, синьор. На чье имя записать заказ?

Он продиктовал имя и номер комнаты, радуясь, что быстро отделался от названий цветов, которые в глаза не видел.

Быстро приняв душ, Даниэль вновь предстал перед выбором, на этот раз — касательно одежды. Есть ли разница, пойдет он в повседневной одежде или при форме? Конечно, Дженнет была бы рада, если ее поздравит капитан с погонами — мужчина в галстуке и белоснежной рубашке с четырьмя золотыми лычками на погонах. Вопрос решился сам собой — это было проще, чем с цветами.

Одевшись, вновь приколол золотым зажимом галстук к рубашке — привычка пилота, от которой он никогда уже не избавится.

Даниэль спустился вниз в бар, где Марк уже ждал его, сидя за стойкой. Проходя через зал, капитан заметил танцующих Мирем, Джуана и Нину. Музыка опьяняла без алкоголя, а повод для праздника создавал массу веселья. Он обвел присутствующих взглядом, улыбаясь Дженнет, но не увидел ту, которая взорвала бы его спокойствие. Оливии не было.

Даниэль сел к Марку и заказал эспрессо.

— Жаль, что крепче кофе нам не выпить, — произнес Марк, смотря на танцующих.

— Ты уже узнал свой летный график? — В голове уже возникла яркая надпись «Отпуск». Завтра по прилете в Дубай он будет свободен.

— Да, послезавтра летим в Амстердам. Нет времени на отдых. Какие планы у тебя на ближайший месяц?

Тяжелый вопрос для человека, живущего в небе, которому придется целый месяц провести на земле.

— Поеду в Аликанте, навещу мать и сестер, — Даниэль усмехнулся, — и племянников. Буду делать себе праздник каждый день, пить испанское вино и наслаждаться обществом красивых женщин. Других планов у меня нет.

— Будешь кутить с красивыми женщинами, — засмеялся Марк, но тут же осекся. — Слушай, я тут такое услышал... — друг опустил взгляд на чашку и пальцами начал теребить ложку, лежащую рядом. Если бы это была Оливия, Даниэль тут же отреагировал, но Марк...

— Что? — Капитан взял в руки чашку кофе, сделав медленный глоток, желая насладиться вкусом. Но почему-то он показался безвкусным.

— Ходят сплетни, что ты — гей.

Чашка выпала из рук Даниэля, разлетаясь на осколки, обрызгав его и Марка эспрессо. Он был так ошарашен, что вскочил со своего места, пытаясь вытереть с белоснежной рубашки темные пятна, которые слились в одно большое темное пятно на его карьере в «Arabia Airlines».

— Кто сказал тебе эту мерзость? — прорычал Даниэль.

— Дюпре. Не бери в голову. — Марк попытался успокоить друга, заранее понимая, что не получится. — Наши-то знают, что это не так. В памяти еще свежа блондинка с собачкой. И брюнетка с карими глазами. И рыжая с зелеными. И вообще, если перечислять всех твоих бывших, не хватит вечера.

— Другие не знают! — вновь грубый голос. — Откуда Дюпре это взял?

— Кажется, ему сказала об этом его стюардесса.

Все становилось на свои места. Даниэль выпрямился, перестав стирать с белоснежной рубашки грязь:

— Кажется, я догадываюсь, откуда ветер дует.

Он быстрым шагом направился к выходу, проходя мимо Дженнет. Черт, он забыл про цветы! Повернув, кинул Марку:

— Принесут цветы, подари их Дженнет.

Марк привстал со стула, пытаясь сказать что-то, но капитан уже исчез в темноте.

Подойдя к стойке регистрации, Даниэль буквально навалился на нее, испугав девушку:

— Номер Оливии Паркер! Быстро!

Она смотрела на него широко открытыми глазами, ртом хватая воздух. Он страшен в гневе, Даниэль это знал, поэтому смягчил командный тон:

— Пожалуйста, скажите номер комнаты моей стюардессы Оливии Паркер.

Девушка тут же кивнула и стала водить пальцем в журнале регистрации:

— Двести один.

Даниэль даже не сказал ей «спасибо», молниеносно побежав к лестнице, боясь растерять весь гнев. Но, поднимаясь через ступеньку, он понял — гнев увеличится в разы, когда Оливия откроет перед ним дверь.

Наконец, оказавшись возле номера двести один, он перевел дыхание, пытаясь собраться с мыслями. Но их не было. Зато гнева действительно прибавилось. Он уже боялся себя. Боялся задушить ее, потому что знал, что она с гордостью признает свою победу над ним.

Он начал бить в дверь всей ладонью. Оливия открыла ее медленно, не веря своим глазам, но Даниэль не дал ни секунды ей на размышления, буквально вваливаясь в ее комнату и с силой захлопывая за собой дверь. Его вид вызвал испуг, а захлопнувшая с силой дверь заставила девушку вздрогнуть.

Даниэль сделал шаг навстречу Оливии, и от неожиданности она сделала шаг назад, руками сжимая на груди края белого отельного халата. Она еще не успела привести себя в порядок. Ее волосы влажными прядями спадали на плечи, а на лице не было ни грамма косметики. Два часа — это слишком мало для такого события, как помолвка.

— Какая черная сила заставила тебя явиться ко мне?

ГЛАВА 29

— Ты и есть та самая сатана! — Он пальцем указал на нее, пытаясь совладать с собой и выдвинуть обвинение. — Ты разносишь сплетни по «Arabia Airlines», что я гей. Я — гей!

В его голове это слово вызвало новый взрыв. Он готов был задушить Оливию, видя, как она удивленно округлила глаза.

— Первый раз слышу. — Девушка перешла на шепот, опустив глаза и пытаясь вспомнить, когда могла такое сказать.

— Какого черта! — крикнул он, делая снова шаг в направлении девушки, и Оливия, отступая, уперлась в стену. — Даже не придумывай себе оправдание! Ты говоришь, не думая, первое, что приходит в твою глупую голову.

Она могла снова влепить ему пощечину. Теперь уже за хамство. Она не собиралась стоять и слушать его обвинения, несчастно смотря в пол.

— Ты обвиняешь меня в том, что я не говорила!

Но внезапно картинка пронеслась у нее в памяти: кажется, в Гамбурге, перед вылетом она сказала белокурой Меган, которой променяла Даниэля, что он — гей.

Вскрикнув от неожиданно возникшей в памяти сцены, Оливия прикрыло рот рукой, смотря огромными голубыми глазами на своего капитана:

— Это я.

— Конечно, ты! — в бессилии крикнул он. — Я не сомневался!

Она убрала пальцы с губ, хотела оправдаться, но видела лишь его гнев:

— В Гамбурге я поменялась экипажем с Меган, она хотела лететь с тобой. А потом ты... — теперь ее голос стал на тон ниже, — ты предложил мне лететь в кабине с тобой и Патриком. Как я могла упустить такой шанс? Меган с чемоданом я могла остановить, только сказав, что ты гей. Зато подействовало. — Оливия даже улыбнулась, вспомнив, что ее план блестяще сработал.

— Дьявол, — прорычал Даниэль. Лучше бы он не знал подробностей! — Я потеряю работу! В арабских странах быть геем — это повод для увольнения. Ты сказала это намеренно, ты знала, что все так будет. Ты повесила на меня ярлык, ожидая, когда я сойду с твоего пути? Так ты решила от меня избавиться?

Он одной рукой содрал с галстука золотой зажим в виде самолета и швырнул его в сторону. Оливия даже не стала смотреть, куда он упал, она смотрела на своего капитана, и сердце перестало стучать — Даниэль развязал галстук.

— Что ты делаешь? — Голос перешел на шепот. Она все еще ощущала стену у себя за спиной, и хоть эта поддержка радовала, ноги подкашивались. — Успокойся и забудь. Через три месяца об этом никто не вспомнит. И вообще уйди, я собираюсь на праздник.

Даниэль сделал еще один шаг в ее направлении, буквально нависая над девушкой. Она зажмурилась, кусая пересохшие губы и отчетливо ощущая его дыхание возле уха:

— Твой праздник состоится здесь и сейчас.

Широко распахнув глаза, Оливия встретилась с ним взглядом. Даниэль стоял слишком близко, и эта близость душила ее. Кажется, сердце перестало стучать от страха. Или от чего-то еще. Не важно. Она чувствовала запах кофе, пролитого на рубашку, пыталась совладать с собой и не сорвать ее. Все еще смотря капитану в глаза, цвета того же кофе, она пыталась уловить в них остывший пыл. Но видела другое.

Вспыльчивый испанский темперамент привел Даниэля к ней. Он хотел проучить ее, напугать... Но как только он прошептал свои угрозы, ощутив близость Оливии, внутри сработал обратный механизм.

Смотря в небесные глаза девушки, Даниэль уже забыл про свой гнев, забыл, кто он и зачем сюда пришел. Он ощущал ее дыхание, которое становилось все тяжелее и тяжелее по мере его приближения. Эти губы не давали ему покоя, именно о них он думал слишком часто. Сейчас он уже не мог остановиться — пройдена точка невозврата. И Даниэль коснулся ее губ, чувствуя, как она выдохнула. Он ощутил, как ее рука коснулась его щеки, и девушка простонала, вызывая в нем еще больше желания.

Поцелуй был как взрыв, как... Сначала горячий, как лава, потом нежный, как шепот. Руки Даниэля блуждали по ее халату, пытаясь распахнуть и коснуться тела. Он чувствовал, как Оливия расстегивает пуговицы на его рубашке, но у нее плохо это получалось, и она начала отрывать их. Он усмехнулся, боясь потерять вкус ее губ, и, притянув девушку, сделал шаг назад.

Теперь Оливия не была прижата к стене. Но оказалась во власти этого мужчины. Руки все еще теребили пуговицы на его рубашке, пытаясь пробраться к телу, ощутить его горячую кожу. От дикого желания, которое он в ней разбудил, пальцы не слушались, а пуговицы больше не отрывались. Она вновь застонала, запуская руку ему в волосы, чувствуя их жесткость.

Самая длинная ночь, длиннее перелета через Атлантический океан. Самая мягкая постель, как густой белый ковер под самолетом. Его рука откинула прядь волос девушки, и губы коснулись кожи на шее. Его окутал тонкий аромат мыла. Не ваниль, не кофе, нет. Это был знакомый запах какого-то фрукта. Жаль, что не персика.

Где-то в комнате заиграл мобильный телефон. Оливия не узнала музыку, а Даниэль проигнорировал звонок. Все было сосредоточено на них двоих. Он целовал каждый дюйм ее тела, не пропуская шрам на груди. Сейчас не время спрашивать о нем, сейчас ему вообще ничего не хотелось знать.

Вновь заиграла музыка уже знакомой Оливии мелодией. Скорее всего, это Нина потеряла подругу. Но думать об этом не хотелось. Хотелось только утопить оба телефона.

Всю ночь Даниэль не давал ей спать, пробуждая поцелуями, руками проводя по ее телу, пытаясь насладиться Оливией вдоволь, так, чтобы больше не захотелось повторить сегодняшнюю ночь. Утро принесет море проблем.

К утру она уснула, прижимаясь к нему спиной. Сон только пришел, а в дверь уже начали стучать:

— Оливия, с тобой все в порядке? Впусти меня.

Голос Нины заставил Оливию резко вскочить с кровати и помчаться к двери, руками прижимая ее и не давая девушке войти.

— Со мной все хорошо. Выйду позже, Нина.

— Открой дверь, я хочу убедиться сама, что с тобой все в порядке.

Сердце застучало в безумной скачке. Девушка посмотрела на Даниэля, лежащего в постели. Надо запечатлеть это в памяти, потому что такое больше не повторится.

— Я не одета, Нина. Я спущусь к завтраку.

Теперь она увидела его взгляд на себе и поняла, что стоит обнаженная возле двери:

— Отвернись.

Он усмехнулся, но не отвел взгляд, пытаясь запомнить красоту ее тела. Такое не повторится, но в памяти останется навсегда.

— Ты вчера не была на празднике. Я переживаю, — Нина все еще не уходила, и Оливию это начало раздражать. Она повернула замок, закрывая дверь и облегченно вздыхая:

— Я уснула, Нина. Иди. Я скоро спущусь.

Оливия отошла от двери и села на кровать, пытаясь прикрыться простынкой:

— Вламываясь в мою комнату, ты даже не закрыл дверь.

— Я не думал, что так все закончится, — произнес Даниэль, протягивая руку за часами. — Черт, я так мало спал, не знаю, как буду работать.

Оливия тут повернулась к нему, сверля ядовитым взглядом. Даниэль улыбнулся — все возвращалось на свои ме-

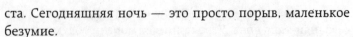

ста. Сегодняшняя ночь — это просто порыв, маленькое безумие.

— Скажи спасибо себе, — Оливия натянула улыбку. — Ты сидишь, а я хожу, кормлю людей и исполняю их прихоти. Кому из нас тяжелее?

Он поморщился, представив эту картину.

— Мне нужна ясная голова, холодный разум, я принимаю серьезные решения.

Не было смысла с ним спорить, его работа тяжелее только в том случае, если происходит внештатная ситуация.

Даниэль встал с кровати, пытаясь найти свои вещи:

— Кстати, я не гей.

— Я заметила. — Оливия закуталась в простыню, ложась обратно на кровать. Хотелось спать, тело болело, но в нем ощущалась странная легкость. И даже ломота была приятна.

— Черт, — выругался Даниэль, и Оливия посмотрела в его сторону. Он держал в руках рубашку, залитую кофе и с порванными пуговицами, — по дороге в свой номер надеюсь никого не встретить.

— У тебя есть еще рубашка? — поинтересовалась она, но тут же возненавидела себя за этот вопрос. Какое ей дело?

— Есть. В номере. — Он расстегнул пуговицы на погонах, снимая с них накладки с четырьмя золотыми лычками, и запихал в карман брюк. — На всякий случай, если кто увидит меня в таком виде. Во избежание позора моего звания.

Оливию это насмешило:

— Ты переспал со мной и снял погоны, Даниэль Фернандес. Может быть, это что-то значит?

— Значит только одно — не приближаться к тебе ближе вытянутой руки.

Она дерзила, он не уступал.

— Отличная идея.

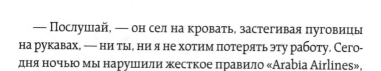

— Послушай, — он сел на кровать, застегивая пуговицы на рукавах, — ни ты, ни я не хотим потерять эту работу. Сегодня ночью мы нарушили жесткое правило «Arabia Airlines», но ведь об этом никто не знает. У меня к тебе предложение.

— Я вся во внимании.

— Пусть между нами все будет как прежде. Давай забудем сегодняшнюю ночь, — Даниэль кивнул ей. — Но, если ты не хочешь ее забывать, могу предложить тебе перейти в экипаж Джека Арчера.

— Иди к черту, — произнесла Оливия, вызывая улыбку на его лице, — я забуду обо всем без помощи Арчера.

— Отлично.

Даниэль встал, завязывая галстук и оглядываясь по сторонам, пытаясь отыскать золотой зажим. Повязав простыню вокруг тела, Оливия встала с кровати.

— Как он выглядел?

Они опустились на колени, руками ощупывая пол, заглядывая под кровать и стол.

— Золотой «А380». Подарок Мухаммеда на день рождение. В единственном экземпляре. Именной.

Их взгляды встретились.

— Нечего было кидать его.

— Нечего было раздражать меня.

Сказав друг другу очередную гадость, они вернулись к поискам. Но спустя две минуты Оливия не выдержала и поднялась:

— Я поищу позже, ты можешь идти. Времени на сборы слишком мало.

Даниэль знал это, но он не мог потерять такую ценную вещь. И дело не в золоте, дело во внимании начальства. Это был эксклюзивный подарок.

— Хорошо, — Даниэль встал с пола, отряхивая с брюк невидимую пыль, — обещай, что поищешь.

— Обещаю.

Оливия все еще держала края простыни у себя на груди в ожидании его ухода, и Даниэль направился к выходу, но что-то заставило его остановиться. Он обернулся и посмотрел на нее:

— Увидимся на завтраке.

Она кивнула, одиноко стоя в середине комнаты. Ему захотелось подойти к ней и поцеловать, вновь ощутить вкус ее губ. Необходимо было стереть прошлую ночь из памяти.

Как только за ним закрылась дверь, Оливия ощутила внезапное одиночество. То, что произошло, она обязана забыть. Даже несмотря на то, что эта ночь стала самой потрясающей в ее жизни. Но этот мужчина — большая ошибка, крах ее карьеры. Не для того она ехала в чужую страну и столько времени училась, чтобы спать со своим капитаном и нарушать правила авиакомпании. Она ни на шаг не приблизится к Даниэлю Фернандесу. Она забудет, что было, а его трехмесячное отсутствие ей в этом поможет.

Быстро приняв душ, девушка вышла в комнату, оглядывая пол в поисках его зажима для галстука. Даже ей стало жалко потерять его, и Оливия стала двигать стол на середину комнаты, освобождая доступ к окну. Рукой отодвинула тяжелую штору, обнаружив золотое изделие под ней.

— Слава богу, — Оливия взяла зажим, рассматривая его. Она столько раз видела его у Даниэля на галстуке, но никогда не придавала значения его красоте. Самолет был точной копией «Эйрбаса 380». Каждое окошечко, каждая дверь были искусно прорезаны умелым автором. Оливия перевернула драгоценность и прочла надпись на обратной стороне: «Captain D.F.T.». Даниэль Фернандес Торрес. Она сжала самолет в руке, и где-то внутри ее начала разрастаться странная тоска.

Даниэль спустился в ресторан, ощущая безумный голод. Он готов был съесть слона и, увидев шведский стол, порадовался, что может наесться вдоволь. Англичанка забрала всю энергию. Необходимо восстановить свои силы, если без сна, то хотя бы с помощью еды. Проходя мимо столиков, он увидел за одним из них Дженнет с другими стюардессами и выругался про себя. Из его головы вылетела ее помолвка. Он забыл про цветы, возложив эту ответственность на Марка.

— Доброе утро, — он подошел к столику и обратился к Дженнет, с ходу начиная врать: — Извини, что ушел вчера с твоей вечеринки, жутко разболелась голова, и я решил поспать. Еще раз поздравляю тебя.

— Спасибо, Даниэль, — лучезарно улыбнулась стюардесса и подняла с пола корзину с цветами. — Марк сказал, что это от тебя. Они потрясающие.

Наконец он увидел те самые странные названия в букете. Они и правда были красивы.

— Еще раз извини, что ушел, — Даниэль обнял девушку, целуя в щеку, — может, мне улыбнется удача побывать на вашей свадьбе.

— Мне бы очень хотелось этого. — Дженнет села на свое место, все еще находясь под впечатлением от внезапного внимания своего капитана.

— Может, мне тоже выйти замуж? — вставила Нина, смотря на Даниэля. — Чтобы получить такой букет от капитана.

Он засмеялся и кивнул:

— За Джека Арчера, Нина. Породнимся экипажами.

Даниэль направился к главному столу с едой, заметив на другом конце одиноко сидящего Марка. Пришлось пройти мимо. Еда становилась миражем в пустыне. Положив фуражку на стол, он сел напротив второго пилота.

— Я думаю, у тебя два выхода, — произнес Марк, и Даниэль не сразу понял, о чем он. — Первый: переспать со стюардессой Дюпре, которая пустила слушок, и второй: жениться.

Даниэль нахмурился:

— На стюардессе Дюпре?

— Не важно, на ком. Хоть на блондинке с собачкой. Только так ты можешь опровергнуть слух.

Интересно, Марк долго думал об этом?

— Ты говорил, что в Аликанте есть девушка, которая ждет тебя очень давно, — Марк взглянул на своего капитана.

— Десять лет, — ответил тот. — Мне жениться на ней?

— Возвратись женатым, Даниэль, и слух умрет.

— Переспать со стюардессой Дюпре выглядит не так страшно и не на всю жизнь.

— Зато женитьба закроет вопрос о твоей сексуальной ориентации на всю жизнь.

Только сейчас Даниэль понял, что Марк переживает больше его. Эта сплетня вылетела из головы, как только его губы прикоснулись к губам Оливии. Сейчас он вновь испытал голод. Но уже другого характера.

Оливия зашла в ресторан и увидела на столике, за которым сидели стюардессы, красивый букет, поразивший ее своей неординарностью.

— Доброе утро, девушки, — произнесла она и устремила свой взгляд на Дженнет. Она совсем забыла про ее помолвку! — Прости, что пропустила праздник, но у меня так разболелась голова, что я уснула.

Дженнет улыбнулась:

— Вы с Даниэлем сговорились?

— У него тоже болела голова? — напряглась Оливия.

— И он тоже спал, — засмеялась Нина, и Оливия улыбнулась. Надо было придумать что-нибудь менее банальное.

— Дженнет, — Оливия указала на цветы, — у тебя появился поклонник? Цветы потрясающие.

— Это Даниэль подарил. Сегодня он такой внимательный, даже поцеловал меня.

— Просто удивительно, — прошептала Оливия, не веря ушам. Сегодня он внимательный. Дарит цветы и целует каждого. — Так хочу есть, пойду наберу себе море еды.

Она направилась в центр к столу с едой, на ходу взяв тарелку. Самую большую, которая там нашлась.

Даниэль увидел ее и встал со своего места, кивнув Марку:

— Пойду наконец поем.

Он тихо подошел к Оливии, напугав ее своим шепотом:

— Ты нашла?

Девушка обернулась, взглядом окидывая людей, чтобы убедиться, что на них никто не смотрит, и вытащила из кармана блузки зажим, одним движением прижимая галстук Даниэля к рубашке.

— Букет очень красивый. Мило с твоей стороны.

— Не розы, — произнес он, размышляя над завтраком. Хотелось все и сразу.

— Не думала, что ты знаток цветов. — Оливия положила себе на тарелку омлет и взяла оливки, кладя их рядом с омлетом.

— А я и не знаток, — он взял одну оливку из ее тарелки и положил в рот, девушка тут же убрала от него тарелку подальше, вспоминая полет из Гамбурга. Он любил оливки, а теперь есть их доставляло ему наивысшее удовольствие.

Недовольно он обратился к повару, стоящему рядом со столом:

— У вас есть мясо?

— Да, синьор, — кивнул тот, и Даниэль передал ему свою тарелку.

— Мне самый большой кусок. А паэлья есть?

— Есть ризотто.

— Давайте все.

Оливия с улыбкой выслушала заказ капитана, а сама перешла к кофемашине и нажала кнопку для приготовления эспрессо. Потом еще раз и еще. Три порции наполнили ее чашку. Раз он ест оливки, представляя ее, она будет пить литрами кофе, представляя его.

— Что ты делаешь? — Даниэль следил за действиями девушки, шокированный количеством.

— Пытаюсь взбодрить себя, — она повернулась к нему, встречаясь с глазами цвета того самого кофе, — всего хорошего, капитан.

Через час Оливия ходила по салону самолета, пытаясь не думать о своей самой большой ошибке в жизни. Получалось плохо. Имя Даниэля на этом борту было всюду. Даже запах кофе, которое она предлагала пассажирам, заставлял задерживать дыхание.

Шасси оторвались от полосы, и на связь вышел диспетчер:

— «Arabia Airlines», у вас все в порядке с двигателями? Вы только что перемололи птицу в фарш.

Два пилота уставились на дисплей параметров двигателей.

— Марк, ты что-нибудь заметил?

— Нет, все как обычно. На дисплее ничего предупреждающего нет.

Только этого сейчас не хватало.

— Это «Arabia Airlines», — ответил Даниэль диспетчеру, — наши двигатели в порядке. Откуда у вас информация по поводу фарша?

— После вас на полосе остался кровавый след. Вы будете прерывать полет?

— Наш двигатель горел? С какой стороны остался след?

Даниэль не отрываясь смотрел на дисплей, в голове не укладывалось — почему птице надо было попасть к ним именно сегодня?

— Огня не видел. Сторона правая.

Марк смотрел на капитана, ожидая приказа снижаться, но Даниэль не отдал его.

— Поднимаемся дальше. Мы не будем прерывать полет.

— Ты уверен? — с беспокойством в голосе спросил Марк. — Птица могла повредить лопасти. Или фарш забился в зазор между концами лопаток компрессора и неподвижным статором.

— Датчик вибрации и датчик температуры подают сигнал?

— Нет.

— Тогда летим дальше.

Впервые за несколько лет их мнения разошлись. Но Марк обязан слушать своего капитана и подчиняться.

— Это может произойти в любой момент, — произнес неуверенно Марк.

— Будем надеяться, что не произойдет.

Каждый погрузился в свои мысли, следя за дисплеем. Первым нарушил молчание Даниэль:

— Марк, я не могу прервать полет и посадить на бабки «Arabia Airlines» только из-за того, что какой-то болван, может быть, видел кровь на полосе, которая, может быть, даже не наша. Мухаммед пустит на фарш меня. Я уверен в том, что все в порядке. С горящим двигателем я бы не полетел.

Марк удовлетворенно кивнул:

— Помнишь, мы летели на двух двигателях? Я доверял тебе тогда, доверяю и сейчас.

Он задумался над тем, как будет летать без Даниэля три месяца. Еще страшнее будет тогда, когда он сам станет капитаном и будет самостоятельно принимать решения.

— Однажды я прервал полет из-за птиц, Марк, посадил самолет, приехали службы, осмотрели двигатели, но ничего не нашли. Людей отправили в аэропорт, где они ждали вылета, потому что нас задержали на шесть часов. Шесть часов! Тогда «Arabia Airlines» заплатила кучу денег за стоянку, за работу наземных служб и за пассажиров, которые летели транзитом. Запомни, в чужом аэропорту лучше не задерживаться. Дисплей параметров двигателей нам не дает сигнал о каких-либо отклонениях, значит, нам нечего бояться. Я доверяю технике больше, чем людям.

— Ты прав. Мне еще учиться и учиться. Я бы перестраховался и сел.

— Сядешь раз, получишь выговор от авиакомпании и уже будешь думать.

Марк вздохнул, потянув рукоятку, убирая закрылки.

— Закрылки в положение «0»

ГЛАВА 30

Оливия зашла на кухню и налила воды в маленький пластиковый стаканчик. Пять минут перерыва еще никто не отменял. В этот раз пассажиры попались слишком активные и требовательные. Она работала на автопилоте, так же, как самолет. В голове крутились события минувшей ночи. Она потеряла рассудок, переспав с Даниэлем. Ощущая на своих губах его поцелуй, сработал необратимый процесс, она уже не могла остановиться. Этого девушка боялась больше всего, стараясь держаться от него подальше.

Корить себя сейчас бессмысленно. Что случилось — уже не исправить. Оливия поймала себя на пугающей мысли — она не хотела ничего исправлять. Слишком много наслаждения принесла эта... ошибка. Нельзя заставить себя забыть об ощущениях. Но можно заставить себя не повторить этого.

Даниэль сидел, подперев рукой подбородок и, не отрываясь смотрел на дисплей параметров двигателей. Он думал не о двигателях, а о том, что поклялся забыть тело Оливии. Черт, но он помнил каждый изгиб, даже шрам на груди не портил образ.

— Ты уже пятый час смотришь на него, — произнес Марк, отрываясь от бумаг.

Он был уверен, что капитан переживает за двигатели, но Даниэль напрочь забыл о них.

Даниэль поменял положение в кресле, убирая руку с подбородка, теперь сложив руки на груди и смотря на датчик высоты. Это его крайний полет перед отпуском, и за три месяца он не вспомнит об Оливии. Завтра уедет в Аликанте и погрузится с головой в новые впечатления.

— Ты все еще переживаешь из-за сплетни про себя?

— Нет, — Даниэль даже не посмотрел на Марка. — Может, за время моего отсутствия они забудут. Не хочу сейчас думать еще и об этом.

Через час Даниэль выпил кофе, пытаясь взбодриться, но сон одолевал. Скоро посадка, а капитан чувствовал себя так, будто не спал неделю.

— С тебя посадка, Марк, — устало произнес он, беря микрофон в руки и обращаясь к салону: — Уважаемые леди и джентльмены, говорит капитан Даниэль Фернандес Торрес, через несколько минут мы начнем снижаться. Просьба пристегнуть ремни безопасности и не вставать до полной остановки. Приблизительное время прибытия в аэропорт Дубая семнадцать часов тридцать минут. Погода в аэропорту вас ожидает солнечная, температура воздуха +36 °C. От всех членов нашего экипажа желаю вам приятного времяпрепровождения в Дубае. Спасибо, что выбрали нашу авиакомпанию.

Он положил микрофон и надел наушники, выходя на связь с диспетчером. Работа оживила его, теперь он забыл про Оливию.

Зато она вздрогнула, услышав голос Даниэля. Три месяца она не услышит его. За три месяца ее жизнь должна измениться настолько, чтобы больше не вздрагивать.

Посадка прошла мягко. Шасси коснулись нагретого асфальта в родном аэропорту, и Даниэль спокойно выдохнул, понимая, что весь полет провел в напряжении. Он так и не понял, с чем оно было связано: фаршем, перекрученным одним из двигателей, или сексом с Оливией Паркер.

— Мне надо заполнить кучу документов и осмотреть двигатели. — Даниэль встал, беря в руки пиджак, но понял, что ему и так жарко, повесил его обратно. — Ты можешь меня не ждать. Встретимся у меня дома.

Марк кивнул, улыбнувшись. Сегодня он переедет в большой дом Даниэля. На время, разумеется, но и это было отлично.

Даниэль открыл дверь, вышел из кабины и обнаружил в салоне своих бортпроводников, аплодировавших ему. Или не ему? Он оглянулся, но больше никого не было. Значит, ему. Он непонимающе смотрел в их улыбающиеся лица, пытаясь найти подвох. А они все продолжали хлопать, пока наконец Келси не произнесла:

— Мы провожаем тебя в отпуск, Даниэль. Хотя у нас есть маленькая надежда, что ты передумаешь и останешься, но если нет — мы желаем тебе отличного отдыха. Не думай о работе, но и не забывай нас.

Хлопки стали еще сильнее, Нина прослезилась, не сдержавшись. «Мы будем скучать».

Это было так мило, что Даниэль не выдержал и улыбнулся, слегка засмущавшись — не ожидал таких проводов. Даже Марк вышел на шум из кабины.

— Месяц пройдет быстро, — сказал Даниэль, подходя ближе к ним, минуя выход из самолета, — но я уже скучаю по вам.

— Через четыре месяца, — Джуан прокашлялся и поправил галстук, — у нас начнутся экзамены. Ты будешь в комиссии? А то нас завалят.

Учеба и экзамены для бортпроводников проводились каждые полгода. Волнительное время. Комиссия многочисленна, но среди них обязательно должен присутствовать свой капитан. Кому как не ему принимать решение об аттестации своего коллектива. Даниэль всегда понимающе относился к опросу, на многое закрывая глаза. Он был одним из немногих, кто защищал своих людей от нападок других членов комиссии. Он прекрасно понимал их график: сложно совмещать работу и учебу, иногда приходилось спать по три часа в сутки.

— Я уже буду здесь. И я буду присутствовать на экзамене, не переживайте, — он снова улыбнулся, успокаивая их. — Мне хуже, среди моих экзаменаторов не будет вас.

Все засмеялись. Ему будет тяжелее, и все это понимали, их экзамен по сравнению с его — детский лепет. Пилотов строго опрашивали лучшие командиры. Не было поблажек. Не было понимания. Экзамены принимали несколько дней. Письменно, потом устно, потом на тренажере, потом в полете.

— Спасибо, и удачи вам. Марк остается с вами и будет вашей поддержкой и опорой. Не стесняйтесь обращаться к нему, — Даниэль хлопнул второго пилота по плечу и прошел к выходу из самолета, всего на секунду оглянувшись. Ему махали. Не все — Оливии не было. Она хоть долетела до Дубая? Ее отсутствие начало пугать. Он мог только догадываться о том, что она избегает его, прячась на кухне или на втором этаже. Ее отсутствие одновременно и радовало и огорчало.

Капитан спустился и подошел к правым двигателям. Рабочие уже вовсю работали с самолетом. Люди были повсюду, но возле двигателей Даниэль был один — пытался рассмотреть лопасти обоих и не видел изъянов. Он оказался прав, птица не попала в движок. Но перестраховаться было нужно, и он рукой махнул рабочим, подзывая их к себе.

Оливия зашла в квартиру, кидая чемодан в прихожей. Мел с Призраком ушли в рейс и не смогут побеспокоить ее. Можно было плакать, вспомнив ночную ошибку, можно было танцевать под громкую музыку, осознавая, что не увидит Даниэля целых три месяца. Можно смотреть в окно и грустить, а можно лечь спать и забыть обо всем. Но все эти желания смешались в одно. Лидировал сон. Потом грусть. Радости не было места.

Смотря на увядающий букет роз на подоконнике, Оливия решила завтра же начать жить новой жизнью. Без Даниэля Фернандеса.

Она села и закрыла лицо руками, ощущая проникающее внутрь одиночество и пустоту. Лучше бы Мел не улетала. Забравшись с ногами в кровать, девушка легла и, укутавшись одеялом, уснула. Завтра она проснется другим человеком.

Утро встретило ее ярким солнцем, пускающим лучи в окно, и окончательно завядшим букетом. Громкая музыка в гостиной как бы доказывала, что утро началось с хорошего настроения.

В ночном топике и коротких шортах Оливия танцевала в ванной, чистя зубы и смотря на себя в зеркало. Новый день уже принес ей радость. Даниэль в отпуске, она спокойно может работать, и ей никто не будет перечить, дерзить, издеваться, играть с дурацкие игры и… Оливия сплюнула зубную пасту в раковину. Никто не ворвется в ее номер, обвиняя в глупых сплетнях, никто не прикоснется к ее губам, крепко сжимая в объятиях, никто не разбудит посреди ночи…

Расслышав сквозь громкую музыку голоса, она закрыла кран и схватила полотенце.

— Оливия! Что здесь происходит? — Мелани влетела в квартиру с широко распахнутыми от удивления глазами. — Ты устроила вечеринку?

Оливия, танцуя, прошла к магнитофону, поднимая в руке полотенце, и сделала звук тише, чтобы услышать недовольство подруги.

— Вечеринка в честь меня, присоединяйся!

Герберт быстро проскочил к себе в комнату, чтобы не стать свидетелем женской склоки. Оливия не запомнила его лица.

— Оденься, с нами живет мужчина.

— Мужчина? Я его даже не вижу. Мужчины не бегут при виде полуголых женщин к себе в комнату, — засмеялась Оливия.

Мелани выхватила из рук подруги полотенце, смеялась и шлепала ее по ягодицам:

— Оливия Паркер, что с тобой? Почему ты такая счастливая? Твой чемодан стоит у входа в квартиру, ты когда вернулась? Ты пьяная?

— Я трезвая. Вернулась вчера. Зачем убирать чемодан, если завтра снова в рейс. А счастливая, потому что моим капитаном на три месяца будет Дюпре. — Эту фамилию девушка произнесла с сильным французским акцентом, при этом выпучив губы и хлопая ресницами.

Видя эту картину, Мелани рассмеялась:

— Он же старик.

— С сединой в голове, — подмигнула подруга.

— Где Даниэль? — спросила, успокоившись от смеха, Мел. — Надеюсь, ты с ним ничего не сделала?

Оливия присела на диван и с наслаждением произнесла:

— Он в отпуске. На три месяца!

Это слово стало ее любимым. Она могла повторять его каждую минуту. «Даниэль Фернандес Торрес в отпуске». «Капитан Фернандес в отпуске». «Его не будет три месяца». «Он в от-пус-ке».

— На три? — удивилась Мел.

— К сожалению, только на три. Месяц от-пус-ка и два месяца какой-то учебы для отправки на Луну. Надеюсь, он хорошо сдаст экзамены, и... — Оливия помахала рукой, — я больше никогда его не увижу.

Мелани вновь рассмеялась. Оливия вскочила с дивана и отправилась в комнату одеваться. Впереди их ждал завтрак и отдых. Она не хотела рассказывать подруге все, что случилось прошлой ночью. В голове все стерлось. Не просто «забылось», а «ничего не было». Этот секрет она унесет в могилу, как свою самую страшную в жизни ошибку. Страшнее закопанного трупа кота на заднем дворе дома. Никто не узнает, что произошло между стюардессой и капитаном одного экипажа.

Через минуту в дверь позвонили, и Мелани пошла открывать ее. Она недовольно пробурчала что-то себе под нос, чуть не споткнувшись о чемодан, преграждающий ей путь. Отодвинув его, она открыла дверь, и тут же белые цветки махровым букетом упали ей на руки:

— Распишитесь.

Она не сразу поняла, кто вообще произнес эти слова, зачарованно любуясь чистотой цвета белых роз. В мыслях она приписала этот букет Герберту и, улыбаясь, взяла в руки ручку, ставя подпись на листке бумаги.

— Для Оливии Паркер, — произнес голос, — внутри букета конверт.

После этих слов у Мелани возникло сильное желание ударить этим букетом Герберта, чтобы шипы вонзились со страшной силой в его кожу. Представляя этот самосуд, Мел вернулась в гостиную, пытаясь отыскать конверт:

— Лив, тебе цветы.

Оливии показалось, что она ослышалась. Но все говорило об обратном. Букет белых роз. Большой. Красивый. При виде его сердце сжалось, и в памяти вновь всплыла ночь в гостинице Рима. Даниэль прислал ей розы. Она вновь ощутила его губы на своих губах, мягкий поцелуй с легким ароматом кофе. Его тело, его объятия, его дыхание, даже его ухмылку.

Мелани протянула ей конверт, пытаясь угадать реакцию подруги.

— Ты знаешь, от кого они? Читай вслух, а потом я пойду и выскажу Герберту все, что я о нем думаю. Все мужики как мужики, дарят цветы, конфеты, красиво ухаживают, а мне что? Читай.

Оливия боялась открыть белый конверт. Она не любила розы. А сейчас ненавидела себя за то, что в одну минуту может полюбить их. Руки не слушались, было сложно вытащить из конверта сложенную записку. Она предпочла бы не знать ее автора. Приятно было просто гадать.

— Да читай уже, не тяни!

Развернув лист, девушка сразу посмотрела подпись — Патрик Лайт. И сердце вновь забилось в привычном ритме. Она усмехнулась, будто ждала чего-то другого. Другого никогда не будет, умом она это понимала. Уже третий букет она приписывала человеку, который никогда не подарит ей его. Легкое разочарование заскребло где-то внутри, но она старалась не подать виду. «Ночной Дубай ждет нас сегодня в 7 вечера. Ориентир — красивая музыка возле самых ярких фонтанов. Патрик Лайт».

Мелани закричала, хватаясь за голову, уже позабыв про Герберта и свою месть, думая над внешним видом Оливии:

— Что ты наденешь? Тебе надо быть самой красивой. Кто такой Патрик? Почему ты мне ничего про него не рассказывала?

Оливия сложила записку и забрала розы из рук подруги, ненавидя себя за то, что никогда не полюбит эти цветы.

— Я с ним летела в одном самолете из Гамбурга. Патрик — второй пилот, родом из Бирмингема.

Мел снова вскрикнула:

— Тот букет тоже он подарил?

— Да.

— Я думала, Даниэль.

Оливия тоже так думала, но ошиблась. К счастью. Так было легче.

— Плохо думаешь. Зачем ему дарить мне цветы?

Но она прекрасно помнила про букет необычных цветов для Дженнет и его: «Не розы». Даниэль прекрасно знал про розы, намекая Оливии на ее отношение к этим цветам.

Ей стало жаль бедные цветы, и она прижала их груди. Они не виноваты, что они розы. «Орхидеи подходят тебе. Их корни такие же вредные, как ты. Единственные цветы, которые живут непонятно как: то ли в земле, то ли в воздухе. Но от своей вредности они могут расти и там, и там», — вспомнила она слова Даниэля и улыбнулась. Он прав. Они могут расти и там и там. И такие же вредные, как она.

— Патрик летел с тобой одним рейсом до Гамбурга? — переспросила Мелани, вспоминая тот рейс, и Оливия кивнула. — Пилотов было так много, но кроме Даниэля я никого не помню.

Это было неудивительно, Оливия сама не знала всех.

— Патрик тебе нравится?

Еще один вопрос Мел заставил подругу без раздумий ответить:

— Нравится.

Сегодня ей нравились все. Настроение было слишком хорошим, чтобы углубляться в рассуждения.

Мел подмигнула ей, хитро улыбаясь. С этой секунды ее мозг начал работать, вырисовывая картину предстоящей встречи. Она завидовала подруге. Ночной Дубай, поющие фонтаны, романтическая музыка — это было и ее мечтой тоже, но, к сожалению, Герберт не любил шумные места и свидания, он не был романтиком. Этого Мелани очень не хватало, поэтому она все силы кинула на подготовку Оливии к предстоящей встрече.

Что-то щебеча подруге на ухо, Мел делала замысловатую прическу, поднимая волосы и закалывая их крупными кольцами, полностью оголяя шею. Потом в ход пошла одежда, вытащенная из шкафа и разложенная на кровати. Девушки смеялись, примеряя наряды. На глаза Оливии попался длинный сарафан небесно-голубого цвета с перекинутым шелковым шарфиком на плечах. Тот самый, в котором она пошла на фотосессию Нины и Марка. Тот самый шарфик, за который Даниэль потянул ее, чтобы она не упала, оступившись...

Ее рука коснулась шелка, нежно погладив его.

— Я надену этот сарафан, — решение было принято мгновенно. Девушка ничем даже не могла его мотивировать. Шелк сыграл свою роль.

— Мне нравится, — кивнула Мелани, удовлетворенная выбором.

Г Л А В А   3 1

Жаркий воздух создавал эффект сауны. Душно. То ли от количества присутствующих возле фонтана туристов, то ли от нагретого за день асфальта и зданий. Воздух стоял, ни малейшего дуновения ветерка. Пот скатывался струйками по спине, хотелось утонуть в фонтане или бежать в кондиционированное здание торгового центра в рядом стоящем самом высоком здании мира Бурдж-Халифа. Но все резко изменилось, когда заиграла песня в исполнении Андреа Бочелли и струи воды в фонтане начали плясать под нее. Брызги капель попадали на людей, слегка охлаждая. Но все забыли про духоту, очарованно любуясь танцем воды и громкой музыкой, которая возбуждающе въедалась в душу. То состояние, когда тысячи мурашек бегут по коже, когда не хочется, чтобы музыка заканчивалась и высокие струи воды вновь упали замертво в фонтан. Растянуть эти минуты как можно дольше, чтобы мелодия пронеслась через все тело, а вода поднималась в небо.

Небо. Оливия подняла голову, смотря на яркие звезды, и заметила вдалеке мерцающие огни самолета. Сколько раз она пролетала так же, любуясь с высоты миллиардом огней зданий. Теперь она внизу, а кто-то смотрит в окно самолета на эту красоту.

— Впечатляет, — произнес Патрик, когда музыка закончилась и все начали расходиться. — Хочешь холодного кофе? Здесь ужасно душно.

Услышав «кофе», Оливия вновь посмотрела в небо, но самолет уже пролетел. Кофе — это рефлекс, от которого она хотела избавиться.

— В кофейню? — улыбнулась она, и он кивнул.

Зайдя внутрь помещения, она почувствовала, как ее разгоряченное тело обдал холод кондиционеров, и резко захотелось не холодного кофе.

— Двойной эспрессо, — будет тяжело избавиться от этого напитка, — и кусок шоколадного торта с шоколадом внутри... — Оливия тут же замолчала, потупив взгляд.

— И полит шоколадом, — договорил за нее Патрик, видя, как официантка записывает в блокнот. — А мне холодный американо со льдом.

Оливия не понимала, как могла сказать словами Даниэля. Он преследует ее в образе кофе и торта.

— Я встретил сегодня Даниэля в аэропорту, — произнес Патрик, и девушка тут же посмотрела на него, желая закричать, только чтобы он не продолжал свой рассказ, — оказывается, он в отпуске и отправляется домой в Испанию. Не помню, в какой город.

— В Аликанте.

— Да, точно. Вы лишились КВС, кто теперь ваш капитан?

— Дюпре.

Патрик улыбнулся, видимо, вспомнив капитана Дюпре по миссии в Гамбурге.

— Странно, что два капитана имеют такую большую разницу в возрасте. Ты знала, что Фернандес был назначен капитаном «Эйрбаса 380» в двадцать шесть лет, а Дюпре в пятьдесят пять?

Оливию это не удивило. Хотя она хорошо помнила свое изумление, впервые столкнувшись с молодым капитаном у стойки регистрации. Теперь она не представляла его в другом звании.

— Молодые пилоты более способные, они стойкие и выносливые.

— Возможно, ты права. Но его сокурсник Джек Арчер стал капитаном не так давно.

Оливия нахмурилась, вспомнив Коломбо. А Дюпре сел бы на полосу вдвое меньше положенной? А Арчер? А другие пилоты?

— Патрик, — произнесла она, желая закрыть тему, — ты смог бы посадить самолет на полосу в два раза короче положенной, рискуя жизнями более пятисот человек?

Она видела, как он задумался, как заходили желваки у него на лице.

— Нет.

— Поэтому Даниэль капитан. Он был уверен, что сможет.

Им принесли напитки, и запах кофе тут же окутал Оливию. Она пришла забыть, а получается — только вспоминает.

— Давай больше не будем говорить о моих капитанах... — Взгляд упал на торт. Шоколадный с шоколадом внутри и полит шоколадом. Захотелось встать и уйти. Убежать. Но она продолжала сидеть, пытаясь не думать о кофе и шоколаде, который сама же и заказала.

— Конечно, прости, что напоминаю тебе о работе. Я скажу еще кое-что, и больше мы не затронем эту тему.

Оливия удивленно посмотрела на собеседника. Что еще можно сказать?

Девушка заметила, как он набрал больше воздуха в легкие, закрыв глаза, потом резко выдохнул, открыв их:

— Когда я впервые увидел тебя, Оливия, на собрании у Мухаммеда, — он облизнул пересохшие губы и продолжил: — ты мне очень понравилась. Вернее, я влюбился в тебя, как подросток...

Патрик потупил взгляд, нахмурившись, пытаясь подобрать нужные слова. Оливия, напротив, смотрела на него, широко открыв глаза. Сердце, услышав признание, не взорвалось от радости, не забилось учащенно, скорее наоборот. Она предпочла бы это не слышать. Патрик только что признался ей в любви. Или влюбленности? Не важно. Она должна была ответить, но продолжала молча смотреть на него.

— Ты сидела такая красивая, — он улыбнулся, — удивительная девушка, которая защищала своего капитана. Я был очарован тобой. Но... — Чувствовалось, как тяжело ему даются эти слова. — Тогда мне показалось, что между тобой и Даниэлем Фернандесом что-то есть, вас будто что-то связывало, но я не мог понять что. То вы ругались, то улыбались друг другу. Ваши улыбки расклеены по всему зданию аэропорта. И если бы я не узнал правду, то, наверное, не сидел бы здесь рядом с тобой.

Оливия побледнела, хватаясь за чашку с кофе, и сильно сжала ее в руках. О какой правде он говорит? На секунду ей захотелось оказаться как можно дальше отсюда, а желательно — выше. Над землей.

— Какую правду? — тяжело произнесла она.

— Между вами ничего не может быть, ведь Даниэль Фернандес — гей.

Чашка с грохотом ударилась о блюдце. Руки не могли ее больше держать. Смеяться или плакать? Облегченно вздохнуть или что-то доказывать?

— Нет, — Оливия закрыла лицо руками и засмеялась, — он не гей. Это я оклеветала его, но я не знала, что сплетни тут так быстро распространяются. Кто сказал тебе про него такое?

— Нет? — Девушка увидела на лице Патрика лишь напряжение. — Стюардесса Дюпре, Меган.

— Это я ей сказала в тот день, когда мы готовились к вылету из Гамбурга. Я обменялась капитанами с ней, она должна была лететь с вами. Но Даниэль предложил мне лететь в кабине пилотов, и мне пришлось придумать, что он гей, лишь бы только она передумала. И она передумала, я полетела с вами.

Патрик не смеялся, казалось, он не рад этой новости.

— Значит, это ложь, — тихо произнес он, — я уже надеялся, что у меня нет конкуренции.

Смех Оливии тоже стих. О какой конкуренции он говорит?

— Даниэль — мой капитан, — прошептала она, смотря на Патрика, — между нами ничего не может быть.

Ложь, ложь, ложь! Но сейчас от страха она могла лгать о чем угодно.

Ее слова зажгли надежду в его глазах:

— Правда? — Его пальцы коснулись ее руки, и Оливия опустила взгляд на них, пытаясь понять, что чувствует. Было приятно. — Скажи, у меня есть шанс быть с тобой?

То ли удача, то ли, напротив, еще одно испытание. А может, судьба прислала Патрика для того, чтобы скорее забыть Даниэля? Девушка улыбнулась, сжав его пальцы:

— Шанс всегда есть. Но давай не будем торопить события. Ты мне нравишься, поэтому я не буду врать — я не влюблена в тебя.

— Я готов ждать, Оливия. Столько, сколько надо. Целую вечность, если понадобится.

На улице вновь заиграла музыка, и девушка устремила свой взгляд на фонтан, который вновь ожил. Как бы ей хотелось ожить от слов этого мужчины.

Патрик проводил ее до дома. Он больше не касался этой темы, не навязывался. Они вспоминали родную страну, смешные моменты из своей жизни, смеясь над шутками друг друга. Оливия рассказала свою страшную тайну про мертвую кошку, зарытую на заднем дворе, но сейчас эта история выглядела смешной детской тайной. Девушка хранила другую тайну, которая была гораздо серьезней.

Ей было комфортно с Патриком, с ним можно разговаривать на любые темы. Он понимал ее с полуслова. Не грубил, не дерзил, был мягким в общении и внимательным в мелочах. Рассказывая, как было сложно уехать жить в Дубай, он искал у Оливии понимания, но она лишь кивнула, пожав плечами. Ей было легче — она летела к мечте.

Расставшись до следующего выходного, Оливия зашла в подъезд, оставляя пилота внизу, не приглашая подняться. Еще не время. У нее впереди целых три месяца.

Со сменой капитана для экипажа изменилось многое, начиная с его обращения к пассажирам и заканчивая большими перерывами между рейсами. Теперь экипаж 2-1-6 отдыхал по три-четыре дня. Появилось много свободного времени и мало денег. С Патриком Оливия виделась еще пару раз — его график остался неизменный, такой же плотный, как и раньше.

Прогуливаясь по пляжу, ощущая ногами еще не остывший песок, он рассказывал ей о птице, залетевшей в двигатель самолета. По приказу капитана им пришлось вернуться в аэропорт, лопасти были повреждены, авиакомпания «Arabia Airlines» понесла убытки. Но она понесет больше, отправив пилотов на учебу. Даниэля. Его имя стало таким далеким. Оливия старалась не думать о своем капитане, специально больше думая о Патрике, но мысли все время переносились в ту ночь в Риме. Она ненавидела себя за эти воспоминания, но ей было приятно думать об этом. И больно. Больно от того, что приятно. Замкнутый круг.

Даже сейчас, идя по теплому песку, она не слышала слов Патрика. Ее взгляд устремился вдаль, на огни кораблей вдалеке. Она видела эту картину раньше, помнила тот день, когда очутилась на пляже с Даниэлем. Девушка улыбнулась, вспомнив, как залезла в соленую воду прямо в форме, как пыталась намочить его. А он последовал ее примеру, заходя вглубь, пугая, что рядом скаты. Она смеялась, цепляясь за него...

— Оливия, ты меня слышишь? — Голос Патрика оказался совсем рядом.

— Прости, что ты сказал? — Воспоминания исчезли, и его голос вернул ее в действительность. — Я просто задумалась.

— О чем? — засмеялся он. — Скажи, я хочу думать вместе с тобой.

Ему бы не понравились эти мысли. А их с каждым днем становилось все больше. Далекое имя «Даниэль» вызывало столько воспоминаний. Оливия не видела его уже третью неделю, а такое ощущение, будто он все время рядом. Она пыталась не думать, пыталась переключиться на работу, на Патрика, на дом. Но Даниэль был всюду — на работе она ждала его голос, его прогулку по салону самолета во время полета, дома, видя его инструменты, она тоже думала о нем, переводя взгляд на выключатель. Даже ложась в постель, она ощущала его руки, его теплое дыхание, скользящее вдоль спины. Это было страшно. Девушку пугали такие мысли. Она часто уходила в себя, и Мел это заметила.

— Лив, ты заказала пиццу?

Оливия сидела на диване, смотря в пустоту, поджав под себя ноги. Пятнадцать минут назад она должна была заказать пиццу. Неужели так и не сделала этого?

— Нет, — она перевела взгляд на подругу, чувствуя вину.

— Нет? — удивилась Мелани. — Ты стала такой рассеянной в последнее время, я начинаю переживать за тебя. О чем ты думаешь?

Точно не о пицце. Она думала о том, чем занимается Даниэль в Аликанте. В ее голову приходили самые разные мысли, и ни одна не вызывала приятного ощущения в груди. Он мог делать все, что угодно, но она была абсолютно уверена в том, что он не вспоминает ее. Так зачем загонять себя безумными мыслями?

— Лив? — Мелани села рядом. — Я знаю, о ком ты думаешь.

Оливия перевела испуганный взгляд на подругу, ожидая продолжения и боясь его услышать.

— О пилоте, — улыбнулась Мел, и внутри Оливии что-то хрустнуло, сердце перестало биться то ли от страха, то ли от того, как быстро подруга ее раскусила. Может, рассказать ей правду? Может, Мел поможет избавиться от терзаний?

— Я не могу не думать о нем, — она слышала свой голос будто издалека, кусая губы. — Это стало наваждением.

Я не думала, что будет так тяжело пережить это время. Оно стало... пустым. — Оливия почувствовала, как глаза непроизвольно наполнились слезами. — Я ненавижу себя за то, что скучаю. Я скучаю, Мел. Никогда не думала, что буду скучать по нему. Мне его не хватает.

— Боже мой, — Мелани обняла подругу, находясь в шоке от увиденного и услышанного, — Лив, но ведь это ненадолго, всего пара дней, и вы снова увидитесь.

Оливия резко отпрянула от подруги, чувствуя, как слезы стали высыхать. Мел имела в виду другого человека. Патрика. Мужчину, о котором она и не вспомнила за последние пару дней.

— Ты так увлеклась им? Ты влюбилась?

— Нет, — Оливия вскочила с дивана, она хотела убежать, но бежать было некуда. Тыльной стороной руки вытерла последнюю слезу, понимая, как ей повезло, что Мел имела в виду совсем другого человека. — Мне нравится Патрик, и я по нему скучаю. Да, я скучаю по нему, но это не любовь.

— Почему бы тебе наконец не пригласить его сюда? Завтра мы с Гербертом улетаем в Сидней, нас не будет два дня. Квартира в твоем распоряжении, — она засмеялась. — У тебя большая кровать, Лив!

Оливию резко затошнило, когда она представила Патрика в своей кровати. Но, возможно, Мел права, и стоит попробовать двигаться дальше. Не до кровати, пока только до гостиной. А там будь что будет.

Но вместо звонка Патрику Оливия позвонила Нине, которой обещала ужин в ресторане в честь своего проигрыша. Опять вспомнила Даниэля. Из-за него она проиграла. Зачем надо было смотреть на ее грудь в тот момент? Но дело сделано, спор есть спор.

Нина обрадовалась предложению: «Хоть как-то скоротать время между рейсами».

Экипаж был недоволен свободным временем — чем меньше они летали, тем меньше им платили. Марк как-то сознался, что в длинных перерывах стал подрабатывать на внутренних рейсах. Он жил в доме Даниэля, параллельно ища себе жилье. И сейчас деньги были бы кстати.

— Его дом обходится мне в кругленькую сумму, — недовольно пробурчал пилот. — Теперь я понимаю Даниэля, точнее, почему он хочет продать дом.

Только капитана Дюпре устраивало все. У него была жена и двое детей: находясь со своей семьей, он не замечал долгие перерывы. Деньги его тоже мало волновали, даже с таким графиком он зарабатывал достаточно.

За три недели они один раз побывали в Лондоне. Единственное, что порадовало Оливию, — мама и родной дом, который уже не казался ей родным. Пасмурная дождливая погода лишь ухудшала и без того плохое настроение. Хотелось тепла, песка и теплого моря.

— Отчего моя дочь такая грустная? — Джина подошла к дочери и провела рукой по ее волосам. Как в детстве. Оливии захотелось прижаться к груди матери, но она продолжала стоять неподвижно. Мать точно должна знать, отчего ее дочь такая грустная, но Оливия хотела одурачить и ее.

— Наверное, я просто устала.

Они в тишине смотрели в окно, наблюдая, как капли дождя падают на асфальт и маленькие ручейки собираются в одну большую лужу. Не отрывая взгляда от этой грустной картины, Джина сказала:

— Наверное, дело не в этом.

— Наверное, — после небольшой паузы тихо прошептала Оливия.

Больше Джина не спрашивала ни о чем.

Время шло, и Оливия начала привыкать к своему состоянию. Она привыкла много думать и много молчать. Теперь казалось, что молчание — состояние души. Работа, которая внезапно навалилась на ее экипаж, отвлекала. Капитана Дюпре сменяли другие командиры, которые начали возвращаться после сдачи экзаменов. Она слышала, как тяжело им давалась учеба, с каким пристрастием комиссия изощрялась в вопросах.

— Что будет, если Даниэль не сдаст? — спросила она Марка после длительного полета в аэропорту Пекина. Их вернули на восточный курс.

— Не сдаст? — удивился тот, но тут же рассмеялся: — Он сдаст и еще задаст каверзный вопрос комиссии, которая не сможет на него ответить.

Она надеялась на это. Очень надеялась.

— Кстати, — громко произнес Марк, чтобы его слышал весь экипаж, — ровно через два месяца на нашем борту будут гости — капитан Фернандес Торрес свой первый полет после длительного отпуска будет выполнять в присутствии самого ужасного экзаменатора на планете — Карима Джабраила. Черт, черт, черт, прости меня, Господи.

Он сказал это так смешно, что многие рассмеялись, не принимая его слова всерьез.

— Ты так переживаешь, Марк, будто сам сдаешь экзамен, — произнес Джуан, не обращая внимание на ругательства пилота.

— Кажется, я тоже буду сидеть в кабине пилотов. За мной тоже будут наблюдать.

— Ой, бедный Марк, — воскликнула Нина. — Но ты выполняй только то, что будет говорить Даниэль!

— Этого-то я и боюсь, — он так тихо это прошептал, что только одна Оливия услышала, стоя рядом.

Она улыбнулась, опустив взгляд в пол. Даниэль был отличным пилотом. Умным, начитанным, рисковым. Последнее хоть и пугало, но все же давало ему больше плюсов, чем минусов. Однако не все могли это оценить.

Время экзаменов наступало не только для пилотов, но и для многих стюардов и стюардесс.

Обстановка нервировала Оливию, несмотря на то, что до ее экзамена было еще три месяца. Даниэль точно будет в комиссии, и он-то завалит вопросами, пытаясь избавиться от нее. Девушка не сомневалась в этом. У него будет отличная возможность не допустить ее к полетам. Но она не собиралась так просто сдаваться, хотя каждый день у нее возникало желание покинуть экипаж без его участия. Не из-за экзаменов. Из-за него. Нет. Из-за себя. Оливия понимала, что не сможет работать рядом с ним. Он будет обращаться к пассажирам — она будет вздрагивать. Он будет проходить мимо — она будет его хотеть. Она не сможет забыть ту ночь. Ей не хватило месяца. Ей не хватит еще двух. Ей не хватит жизни, чтобы забыть. Она уже не знала, что еще сделать, чтобы не думать о нем.

Прилетев в Дубай, уставшая и измученная длинным перелетом, Оливия медленно поднималась по лестнице. Усталость радовала ее. Не было сил много думать. Преодолев последнюю ступеньку, она буквально налетела на стоящего возле ее квартиры Патрика.

— Привет, — он улыбнулся, пряча что-то за спиной, — я так соскучился, что решил не ждать завтра и приехал сегодня.

Вытащив из-за спины огромный букет алых роз, перевязанный розовой ленточкой, он протянул их девушке. Оливия выдохнула, улыбаясь и забирая у него цветы. Мило. Приятно. Но не от этого человека она их ждет. Хотя от Даниэля она рада была бы и просто одной герберы. Или розы.

Или ромашки. Не важно. Пусть будет просто листик. И это будет самым дорогим подарком.

— Спасибо, — машинально девушка поднесла их к лицу, вдыхая несуществующий запах, — они прекрасны.

— Как и ты. Ты напоминаешь мне розу — красивая, яркая и прекрасная.

«Орхидеи подходят тебе», — пронеслось в голове шелковым голосом. Она еще помнила этот голос. Она стала слышать его все чаще и чаще. Откинув мысли прочь, Оливия открыла дверь в квартиру. Впервые Патрик переступил порог ее дома. Он сам сделал шаг к этому. Оливии так и не хватило смелости пригласить его к себе.

— Прости за беспорядок, наверняка Мелани оставила его, собираясь в дорогу. Я уже привыкла, но тебе это может показаться ужасным.

— Ты бы видела мой беспорядок, — засмеялся он, — времени хватает, чтобы спать и видеться с тобой. Но иногда и на последнее не хватает.

Они прошли в гостиную, где обнаружили идеальный порядок. Оливия даже взглянула на календарь, думая, что ошиблась и Мел дома. Странно.

— Мне бы такой беспорядок, — улыбнулся Патрик.

— Знаешь, это странно, — пожала плечами девушка, — я, наверно, что-то упустила.

— Ты голодная? — спросил он. — Пока ты принимаешь душ и переодеваешься, я могу что-нибудь приготовить.

Оливия улыбнулась, эта идея ей понравилась. Патрик был отличным кандидатом на ее сердце. Она терпеть не могла готовить.

— Отличная идея. Но, возможно, моя подруга не только убралась, но еще и оставила ужин? Чувствуй себя как дома. Я быстро.

Она прошла в комнату, плотно закрыв за собой дверь, понимая, что ванна в другой стороне. Поэтому она оставила водные процедуры на потом, лишь переодевшись и поставив цветы в вазу.

Через десять минут Оливия вышла на вкусный запах, витавший в квартире.

— Ты не поверишь, — засмеялся Патрик, — твоя подруга оставила ужин. На двоих. И бутылку шампанского с двумя фужерами и запиской «Не скучай».

Не поверив, Оливия зашла на кухню и чуть не вскрикнула от увиденного — стол был накрыт на двоих: тарелки, столовые приборы, разложенные по всем правилам этикета, которым их обучили в «Arabia Airlines». Шампанское тоже было — стояло в ведерке со льдом.

Патрик протянул ей записку, и девушка развернула ее, сразу узнав почерк Мел. «Не скучай». Оливия улыбнулась, представив подругу за этим занятием. Она хотела сделать приятное, и у нее получилось. Но как она узнала, что у нее будет гость?

— Давай есть, — засмеялась Оливия, и Патрик галантно выдвинул перед ней стул, приглашая сесть.

Какая, к черту, разница, откуда Мел узнала про Патрика? Возможно, она его и пригласила. Но сейчас Оливия была ей благодарна. За весь вечер она ни разу не вспомнила про Даниэля. Общаться с Патриком было легко, они много смеялись, ели, пили. Шампанское ударило в голову раньше, чем Оливия осознала, что пьет алкоголь. Про спиртное она старалась не думать, загоняя как можно глубже воспоминания о хорошей порции золотистой жидкости. Она пыталась забыть про алкоголь с помощью алкоголя. Это смешно. Очень смешно. Совсем смешно стало после ужина в гостиной. Расслабившись, она села на диван и включила тихую музыку с пульта управления.

— Потанцуем? — Патрик протянул руку, и она приняла ее, отлично понимая, *что* последует за танцем. Готова ли она к этому?

Одной рукой он притянул ее к себе, и Оливия тут же протрезвела, ощутив тепло мужчины. Руки Патрика легли ей на талию, они плавно двигались под какую-то лиричную песню. Рука девушки обвила его шею, она пыталась не смотреть на него. Она не могла понять себя. Патрик милый, хороший, заботливый мужчина. Так почему руки, касающиеся ее, не вызывают пожар? Почему от его дыхания возле ее шеи не возникают мурашки? Почему его запах чужой?

Оливия закрыла глаза, когда ее коснулись его губы. В памяти стрелой промчалась картина месячной давности, когда она ощутила губы Даниэля, как страстно она желала его, как застонала и притянула ближе. Они дышали одним воздухом. А может, вообще не дышали. Она помнила поцелуй, который с каждой секундой становился мягче. Ей это нравилось. Его руки вызывали пламя, касаясь ее тела.

Сейчас все было по-другому. И несмотря на это, мыслей было хоть отбавляй, Оливия позволила Патрику уложить себя на диван. Он целовал ее шею, что-то шепча, медленно, нежно касаясь ее тела руками. Не торопясь. Он любил ее, и она это чувствовала.

Оливия помнила, как рвала пуговицы на рубашке Даниэля, как хотела сорвать ее, ощутить его тело, прикоснуться губами, прижаться. Сил вспоминать больше не было, и она вскрикнула, пытаясь руками оттолкнуть от себя Патрика:

— Нет, нет, нет. Пожалуйста, не надо.

Она хотела только одного мужчину, и это был не Патрик.

ГЛАВА 32
Аликанте, Испания

Земля в родной стране не изменилась за время его отсутствия. Воздух тот же, те же люди. Солнце везде одинаково. Даниэль вернулся домой. Нет, не так. Он приехал к матери и сестрам. В гости.

Работа осталась позади, он поклялся о ней не думать, наслаждаясь отдыхом и общением с родными. Племянники выросли, старшему, Рамону, уже десять — это стало большим сюрпризом для Даниэля. Он помнил Рамона еще малышом. Младшей Лурдес недавно исполнилось пять. Он видел ее закутанной в пеленках. Семья изменилась.

Мать слегка постарела, новые морщинки появились на ее красивом лице. Черных волос уже коснулась седина, лишь карие с зеленцой глаза оставались неподвластны возрасту. И голос остался прежним, каким Даниэль помнил его.

Старшая сестра, Сильвия, воспитывая двоих детей, стала гораздо спокойней, чем до замужества. Она бросила работу и полностью сосредоточилась на воспитании детей.

— Третий не за горами, — улыбнулась она и покосилась на мужа.

— Я всегда говорил, детей должно быть много, — кивнул Даниэль сестре.

— По тебе это особенно видно, — тут же съязвила она.

— Я пилот, мне некогда создавать семью. — Даниэль схватил пробегавшую мимо Лурдес.

Он любил детей. Дети тоже его любили. Не помня его, несли ему в руки игрушки: машинки и куклы. Лишь старший Рамон держал самолет, плавно опуская его на пол: «Иду на посадку». Даниэль засмеялся, замечая в этом мальчике свои черты.

— Вылитый ты, — произнесла Сильвия, будто прочитав его мысли. — Смотрю на него и вижу тебя в детстве.

Мать встретила сына, собрав всю семью под одной крышей их маленького уютного домика. Сколько бы Даниэль ни высылал ей денег, она категорически отказывалась менять жилье. «Я родила здесь своих детей, здесь прошли самые счастливые дни моей жизни, я обязана умереть в этом доме». Он понимал ее, потому что сам был таким. Его не радовала большая вилла в Дубае. Потому что она была пуста.

За ужином разговоры стали громче. Было шумно для того, кто привык к тишине, но Даниэлю это нравилось. Так же шумно было в его детстве. Сестры подшучивали над ним, а мать защищала. Нет, ничего не изменилось. Не считая улетевших в небо лет.

— Милый, — улыбнулась Мария, обращаясь к сыну, — в честь твоего приезда я пригласила к нам еще одного человека.

Не надо было произносить имя этого человека, он прекрасно знал, кого пригласила мать. Паулу. Девушку, отдавшую больше десяти лет жизни ожиданию Даниэля. Для матери она стала почти что членом семьи, Мария любила ее как родную дочь, мечтая, чтобы сын наконец женился. Милая, добрая Паула посвятила свою жизнь изучению истории европейских стран. Закончила факультет истории, где преподавала Мария Фернандес Торрес. Впервые Даниэль увидел ее у себя дома, когда девушка пришла к матери писать научную работу. Между молодыми сразу возникла симпатия. С началом первых серьезных отношений Даниэля семья ждала свадьбы. А дождалась его решения уехать в Дубай и поступить в авиационный университет. Год после окончания школы, зарабатывая деньги на учебу, он трудом и потом прокладывал себе путь в небо. И никто не смог его остановить. Даже Паула, которая решила было ехать за ним, но отказалась от этой идеи из-за резкой перемены в Даниэле. Он стал другим, отдаленным, влюбленным в небо. Не в Паулу.

Даниэль понимал, что лучшей жены ему не найти: тихая, умная, скромная. Она ждала бы его на земле и прощала все часы в небе ради одной минуты, проведенной с ним на земле. Она родила бы ему детей. Много, как он всегда мечтал. И молча ожидала их отца в том самом доме на берегу Персидского залива. Паула — девушка, которую посылала ему судьба. Но что-то внутри уверенно жало на тормоз. Все слишком просто и банально. Нет изюминки. Нет страсти. Нет любви с его стороны. Паула любила за двоих. Вначале казалось, что этого достаточно для создания семьи, но с годами Даниэль все больше и больше убеждался, что этого мало. Пора было пересмотреть свои взгляды. Наконец он вырос, занял положение в обществе. Предстояло подумать о семье, и Паула была единственным кандидатом на роль верной жены и хорошей матери. Он верил ей, она доказала, что способна ждать.

В дверь позвонили, но внутри Даниэля ничего не дрогнуло. Лишь слабое волнение и боязнь увидеть ту, что не видел уже много лет.

— Открой, сынок, это к тебе.

Под пристальным взглядом сестер он прошел к двери.

Девушка не изменилась. Все те же большие карие глаза, с любовью и обожанием смотрящие на него, волосы, от природы цвета воронова крыла, в этот раз имели легкий красный оттенок. Черты ее лица были чересчур правильными. Паула стала еще красивее. Теперь она стала женщиной, возраст придавал ей больше шарма.

При виде его улыбка на ее лице дрогнула, а губы прошептали его имя. Даниэль улыбнулся, открывая свои объятия для нее, и девушка кинулась в них, утопая в счастье.

— Рад видеть тебя, Паула.

Даниэль не солгал, он действительно рад был ее видеть. Паула — единственный человек, искренне любящий, тихий, спокойный, не перечащий ему ни в чем.

Он провел девушку к столу и отодвинул ей стул. Мать тут же начала порхать вокруг нее, предлагая еду. Но все внимание Паулы было отдано Даниэлю.

— Видела тебя в новостях. Ты спас женщину и ее ребенка. Как это у вас называется? — Она задумалась. — Сел на полосу меньше длиной.

Даниэль засмеялся, услышав несуразицу.

— Совершил посадку на полосу короче положенной.

— Да, — прошептала скромно Паула, но ее тихий голос прервал бойкий тембр старшей сестры.

— В Аликанте ты стал героем, дорогой братец. Кстати, — воскликнула она, тут же схватила ноутбук, и ее пальцы быстро начали набирать на клавиатуре текст, — это я обнаружила на сайте авиакомпании «Arabia Airlines». Полюбуйтесь, мой брат — фотомодель.

Она развернула ноутбук, и все взгляды устремились на экран. Даниэль прекрасно знал, что за фотография на рекламной заставке — Оливия и он, мило улыбающиеся друг другу. Возникло странное желание, чтобы никто ее не видел. Он тоже. Ему хотелось закрыть глаза, но он всего лишь захлопнул ноутбук.

— Давай не сегодня, Сильвия.

— Почему? — удивилась она. — Всем интересно.

Мать тут же пришла сыну на помощь, отвлекая всех накладыванием по тарелкам угощения и расспросами про жизнь в арабской стране, параллельно кидая недовольный взгляд на Сильвию.

— Расскажи, как ты живешь, Даниэль. Чем занимаешь в свободное время? Что интересного в твоем городе?

На секунду ему стало смешно, он представил, что рисует их воображение про свободное время: неделя отдыха между рейсами. Они даже не догадываются, что иногда между рейсами всего несколько часов.

Паула внимательно слушала его, зачарованно смотря ему в глаза. Ее взгляд был открытым, любящим, и Даниэль даже сделал паузу в своем рассказе, пытаясь насладиться ее глазами. Но у него не получалось, он понимал, что просто сравнивает ее глаза с другими — голубыми, ясными и чистыми, как небо. Откинув прочь набежавшие мысли, выругавшись про себя, он натянул улыбку и продолжил рассказ. Все с умилением слушали про жизнь в Дубае, про все самое-самое, что создала рука человека в пустыне. Лишь Сильвия, вновь открыв ноутбук, была погружена в виртуальный мир.

Рассказывая родным о Дубае, Даниэль почувствовал, что вряд ли уже покинет его, — настолько привык жить там. А может, этот город просто ассоциировался с созданием самого себя? Именно в Дубае сбылась его мечта. Именно этот город подарил ему небо, открыл путь в облака, проложил длинную взлетную полосу к заветной цели. Самый величественный в мире, самый красивый, самый богатый, самый непредсказуемый, в нем выживали сильнейшие, самые лучшие, и Даниэль был одним из них. Другие не проходили отбор, этот город, помимо красоты и величия, обладал жестокостью, отсеивая слабых.

Он замолчал, вспомнив, как вез Оливию по ночному Дубаю. Она любовалась огнями высоких зданий. В тот момент это злило его. Он тысячу раз пожалел о том, что предложил довезти ее до отеля... Который находился через дорогу. Вез ее через весь город. А она влепила ему пощечину. Впервые в жизни женщина ударила его. Почему она не сделала этого, когда он уложил ее на кровать в гостинице Рима? Может,

пощечина прояснила бы его сознание? Но она напротив — отрывала пуговицы с его рубашки...

— Даниэль?

Голос Паулы заставил вернуться на землю. Сознание вернулось, а тело нет. Оно жило своей жизнью, отдельно от мозга.

— Я не хочу говорить о работе, — наконец произнес он, пытаясь привести дыхание в норму. Оно, видимо, также не подвластно ему. — Расскажи о себе. Где ты работаешь?

— В институте, как твоя мать, преподаю историю стран Европы. Сейчас занимаюсь изучением новой Англии. Ты был в Англии?

Даниэлю захотелось встать и уйти. Но он не мог этого сделать.

— Был, — сухо ответил он, — в Лондоне.

— Ой, как здорово! — Она хлопнула в ладоши.

На секунду ему показалось, что вот сейчас она возьмет блокнот и ручку, попросит его рассказать подробнее и будет записывать каждое слово.

— Но это опять моя работа, о которой я не хочу сейчас вспоминать.

И хотя Джина Паркер оставила только хорошие воспоминания, он не мог сейчас думать о прошлом. Он приехал забыть, а получается, каждый разговор приводит его обратно к воспоминаниям. Но самым важным было то, что он не сдержал слово, данное Джине. Он не позаботился о ее дочери, как она просила. Она доверила ему самое дорогое, что у нее есть, а он, мерзавец, воспользовался этим. Джон Паркер убил бы его, если был бы жив.

Не думать об этом.

Даниэль вздохнул, различая на дальнем плане голоса присутствующих. Он пропустил начало разговора, кажется, Паула рассказывала о себе, надо было хоть глянуть в ее сторону. Даниэль поднял глаза, встречаясь взглядом со старшей сестрой. Сильвия, сидя за ноутбуком, наблюдала за братом. Он натянуто улыбнулся ей и перевел взгляд на Паулу.

Говорить много не хотелось, он больше молчал и слушал.

— Ты стал таким молчаливым, братец. Тебя не узнать, — улыбнулась Сильвия и слегка стукнула его локтем в бок.

Обычное явление между ними. Но это было раньше. Раньше он бы ей ответил тем же, но сейчас лишь недовольно покосился.

— Вот черт, — возмутилась она, — ты стал таким серьезным. Капитанство отразилось на твоем психическом состоянии.

Он улыбнулся, услышав ее заключение. Сильвия всегда была хорошим психологом, зря она бросила работу.

— Я просто устал. Разница во времени, понимаешь?

— Не понимаю, потому что мне это говорит человек, который по привычке не должен ощущать разницу во времени.

— Я не робот, Сильвия.

— Дело не в этом, Даниэль, — буркнула она. — Что ты натворил, раз внезапно стал таким тихим?

Кого-то она ему напоминала... Сто слов в ответ на одно его. С Оливией она бы нашла общий язык. Кажется, такие женщины преследовали его с рождения.

— Как ты ее терпишь? — Даниэль посмотрел на мужа сестры, но тот лишь пожал плечами.

— Любовь творит чудеса.

— Действительно, чудеса, — прошептал он и снова перевел взгляд на Паулу.

Под его взглядом она скромно опустила глаза. Такой должна быть жена — скромная, не бросающая вызов мужчине. Паула была идеальна в этом.

Он вспомнил слова Марка про женитьбу, как выход из сложившейся ситуации со сплетнями. Стоит серьезно задуматься над его словами. Может, Марк прав, и пора уже наконец поставить точку в этом вопросе, убив двух зайцев одним выстрелом — создать семью и опровергнуть слухи.

— Каково быть капитаном самого большого самолета в мире? — Большие карие глаза Паулы пристально изучали его лицо. — Извини, что опять про работу, но мне безумно интересно.

Он понимающе кивнул. Говорить про самолеты он мог бесконечно. Вот только сейчас думать о них было больно.

— Большая ответственность, большой экипаж, большой самолет, — он грустно улыбнулся. — Последнее слово всегда за мной, и иногда очень сложно принять решение, от которого зависит жизнь людей. Это тяжелый труд, моральный и физический. Но мне моя работа приносит удовольствие.

— Много было случаев в твоей летной карьере, где требовалось непростое решение? — Этот вопрос задала Сильвия, оторвавшись наконец от ноутбука.

— Не много. Но были.

Он вспомнил пару таких случаев, один со вчерашним «фаршем из птицы», другой с отказавшими двигателями. Рассказывал и улыбался, погрузившись в воспоминания. Все внимательно слушали его, лишь мать временами вздыхала, хватаясь за грудь. Лучше бы она не знала, что приходится переживать ее сыну.

Через пару часов все разошлись, Мария убирала со стола посуду, напевая знакомую с детства мелодию. Даниэль улыбнулся, чувствуя тепло, которое окутало его, выкидывая из души все тяжелые мысли. Он старался ни о чем не думать. Просто забыть. Отдыхать. Он подумает об этом потом, через три месяца. За три месяца утечет много воды, он и не вспомнит про англичанку и ночь в гостинице Рима. Это была ошибка. Он впервые сделал что-то, не подумав, в тот момент он вообще мало думал.

Облокотившись на барную стойку, отделяющую кухню от большой гостиной, Даниэль слушал голос матери, но песня внезапно стихла, и Мария начала говорить:

— Мне так нравится Паула. Она мне стала как дочь. И она все еще ждет тебя, хоть возле нее постоянно крутятся мужчины. Она ждет тебя. — Мария подошла к нему и провела рукой по волосам. Так же Джина Паркер коснулась волос дочери при встрече. — Женись на ней, Даниэль. Ты об этом не пожалеешь.

Он устремил взгляд на мать, пальцами постукивая по столу. Если бы это делала Оливия, он бы уже прихлопнул ее руку, почувствовав ее тепло…

— Я знаю, мама, — произнес он, понимая, что этот разговор должен был состояться. Он ждал его. — Я подумаю.

— Тут нечего думать, сынок, за десять лет ты никого не нашел и не найдешь — ты постоянно занят. Женись на Пауле, и уже не надо будет об этом думать — у тебя будет любящая жена, которая нарожает тебе много детей.

— Пять, — произнес задумчиво он, вспомнив слова Оливию, — и все пилоты.

— Почему пилоты? Ты с ума сошел? Хватит и одного пилота в нашем семействе. Пригласи Паулу завтра прогуляться, а то она сидит за книгами целыми днями.

Даниэль даже представил эту печальную картину. Пауле будет не скучно в его большом доме — она много читает и найдет себе занятие. Она слишком усидчивая. В отличие от него — часами он может сидеть только в одном месте — в кабине пилотов. На земле он любит ходить по пляжу и смотреть на огни самолетов. Но времени на это бывает крайне мало, если есть несколько часов, то лучше сна времяпрепровождения нет.

— Мне ее жаль, — произнес он, — с таким мужем, как я, она будет одинокой.

— Не будет, — махнула рукой Мария, — родит ребенка, и одиночество ей будет сниться. Да и ты будешь чаще бывать дома.

Жена, дети, чаще бывать дома... Как в сказке. Только жена не та, дети не те, и работы мало не бывает.

— Я устал, — сдался он, опуская голову на лежащие на столе руки. Он после подумает об этом. Сейчас ему не хотелось думать о Пауле.

Дни тянулись медленно, стали резиновыми и однообразными. Теперь Даниэль проклинал себя за то, что взял такой большой отпуск. Хватило бы недели, чтобы вдоволь насладиться временем со своей веселой семьей. Он часто ездил в дом Сильвии, возился с племянниками, особенно с Рамоном, с которым они быстро нашли общий язык. Даниэль научил его делать самолеты, вырезая их из дерева, покупал ему дельтапланы в магазине игрушек, чтобы после запускать на берегу.

Вечерами он встречал Паулу с работы, и они гуляли по вечернему городу, ужинали в небольших уютных ресторанчиках, ходили по теплому песку на пляже. Он пытался привыкнуть к ней и к мысли, что она — единственная стоящая женщина в его жизни.

Прогуливаясь по берегу, он слушал ее рассказ про несносных студентов, про их безумные выходки на уроках. Эти истории он слушал все детство от матери, которая преподавала в том же университете. Учитель и пилот — грустное сочетание. Взгляд Даниэля устремился на темное небо, и в памяти возник образ девушки, стоящей с раскинутыми руками на пляже, — ее волосы трепал ветер, и она наслаждалась этим, подставляя соленому морскому ветру лицо. «Что ты чувствуешь при взлете? Или в момент посадки? Думаешь о закрылках или о чем-то другом?» Слова девушки, которая плескалась в море, таща Даниэля за собой. Он слышал ее смех, вызывающий улыбку на лице. Она извоняла его в песке... Она кричала, убегая от скатов... Она вцепилась в него, притягивая ближе... Она... Она... Оливия...

Он вдохнул полной грудью морского воздуха, насыщая им легкие, понимая, что ему приятны воспоминания. Он не думал о ней уже две недели. И эти две недели превратились в черно-белое подобие настоящего мира.

— Хочешь искупаться?

Паула пожала плечами:

— У меня нет купальника.

— Кому он нужен, — улыбнулся Даниэль и, схватив девушку, перекинул ее через плечо, направляясь к воде. Она засмеялась, пытаясь вырваться из его рук, но он уже зашел в воду и только тогда отпустил ее.

— Ты сумасшедший, — Паула стояла по талию в воде, — я же буду вся соленая. Как я дойду до дома? Это неправильно.

— А как правильно? — Он оказался слишком близко, взял за талию и притянул к себе. Воспоминаниям больше нет места в его голове. Перед ним стоит, возможно, будущая жена, и все его мысли обязаны быть о ней.

Она положила руки на его плечи, почти касаясь своим дыханием его губ. Мозг Даниэля взорвался яркими красками, он снова оказался в гостинице Рима, прижимал хрупкое тело к стене... Их дыхание смешалось, ее губы мягко приняли его настойчивость, обдавая теплым жаром. Стон. Стон, сорвавшийся с ее губ, разжег в нем пламя. Он более не подвластен себе, она сделала его слабым.

Только сейчас он понял, что целует Паулу. Он целовал ее, даже не осознавая этого. Он целовал другую. В мыслях. Рука Оливии скользнула по его щеке... Затем пуговицы... Звук рвущихся пуговиц... Его руки, жаждущие коснуться ее тела,

но запутавшиеся в махровом халате. Ее стон. Снова. Взрыв. Дыхание прерывистое, жаркое. Мягкие губы... Взгляд глаз цвета неба... Чистый цвет. Его любимый.

— Даниэль! — вскрикнула Паула и отстранилась от него. — Мы же здесь не одни.

Сознание резко вернулось к нему, возвращая в реальность. В метре от него стояла девушка с большими карими глазами, испуганно смотря на него. Захотелось утопиться. Он крепко сжал челюсти, чувствуя себя самым несчастным человеком на земле. На этой чертовой земле, которая приносит одни проблемы. Как очистить память? Как стереть то, что он никак не может забыть?

Он ушел с головой в воду, оставляя девушку одну.

ГЛАВА 33

Придя домой, Даниэль достал учебники по авиации и разложил их на столе. Надо было срочно отвлечься, заставить свой мозг работать, думать. Подготовка к большой учебе и предстоящим экзаменам отвлечет его. Он открыл первый попавшийся учебник по аэродинамике и стал вчитываться, обращая внимание на родные слова: закрылки, предкрылки, выход из штопора... Не дай бог войти в штопор, выход из которого настолько тяжелый, что кажется границей между жизнью и смертью. Кажется, сейчас он был именно в таком состоянии, не представляя, как действовать дальше.

— Что ты учишь, Даниэль?

Голос матери заставил его очнуться. Она села напротив и взяла в руки книгу в зеленом переплете. Его сердце дрогнуло. Эту книгу ему подарила Джина Паркер. «Между небом и землей» — автобиографический учебник по авиации, написанный ее мужем.

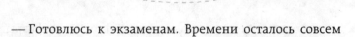

— Готовлюсь к экзаменам. Времени осталось совсем мало.

Он наблюдал, как она открыла учебник и прочитала название главы, написанное жирным шрифтом:

— «Посадка в условиях бокового ветра», — она грустно вздохнула. — Быть пилотом большая ответственность. Я так боюсь за тебя.

— Самолеты — самый безопасный вид транспорта, тебе не о чем беспокоиться.

— Любая мать переживает за свое дитя, милый. Сколько самолетов разбивается, — она трясла перед ним книгой, автор которой погиб в авиакатастрофе. Но ей лучше об этом не знать.

— Я не могу без неба. Это моя жизнь. Ты даже не представляешь, что значит находиться в небе — там происходит целая жизнь, — он улыбнулся, вспомнив цитату из книги Джона Паркера, — «другой мир со своими правилами».

Он взял книгу из рук матери. Простой, невзрачный зеленый переплет скрывал яркое содержание. Даниэль прочитал ее в первый же день. Джон Паркер был пилотом с тонкой душой, который отразил всю жизнь между небом и землей. Смерть забирает лучших.

— Эту книгу мне подарила очень милая женщина, жена автора. Джон Паркер был пилотом, капитаном, одним из лучших. Его дочь работает со мной в одном экипаже. Оливия... Оливия Паркер, — ее имя, произнесенное вслух, согрело голос. Он не произносил его уже очень давно. Хотелось повторять снова и снова. Вслух. Громко. — Англичанка, чей характер подобен взрыву вулкана. Дочь капитана, воспитанная им и имеющая его характер. Буря и шторм среди ясного неба, порыв бокового ветра, меняющий направление самолета, — он усмехнулся и поднял глаза, встречаясь с удивленным взглядом матери.

Мария была шокирована словами сына, она не верила своим ушам. Но молчала, давая понять, что готова выслушать все, что накопилось у него внутри. Даниэль тоже молчал, больше не рискуя говорить об этом. Наступила пауза. Каждый думал о своем. Мария первая прервала ее, произнося тихим шепотом, боясь спугнуть то, что слышала минуту назад:

— Паула мне как дочь, ты это знаешь. Я всегда мечтала, чтобы ты женился на ней. Я представляла вас одной семьей. Я никогда не задумывалась о том, что у тебя есть право выбора, Даниэль. Сейчас впервые ты говорил о девушке с такой страстью, что по моей коже пробежали мурашки. И эта девушка не Паула, — она смотрела в глаза сына, видя в них потерянность. — Я приму любой твой выбор, если он сделает тебя счастливым. Я буду счастлива, зная, что счастлив мой сын.

Даниэль опустил взгляд в книгу, он не мог понять, что сказал такого, на что так волнительно отреагировала мать.

— Мне нравится Паула, она такая, какой должна быть жена — штиль. С ней я буду чувствовать себя спокойно. Я сделаю ей предложение, мама, и уеду отсюда женатым человеком, — он отчеканивал эти слова как под гипнозом, не задумываясь о том, что ставит штамп в своей жизни. Ему надоело думать об этом. — Я женюсь на Пауле.

Мария кивнула, но лицо не сияло от радости.

— Поступай так, как велит тебе сердце, а не разум.

Она встала и вышла, оставляя Даниэля одного, с книгой в зеленом переплете в руках.

Два дня Даниэль провел в полном отрешении, погруженный в учебники по аэродинамике. Ему уже звонил возбужденный Джек Арчер, готовый броситься с головой в учебу и ожидающий друга в Дубае. Подходило их время. Время для еще одного рывка.

— Пилот международного класса капитан Даниэль Фернандес Торрес, ты готов стать первым? — Он смеялся в трубку.

— И единственным, — буркнул Даниэль, закрывая учебник. — Что нового расскажешь, капитан Джек Арчер?

— Нового? — Арчер задумался, видимо, ничего нового не происходило. — Кроме того, что сократили рейсы, ничего. Пилотов не хватает, все решили стать умными и ушли на повышение. Стюардессы отдыхают, веселятся, гуляют. Одним словом, развлекаются, пока есть возможность.

Почему-то в мыслях Даниэля возник образ Оливии. Она спит, спит и спит. В своей маленькой комнатке, на большой кровати, которая занимает все пространство. Пусть отдыхает. Когда он вернется, покоя не будет, их будут ставить в рейсы каждый день, нагоняя упущенное.

— Ты скучаешь?

Голос Арчера на том конце заставил Даниэля вздрогнуть. Скучает? По Оливии? По ее голубым глазам? По ее дыханию на своей коже? По изгибам ее тела? Или по стону, срывающемуся с ее губ? Скучает? Уже два дня эта «скука» не дает ему покоя. Уже два дня он полностью зарылся в книги, чтобы не «скучать».

— Алле, Фернандес, ты думаешь, скучаешь ты по работе или нет? Хорошо же ты там отдыхаешь, — засмеялся Арчер, и Даниэль выдохнул.

— По небу? Скучаю, конечно.

Они обсудили еще ряд важных вопросов, касающихся учебы и экзаменов. Было приятно слышать друга, но даже его голос о многом напоминал Даниэлю. Все было связано с той, которую он решил забыть. Но чем больше проходило времени, тем больше он понимал, что думает о ней все чаще. Уже ночами. Вспоминая каждую деталь ее тела. Шрам на груди. Откуда? Он не спросил ее, но сейчас ему хотелось

знать. Шрам — это значит, когда-то была боль. Боль ушла, оставив отметину на всю жизнь.

Мысли лишь сильнее нервировали, казалось, этому не будет конца. Паула стала прозрачной, безликой, воздух — пустым, не давал дышать полной грудью. Время шло, пора было принимать решение, самое ответственное в его жизни.

Он как будто входил в штопор, со страшной скоростью теряя высоту.

— Я сделаю предложение Пауле сегодня, но я не хочу большого свадебного торжества. Просто церковь, и все. Никому не нужно шумное веселье.

Он сказал это за обедом у Сильвии, на котором присутствовали лишь мать и две сестры.

— Ты с ума сошел? — воскликнула Мария. — Девушка обязана быть невестой, любой девушке хочется большого праздника на свадьбу.

Сильвия прокашлялась, роняя ложку в тарелку:

— Ты все решил за нее? А ты спросил Паулу, хочет ли она за тебя замуж? Эти капитанские замашки, Даниэль, оставь для своего экипажа.

Сильвия права. Даниэль понимал это, но ничего не мог с собой поделать. Ему хотелось как можно быстрее разобраться со свадьбой.

— Тебя научить, как делать девушке предложение? — улыбнулась сестра. — А то боюсь, ты отдашь ей команду.

— Зачем меня учить? — возмутился он. — Куплю цветы и вручу со словами: «Давай наконец поженимся». Какие цветы она любит? Не розы, надеюсь?

— Она любит алые розы, — произнесла Мария. За столько лет она прекрасно узнала Паулу. — Это ее любимые цветы.

Даниэль вздохнул, вспоминая единственную девушку, которая не любит розы. Даже в этом она перечила всему миру. Паула же, напротив, была слишком банальной, но это и к лучшему, не надо ломать мозг, выбирая цветы.

— Боже мой! — не выдержала Сильвия. — Что ты творишь? Ты совершаешь самую большую ошибку в своей жизни.

Она шла следом за ним, провожая до дверей. Но он не слушал ее, быстрым шагом направляясь к выходу.

— Я всегда все делаю правильно.

— Посмотри на меня, Даниэль, — она схватила его за руку и развернула к себе. — Ты испортишь жизнь себе и Пауле. Ты ее не любишь.

Он положил руки на ее плечи, смотря в глаза, пытаясь успокоить:

— Зато она будет хорошей женой и матерью. Будет ждать меня на земле, радоваться моему приезду домой, делать меня счастливым.

Он отвернулся от сестры, открывая дверь, но та выкрикнула ему вслед:

— Она будет хорошей женой и матерью, будет ждать и радоваться твоему приезду, но счастлив ты будешь только с той, на которую ты любуешься весь полет. Ты будешь приходить домой злой, Паула будет раздражать тебя, но еще больше ты возненавидишь себя, понимая, что когда-то поторопился и сделал неправильный выбор!

Она кричала, пытаясь хоть как-то донести до него смысл своих слов. Даниэль повернулся, не веря своим ушам — еще никогда сестра не повышала на него голос. Женщины выжили из ума. Мать и Лурдес вышли из кухни на крик:

— Что за шум?

Но их никто не услышал. Хмурясь, Даниэль сделал шаг навстречу сестре, повышая голос на два тона:

— Откуда тебе знать, на кого я любуюсь в полете? Не нервируй меня, Сильвия.

— А почему ты занервничал? — Она наконец понизила голос. — Кто заставляет Даниэля Фернандеса Торреса нервничать? Девушка, чье имя Оливия?

Он не ожидал услышать это. Все, что угодно, но только не это имя. Откуда Сильвии знать про Оливию? Или он уже шепчет ее имя вслух?

Злость, гнев, он сжал руки в кулаки, чувствуя боль. Этого имени нет в его жизни! И никогда не будет...

— Это имя для меня ничего не значит, — твердо сказал он и вышел во двор, оставляя своих родных.

Грудь сдавливало с такой силой, что становилось трудно дышать. Хотелось сорвать с себя одежду и вдохнуть полной грудью. Даниэль шел по пляжу, ощущая тепло песка, жалея о том, что он не обжигающе горячий. Он пытался оставить позади свой гнев и наконец дойти до Паулы, сделать то, что надо было сделать еще десять лет назад. Он так решил и решение свое не изменит.

Подойдя к первому же цветочному ларьку, он выдохнул, открывая дверь.

— Мне нужен самый большой букет красных роз.

Все просто. Розы.

Продавщица широко улыбнулась, но Даниэль так нервничал, что не заметил знака внимания. Он думал, подбирал правильные слова. Взгляд случайно упал на голубую орхидею, и волнующие мысли моментально его покинули. Она стояла одиноко, манила к себе. Нежно-голубые листья были открыты, демонстрируя свою красоту.

— Сегодня привезли одну, — сказала девушка, проследив за его взглядом, и достала красные розы.

— Только одну? — Даниэль аккуратно коснулся пальцем голубого лепестка, ощущая его шелковистость и нежность. Он напрочь забыл про свой гнев.

— Это Ванда — голубая орхидея, очень редкий вид. Они растут в Азии, их проблемно сюда везти. Вам какой лентой перевязать букет?

— Мне казалось, они очень стойкие, — прошептал он, не отводя глаз с голубого цветка. Да, он был необычным. И единственным.

— Вы ошибаетесь, орхидеи очень ранимые.

Даниэль тут же убрал руку, боясь причинить вред. Он ошибался. Но этот цветок действительно подходил Оливии: манил своей формой, своей красотой, необычностью.

— Как он пахнет?

— Запахи самые разные. Кому-то запах орхидеи напоминает что-то сладкое, ваниль. Многие чувствуют запах меда, шоколада.

Даниэль закрыл глаза, воссоздавая в памяти запах:

— Кофе.

— Да, — засмеялась девушка, — такое я тоже слышала. И пахнут они только ночью.

Он не сомневался. Орхидеи, как Оливия, полностью одурманивают голову ночью.

— Может, вы передумали и хотите купить ее?

— Нет, — он отрицательно покачал головой, — еще не время.

Приняв из рук девушки огромный букет, Даниэль понял только одно — все эти розы не стоят и одного листка на голубом королевском цветке.

Дорога до дома Паулы оказалась слишком короткой, он так быстро дошел, что хотел было повернуть обратно и сделать еще один круг. Он оперся на калитку, смотря на уходящие солнечные лучи и пытаясь привести в порядок мысли. Холодная голова стала горячей. Слишком горячей. Обжигающей. Это противоречило всем правилам. Но уже не пугало.

Собравшись с духом, он позвонил, и Паула тут же открыла дверь, так быстро, что ему показалось, она наблюдала за ним. Ее радость не была поддельной, она обняла букет. Самый долгожданный, самый желанный. На секунду Даниэлю стало жаль ее — она ждала его так долго, она достойна быть счастливой.

— Мне надо поговорить с тобой, Паула.

Девушка не почувствовала в его голосе сожаления, она не хотела этого слышать. Предложила ему сесть и стала возиться с цветами. Сколько радости, сколько эмоций он видел на ее лице в эту минуту.

— Паула, — Даниэль почувствовал, что в горле пересохло, и прокашлялся, пытаясь растянуть время. Она села рядом, улыбаясь, пытаясь морально подбодрить его. Она ждала его визита. Ждала десять лет. — Ты удивительная девушка, добрая, открытая... — Даниэль понял, что никогда не был романтиком на земле. Красивые слова, цветы — все это не его. Почему нельзя выкрикнуть просто то, что он хочет сказать, и больше не мучиться? — Ты доказала, что способна любить и ждать. Ты будешь хорошей женой. — Он замолчал, чувствуя, как сильно стучит сердце, ощущая, как пальцы девушки сжимают его руку. Ее глаза смотрели с такой надеждой... Он возненавидел себя и Оливию. — Но не для меня.

Все раскололось, полетело ко всем чертям! Где-то впереди, возможно, есть свет. Возможно, мрак. Даниэль не знал. Но был уверен, что идти вперед будет тяжело. Англичанка победила в борьбе, о которой и не подозревала. Орхидея против розы. Небо против земли. Шторм против штиля. Боковой ветер, изменивший курс его жизни.

Он шел по пляжу, пиная песок. Хотелось кричать во весь голос, но он запивал этот крик алкоголем. Даниэль Фернандес Торрес был пьян, и это смешило его больше, чем победа Оливии.

Утро встретило засухой во рту и сильной головной болью. Накинув одеяло на голову, он застонал, вспомнив институтские годы. Как давно он не напивался. Но тогда была другая причина — веселье, сейчас он вырос, и причина стала иная — безвыходность. Ситуация оказалась критической, впору кричать Mayday[1].

Мысли рвали мозг на части. От них не было спасения. Желание только одно — уснуть и проснуться лет через пять. Может, этого времени хватит, чтобы успокоить себя? Или лучше подняться на борт своего самолета, сесть в капитанское кресло, включить двигатели, разгоняя самолет по полосе и подняться в небо. Он всегда находил успокоение в небе. Только теперь все сложнее. Теперь он не один покоряет его, на борту девушка, которую он желал с такой силой, что отказался от тихой, спокойной жизни.

Как теперь быть? Видеть ее каждый день, желать, думать и... не иметь. Арчер прав, надо было отдать ее в другой экипаж. Но не видеть Оливию будет гораздо мучительней, чем ощущать ее присутствие каждый день. Даниэль вымученно вздохнул. Оливия Паркер ненавидит его, пусть ненавидит, так будет легче.

К обеду он спустился вниз. Молча. Прошел по этажу как привидение. Мать проводила его взглядом, боясь задать вопрос. Но молчание сына, который вчера должен был сделать предложение девушке, пугало ее. Даниэль был сам на себя не похож: растрепанный, небритый и, кажется, еще пьяный.

— Она отказала тебе?

Даниэль, хмурясь, посмотрел на нее, и только сейчас Мария заметила темные круги у него под глазами. Где был ее сын всю ночь?

---

[1] Международный сигнал бедствия, используется в ситуациях, которые представляют непосредственную угрозу для жизни людей, терпящих бедствие. (*Прим. авт.*)

— Я отказал ей, — монотонным голосом произнес он.

В комнату вбежала Сильвия, но, увидев подобие брата, вскрикнула от неожиданности:

— Бог мой! Мама, что с ним?

Даниэль даже усмехнулся, желание увидеть себя в зеркале все возрастало. Он налил в стакан воды и залпом выпил. Этого показалось мало, и он повторил.

— Свадьбы не будет, твой брат сошел с ума.

— Святые небеса! — взмолилась Сильвия. — Неужели в твоем мозгу просветление! Почему ты в таком виде? Ты пьян? Не пойму, празднуешь ты или грустишь?

Столько вопросов от одного человека он не мог осилить с первого раза. Но попытался ответить хотя бы на один:

— Я еще не думал над этим.

— Как восприняла эту новость Паула? — не унималась Сильвия, желая знать все подробности.

— Плакала. — Язык заплетался. Кажется, алкоголь еще действовал. — Плакала и плакала. Много плакала. Все время плакала. Столько слез от одного человека я никогда не видел.

— Понятно, — вынесла свой вердикт сестра и посмотрела на мать: — Ему надо проспаться.

Даниэль кивнул, допивая воду. Желательно до самого отъезда.

Поднявшись к себе в комнату, он лег и уснул. Сколько прошло часов или дней, он не знал, потерялся во времени. Но сон ему был необходим.

— Никогда не думала, что ты можешь так себя измотать. — Он слышал шепот сестры возле уха, она гладила его волосы. Как в детстве. — Никогда не видела тебя таким. Что случилось с жизнелюбивым Даниэлем?

Все пошло наперекосяк. Сейчас бы в небо и забыть обо всем.

— Ты переживаешь из-за Паулы?

— Нет.

— Из-за Оливии?

Молчание было ответом. Он встал, подошел к зеркалу и улыбнулся, не веря глазам:

— Если я так приеду в Дубай, меня уволят.

— Так приведи себя в порядок. — Она кинула ему полотенце, и брат на лету поймал его. — Кстати, борода тебе идет, выглядишь как коренной житель арабской страны.

— Спасибо.

— Хочешь поговорить?

— Нет.

— Даниэль, — Сильвия встала, преграждая ему путь в ванну, — ты ничего не говоришь. Скажи хотя бы одно — ты счастлив?

Полотенце чуть не выпало из его рук.

— Я похож на счастливого?

— Нет.

— Значит, нет.

Он обошел ее и направился в душ, но остановился и, не оборачиваясь, произнес:

— Я буду счастлив, только когда сяду в самолет в кабину пилотов в капитанское кресло. Мне больше ничего не надо.

— А как же Оливия? — удивилась Сильвия. Она явно ждала развития любовного сюжета.

— Она осталась в прошлом. Ее нет в настоящем. Ее не будет в будущем.

— Как так? — возмутилась она, не удовлетворенная его ответом.

— Я не хочу больше это обсуждать.

Даниэля больше никто ни о чем не спрашивал, давая насладиться общением с семьей в последние дни. Даниэль пришел в себя, чувствовалось приближение экзаменов. Он старался не думать об Оливии. Все его мысли были направлены в сторону учебы и скорого вылета в Дубай. Запах родного аэропорта.

— Моя гордость, — прошептала Мария, но ее прервал голос Сильвии:

— В Барселоне сделали полосу под твой большой самолет. Прилетай к нам, мы приедем посмотреть на тебя в работе.

— Было бы здорово. Может, нас поставят на этот рейс.

— Познакомишь нас с девушкой, которая заставила Даниэля Фернандеса принять серьезное решение.

Он улыбнулся, представив эту картину. Сильвии она бы понравилась.

Самолет взлетел, унося с собой все радостные и печальные моменты пребывания на родине. Было жаль расставаться с семьей, но он хотел домой. Расстояние приближало его к самому тяжелому, но желанному. Этот месяц изменил его. Он улетал из Дубая с единственной целью — забыть Оливию. Возвращаясь обратно, он понимал, что не только не забыл, но безумно соскучился. Ему не хватало Оливии. И с каждым днем все больше и больше.

ГЛАВА 34
Дубай, ОАЭ

Мелани вошла в квартиру, споткнувшись о чемодан, который с грохотом упал.

— Черт, Лив. Когда ты начнешь его убирать? — Она сказала это шепотом, боясь разбудить подругу.

Она на цыпочках прокралась на кухню и, увидев чистую посуду, нахмурилась. Когда Оливия успела ее помыть? Неужели ей было до посуды, когда рядом с ней находился мужчина?

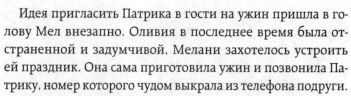

Идея пригласить Патрика в гости на ужин пришла в голову Мел внезапно. Оливия в последнее время была отстраненной и задумчивой, Мелани захотелось устроить ей праздник. Она сама приготовила ужин и позвонила Патрику, номер которого чудом выкрала из телефона подруги.

— Можешь греметь, я не сплю.

Мел обернулась, видя вошедшую в кухню Оливию. Ее волосы были в полном беспорядке, под глазами залегла тень. Выглядела она... если сказать «не очень» — это сделать ей комплимент.

— Где Патрик? — прошептала подруга, надеясь, что это не из-за него залегли темные круги у нее под глазами.

— Спит, — Оливия взяла стакан и налила воду, — у себя дома.

Она сделала пару глотков, уставившись в пустоту, опять думая о том, что время подходит. Даниэль уже здесь, рядом, но он ни разу не навестил свой экипаж.

— Вы поругались?

— Нет. Просто я поняла, что не хочу его. Кстати, спасибо, что без моего ведома пригласила его.

— Я хотела устроить тебе хоть какое-то веселье. В последнее время ты много грустишь. Оливия Паркер не может столько грустить, это просто в голове не укладывается, — Мелани ткнула себя пальцем в висок. — Я думала, Патрик тебя отвлечет. Ты говорила, что скучаешь по нему. Но, судя по всему, и он пострадал от твоего скверного характера. Я не понимаю, что с тобой? Ты ушла в себя. Оливия, вернись, — она рукой помахала перед носом подруги, — иначе я начну действительно волноваться.

Оливия подошла к окну.

— Хватит читать мне нотации. Лучше отвлеки меня не своими наставлениями и расспросами, а рассказом о том, как прошел твой рейс. Как Арчер?

Он был единственной ниточкой, связывающий ее и Даниэля. Еще был Марк. Молчаливый, измотанный, уставший Марк, ждущий своего капитана не меньше ее.

— Что это тебя заинтересовал Арчер? — сощурилась Мелани.

Оливия пожала плечами, не зная, что сказать. И правда, что это он ее заинтересовал? Но слова нашлись, и даже больше, чем она ожидала. Они бурным потоком посыпались из нее.

— У него началась учеба? Вам уже дали нового капитана? Арчер учится с Даниэлем в одно время? Какой у них график? Слишком сложная учеба?

Мелани рукой приказала ей остановиться.

— Нам дали нового капитана, но я его не знаю. Насчет Даниэля я тоже ничего не знаю. Я ничего не знаю про Арчера. Он ушел, и все.

Плечи Оливии поникли, и она села на стул. Никакой информации. Сердце говорит, что Даниэль где-то рядом. Волнение накатывает со все большей силой. Страшно встретиться с ним. Страшно увидеть его снова. Страшно от самой себя, от реакции тела на него. Страшно услышать его слова безразличия. Теперь она не хотела их слышать.

Каждый раз, заходя в здание аэропорта, она оглядывалась по сторонам. Ее взгляд искал Даниэля. Она сильнее хваталась за ручку своего багажа, видя мужчин в капитанской форме с четырьмя шевронами на рукавах. И расслабляла хватку, видя их лица. Его не было. Нигде. Аэропорт опустел. Стал серым и скучным. На брифинге она внимательно слушала нового капитана, но все впустую, безрезультатно. В воздухе повисли слова: «Нам лететь... маршрут... сколько пассажиров...»

— Даниэль вернулся, всем передает привет. — Слова Марка вернули ее к жизни. Все кинулись с вопросами, а в голове стучало: «Он вернулся». Она была права. Волнение тоже вернулось, заставляя внутри все сжаться.

— Как он? — спросила Келси. — Не собирается навестить свой экипаж?

Оливия зажмурилась, понимая, что пока не готова видеть его. Слишком мало времени. Она не успела. По ее взгляду он поймет, что она ничего не забыла. Надо взять себя в руки.

— Отдохнувший, загорелый, — улыбнулся Марк, и Оливия представила эту картину. Он отдохнувший. Пока она не спала ночами, думая о нем, он наслаждался отдыхом, а она уходила в себя. — К сожалению, у него не получится навестить нас, сами понимаете, драться за звание капитана не так просто. Осталась еще половина срока, и он в наших рядах.

— Слава богу, — прошептала Нина, — я уже соскучилась по его голосу.

Шелковый голос, шепчущий нежные слова, смысл которых Оливия с трудом улавливала, теплое дыхание, скользящее по ее коже, сильные руки, заставляющие ее тело вздрагивать, — вот о чем скучала она.

Даниэля тянуло в аэропорт с силой включенного на полную мощь двигателя, но он мог себе позволить прийти туда лишь в момент отрыва от полосы его рейса 2-1-6. Чтобы не встретить Оливию. Он был еще не готов.

Выставив дом на продажу, он разрешил Марку остаться до совершения сделки. Марк не мешал ему, они практически не виделись — учеба отнимала много время. Зато при встрече Марк делился своими впечатлениями от полета, ругая капитана так, что Даниэлю становилось смешно.

— Мною ты так же недоволен?

— Наверно, я к тебе привык, и действия других пилотов иногда мне непонятны.

Он молчал про Оливию, а Даниэль не спрашивал. Зато Марк завалил его расспросами про не сложившуюся свадьбу.

— Слухи хоть и улеглись, но, если бы ты приехал с женой, доказал бы всем, что нормальной ориентации.

— Мне плевать на всех, я знаю, что я нормальный, и никому ничего не собираюсь доказывать.

Учеба отнимала не только время, но и силы. Жесткая комиссия, жесткие экзамены и легкая возможность все завалить и остаться без работы. Даниэль чувствовал себя студентом, время будто откинуло его в прошлое. Он не понимал, когда успевал гулять. Сейчас, приходя домой, он падал на кровать, забывая поесть.

— Я напьюсь, видит бог, напьюсь после всего этого ада, — стиснув зубы, шептал Джек Арчер, сидящий рядом с Даниэлем на лекции.

— Знаешь, в чем разница между нами? Ты мечтаешь напиться, а я наконец сесть в свое родное кресло в своем родном самолете и оставить позади весь этот ад.

За десять лет ценности Даниэля изменились. Он по-другому стал смотреть на жизнь, глазами взрослого мужчины.

Последняя неделя экзаменов тянулась вечность. Комиссия расспрашивала капитана Фернандеса Торреса с пристрастием, изощряясь, придумывая ему на тренажере такие условия, что даже пилот с большим стажем не смог бы с ходу посадить самолет в условиях сильного бокового ветра с отказом двух двигателей из четырех. Уйти на второй круг оказалось не просто. Его мозг работал как четыре двигателя, обдумывая каждый шаг.

Посадка удалась. Через нервы и пот.

Следующий этап — тест, который выжал из него остатки мозга. Но он блестяще справился, показав высокий результат.

— После такого можно спокойно лететь в психушку, — недовольно бурчал сам себе под нос Арчер.

За пару дней до вылета в Сингапур Марк собрал после смены весь экипаж в брифинг-комнате, чтобы дать наставление перед трудным рейсом. Теребя пальцы, Оливия внимательно слушала его, понимая, как он волнуется. Она волновалась не меньше. Прошло три месяца. Когда-то она порхала, крича слово «отпуск». Теперь готова была взять свои слова обратно. Это было долгое время, за которое она поклялась все забыть. Но ничего не забыла. В памяти лишь притупились моменты, но все свои чувства она могла описать, как будто это случилось вчера.

— Уважаемый экипаж, через два дня у нас с вами рейс в Сингапур. Руководить им будет капитан Фернандес Торрес, — он улыбнулся, слыша, как завизжали от радости бортпроводники, — да, наконец-то он вернется. Лететь восемь часов. Казалось бы, ничего необычного, но нет. С нами полетит экзаменатор Карим Джабраил. Этот ужасный человек со злым выражением лица будет искать все недочеты. Не только наши, но и ваши. Это ответственный полет для Даниэля. Это рейс-экзамен. У меня к вам просьба: пожалуйста, давайте морально поможем нашему капитану. Келси, Джуан, вас прошу организовать процесс прихода бортпроводников в кабину пилотов. Пусть это будет оговорено по времени. Питание, кофе — строго по времени, никаких случайных заходов. Все только по нашей просьбе. Но не забывайте звонить каждые сорок минут в кабину для проверки — за этим он тоже будет следить.

Марк замолчал, думая, что он еще забыл сказать. Оливия уже скрутила все пальцы на руках, ей даже казалось, что это она будет сдавать экзамен.

— Ну вроде все, — кивнул он, — из кабины во время полета мы выходить не будем, так что все вопросы только по внутренней связи. Обратный рейс после двенадцати часов отдыха в Сингапуре. И молитесь, чтобы погода была летной, в небе над Азией сейчас сильная турбулентность, нам проблем не надо. Есть вопросы?

— Обратно экзаменатор тоже полетит с нами? — спросил Джуан.

— Возможно, да, но не хотелось бы.

— Может, ему подсыпать чего? — засмеялась Нина, но, видя серьезное лицо Марка, улыбка с ее лица исчезла.

— Давайте без шуток. Кто будет обслуживать пилотов? — Он тут же перевел взгляд на Келси.

— Я скажу об этом на брифинге перед полетом.

Марк стоял, сцепив руки сзади, разглядывая каждую стюардессу. Стюардов он исключил сразу. Нужна была девушка.

— Я хочу, чтобы нами занималась Оливия.

Внезапная молния пронеслась сквозь ее тело. Девушка поежилась.

— Почему я? Нас двадцать четыре.

— Потому что твое лицо в аэропорту знает каждый. Кариму будет приятно, что его обслуживает стюардесса, которая улыбалась на рекламном щите. Пока он будет вспоминать, где тебя видел, мы сможем перевести дыхание. Главное, улыбайся ему больше.

Она потеряет сознание сразу, как зайдет к ним в кабину. Она будет улыбаться, и улыбка будет дрожать. Это станет экзаменом для нее тоже.

Зайдя домой, возбужденная и взволнованная, Оливия поняла, что осталось совсем мало времени — надо подготовиться не только морально, но и физически.

На автопилоте она протащила чемодан до своей комнаты, минуя Мелани, которая проследила за этим, не веря своим глазам:

— Зачем ты его повезла к себе?

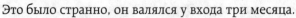

Это было странно, он валялся у входа три месяца.

— Надо подготовиться к рейсу.

Оливия с трудом открыла шкаф, проклиная большую кровать, и стала вынимать все платья, прикладывая к себе:

— Это на мне сидит хорошо?

Мел присела на кровать, наблюдая за этим:

— Куда вы летите?

— В Сингапур.

— В Сингапур уже не впускают без гардероба?

Оливия вытащила из шкафа короткое черное платье, которое было на ней в Гамбурге. Немного подумав, она кинула его на чемодан.

— Мы там будем двенадцать часов, я же не буду ходить двенадцать часов в форме.

— Ты десять часов из них проспишь.

Оливия достала с вешалки белое платье с красивыми кружевными рукавами, на талии подвязанное цепочкой под золото.

— Вместо черного, — она кинула его на черное платье.

Она взяла бы все, что было в шкафу, решая, что надеть, по обстоятельствам.

Туфельки, платьица, шпильки, золотая цепочка, кулон с ангелом или с цветочком, может, бусы из белого жемчуга на тонкой нитке? Голова шла кругом. Завтра еще в парик-махерскую и на маникюр. Пройтись по магазинам в поисках чего-нибудь нового.

Оливия села, в животе все сжалось в клубок — это волнение. Она осознавала, что волнуется. Она так не волновалась перед своим первым вылетом.

— Послезавтра я рано встану и поеду в аэропорт в салон «Arabia Airlines», пусть стилисты накрасят меня, а парик-махеры сделают прическу.

От услышанного Мел открыла рот.

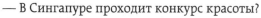

— В Сингапуре проходит конкурс красоты?

Видимо, это у нее в голове был конкурс красоты. Она должна предстать перед Даниэлем во всей красе:

— Просто сложный полет.

Мелани кивнула, нахмурив брови, и произнесла отрешенным голосом:

— Кажется, Даниэль выходит на работу.

Сердце Оливии стукнуло и раскололось вдребезги от ее слов. Это так заметно?

— Нет, то есть да, но не в нем дело, к нам придет его экзаменатор, и я буду подавать им напитки и еду. Я обязана выглядеть красиво.

— Ну-ну, — кивнула Мелани, делая вид, что поверила, — я даже помогу тебе, раз такое дело.

Весь следующий день ушел на подготовку к полету. Подруги ходили по большому торговому центру в поисках «чего-нибудь». Мел так и не поняла, что именно Оливия хочет купить. Она смотрела все, что висело на вешалках, заходила в каждый магазин, постоянно говоря: «Не это». Ей все не нравилось.

— Как «это» должно выглядеть? — не понимала Мелани.

Оливия руками пыталась объяснить:

— Что-то такое... красивое, сексуальное, но в то же время скромное. Легкое, не длинное, желательно без рукавов, на бретельках.

— Тебе нужна ночная сорочка, — буркнула подруга.

Оливия вздохнула, опустив плечи. Она так старается выглядеть красиво, а он, наверное, о ней и не вспоминает. Он готовится к вылету, уткнувшись в ноутбук, изучая карты и грозовой фронт. И он, черт возьми, прав. Она не права, что выбирает туфли и платья. Он даже не заметит и никогда не оценит.

— Зачем я здесь нахожусь? — Она задала этот вопрос себе, ответа на который нет. — Пойдем домой. Это так глупо.

— Мужчине, для которого ты это делаешь, абсолютно все равно, во что ты будешь одета, — улыбнулась ей Мел, пытаясь успокоить, — зачастую они вообще не видят на нас одежды. Наверное, без одежды мы выглядим лучше. Это я заметила по Герберту. И если уж так поступает стюард, то как привлечь внимание пилота, да еще капитана, я даже не знаю. Ну только голой лечь на панель управления.

Оливия улыбнулась, услышав это, но уже через несколько секунд ее лицо приняло серьезное выражение.

— Я для себя хотела купить, но ни в коем случае не для Даниэля Фернандеса.

Она развернулась и пошла к выходу. Мелани улыбнулась и последовала за ней.

Этот долгий день Даниэль провел в аэропорту, морально и физически готовя себя к предстоящему полету. Он с Марком тысячи раз обсудил все нюансы, вплоть до мелочей. И кажется, Марк волновался больше.

— Меня нервирует уже всё кругом.

— Расслабься, — Даниэль смотрел в монитор в надежде узнать погоду в Сингапуре заранее, — просто делай свою работу.

— Ты уже, наверно, привык за два месяца ада, твоя нервная система натренирована.

— Ее уже просто нет, — нахмурил брови Даниэль и закрыл вкладку, — синоптики обещают дождь.

— Отлично! — воскликнул Марк, поднимая руки и обращаясь к Богу: — Спасибо, Господи, только этого нам не хватало.

— И шторм, — улыбнулся капитан, наблюдая за вторым пилотом.

— Ты издеваешься? Предвидится нестандартная ситуация, а ты улыбаешься?

— А что еще делать? — Он встал из-за компьютера. — Приходится быть уверенным в своих силах.

— Да? — удивился Марк. — Хочешь, я одним предложением сотру улыбку с твоего лица?

Даниэль кивнул, он знал, что Марк шутит. Сейчас каждая шутка кстати, поможет расслабиться.

— Завтра обслуживать пилотов будет твоя ненавистная англичанка.

Улыбка тут же спала с лица Даниэля, как Марк и обещал. Тайфун волнения, рассеянности тут же обрушился на него. Он не верил в то, что услышал.

— Это шутка?

Внутри все сцепилось, завязалось в один тугой узел, и теперь Даниэль не мог понять, от чего он больше будет волноваться. Что за экзамен ему предстоит сдать? На пилотирование самолета или на выносливость перед «ненавистной англичанкой»?

— Извини, но это мне пришло в голову поставить Оливию на обслуживание в нашу кабину. Кариму понравится увидеть лицо человека, которое целый месяц красовалось на рекламных плакатах в аэропорту. Оливия — большой плюс. Просто не обращай на нее внимание. Она будет молчать и приходить строго по твоей просьбе.

Тогда он будет просить реже. Даниэль сел обратно за компьютер, уставившись в пустой монитор. Или вообще не будет. Волнения от Оливии возникло больше, чем от жестокого экзаменатора.

— Мне кажется, это плохая идея. Зная ее, можно предположить, что она стукнет Карима чем-нибудь тяжелым. Она обязательно сделает что-нибудь мне во вред.

— Не сделает, будь спокоен и занимайся своей работой.

Легко сказать, это ведь не он переспал со своей стюардессой, не он отказался от женитьбы на спокойной девушке ради «цветка орхидеи». Это не он думает о ней двадцать четыре часа в сутки, страдая бессонницей. Не он, черт возьми, завтра в самый ответственный момент полета будет видеть ее и желать.

— Какой ужас, — простонал Даниэль, зажмурив глаза, — вот это испытание.

Марк хлопнул его по плечу:

— Испытание будет, если ураган обрушится на нас.

Даниэль кивнул. Но надо взять себя в руки и не показать свое волнение, тем более перед Оливией Паркер.

Полночи Оливия лежала, глядя в темноту. Она тысячи раз представляла их встречу. И тысячи слов слетали с ее губ. Что сказать ему? Как смотреть на него? Где она увидит его? В брифинг-комнате? Это было бы самым лучшим вариантом, там не придется ничего говорить. Говорить будет он. А она будет смотреть на него и думать. Думать о том, что изменилось.

Встав слишком рано, она даже не почувствовала, что не выспалась. Думать об этом ей не приходило в голову. В мыслях девушка вновь и вновь прокручивала предстоящую встречу.

— Бог мой! — воскликнула Мелани, вылет которой был на несколько часов раньше. — Почему ты так рано встала?

— Пойду в салон в аэропорту, ты забыла?

Мелани сонно кивнула, явно думая, что ее подруга сошла с ума. Оливия прекрасно это знала, но ей было безразлично. Она так решила. Ей сделают прическу и нанесут профессиональный макияж — так она будет чувствовать себя увереннее.

Через час Оливия уже сидела в кресле, а над ее образом работали стилисты. С каждой минутой волнение просто зашкаливало. Оливия смотрела на часы, мысленно отсчитывая время. Слишком мало. Дышать становилось труднее. Сердце уже устало работать в режиме безумной скачки.

— Господи, я успею?

Время-друг и время-враг. Сейчас оно уходило, приближая ее к чему-то волнительному. Оно стало врагом.

— Успеете. Собрание через пятнадцать минут, мне еще надо нанести помаду.

Оливия прикусила нижнюю губу, понимая, что пятнадцать минут она еще будет идти по аэропорту в предполетную комнату:

— Давайте без помады, я накрашусь уже на брифинге.

Дурацкая помада вместе со временем стала тоже врагом.

— Вы что! Стюардесса без помады — меня уволят.

— Меня уволят, если я опоздаю.

— Вы не опоздаете, сидите тихо.

Оливия закрыла глаза, чувствуя, как кисточка коснулась ее губ. Ее губ так же нежно касались губы мужчины, который уже сидел за столом в брифинг-комнате. Может, и хорошо, что она опоздает. Они там будут не одни.

Казалось, накрасить губы — это пара штрихов, но визажистка решила поиздеваться, превращая пару штрихов в тысячу.

— Все.

Заветное слово, и Оливия вскочила с кресла, смотря на себя в зеркало. Она отлично выглядела. Как стюардесса «Arabia Airlines» для рекламы. Но потом она перевела взгляд на часы, и сердце подпрыгнуло:

— Собрание уже началось!

Это был самый быстрый бег в ее летной карьере. Она задевала пассажиров, извиняясь и продолжая бежать. На ходу вытащив паспорт, она бросила его на стойку регистрации, за которой стояла девушка. Оливии показалось, что она уже

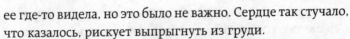

ее где-то видела, но это было не важно. Сердце так стучало, что казалось, рискует выпрыгнуть из груди.

Но тут же на стойку упал другой паспорт. Если она кого-нибудь пропустит, точно не успеет на брифинг.

— Мне срочно.

Знакомый голос… Шелк… Сердце замерло. Она медленно обернулась, смотря в глаза цвета крепкого эспрессо.

Конец первой книги

ОГЛАВЛЕНИЕ

Литературно-художественное издание

Шерри Ана

Я ПОДАРЮ ТЕБЕ КРЫЛЬЯ

Книга 1

Ответственный редактор *М. Мамонтова*
Младший редактор *И. Кузнецова*
Художественный редактор *П. Петров*
Технический редактор *О. Лёвкин*
Компьютерная верстка *А. Григорьев*
Корректор *В. Назарова*

В оформлении обложки использованы иллюстрации:
Alexander Baidin / Shutterstock.com
Используется по лицензии от Shutterstock.com

Страна происхождения: Российская Федерация
Шығарылған елі: Ресей Федерациясы

ООО «Издательство «Эксмо»
123308, Россия, город Москва, улица Зорге, дом 1, строение 1, этаж 20, каб. 2013.
Тел.: 8 (495) 411-68-86.
Home page: www.eksmo.ru   E-mail: info@eksmo.ru
Өндіруші: «ЭКСМО» АҚБ Баспасы,
123308, Ресей, қала Мәскеу, Зорге көшесі, 1 үй, 1 ғимарат, 20 қабат, офис 2013 ж.
Тел.: 8 (495) 411-68-86.
Home page: www.eksmo.ru   E-mail: info@eksmo.ru.
Тауар белгісі: «Эксмо»
Интернет-магазин : www.book24.ru

Интернет-магазин : www.book24.kz
Интернет-дүкен : www.book24.kz
Импортёр в Республику Казахстан ТОО «РДЦ-Алматы».
Қазақстан Республикасындағы импорттаушы «РДЦ-Алматы» ЖШС.
Дистрибьютор и представитель по приему претензий на продукцию,
в Республике Казахстан: ТОО «РДЦ-Алматы»
Қазақстан Республикасында дистрибьютор және өнім бойынша арыз-талаптарды
қабылдаушының өкілі «РДЦ-Алматы» ЖШС,
Алматы қ., Домбровский көш., 3«а», литер Б, офис 1.
Тел.: 8 (727) 251-59-90/91/92; E-mail: RDC-Almaty@eksmo.kz
Өнімнің жарамдылық мерзімі шектелмеген.
Сертификация туралы ақпарат сайтта: www.eksmo.ru/certification

Сведения о подтверждении соответствия издания согласно законодательству РФ
о техническом регулировании можно получить на сайте Издательства «Эксмо»
www.eksmo.ru/certification
Өндірген мемлекет: Ресей. Сертификация қарастырылмаған

Дата изготовления / Подписано в печать 21.02.2023. Формат 60×90$^1/_{16}$.
Гарнитура «Raleigh BT». Печать офсетная. Усл. печ. л. 28,0.
Доп. тираж 5000 экз. Заказ № 1637

Отпечатано с готовых файлов заказчика
в АО «Первая Образцовая типография»,
филиал «УЛЬЯНОВСКИЙ ДОМ ПЕЧАТИ»
432980, Россия, г. Ульяновск, ул. Гончарова, 14

ISBN 978-5-04-100480-4

В электронном виде книги издательства вы можете
купить на www.litres.ru

ЛитРес:
один клик до книг

16+

Москва. ООО «Торговый Дом «Эксмо»
Адрес: 123308, г. Москва, ул. Зорге, д.1, строение 1.
Телефон: +7 (495) 411-50-74. **E-mail:** reception@eksmo-sale.ru

По вопросам приобретения книг «Эксмо» зарубежными оптовыми
покупателями обращаться в отдел зарубежных продаж ТД «Эксмо»
E-mail: **international@eksmo-sale.ru**

*International Sales: International wholesale customers should contact
Foreign Sales Department of Trading House «Eksmo» for their orders.*
international@eksmo-sale.ru

По вопросам заказа книг корпоративным клиентам, в том числе в специальном
оформлении, обращаться по тел.: +7 (495) 411-68-59, доб. 2261.
E-mail: **ivanova.ey@eksmo.ru**

Оптовая торговля бумажно-беловыми
и канцелярскими товарами для школы и офиса «Канц-Эксмо»:
Компания «Канц-Эксмо»: 142702, Московская обл., Ленинский р-н, г. Видное-2,
Белокаменное ш., д. 1, а/я 5. Тел./факс: +7 (495) 745-28-87 (многоканальный).
e-mail: **kanc@eksmo-sale.ru,** сайт: www.**kanc-eksmo.ru**

Филиал «Торгового Дома «Эксмо» в Нижнем Новгороде
Адрес: 603094, г. Нижний Новгород, улица Карпинского, д. 29, бизнес-парк «Грин Плаза»
Телефон: +7 (831) 216-15-91 (92, 93, 94). **E-mail:** reception@eksmonn.ru

Филиал ООО «Издательство «Эксмо» в г. Санкт-Петербурге
Адрес: 192029, г. Санкт-Петербург, пр. Обуховской обороны, д. 84, лит. «Е»
Телефон: +7 (812) 365-46-03 / 04. **E-mail:** server@szko.ru

Филиал ООО «Издательство «Эксмо» в г. Екатеринбурге
Адрес: 620024, г. Екатеринбург, ул. Новинская, д. 2щ
Телефон: +7 (343) 272-72-01 (02/03/04/05/06/08)

Филиал ООО «Издательство «Эксмо» в г. Самаре
Адрес: 443052, г. Самара, пр-т Кирова, д. 75/1, лит. «Е»
Телефон: +7 (846) 207-55-50. **E-mail:** RDC-samara@mail.ru

Филиал ООО «Издательство «Эксмо» в г. Ростове-на-Дону
Адрес: 344023, г. Ростов-на-Дону, ул. Страны Советов, 44А
Телефон: +7(863) 303-62-10. **E-mail:** info@rnd.eksmo.ru

Филиал ООО «Издательство «Эксмо» в г. Новосибирске
Адрес: 630015, г. Новосибирск, Комбинатский пер., д. 3
Телефон: +7(383) 289-91-42. E-mail: eksmo-nsk@yandex.ru

Обособленное подразделение в г. Хабаровске
Фактический адрес: 680000, г. Хабаровск, ул. Фрунзе, 22, оф. 703
Почтовый адрес: 680020, г. Хабаровск, А/Я 1006
Телефон: (4212) 910-120, 910-211. **E-mail:** eksmo-khv@mail.ru

Республика Беларусь: ООО «ЭКСМО АСТ Си энд Си»
Центр оптово-розничных продаж Cash&Carry в г. Минске
Адрес: 220014, Республика Беларусь, г. Минск, проспект Жукова, 44, пом. 1-17, ТЦ «Outleto»
Телефон: +375 17 251-40-23; +375 44 581-81-92
Режим работы: с 10.00 до 22.00. **E-mail:** exmoast@yandex.by

Казахстан: «РДЦ Алматы»
Адрес: 050039, г. Алматы, ул. Домбровского, 3А
Телефон: +7 (727) 251-58-12, 251-59-90 (91,92,99). E-mail: RDC-Almaty@eksmo.kz

**Полный ассортимент продукции ООО «Издательство «Эксмо» можно приобрести в книжных
магазинах «Читай-город» и заказать в интернет-магазине:** www.chitai-gorod.ru.
Телефон единой справочной службы: 8 (800) 444-8-444. Звонок по России бесплатный.

Интернет-магазин ООО «Издательство «Эксмо»
www.**book24.ru**
Розничная продажа книг с доставкой по всему миру.
Тел.: +7 (495) 745-89-14. E-mail: **imarket@eksmo-sale.ru**

book 24.ru   Официальный
интернет-магазин
издательской группы
"ЭКСМО-АСТ"